有爱的青春陪伴者

潮汐

小花喵 著
xiaohuamiao

天津出版传媒集团

天津人民出版社

图书在版编目（CIP）数据

潮汐 / 小花喵著. -- 天津：天津人民出版社，
2023.10
ISBN 978-7-201-19571-1

Ⅰ.①潮… Ⅱ.①小… Ⅲ.①长篇小说-中国-当代
Ⅳ.①I247.5

中国国家版本馆CIP数据核字(2023)第117875号

潮汐
CHAO XI

小花喵 著

出　　版　天津人民出版社
出 版 人　刘　庆
地　　址　天津市和平区西康路35号康岳大厦
邮政编码　300051
邮购电话　（022）23332469
电子信箱　reader@tjrmcbs.com

责任编辑　玮丽斯
特约编辑　雪　人　听　听
装帧设计　颜小曼　姜　苗
责任校对　言　一

制版印刷　长沙鸿发印务实业有限公司
经　　销　新华书店
开　　本　880毫米×1230毫米　1/32
印　　张　9
字　　数　322千字
版次印次　2023年10月第1版　2023年10月第1次印刷
定　　价　42.80元

目录
Contents

第一章 · *001*
爱的勇气，远比金子珍贵

第二章 · *023*
"我很想你，小冬瓜"

第三章 · *041*
北城的雪比江南有趣

第四章 · *060*
也许爱情就是个无止境的轮回

第五章 · *087*
每天都想让你知道我的喜欢

第六章 · *110*
如果不期待潮起，就不会遗憾潮落

第七章 · *138*
因为是你，所以值得

目录

Contents

第八章 · *160*

人生那么长，总有些例外

第九章 · *185*

拥有她的每分每秒，都像在做梦

第十章 · *211*

爱真的很珍贵

第十一章 · *237*

兜兜转转还是你

第十二章 · *257*

每天都想说给你听

番外一 · *274*

至死不渝的黑色婚纱

番外二 · *279*

小兔子下厨记

第一章

1

爱的勇气，远比金子珍贵

chanxi

01

2018 年 11 月，小雪节气过后，北城下了入冬以来的第一场雪。

北方的雪来势迅猛，自午后起，轻盈的雪花纷纷扬扬地从天而降，停在傍晚时分。天与地的界线逐渐变得模糊，整个世界纤尘不染，晶莹剔透。

天色渐暗，道路两旁路灯昏黄，似萤火虫发出的光，点亮白雪皑皑的黑夜。

悍马车奔驰在无人的街道上，硕大的车轮飞速碾压积雪，留下两道清晰的痕迹，咆哮的北风呼呼震响车窗玻璃。

坐在副驾驶座上的女人蜷缩成黑色毛球，侧身靠着车门，手指在水雾朦胧的玻璃上画图。

"我说，这两天你微博那事闹得挺厉害。"正在开车的舒杭是个穿棒球衫的高大肌肉男，留着利索的小平头，时不时地瞥妮娜两眼，"妮娜大大的脾气一如既往的火暴。"

"我已经很收敛了好不好？是那群'黑粉'阴魂不散，从去年骂到今年，我凭啥要善解人意，凭啥强迫自己去理解他们？"

舒杭长叹了声，说："就你这脾气，做你的编辑真要提心吊胆。"

妮娜原本看着窗外发呆，听他发言，前段时间承受不良评论的火气全数涌上心头，怒气值爆表，说："你评评理，我写的全是大女主文，哪个男主不是被虐得肝肠寸断？那些人居然说我的女主很卑微，非得男的断手断脚死翘翘了才解恨吗？"

男人努力憋笑，问道："所以你就发千字长文，一个脏字不带把人骂得面目全非？"

"你这话什么意思？"妮娜眼角微微眯起，危险加倍，"你是想说我做错了吗？"

她有一双澄亮清透的猫儿眼，娇小身形搭配十足的童颜，即使已过二十四岁，出门依旧经常会被人误认是学生。

"不敢。"舒杭默默咽下口水，不敢接话，害怕地竖起大拇指，"我的意思是，干得漂亮。"

"算你识相。"她轻哼了一声，重新回到双手抱膝的姿势，"天黑了，你开快一点儿。"

"急什么，又不是赶着去投胎。"

妮娜一巴掌狠狠扇过去，无奈这人满身腱子肉不痛不痒。反作用力震痛掌心，她龇牙咧嘴地呼痛，没好气地说："你还是小时候可爱一点，肥嘟嘟的全是肉，哪像现在打都打不动。"

舒杭憨憨傻乐道："你倒是从小到大都没变，不开口'美轮美奂'，一开口全是'梦幻'。"

"你想被削啊？"

体形硕大的男人硬生生挨下几掌，一边哀号着侧身躲闪，一边说："别别，有话好说，别动手，我开车呢……"

车沿着郊区大道拐进延绵山路，车灯灼目刺眼，照亮白雪皑皑的山道，零星雪瓣点缀夜空，两侧枯萎的大树在寒风中摇摇晃晃，时不时坠下几拨积雪。

"胖虎，我想吃玉米。"妮娜饿得头晕眼花，戳了戳舒杭的粗胳膊。

"刚在市区你不说，这荒山野岭，我去哪里给你弄玉米？"

她歪倒靠着车门，绘声绘色地描述："烤的那种，刚出炉的，热乎的，一口咬下去甜糯粘牙。"

"咕噜！"

舒杭听着也饿了，肚子叫个不停。

"话说，我就这么厚脸皮地跟来，你大爷爷会不会把我赶出去？"

"不会。"妮娜随手摆弄着头上那顶夸张的雪地帽，标志性的雾蓝色长鬈发披肩，笑起来大眼睛眯成弯月，"就你出国那几年，他时常把你挂在嘴边，说起你这个小胖子就眉开眼笑。"

舒杭轻轻拨弄手腕上的佛珠，说："感恩他老人家还记得我。"

妮娜突然想起什么，问道："对了，这一去就是小半个月，你家的猫怎么办？"

"还能怎么办，只能寄放在我表哥的宠物医院。"

"修远哥哥？"

舒杭点头，若有所思地目视前方，喃喃道："我大概得等到下辈子，才能成为他那样的男人。"

"别想了，你下下辈子还是'猪杭'。"

舒杭牙根咬得嘎嘎响，恶狠狠地说："下辈子我当你爹，看我怎么管教你。"

妮娜一个凛冽的眼神扫过去，阴风阵阵。

舒杭秒认输，说："我错了。"

自小学时，被人欺负的舒杭受"女侠"妮娜鼎力相救，从此他甘愿当她的小跟班，为她赴汤蹈火，在所不辞。

男女之间大多没有纯友谊，但他们之间属于即使躺在一张床上也不会产生任何遐想的铁关系。

按妮娜的话说，舒杭就是地主家的傻儿子，喜欢猫，喜欢收集车，喜欢一个人窝在屋里没日没夜地拼模型。

他对男女关系反应迟钝，女人对他而言，还不如拼装模型有意思。

朱妮娜的亲爷爷在她高中时去世，自那之后，大爷爷替离世的弟弟承担起长辈责任，一直以来对妮娜疼爱有加。

每年11月，北城初雪前后，妮娜只要没有繁重的工作安排都会去深山豪宅赖上一段时间，娇小可爱嘴又甜的姑娘自称"气氛组组长"，平时不苟言笑的老人总会被她三言两语逗乐，自然也对她生出几分偏爱。

车子绕过蜿蜒山路，很快开到半山腰的老宅。中式建筑古色古香，地处深山老林，颇有几分隐于市的世外桃源之感。

朱老爷子听闻妮娜要来，很早便在门口等候。他满头银发，白须飘逸，冷风中脸颊泛红，显得神采奕奕。

"大爷爷！"

妮娜远远见到他的身影，车还未停稳就蹦下来，外套都来不及穿，只穿着跟舒杭同款的白色卫衣。

她戴着帽子，跳起来像个冰雪小精灵，飞奔过去扑进朱老爷子的怀里，撒娇道："我想死您了。"

"个子小力气大，我要不是身子骨硬朗，早被你给撞飞了。"

闻言，妮娜嘴角咧到后脑勺，抱着老人又是一通撒娇。

直到舒杭下车走到她身后，她才转而给大爷爷介绍肌肉结实的彪形大汉："舒杭，就是小时候跟我一起玩的胖虎，他非要死乞白赖跟来，说想看看您。"

"爷爷好。"舒杭送上事先备好的高级人参，"一点小心意，希望您喜欢。"

"费心了。"等撑伞的司机接过东西，朱老爷子昂头打量身形魁梧的舒杭，"长大不少，人也结实了，不错。"

"我不请自来，还请您见谅。"

"妮娜的朋友就是我的朋友，随时欢迎。"

一老一少相视而笑，随后闲聊几句。

妮娜四处打量，没看见那抹亭亭玉立的身影，她好奇同她关系亲密的表姐孟静姝居然没出现。

"静姝姐姐呢？"

"哦，她下山买点东西。"朱老爷子暗自琢磨，看向黑漆漆的山路，"估计要回来了。"

妮娜难掩讶异，问："姐姐会开车？"

"不会。"朱老爷子挑起白眉，神秘一笑，"有人开车，她只管坐。"

妮娜还想继续追问，隐隐听见山间传来一阵沉闷的引擎声。没多久，两束耀眼的车头大灯照过来，车子稳稳停在几米之外。

副驾驶的门先行打开，她看见平日性子温吞的表姐下车。

女人身形偏瘦，细腰长腿，即使裹着厚重的白色棉袄依然难掩窈窕曲线。

静姝算是妮娜自小的学习模范，品学兼优，温柔善良，只比妮娜大一岁，现在已是小有名气的青年画家。

她怀里抱着一捧用纸包好的香水百合，下车后也没急着走，伫立在车前，笑着望向驾驶位。

这时，朱老爷子开口："妮娜。"

"嗯？"

"我给静姝寻了门好亲事，你也帮着撮合撮合。"

大爷爷后面说的话，妮娜一个字都没听见，因为车上突然下来一个男人。

他自风雪中现身，车灯直直打在他的身上，宛如给他镀了一层毛茸茸的金光，高挑颀长的身影宛如一棵青葱柏树，纯白高领毛衣外面套着黑色长大衣，遮不住那双夸张的大长腿。

那张标志性的娃娃脸褪去些许青涩，本就出众的五官轮廓越发深邃，他假模假样地戴着银白色细框眼镜，多了几分精英范的气质。

妮娜的心跳逐渐不稳，发狂似的持续震碎胸腔。

"怎么样，你爷爷眼光不错吧？"朱老爷子见她目不转睛的，得意扬扬地询问。

她沉默不语，那一瞬间说不清是什么滋味。

有错愕，有惊慌，更多的是道不明的情绪，脑子持续发胀，耳边反复回响老人刚才说的话。

"他是谁啊？"她小声问。

"牧洲，我以前老战友的孙子。"朱老爷子摸了摸长须，满意地打量前方那一对璧人，"他说要来北城开分公司，前两天来山上看望我，我就留他在这里住到我生日，正好多点机会跟你表姐培养感情。"

培养感情？

妮娜差点骂出声来。

这个男人，欺负她就算了，居然敢有脸到她家里来，还妄想染指她最喜欢的表姐。

所谓天堂有路他不走，地狱无门他自己闯进来。

妮娜满眼狠意，揪着舒杭的衣角暗暗立誓。

绝对不会放过他。

02

舒杭回车上拿了外套，好心替妮娜披上，见她纹丝不动，凶神恶煞地注视前方，颇有几分狠劲。

"咋啦，玩木头人？"

妮娜深深合眼，努力在混沌不堪的思绪里寻回几分理智。她抬头看舒杭，面带微笑地喊了一声："胖虎。"

"干啥？"

"我们是不是最好的朋友？"

"咳……"他盯着她毛骨悚然的笑，头皮持续发麻，"兄弟，有事说事，别整这些惊悚台词。"

"我问你，如果有人欺负你朋友，你愿不愿意替她报仇？"

"那是必然。"

"行。"妮娜挺直腰板，觉得输什么都不能输气势，"从现在开始，你就是我的男朋友。"

舒杭整个呆住，回道："你想要我命就直说，何必来这一出。"

"闭嘴。"妮娜稍一晃神，车前的两人火速逼近，无奈之下她只能威逼利诱，小声说，"让你假冒一下又不是来真的，等离开这里，你想要什么限量版我都给你买，绝无二话。"

舒杭还在生与死的边界线反复横跳，悉悉摸头，疑惑地开口："娜娜。"

"搂着我。"

"哈？"

她急吼吼地催他："快点，就像平时那样。"

"哦。"

舒杭学着平时两人嬉闹那样上来一个精准锁喉，瘦小的妮娜差点被他的大粗臂勒死，脸色煞白地用力拍打两下。

"你要死？"她压低骂腔，细细出声，"肩膀。"

舒杭没真的把妮娜说的话当回事，脸上笑呵呵的，听话地搂住她的肩。

妮娜足够娇小，他足够强壮，瞧着莫名很搭。

倏地，寒风四起，天空又飘起了小雪，似被扯碎的棉絮在空中翩翩起舞。

晶莹的雪花落在镜片上，牧洲没急着擦拭，就着模糊不清的视野朝着他认为的梦境走去。

静姝叫了他两声，他没听见，妮娜的轮廓在瞳孔中越发清晰，缠着他的心跳，一下一下强有力地撞碎呼吸。

牧洲故作镇定地走到妮娜身前，克制地停在一米之外。

他是那种自带少年气的男人，皮肤白皙，桃花眼明澈干净，唇瓣很软，淡淡的粉，咬狠了会沾染一抹嗜血般的嫣红。

不要问妮娜为什么会知道。

她之前咬过，不仅如此，她甚至连跟他接吻时他那炽热的体温都记得一清二楚。

她明明想忘记，却不小心越忘越深刻，真是活见鬼。

"回来得正是时候，刚好准备吃晚饭。"朱老爷子热络地拍拍牧洲的胳膊，笑着问，"北城冷吧？"

"还行，能接受。"

牧洲顺话回应，目光不动声色地掠过妮娜的脸，以及站在她身边的男人，还有那只搭在她肩头的手。

朱老爷子见他魂不守舍，顺着他的目光望去，疑惑地问："怎么，你们认识？"

"不认识。"妮娜冷言冷语地回道。

牧洲沉沉看她两秒，微笑拆台，说："我们之前在江南见过，对吧，妮娜？"

"还有这回事？"

朱老爷子略显讶异，用眼神向妮娜询问。

妮娜原想装两下，没想到这家伙这么"大嘴巴"。她憋一肚子气无处撒，郁郁寡欢地解释："他是南南老公的朋友，就见过一面，不熟。"

牧洲没吱声，眸光深沉地看她。

"以前不熟，以后慢慢就熟了，说不定还有机会成为一家人。"朱老爷子说。

"大爷爷，您别被他的外表蒙蔽了双眼，"妮娜心急如焚地控诉，"像他这种人……"

"娜娜，"朱老爷子不悦地打断她，"牧洲是我的客人，你对人家客气一点。"

"我……"

妮娜不敢出言反驳，只敢暗戳戳地瞪牧洲。

朱老爷子瞥了眼在牧洲身后安静看戏的外孙女，静姝自小体弱多病，少言寡语，是那种喜欢缩在角落里画画的文静性子，平时也鲜跟异性接触。

牧洲来了之后，成年男女相处自然，郎才女貌倒也合适。

"先进去，吃饭时再聊。"朱老爷子摆摆手，召唤众人。

妮娜当着牧洲的面亲昵地勾住舒杭的胳膊，用撒娇的口吻说："我们走吧，妮娜饿了。"

舒杭鸡皮疙瘩翻涌，只觉恶心。低头看到她警告的眼神，他颤着嗓子甜腻腻地说："好的，宝贝。"

妮娜头皮炸开，顿时神志不清。

见两人手挽手甜甜蜜蜜地往里走，朱老爷子面露尴尬之色，边走边跟司机感慨，现在的小孩子越来越腻歪了。

牧洲停留在原地，伸手摘下眼镜，看着妮娜娇小的背影消失在茫茫白雪中。

"很可爱对吧？"静姝侧头，语气轻轻的。

"嗯？"他愣住。

"妮娜。"

牧洲笑而不语。

静姝一针见血地说："你从刚才到现在目光一直都没离开过她，难得见你这么专注。"

"我之前干了些浑蛋事。"

他停顿了下，苦涩地笑了笑，继续说："她应该很讨厌我。"

"讨厌也没什么不好，至少能让她记住。"静姝低头看着怀里的香水百合，眼神逐渐涣散，"有时候连讨厌都没有，才是真的可怜。"

"白月光？"牧洲问话直接。

"进去吧，"静姝淡然一笑，"你的朱砂痣都有新的宝贝了。"

妮娜离开后，牧洲独自在漫天大雪中抽了支烟。

其实下车那瞬，他一眼便瞧见了朱老爷子身边的女人，她穿纯色卫衣戴白色雪帽，还是那副不可一世的傲娇样。

他开始以为自己在做梦，不可置信地停步两秒。

静姝见他神情怪异，轻声问了句："怎么了？"

"没事。"

牧洲微笑，平静地移开视线，转身朝后，去后厢拿在超市买的东西。

他依然固执地认为这只是幻觉，毕竟这种事已经不是第一次了。

有时候在公司，他听见妮娜在叫自己，回身却只有静默的空气。

有时候在梦里，她娇得跟小奶猫似的抱着他亲吻，依偎在他身边。

连他自己都纳闷，他们之间横竖不过两晚，她是如何无孔不入地穿透进他的生活，诱得他彻夜难眠的？

"牧洲哥哥……"

纯白天地之间，虚无缥缈梦境。

牧洲戴上眼镜，仰头吐了一口烟圈，不知想起什么，嘴角笑意加深。

打火机跳跃热源，烟草静静燃烧，白雾缭绕指尖。

我跨越千山万水，只为将该死的幻境变为现实。

小冬瓜，我找到你了。

03

妮娜在老宅拥有自己的房间，在二楼长廊的尽头，斜对面是表姐的房间。

舒杭的房间安排在妮娜的隔壁，方便她无聊时可以跑去他房间撒泼打滚，顺便指挥他干活。

北方室内暖气很足，妮娜回房后第一时间脱下厚重的棉袄，换上之前留在这里的长睡袍——粉色的垂耳朵兔子。她个子矮，均码的睡袍下摆盖过脚脖子，娇小身子蜷缩在里头，像偷穿大人衣服的小孩，乍一看略带喜感。

"咚咚！"

她套着毛茸茸的棉拖鞋，敲响斜对面的门。

屋内一片寂静。

她不死心，继续敲了两下，喊道："静姝姐姐你在里面吗？我是妮娜。"

等了半晌，似乎真的没人。

她暗自琢磨表姐是不是已经提前下楼，身子一转，刚想去找舒杭，谁知身后的木门突然打开。

"静……"

妮娜满眼笑意僵住，刺骨的冷空气瞬间凝结。

牧洲刚换上白衬衣，扣子扣到一半，听见她的声音火急火燎跑来开门，胸前暴露的肌肤白皙细腻，宛如剥壳鸡蛋般吹弹可破。

妮娜呆滞几秒，目光缓慢下移，瞥过那隐隐若现的腹肌轮廓。她之前摸过，手感奇好。

"静妹搬去楼下的房间了。"男人话音带笑，在她幽暗的注视下慢条斯理地系好衣扣，"这间屋子现在我住。"

"哦。"

妮娜经他提醒，倏然察觉自己刚才的失态，也不知在气他还是气自己，脸颊泛起浅浅红晕，耳朵都红了，仰头同他对视。

"看我做什么？"他微微勾唇。

"臭男人，别说我没警告你，你趁早死了这条心，静妹姐姐那么好，十个你都配不上她。"

男人低声笑，藏在镜片后的眼睛闪烁奇异的光泽。他盯着她似猫眼清亮的黑瞳，思绪片刻恍惚。

"你笑什么？"

妮娜心头发虚，看他嘚瑟就来气。

"我……"牧洲外表看似云淡风轻，实则心在疯狂颤动，活了三十年，从没如此紧张过。

"嘎吱！"

对面的门开得及时，正好截住他的后话。

牧洲抬眼看去，眸色沉落，抿了抿嘴角。

妮娜回身，见着露出标准憨笑的舒杭，坏心思一跃而起，一个熊抱飞扑上去。

舒杭也会来事，第一时间没推开她，任她蹦到身上，挂成"树袋熊"。

"我好想你。"

说完，妮娜甜腻腻地笑，低头埋在他耳边，用只有两人能听见的声音威胁道："要敢穿帮，你就完了。"

舒杭嘴角隐隐抽搐，害怕地咽下口水。

"我们妮娜宝宝是不是饿了？"

说完，他感觉自己要吐了。

"是的。"

妮娜也快不行了。

"走，哥哥带你下楼吃好吃的。"

闻言，妮娜马上从舒杭身上下来。

两人强忍住呕吐的冲动，又黏在一起蹦蹦跳跳地走过长廊。

牧洲冰冷的眸光一路目送而去，胸口堵得跟什么似的。

他垂眼笑了下，轻轻摇头。

自作孽，不可活。

"活该"两字，送给自己。

舒杭带着妮娜拐过长廊，确定身后无人，长长舒了口气，正想为自己刚才出色不做作的表现邀功，下一秒忍不住仰天哀号。

"别，别揪了，我耳朵要没了。"

"哥哥？"妮娜揪他耳朵还不解气，上来就是两脚，"我好歹大你半岁，给点阳光你就上天是吧？"

"哎哟，这不是演戏嘛。"

"你演的什么破戏，烂死了。"

舒杭心里苦，小声说："姐姐，我就一纯情男生，啥也不会。"

"呸。"

他强壮魁梧，可胆子特别小，尤其对这位祖宗一点办法也没有，除了挨揍还是挨揍。

两人嬉闹的这幕恰好被上楼的静姝撞见，她没出声，躲在转角处笑盈盈地看戏。

直到两人一前一后下楼，才迎面瞧见静静听墙脚的静姝。

妮娜跟舒杭相视一望。

"静姝姐姐，你怎么在这里？"

"老爷子让我上来喊你们吃饭。"

"好。"妮娜想了想，小心翼翼地问，"你刚才有没有听见什么？"

静姝微微浅笑，满眼真挚地说："没有。"

妮娜暗自松了口气，那就好，没穿帮。

"我去看看今晚有啥好吃的。"

她一蹦三跳下楼，后背挂着的长耳朵兔子在空中起伏。

舒杭紧跟在她后头，路过静姝时，女人突然出声叫住他。

他停下，侧身面对静姝，笑容纯净。

"静姝姐。"

静姝眼睫垂落，五官清秀，文艺女的气质淡如菊，情绪波动不大，说话也是轻声细语："你最近见过你表哥吗？"

"修远哥？"舒杭愣了下。

"嗯……"她睫毛颤得格外厉害，紧张之情溢于言表，"昨天我送猫去他的宠物医院，可他实在太忙了，所以没见着面。"

"哦。"舒杭生来就对男女之事迟钝，可经常听见醉酒的表哥提及她的名字，他再傻也知道此事不寻常，"姐姐是有话让我带给他？"

"没有。"静姝语气淡然地否定，换上轻松的笑容，"你快去吃饭吧。"

老宅平时鲜有人来，突然变得这么热闹，朱老爷子忍不住多喝了几杯酒。

他坐主位，四个晚辈分居两边，左侧是牧洲和静姝，右侧是妮娜跟舒杭。

好巧不巧，妮娜的正对面就是某个穿白衬衣戴眼镜的男人，他坐着都高出她一截，用俯视的角度看人，多少有点侮辱她的身高。

她打小就是爱憎分明的野性子，所以当她看向安静喝汤的静姝姐姐时，情不自禁地展露笑颜，然后视线冷不丁朝旁边移动，笑脸一垮，不加掩饰地横眉怒目，嘴里的排骨嚼得"咔咔"响。

静姝瞧见她那张疾恶如仇的脸，抿唇轻笑，故意火上浇油，当着她的面给牧洲夹菜。

"啪！"

妮娜手里的筷子应声掉落，眼神冷得跟冰刀似的，恨不得跳上餐桌扑过去挠花那家伙伪善的脸。

舒杭傻呵呵地笑着问她："咋啦，筷子都握不住了？"

妮娜悠悠转头，舒杭接收到警告，默默低头吃饭。

"李婶，拿双干净的筷子来。"

说完，朱老爷子又让李婶多拿了几个酒杯，招呼桌上的小辈们陪他喝点。

舒杭跟静姝滴酒不沾，妮娜虽喝不惯白酒，可还是硬着头皮陪着灌了两杯。

妮娜都快一年没去过酒吧了，平时也就在家里喝两罐啤酒，酒量退了不止一点点，此时胸口火烧火燎，头皮直发麻。

第三杯下肚，后劲慢慢上头，她脸颊绯红，两手托腮，眼皮半搭，时不时打个醉醺醺的酒嗝。

"牧洲，咱爷俩来喝一杯。"

老爷子心情愉快，拉着牧洲谈天说地，一连干了几杯，满面红光，说话眉飞色舞。

"我记得那年，我是不远万里跑去江南当兵，你爷爷是我的队长，那时候他可神气了，十项全能，队里没人不羡慕他。后来我们各奔东西，我回去过几次，他也坐绿皮火车来北城看过我，他酒量好，千杯不醉，你比他可差远了。"

牧洲低眼赔笑，说："您说得对。"

"你这次能来北城我很开心，你放心，不管你想创业还是干什么，爷爷无条件支持你，人脉、资金，要多少我都有，也算是报答当年你爷爷对我的恩情。"

男人沉默片刻，刚想婉言拒绝，忽而听见桌对面传来一阵冷哼。

妮娜自认为哼声细弱似无，实则声大如雷。

"臭男人，我诅咒你喝水呛到，吃菜噎到……"

她两片嘴唇轻盈碰撞，碎碎念叨，外人一个字都听不清。

老爷子浅浅皱眉，疑惑地看去，问："她在说什么？"

舒杭早对妮娜的各种操作习以为常，不以为然地喝完那碗参汤，笑着摆摆手，回道："没什么，乌龟念经。"

一句话，全桌人都笑了。

妮娜脑子虽麻，但心没醉，上来就掐得舒杭"嗷嗷"叫。

舒杭起身跑路，她穷追不舍。

他们绕着桌子转了两圈后，牧洲跟静姝见状不妙，齐齐起身劝阻。

舒杭用力拽住牧洲，那么强壮的个子居然怕死地躲在他身后。

妮娜迎头撞上某人的胸口，骤然停步，捂着额角仰头看去。

镜片后的那双眼睛明亮清透，柔似一汪泉水。

她心头猛跳，大喊："你让开。"

牧洲垂眸，声音淡淡道："别闹了。"

"我跟他之间的事与你无关。"

妮娜看到牧洲那张明朗又无辜的俊脸就生气，仿佛瞬间回到那个清晨，他撕掉她留下的字条，眼底全是轻蔑的笑，嗓音寒进骨头缝里——

"这个没必要了，我们不能打破规矩。"

"昨晚没做措施，你记得吃药。"

即使过去这么久，只要想到那一幕，妮娜依旧心绞得疼。

没有人知道那颗好不容易燎原的心坠进深渊潭底，她的呼吸有多冷。

什么都是假的，包括他在内。

"你滚不滚？不滚我动手了！"她红了眼眶，恶狠狠地瞪牧洲。

高出她一个半头的牧洲站着不动，深黑的目光死死定在她脸上。

妮娜越想越气，把这段时间的怨气一股脑全发出来，借着酒醉一通拳打脚踢。

牧洲纹丝不动，默默受着，桌前的三人反倒看呆了。

"妮娜！"

听到朱老爷子大声呵斥，躲在牧洲身后的舒杭见状不对，赶紧上前拉扯她。

妮娜强忍住泪意，泪水在眼眶里打转。她烦透了这个心慌意乱不受控的自己，她觉得很丢人，甚至有些过激。

"你有什么了不起！"她拉过牧洲的手臂，张开嘴狠咬一口，即使尝到血腥味仍不愿松口。

她忘了时间地点，仿佛这个平行世界里只有自己，以及那个男人。

舒杭从身后钳住她的两只手，腾空抱走，任她两腿悬在半空中各种飞踢。

牧洲看着他们消失在楼梯处，低头瞄了眼被她咬伤的位置，轻轻卷起衣袖，牙印深陷，已然破皮，渗出鲜红的血。

这时，身侧有人递来一张纸巾。

"谢谢。"他礼貌接过，目光浅浅探去，瞧见静姝含笑的眼，"笑什么？"

"我认识娜娜这么多年，第一次见她这么委屈。你也挺有本事，连远近闻名的小魔头都敢欺负。"

牧洲用纸巾擦拭掉血迹，笑了，说："是我的错。"

"爹毛的猫咪可不好哄，你多努力，我看好你。"

他默不作声地看着静姝，问出憋了很久的话："你刚才怎么会突然给我夹菜？"

女人撩了撩额前的碎发，看着妮娜离开的方向，诚实作答："因为我想验证一件事。"

"什么？"

"秘密。"静姝歪头冲他神秘地笑。

她想要验证，小姑娘做戏的原因是什么。

不过现在看来，答案已经非常明显。

或许这世间会有那么一个人，他的出现总能轻易左右你的心跳，诱使它脱离正规，走向犯规。

04

夜里三点，老宅上下一片沉寂。

醉酒后倒头大睡的妮娜半夜渴醒了，她酒醒了大半，但脑子还迷糊，下楼时摇摇晃晃，差点一脚踩空摔倒。

她大摇大摆地走过餐厅，直奔厨房的冰箱，浑然没察觉客厅沙发上坐了一人。

她喉咙干涩得厉害，原想喝罐汽水解渴，可打开硕大的冰箱，才发现可乐放在最上面那层的最里面，她只能硬着头皮踮脚去够。

可够了半天，勉强才摸到易拉罐的边缘，脚都要抽筋了。

就在她准备放弃时，身后突然出现一个人，可以完整地笼罩住她。来人伸手替她拿了可乐，顺势塞进她怀里。

她整个人僵住，没第一时间转身，那人身上散发的味道太独特，淡淡的柑橘香气，清新柔和。

她知道是谁。

仿佛刻进她血液里的诱人气息，让人不禁回想起很多火热的画面。

厨房的窗户没关严，冷风伴着细碎雪花灌进来。

妮娜深呼吸数次，确保自己脑子清楚，思绪不乱，这才慢悠悠地从他怀里转过身。

她抬头看他，沉默不语。

牧洲被她炽热的目光盯得有些心慌意乱，瞥过她怀里的可乐，低声问："我帮你打开？"

她还是不说话，头上戴着睡袍帽子，兔子耳朵软绵绵地垂落，水灵剔透的眸子在夜晚格外透亮。

素来在男女关系上游刃有余的男人少见地不知所措，她不闹不躲，他完全摸不准她在想什么。

妮娜缓缓收回涣散的瞳孔，顺手把可乐塞进睡袍兜里，决然转身。

"妮娜。"

牧洲从身后拽住她的手腕，拽得很紧，怕她会突然不见，就像无数次在梦里那样。

他呼吸不稳，嗓音有些抖："给我一分钟，行吗？"

妮娜神色木然地看他，没动，不说话，像是静止的状态。

一分钟能有多长？

她可以给，但也仅限这一分钟。

窗外吹来的冷风萧瑟，为这温暖如春的空间带来一丝清醒的凉爽。

可即使如此，男人的心跳依旧不受控制，疯狂颤动，胸腔内的气息不流畅，脑子缺氧，一片空白。

牧洲曾预想过无数次这样的场景，想说的话很多，可当幻想中的画面变成现实，他竟会如此惴惴不安，生怕哪句话不对又惹毛了她。

来北城之前，牧洲特意去了趟铜窑县看望魏东和贺枝南。

魏东跟贺枝南的婚礼定在圣诞节，那天也是魏东的生日，这段时间他们都在紧张筹备婚礼的大小事宜。

今年过得很快，兄弟俩各有各的忙。

牧洲几乎全身心都扑在工作上，物流公司干得风生水起。魏东则忙着刺青店跟甜品店的事，还得围着老婆团团转。掐指一算，他们已经有段时间没见面了。

魏东特意做了几道牧洲喜欢吃的菜，三人把酒言欢，气氛异常火热。

酒过三巡，贺枝南端杯敬牧洲一杯酒，诚挚邀请他当魏东的伴郎。

牧洲欣然答应，承诺会在婚礼之前早早回来帮忙。

那晚，他酒性上头喝多了，借着酒意问了句："伴娘决定好了吗？"

贺枝南闻言没吱声，侧头看向魏东。

两人目光交会，相视而笑。

牧洲那点呼之欲出的小心思，任谁都看得明白。

第二天清晨，他驱车离开，低头从口袋摸烟盒时，无意中发现一张字条。

上面写着妮娜的电话、家庭住址，最下面还有一行字。

【她需要很多的疼爱，希望你能给她。】

牧洲小心翼翼地叠好字条放进口袋，蚀骨的烟瘾烟消云散。

即便过了这么久，他依然忘不掉她。

偶尔去酒吧赴朋友约，缠上来的女人千娇百媚，他淡笑着拒绝，再悦耳的女声都不及她那声软绵绵的"牧洲哥哥"。

其实比起那些情事，他更想好好地抱抱她。

在一起的两夜，她在梦里哭过很多次，他没有叫醒她，只是温柔地抱住她，默默给她擦眼泪。

牧洲清楚妮娜所表现出来的特立独行跟嚣张跋扈，全是为了保护那颗脆弱无力的心。

可那天清晨，他还是退缩了。

他害怕自己给不了她想要的。

这次决定来找她，他或许什么都没有，但爱的勇气对他这种人而言，远比金子珍贵。

"喂。"

男人沉迷往事，耳边传来不耐烦的娇声软语。

他低眼看去，妮娜眉头皱紧，小脸苦巴巴的，粗暴晃动被他捏疼的手腕。

"一分钟到了。"

他微怔，自嘲地笑着问："这么快？"

妮娜挣脱不了他的束缚，烦躁地剜他几眼，觉得他那副装腔作势的眼镜越发碍眼，语气也不好听："你想说什么就说，别磨磨叽叽的。"

"我……"

牧洲思绪很乱，平时巧舌如簧的人，现在居然成了哑巴，扭捏的样子急得暴脾气姑娘想骂人。

"你要不说，我来说！"

闻言，他收回刚要出口的话，目光变得柔软，手劲松了些，可还是舍不得放。

妮娜个子矮，勉强够到他胸口，但气势完全不输，至少在唇齿之战上她几乎不败仗，少有的几次下风，全赖面前这个男人的幼稚跟无耻。

"你听清楚了，我们之间不过是成年人的游戏，过了就算了，不管你记不记得，我已经忘得一干二净。"

牧洲静静听着，眸底晃过些许落寞，睫毛低垂，藏在镜片后的清澈双眼灌满灰暗。

妮娜低声咒骂，强迫自己不去看，并告诫这不过是他惯用的障眼法。

他装乖一流，当初就是那张脸让自己误认为他是好人，一个不留神陷进去，最终被现实戳得遍体鳞伤。

"可即使如此，我还是很讨厌你。"

听到这话，他长睫毛颤了颤，嘴角勾出一抹浅笑。

"你笑什么？"

她无语了，刚才自己说话的时候情绪不到位吗？

"没。"男人假模假样扶了下眼镜，"讨厌挺好。"

"你是不是听不懂人话？"妮娜一脸茫然，反复揣摩他话中深意，及时制止他的遐想，"讨厌的意思是我不想见到你，或者见到你我不开心，所以你要是识相点就赶紧滚出这间屋子。还有，你休想染指静姝姐姐，我第一个不同意！"

他眸光暗沉地盯着她，低声问："你为什么不同意？"

妮娜移开视线，好不容易绷紧的情绪分秒瓦解，硬着头皮说："你根本配不上她，她值得比你好一百倍的男人。"

牧洲点头，表示认同。

他半夜三更不睡觉，其实就是想碰碰运气，制造独处的机会跟妮娜解释清楚。

在她出现之前，他跟静姝早已达成共识，男无意女无情，无非是心照不宣地演场戏让老爷子开心罢了。

只不过话说到这里，好像也没有解释的必要，他问道："所以，你喜欢有钱的？"

"当然，谁都喜欢。"她声音轻轻的。

"你选择你的男朋友，也是因为他有钱吗？"

"一部分是，一部分不是。"

"不是的那部分是什么？"

"唔……"

男人沉眸步步紧逼，她节节败退，凑太近能嗅到他嘴里浓郁的酒香。

他今晚是喝了酒的，并且喝了不少。

妮娜退无可退，后背贴上料理台。

牧洲两手控在她身侧，强势包围的姿势。

屋外渗透进来的幽光照亮他的侧脸，他本质是清冽明朗的少年气，可有了白衬衣跟眼镜加持，显得黑眸深沉，唇红齿白，雅痞男该有的气质一样不少。

"你让开。"她尾音发虚。

他呼吸沉重，努力克制自己不干浑蛋事。

她现在有男朋友，自己要清楚该有的边界感。

"妮娜，"他语速比之前急促，略带幽怨，"你喜欢他什么？"

"我……"

妮娜被问住了，本就是临时瞎凑的，哪儿来什么爱情感想，她跟舒杭的关系亲如姐弟，谈这些有种怪异的感觉。

"嗯？"他鼻音沉重，穷追不舍。

"我跟他从幼儿园就认识，他人品好，诚实善良，对我千依百顺，我跟他在一起很安心。"

她觉得刚刚的发言不带劲，又暗戳戳地加了句："而且，他比你要厉害！"

牧洲足足愣了几秒，翻来覆去地咀嚼这话，说不准是不是他想的那个意思。他茫然地问："哪里比我厉害？"

妮娜哑然，胡编乱造憋出一句："床上比你厉害！"

017

男人整个人僵住，连呼吸都停了。

妮娜心跳激烈得快要炸开，趁牧洲迷蒙之际顺利突破包围，转身拔腿就跑，可跑了没几步又绕了回来。

男人保持着刚才的姿势一动不动。

妮娜把口袋里的可乐强行塞进他手里，趾高气扬地撂狠话："你给的可乐我不要，我就算渴死也不吃嗟来之食。"

话说完，她潇洒地飞奔离去。

牧洲脑子里还在持续回荡刚才那句话，这还真是不触及皮肤却伤及灵魂的沉重一击。

他低头瞥过手里的可乐，提唇冷笑。

比我厉害是吧？

行，我记住了。

05

山上连下了几日大雪。

直到那天清晨，雪停了，鬼哭狼嚎的北风呼啸嘶吼，地面的积雪刚过脚踝，阳光拨开灰色云雾，温暖普照大地。

这几天老宅相安无事，上下一片和谐。

妮娜有意躲牧洲，要不见着扭头就走，要不把他当成透明人，全天黏着老爷子和孟静姝，或是找窝在房里拼图的舒杭出门打雪仗。

舒杭虽兴致缺缺，可还是耐不住她撒泼打滚，全副武装裹成包子，出门冻得瑟瑟发抖，想逃时被她揪住，硬生生拽出来。

两人呆站在院外的平地上，不远处，厚重的积雪压断树枝，发出"啪"的一声巨响，两人同时吓得哆嗦。

舒杭长了张憨态可掬的脸，粗浓眉毛，眼睛不大，瞳孔很亮，乍一看像是动漫里面的蜡笔小新，总的来说略显喜感，看着老实，啥人都能欺负。

他忘了戴手套，苦巴巴地用嘴哈热气，吸鼻子哀号道："姑奶奶，你知道我最怕冷了，我也就看着强壮，实则体弱多病。"

"你少废话。"

"打雪仗你也多喊点人，就我俩，我一个雪球扔过去你人就没了。"

妮娜顺着他的话瞥向屋内，白衣黑裤的男人站在落地窗前，静姝姐姐也在，他们也不知在聊什么，眉开眼笑得碍人眼。

"人多，麻烦。"

"不麻烦。"

舒杭咧嘴大笑，趁她不备转身跑去屋里叫人。

妮娜都还没回过神，舒杭就带回窗边看戏的两人。

静姝裹着黑色厚棉衣，身子骨弱的她连打几个喷嚏。

牧洲见状递上纸巾，静姝接过，抬头冲他笑笑。

这一切被妮娜尽收眼底，她双眼喷火，拳头握紧，恨不得一拳捣到男人的脸上。

"四个人，怎么分组？"她不情不愿地问。

静姝冷得把脸藏进围巾里，轻轻摆手，说："我不能跑，就不参与了。"

妮娜这才想起她身体的特殊性，视线掠过牧洲看向他身后的舒杭，扬扬下巴，说："胖虎你过来，我们一边。"

"不不不，我决定跟牧洲哥同进退。"舒杭挑眉憨笑，"你知道的，我这个人相信光，所以选择正义的这边。"

牧洲哥？

妮娜瞬间凌乱，瞠目结舌，惊悚如麻。

他们什么时候背着她偷偷熟络起来的？

更何况，胖虎再怎么说也是她名义上的男朋友，居然敢公然背叛她投向"敌人"？

"你们一个长颈鹿，一个大黑熊，欺负我迷路小白兔，还有王法吗？"

"长颈鹿"三个字显然勾起男人愉悦的回忆，他勾勾嘴角，温润的嗓音如暖风拂过："要不，我们一组？"

"我不要。"妮娜高声拒绝，"本小姐宁可玉碎，不为瓦全。"

"欸——牧洲哥让让！"

伴着舒杭激情亢奋的吆喝声，原本在大眼瞪小眼的两人循声看去，看戏的静姝也讶异地睁大眼，强壮如牛的胖虎以迅雷不及掩耳之势滚了一个超级大雪球。

"啪！"

巨大的雪球不偏不倚狠狠砸在妮娜的脸上，她措手不及，炸开的碎雪钻进她衣服里，那滋味太过酸爽，整个人直接被冰冻了一样。

"你输了。"舒杭粗眉荡漾，成功地把自己笑成傻子，得意扬扬地拍掉手上的雪，"游戏结束，各回各家，各找各妈。"

牧洲拼命憨笑，盯着被雪球砸蒙的女人，她脸上沾满冰凉雪花，狼狈中又有一丝丝难以言喻的委屈。

静姝捂嘴偷乐，笑得眼眉弯弯。

"胖虎！"

妮娜气到浑身颤抖，骂人的话在心里过了一万遍，最终汇成一句："你给我等着！"

舒杭见状不妙，转身就跑。

妮娜边追边朝他扔雪球，他灵活躲闪，半个山头都是她的叫喊声。

妮娜喊打喊杀追了他两圈，体力不支地停下喘气，侧头见牧洲幸灾乐祸地冲她笑，顿时气不打一处来，不由分说上去就是一脚。谁知雪天地滑，她的脚还没挨着他，她就直接重心不稳地摔倒了。

好在包裹严实，积雪又够厚，摔下去不疼，就是样子不太好看，甚至有些丢人。

舒杭隔着几米远看热闹，拍着大腿笑道："哈哈哈，四脚朝天。"

妮娜仰头看天，深深合眼，想死的心都有了。

突然，视野里出现一个人，白到发光的俊脸被放大无数倍，他嘴角笑意不散，眉间轻蹙，难掩担心。

"摔疼了？"

她看向别处，还嘴硬道："不疼。"

牧洲习惯妮娜的口是心非，不同她计较，伸出援助之手拉她起来。她起身后没站稳，他好心护了下，指尖抚过她的后腰，如电流丝丝滑过，酥麻入骨。

她白色棉袄上沾满碎雪，男人彻底忘了她"男朋友"还在，旁若无人地替她拍掉。

两人隔得太近，寒风吹过耳畔，不冷，燥热弥散。

他身上的味道太具蛊惑力，似摄人心魄的毒药，诱人成瘾，一点点坠入设好的陷阱。

她恍然醒神，仓皇后退两步。

"我自己来。"

牧洲愣了下，意识到自己不受控的举动，默默收回手。

妮娜低头飞速同他擦肩而过，没走多远又憋着气绕回来，停在他跟前，小矮人似的仰头瞪他，两片淡粉的嘴唇轻盈碰撞，不知在质问什么。

男人微怔两秒，微笑作答。

她脸颊爆红，帅气一脚踢他小腿，踢完转身就跑，很快便消失无影。

舒杭屁颠屁颠地追随逃跑的妮娜。

静姝悄无声息朝牧洲走近，侧头看他，好奇地问："你们刚在聊什么？"

牧洲莞尔一笑，扶了扶眼镜，回道："秘密。"

——小冬瓜问："你刚是不是摸我了？"

——长颈鹿说："嗯，又不是没摸过。"

每年生日前夕，朱老爷子照例去郊区的寺庙静修三天，妮娜想要陪同前往，他拒绝了。

"家里还有客人在，你留下来，帮我好好待客。"

老爷子开了口，妮娜自然不敢怠慢，尽管心不甘情不愿，但还是依然逼迫自己对牧洲友好一点，再怎么讨厌也不能失了礼数，毕竟这里是大爷爷的地盘。

深山古宅还是一如既往的静逸。

静姝终日沉迷作画，大部分时间窝在画室，大门不出二门不迈。

舒杭不知何时与牧洲迅速混熟，有事没事跑去牧洲房间串门，妮娜每次去找他都不在，只能别别扭扭地敲响某人的房门。

"进来。"

是牧洲的声音。

她稳住颤乱的呼吸，推门而入。

牧洲站在窗边抽烟，吐完最后一口，摁灭烟头，回身看她。

烟灰色的衬衣质感极好，领口微敞，手腕处松松挽起，露出白皙精壮的小臂，浅浅牙痕印在上头，那是她咬的。

舒杭盘腿坐在地毯上，笑着同妮娜招手。

"李婶喊你们吃饭。"她咬牙切齿地暗骂，忍不住赏了个大白眼。

"这么晚了？"同牧洲聊嗨的舒杭诧异看向窗外，见天色已黑，再瞥了眼腕表，六点半，"今天婶儿做了啥好菜？"

妮娜瞪他，没好气地说："有啥吃啥，那么多废话。"

"得嘞。"

舒杭三两下爬起来，见姑娘脸色不佳，想想还是少摸老虎屁股，哼着小曲出了门。

妮娜也不愿久待，转身就往外走。

牧洲从身后叫住她："等一下。"

她停住步子，清晰听见牧洲逼近的脚步声，心无规律地狂跳。

牧洲绕到她的身前，低头瞧着身高齐他胸口的姑娘，穿着粉色卫衣加棒球服，扎着青春朝气的丸子头，透白的肌肤嫩得可以掐出水来。

他喉结滚了下，隐隐发痒。

"你有事吗？"她故作冷淡地问。

牧洲不紧不慢地扣好腕表，"吧嗒"一声，低声问："静妹还在画室？"

妮娜蒙了几秒，那股灼气堵在胸腔不顺畅。

"我不知道。"

"你没通知她吗？"

她抬头，幽怨地剜他一眼，说："我又不是喇叭，不负责满世界传话，你要好奇你自己去看！"

话音落地，她用力推开他，怒气冲冲跑出房间。

男人缓慢转身，眸光沉静地盯着她消失的方向，良久，他低笑了声。

牧洲哥哥每分每秒都想吻你。

如果他没忍住，可以犯规吗？

第二章

1

"我很想你，小冬瓜"

01

饭桌上，两日不见人影的静姝终于现身。

她习惯当隐形人，安静吃饭，话也不多，大多时间都在听妮娜跟舒杭说笑。

静姝自小体弱，有先天性疾病，做过几次大手术，也险些命丧手术台，可除去不健康的身体，她应该会是大多数男人青睐的类型。

她的长相偏古典美人，轮廓线条流畅柔和，气质温婉，脾气特别好，属于温柔到骨子里的那种人。

高智商加高学历，年龄不大却在艺术圈里小有名气，在国内外都开过个人画展，创作的画作一度拍卖到七位数。

她是朱老爷子最疼爱的晚辈。

老人曾无数次感慨，她除了身体哪儿哪儿都好，可惜了。

饭毕。

吃饱喝足欲上楼的舒杭在楼梯处被静姝叫住。

静姝："你能帮我一个忙吗？"

"没问题，姐姐只管开口。"

"我想去山下的画室拿一点东西。"她很少求人，特别是说谎时，神色极其不自然。

"现在吗？"

她轻轻点头，"嗯"了一声。

"行，你等我上楼拿个外套。"

静姝一路目送舒杭上楼，后背用力靠向墙，沉沉喘了口气，低头瞄了眼时间。

还早，应该能赶得上。

晚上八点，妮娜陪着李婶收拾完厨房，走到客厅，半个人影都瞧不见，好像同一时间所有人都消失了。

"李婶，你看见静姝姐姐了吗？"

"没看见。"

李婶想了想，又说："牧洲说过晚上会去一趟超市，说不定他们在一起。"

"哦。"

妮娜郁郁寡欢地转身，磨磨蹭蹭地走到落地窗前，隐约瞧见外面亮起的后车灯，下意识地以为是他们，想都没想就一头冲进风雪中。

"吱——"

男人猛地一脚急刹，整个山头都是刺耳的刹车声。

透过车窗玻璃，牧洲盯着车前缩在棒球服里的矮个子姑娘，后背隐隐发凉，若是刚刚反应迟钝一秒，说不定就撞上了。

他还没来得及发火，副驾驶的车门就被人用力拉开。

妮娜目不斜视，眼里没有他，视线扫过车后座，空无一人。

"静姝姐姐没在车里？"

牧洲胸腔中的怒气未散，镜片后的黑瞳火光跳跃，耐着性子回答："她跟你'男朋友'下山了。"

"舒杭？"

"嗯。"

妮娜刚开始想不明白这两个人怎么会临时组队，后来再细想，舒杭的表哥是叶修远，这件事似乎好像又没那么奇怪了。

夜间的风雪吹在脸上，冷得跟刀刮似的，她缩缩脖子，鼻尖通红，问道："那你下山做什么？"

"去超市买东西。"

"哦。"

她想着屋里空空荡荡，无聊透顶，虽然这家伙讨人厌，但只要选择性忽略他，日子照样能过。

"我也去。"

妮娜大摇大摆坐上副驾驶，不等他发言，自行掏出耳机，双手揣袋，两眼紧闭，摆出一副"生人勿近"的冷漠脸。

牧洲还在气她刚才的莽撞举动，不断深呼吸平息怒火。

先记在账上，以后慢慢跟她算。

山下有家人气很高的外资超市，恰逢周末打折，超市里人满为患。

妮娜从来不是听话的主，尽管牧洲的视线紧紧盯在她身上，可转眼的工夫，她就消失在茫茫人海中。

前段时间减肥效果不错，瘦了几斤，她想着买点好吃的犒劳自己的胃，所以把超大份的蛋糕炒鸡牛排零食抱了满怀。

绕了几圈没看见男人的身影，她转过一个拐角，恰好瞧见牧洲高挑的背影，刚准备上前，又见他身边围着两个女生，瞧着大学生模样，青涩阳光，像是在找他要微信。

妮娜垂眼看向别处，心头那团无名火烧得旺盛。

她瞬间胃口全无，原路返回，把刚拿的东西全放了回去。

超市内很吵，身边人来人往，她跟游魂似的夹在人群中，晃过薯片区域，停留片刻。

她抬头看向最上层货架放着的醒目的绿色包装，连她平时最爱的黄瓜味也变得索然无味。

身后不知何时出现一个人，顺着她发呆的方向替她拿下两包薯片。

见妮娜缓缓转身，牧洲原想把薯片给她，转念一想，扯唇笑了下，说："差点忘了，你不吃嗟来之食。"

把薯片扔进硕大的购物车后，他见她还在发愣，语气软了些："怎么，两包少了？"

她目不转睛地盯着他的脸，戴着假惺惺的眼镜，笑容温润，清俊迷人。

那一瞬间的慌乱让她有些害怕。

怕自己好了伤疤忘了疼，在某个时刻忘记引以为傲的保护壳。

怕那些不受控的悸动、那些充斥脑海的回忆。

怕故事的结局远比她想象的还要悲凉。

"我要回去了。"妮娜没出息地想逃，她需要一个安静的空间好好想清楚这个问题。

牧洲眼疾手快抓住她的手腕，掌心微微收紧，把她拽到身前，低头看她，问："我惹你了？"

"没。"

"没有为什么要跑？"

潮汐

"我没跑。"她说话语无伦次，完全不知道自己在说什么，"里面太闷了，我难受，而且我看见你会觉得不自在。"

男人漆黑的瞳孔闪烁黯光，追问："哪里不自在？"

妮娜抿了抿唇，没说话。

她下意识地往后退，他穷追不舍，浑然不管周遭来来往往的顾客。

"你就这么烦我？"他发音艰难，带着丝丝紧张。

"是。"她抬头，无所畏惧地正视他，"我睡过的人都不会再见，这是游戏规则，我相信你比我要懂。"

牧洲唇边滑过酸涩的苦笑，片刻后，他松了手，放她自由。

"当然。"

他转过身，多拿了几包她喜欢的黄瓜味薯片。

规则约束不了我，但其他可以。

比如你。

排队付款时，妮娜诧异地发现被自己放回去的东西全都重新回到购物车。

她望着男人颀长的背影，百感交集，心烦意乱。

南南总说她是老虎的脾气猫咪的心，因为她从来不是一个心狠的人，她只不过是为了保护自己，不敢再轻易交出真心。

两人一前一后走出超市，牧洲把东西放进后备厢，再转身，妮娜又不见了。

费了九牛二虎之力，他终于在超市前的空地找到她，前方是临时搭建的舞台，前排被挤得水泄不通。

妮娜站在最后，听小孩说有魔术看，小个子的她好奇地踮脚往前探。

身旁那孩子被爸爸抱起骑在脖子上，看得眉开眼笑，兴奋得手舞足蹈。

妮娜郁闷地撇嘴，默默投去羡慕的小眼神。

她原想选择放弃，正欲转身时，腰上突然多了一双苍劲有力的手，用力掐紧。她还没回过神就被人腾空抱起，跟坐过山车一样，尖叫着落在他的肩上。

牧洲净身高一米八五，她跨坐在他肩头，秒变小巨人。

前面几排人纷纷回头，统一用奇怪的眼神来回扫射满脸通红的妮娜。

"喂，你放我下来。"

牧洲就像抱小孩一样，不费吹灰之力地扛起她，两手控住她晃荡的双腿，说："别乱动，看前面。"

脸皮厚如妮娜，照样脸红到脖子根。

可尽管如此，她还是坐在他的肩上，安安静静地看完整场魔术。

再回到车前时，黑沉沉的天空落起小雪。

男人替她拉开车门，后背靠着车身，低头在口袋里摸烟盒。

上车后的女人很快又下车，一声不吭地站在他身前。

"怎么？"

牧洲微微偏头，单手护住火，很用力地吸了口，点燃那支香烟。

妮娜直截了当地问："你刚才为什么要那样？"

冷风吹起他深色长风衣的一角，姿态妖娆地随风荡漾。

"我看别家孩子都有。"他侧头看她，笑了下。

妮娜心头一荡，细声回怼："我又不是你家的。"

男人没吱声，晶莹的雪瓣落在他鼻尖，他飘飘然地吐出烟圈，白雾虚散在半空，似破碎不堪的魂魄。

不用着急，早晚都会是。

02

回程的路上，雪越下越大，化作纯白的鹅毛密密麻麻地坠落。

妮娜看了眼时间，不到九点，她想起有家甜品店离这里不远，他家主打的芝士蛋糕一直是她的心头爱。

"前面路口右转。"她突然出声指挥。

开车的男人侧头瞥她，脸色不大好看。

连他自己都纳闷，一旦触及跟她有关的事，那些成熟稳重、冷静自持的优良品质全成了虚空摆设，反倒是骨子里的幼稚跟暴躁暴露无遗。

起因是妮娜刚在车上接了一个电话，电话那头男声亲昵，两人旁若无人地聊天，她笑眯眯地喊他"宝贝"，那头一口一个"小甜心"。

男人的声音很陌生，显然不是舒杭。

"回去是左转。"牧洲语气淡淡的。

"我有东西想要买。"

"什么？"

"蛋糕。"

他轻轻皱眉，用长辈的口吻说："晚上少吃甜食。"

"你管我！哪儿来那么多废话！"

妮娜一直都是不达目标誓不罢休的那种人，见他面露不耐烦，懒得跟他多说，车子刚停在红绿灯前，她也不管周遭什么情况，自顾自解开安全带，转身就要下车。

牧洲眼疾手快地按住她，隐着火，说："这是路中间，你瞎闹什么？"

"你不肯载我去，我自己打车也不可以吗？"

他盯着她倔强的脸看了几秒，喉间滚出一声轻叹，放开她，妥协道："你指路。"

她赌气地看向窗外，嘴里各种哼唧咒骂。

这人真的有病。

上车前说些撩人心扉的话勾她，现在又世纪大变脸，莫名其妙。

甜品店在北城最繁华的酒吧街巷子里。

妮娜馋那口甜腻，害怕去晚了赶不上，提前打电话给开酒吧的男性朋友，委托他帮忙买好。

这个朋友小时候跟她和舒杭是邻居，上初中时去了港城，直到大学毕业后才回北城，两年前开了间酒吧，生意一直不错。

他去年和爱人在外国登记结了婚，人虽长得不帅，还有络腮胡子，但他说话的声音却很温柔。

妮娜透过车窗远远瞧见在路边等她的阿 Ken，车还没停稳就急匆匆开门冲出去。

他今日穿着黑皮衣黑长裤，过于壮实的胸肌暴力撑开外套，胡子剃干净了，看着比以往的装扮顺眼许多。

牧洲隔着窗户看见穿棒球服的小精灵蹦蹦跳跳地熊抱住男人，他心脏微微撕裂，淌出的血液逐渐冷却，握方向盘的手不自觉收紧，青筋暴起。

他突然发现，原来比忌妒更无力的，是没有资格忌妒。

阿 Ken 有段时间没见妮娜，夸张地抱着她在空中转了两圈才肯放开。

上一次见她还是酒吧店庆，她来了没喝酒，给她介绍男人也兴趣缺缺，坐了不到半小时就走了。

"我的 Sweet baby（甜心宝贝），我已经好久好久没看见你了，特别特别想你。"

他说话腔调一直都那样，外人听着不适应，但妮娜习惯了，所以在他低头同她亲密贴脸时也没躲开，仰着脸笑成一朵小红花。

"我也很想你。"

"对了，你的蛋糕。"他递过包装精美的纸袋，忍不住掐她软糯的脸蛋，"皮肤还是这么嫩，哼，羡慕死我了。"

妮娜甜甜地笑了，说："谢谢亲爱的。"

"我跟你说，最后一份被我抢来了，我是不是很厉害？"

"何止厉害，你简直完美无瑕。"

"讨厌。"他戳她一下，"就会说好听的话哄我。"

两人站在酒吧外的遮雨板下聊了会儿天，阿Ken冷得搓搓手，随口说道："下周三我们店里有个化装舞会，我不管，你那天一定得给我出现。"

妮娜刚想婉言拒绝，身后突然飘来一缕蚀骨的冷风，似乎有人站在她身后。

妮娜："好，我一定来。"

"就知道你好这口。"阿Ken挤眉弄眼地坏笑，原想继续调侃两句，隐隐感到一丝怪异的压迫感，他缓缓看向她身后。

男人面无表情，身形高挑精瘦，戴银边眼镜，长得倒是挺有味道。

"你男朋友？"阿Ken小声问。

妮娜大声回答："不是。"

"我就说嘛，这种类型入不了你的眼。"阿Ken挑衅地看了眼牧洲，说话阴阳怪气的，"看着不带劲。"

"扑哧！"

妮娜没忍住笑出声，不回头都能想象到男人的大黑脸。

"差点忘了，我们酒吧那个鼓手，就那个高高帅帅的弟弟，上次被你穿小红裙的样子迷得神魂颠倒，缠着我要你的微信，我故意没给。你到时候来了多看看，要是喜欢就跟我说，我帮你安排。"

她还沉浸在阿Ken刚才吐槽牧洲的话里，捂嘴生怕自己笑得太大声，浑然没注意他后面说了什么，于是她顺着话点头，满口答应。

夜里九点多，车子从酒吧街驶离，很快进入大道。

冰天冻地的雪夜，路边行人寥寥，也瞧不见几辆车。

牧洲自上车后一直不说话，脸色阴沉，嘴角下抿，喉间时不时滑出一丝压抑的喘息。

车内再汹涌的暖气都焐不热冰冷刺骨的低气压，气氛一度降至冰点。

妮娜清楚他在发无名火，可她本也是傲娇的主，所以就算知道也不会刻意找他说话。

她又没有做错什么。

他凭什么摆脸色给她看？

本以为车内的寒意会持续到上山，没想到车子突然右转，滑向路边的枯树下，慢慢停稳。

牧洲整个人靠向椅背，细长白皙的手指在方向盘上轻轻地敲。

"妮娜。"

"干吗？"她目视前方，没好气地回应。

他侧头看向她，镜片后的眼睛折射黯光，他压着妒火沉声问："你有了男朋友也这么玩？"

"那是我的自由，我乐意。"

"舒杭不吃醋？"

"他一向大度，很少管我。"

"呵。"牧洲扬唇冷笑。

妮娜追问："你笑什么？"

"喜欢一个人，怎么可能做得到大度？"男人的目光幽幽探向前方，盯着风雪交融的黑夜，嗓音压低，尾音沉不见底。

她微怔，慌乱地挪开视线，颇为硬气地反击道："那也是我跟他之间的事，你这么生气干什么？"

"我生气了吗？"

他烦躁地解开衬衣领口，堵在胸口的躁意顺流而下，终于能喘口气了。

"没有吗？"

"没有。"牧洲声音突然拔高，用力狂按喇叭，情绪隐隐失控，"是前面的车太慢了。"

妮娜先蒙了一下，而后转头看向窗外，抿嘴努力憋笑。

停在路边，前面哪儿来的车？

借着夜间的寒风，绵密的白雪很快覆盖山峦。

车子开进半山腰的老宅，妮娜瞧见前方舒杭的车，以及从副驾驶下来的静姝姐姐。

女人从后备厢拿出一幅包裹严实的画，抬头冲舒杭微笑。她转身进屋，门前的暗灯追着她落寞孤单的背影，显得无尽悲凉。

妮娜跳下车，迈着愉悦的步子走向舒杭，极自然地挽住他粗硕的胳膊。

"买了什么，蛋糕？"

舒杭正巧饿了，低头瞥过，肚子"咕咕"叫了两声。

"嗯，阿 Ken 酒吧旁边那家甜品店的。"

"真的假的？"他瞳孔骤亮，刚要继续追问，余光瞧见拎着满满当当两袋东西走来的牧洲。

舒杭来回打量他们俩，一个板脸，一个躲闪，他瞬间了然，其中必有猫腻。

"牧洲哥给你买的蛋糕？"

妮娜还没来得及否认，擦身而过的男人听见了，他停步两秒，目视前方，冷声道："不是我。"

说完，他大步流星扬长而去，留下他们两人在冷风中摇摆。

"你们吵架了？"舒杭小心翼翼地问。

"谁……谁跟他吵架！"妮娜越想越气，扭头轻哼，"那个神经病！"

舒杭显然不信，一脸狐疑地看她。

妮娜被盯得心头发虚，不自然地转移话题："你刚才和静姝姐姐去哪里了？"

舒杭沉默片刻，无力地摇头，末了不忘长叹两声以表遗憾。

"修远哥哥吗？"她不确定地问。

他抿抿嘴角，点头。

"他们见到了没？"

他郁闷地撇嘴，摇头。

"你倒是说话啊，急死我了。"

毕竟是人家的事，舒杭也不知该不该说，只留下一句："你自己去问她吧。"

"装什么神秘。"

她最烦他神神道道，搞不懂他到底是真傻还是假傻。

"外面好冷，我们进去吧。"她拉扯他的手臂。

硬拽着他往前走两步，大黑熊突然静止不动了，她疑惑地问："怎么？"

舒杭瞥过胳膊上缠紧的五指，一本正经地说："人都走了，还不松手？"

她没听懂，愣了两秒，问："谁？"

他字正腔圆地吐字："牧洲哥。"

妮娜瞬间慌乱，低头垂眼，心虚地推开他，小声说："关他什么事，我又不是因为他。"

舒杭露出意味深长的笑，追问："你确定？"

"你……你什么意思？"她心乱得不行，面上故作镇静。

"娜娜，你是不是忘了你之前几次醉酒，是我开车接的你？"

"然后呢？"

"然后……"舒杭双手环臂，浓眉轻挑，仿佛早已看透一切的嘚瑟样，"牧洲哥哥——我早就听得耳朵起茧子了。"

妮娜脸颊通红，开始语无伦次、结结巴巴："我……我……你胡说！"

舒杭侧头看她，瞥来一个无比坚定的眼神。

她满眼不可置信，心跳炸裂，头皮发麻。

所以，她喝醉之后叫过那个家伙的名字，还不止一次？

苍天啊！

03

周三下午，沉迷补觉的妮娜接到编辑木木的电话。

她迷迷糊糊听了两分钟，随口应了几声。

也不知那头说了什么，瞬间触发她敏感的神经，脑子还未清醒便从床上蹦起来，嘴像机枪似的疯狂扫射。

"让我道歉？我凭什么道歉？他们天天问候我全家，我长了张嘴不能说话，就活该挨骂是吗？"

木木的耳朵都快聋了，把手机拿开半米远，听她发泄完才好言相劝道："你下周那本新书就要预售了，你再跟他们这么闹下去，造成的影响不止一星半点，我们都是明白人，还是要以大局为重。"

"大局为重？"妮娜冷笑，"是主编的意思吧？让你来劝我这个冥顽不灵的人学会弯腰。"

木木清楚妮娜的硬脾气，也知道她家世显赫不缺钱，所以金钱永远不会成为她妥协和出卖灵魂的理由。

"大大，我们为了这次预售前前后后忙了好几个月，如果有任何纰漏，我作为你的编辑，会第一个被拎出来追责。"木木好声好气劝慰，晓之以理动之以情，"拜托你再认真考虑一下好不好，拜托了。"

妮娜挂断电话，狂躁地扔掉手机，后仰平躺在床上，满脑子都是那些刺耳的谩骂声。

她不明白，她不过是写了几本大女主的小说，碰巧火了罢了，那些人不爱看走开就是，非要追着她不依不饶地骂，好像她的存在就是在污染空气，混浊灵魂，泯灭人性。

可真实的人性是什么？

戴着虚伪做作的面具，成天幻想替天行道。

自己做得不一定多好，可辱骂别人时总是头头是道，喜欢站在制高点侃侃而谈，仿佛那一瞬间的优越感，足以掩盖自身所有的不堪。

她压制住狂躁的怒气，拧过手机翻开微博。

打字，删掉，重复无数遍，直到电话铃声再一次炸开。

这次不是编辑的电话，是阿 Ken。

“甜心宝贝……”

妮娜听到那头的召唤，思绪慌神几秒，脑中倏地想起几个断断续续的词组。

周三，酒吧，化装舞会。

她看了眼时间，今天就是周三。

晚饭时间，餐桌上就妮娜一人，外加准备晚餐的李婶。

屋里另外几人全都不见踪影。

自那晚之后，本就很宅的静姝姐姐把自己锁在画室，没日没夜画画，牧洲直接消失两日，人间蒸发。

好兄弟舒杭倒是愿意陪妮娜玩，只是今晚市里有动漫展，他作为资深动漫迷早八百年就出门了。

宅子里面空荡荡的，喊两声都无人回应，唯有孤单的回音响彻耳际。

晚上八点，妮娜心神不定地走出房间。

她从衣柜角落翻出那件系脖小红裙，去年当成生日礼物送给静姝姐姐，结果被姐姐退货，最后还是穿回性感小野猫身上。

红裙外头罩着黑色长棉衣，雾蓝色长鬈发分边扎成两股，魅惑的猫咪眼妆让本就乖巧精致的五官更加明朗朝气。

下楼时，她步子倏然停顿，紧闭双眼，犹豫了很久很久。

最后，她翻出手机，迅速打了几个字。

【我不该骂人，对不起。】

微博点击发送，手机藏进小包。

短短几个字仿佛用尽她全身的力气，她不敢看后续留言，害怕看见恶评又会不受控地与其对骂。

她这个人就是这样，嘴硬之后又忍不住地心软，总想着这段时间为新书预售来回折腾出版社。

她或许不缺钱，但并不想因为自己的任性连累那些努力工作的人。

她们没有做错什么。

当然，妮娜也并不觉得自己有错。

傍晚时，妮娜提前跟司机大叔打了电话，大叔在陪伴老爷子，说会安排自己的朋友过来接她。

屋外还在下雪，雪势不大，碎屑般的白雪从天而落，飘飘扬扬点缀头上可爱的兔耳朵，那是衣服配套的小玩意儿，长耳朵一晃一晃的，倒有几分少女的调皮感。

她出了宅院，看见空地那头的商务车，下意识地以为是大叔安排好的，缩着脖子绕到副驾驶。

拉开车门，她微怔，脑子麻了半秒。

神秘消失几日的男人突然出现，穿着简单的白衬衣黑西装，领带系得规规整整，头发修短了些，侧脸轮廓越发精致流畅，瞥来的眸光浅淡，眉目清冷。

"怎么是你？"

"上车吧。"他收回视线，睁眼说瞎话，"我正要下山，顺路送你。"

妮娜刚要拒绝，牧洲似乎知道她会说什么，先一步压她的话："接你的人不会来了。"

"为什么？"

"我刚赶走。"

她嘴角隐着笑，肩头微微抖动。

这家伙即使穿得像个斯文败类，可骨子里的幼稚依然藏不住。

山间刮来一阵刺骨的冷风，她冻得连打几个喷嚏，冰天雪地穿丝袜，套着再厚实的棉衣也经不住风雪捶打。

她不再拒绝，揉着通红的鼻头乖乖上车。

下山的路积雪很深，牧洲开得很慢，分外小心。

车子拐进大道，车内依然太过静逸，妮娜时不时咳嗽两声，噪声放大数倍，全方位立体环绕。

牧洲侧头看她，目光扫过粉嫩水亮的嘴唇、迷人的猫咪眼，再是那对俏皮的兔耳朵，一股无名火止不住地往上冒，他都不敢往后细想，害怕自己失控之后干出疯事。

"舒杭呢？"他低声问。

"市里有动漫展，他很早出去了。"

"他知道你今晚要去酒吧吗？"

"知道。"

他告诉自己一万遍要冷静，可还是压不住那股灼心的妒火，阴阳怪气地说："知道也不管？他就那么放心你穿成这样去那种地方疯？"

"我穿成哪样了？"妮娜觉得牧洲病得不轻，他自己也不是什么好人，居然有脸来指责她，"你不也爱在酒吧混吗？穿得比我过分的女人多了去了，你怎么不去说她们？跑来管我做什么？"

"别人怎样与我无关。"

"那我穿成什么样又关你什么事？"

他眸底闪烁冷光，嗓音发沉："我不准。"

"谁稀罕你的破意见！"妮娜本就被那破事弄得一肚子闷气，他越激她，她越是怒气冲脑，"我不仅要穿，我还要脱，我把自己灌醉，找一堆帅气年轻的小男生陪我玩，我乐意我开心，你管得着吗？"

牧洲紧抿嘴角，喉间滚出低沉的喘息，胸口像着了火似的，肺都要气炸了。

妮娜骂了句脏话，赌气地看向窗外，咒骂声中夹带几分委屈。

所有人都在欺负她。

外人欺负她的善良。

他最过分，欺负她不受控的心动。

04

夜晚的酒吧街人潮涌动，喧闹声嘈杂炸耳。

阿 Ken 隔很远便看见了娇小可人的妮娜，冲上来就是一个大熊抱，可抱着抱着发现不对，不知哪里吹来一股妖风，阴气阵阵。

他放开妮娜，目光锁定站在她身后的西装男。

这不是上次那个……

"你怎么带他来了？"阿 Ken 用所有人都听得见的声音问妮娜。

"我没带，是他死皮赖脸非要跟来的。"妮娜还没消气，看都不愿看牧洲一眼，还故意挽住阿 Ken 的手臂，"我们进去吧，别管他。"

阿 Ken 看了眼面若冰霜的西装男，暗暗感慨这男人换了身作战服后，还真是越看越有韵味。

大概就是那种戴着眼镜内敛，摘下眼镜深沉的斯文精英。

酒吧里闹哄哄的，灯光黯淡，尖叫声震耳欲聋。

妮娜被阿 Ken 安排在卡座正中心最好的位置，她坐在装扮各异的年轻男人中间，莫名有些局促感。

她以前在圈子里很出名，可自从去了趟江南，遇见那个男人，回来之后她就发现自己变了。

以前她瞧见帅气身材好的年轻男人会兴奋，可现在不仅毫无感觉，居然还会有种压抑的窒息感。

她肚子很饿，但就是吃不下任何东西。

这大概是另一个层面的"厌食症"，想想也是凄惨。

酒吧室温很高，她脱下厚实的外套，小红裙明艳动人，裙摆很短，刚刚遮过臀，下面是一双白色齐膝网袜。

敬酒的人来了一批又一批，她刚开始还拒绝，视线不时扫过隔壁卡座，锁定某个面色僵冷的男人。

他半个身子隐在光下，头微低，打火机在指尖转悠晃动。

因为卡座有最低消费，所以他点了满桌的酒，自己却没喝一口，倒是把桌上的水蜜桃汁喝了大半杯。

"妮娜。"

身侧突然有人大声喊她。她回头，看见那张奶萌又带点痞气的俊脸，确定是阿Ken口里说的酒吧鼓手。

名字记不清，她也懒得去记。

"好久不见。"小男生冲她咧嘴笑。

"嗯。"她语气很淡。

"上次你走得太快，我忘了留个微信，今天说什么都要给我。"

她敷衍地笑，没接话。

男生倒是诚意十足，自行满了三杯酒，一口气喝光，再礼貌地给她满了一杯，说："我喝完了，你随意。"

妮娜还在犹豫要不要抿一小口缓和尴尬，视线不自觉地看向隔壁，男人身边不知何时围了几个穿小野猫制服的性感女人。

她们妆容妖艳，差不多的脸，差不多的三围，还有差不多的让她无比羡慕的大长腿。

牧洲曾经也是爱混夜场的人，应付这种缠上来的女人游刃有余，眸色很冷，嘴上却在笑。

忽然，有个女人笑眯眯地上手拉扯他的领带，他侧头笑了下，居然没第一时间阻止。

妮娜收回目光，垂眼时，手机突然亮屏，她顺势点开。

刚发的那条道歉的微博，意料之中地引来那群阴阳怪气的"黑粉"，留言没眼看，骂她什么的都有。

【新书要预售了吧，所以现在跑出来道歉，穷疯了。】

【妮娜大大你好厉害，你不仅会骂人，居然还会说对不起。】

【欸，我听说她以前被很多男人甩过，所以现在容易发疯，脑子也不正常。】

文字的杀伤力是无形的，绵绵银针不致命，却能让你求死不能。

妮娜自嘲地笑了声，按下关机，端过酒杯一口喝光。

鼓手有些诧异，刚想满上第二杯，她伸手抢走酒瓶，直接疯狂地往嘴里灌酒。

在座的所有人都被吓到，却没人敢出手拦她。

妮娜喝得太猛，不知道自己喝了多少，纯威士忌滑过喉头，整个胃里都在灼烧。

这时，有人上前抢走她手里的酒瓶，动作略显粗暴，琥珀色的液体洒了满桌。

妮娜精神恍惚地抬头，见牧洲脸色极差，眸光阴翳瘆人，呼吸都在喷火。

他弯腰拽住她的手腕，说："跟我走。"

"我不。"

妮娜酒性上脑，用力挣脱他的手，挣不开就气急败坏地咬他，咬破皮了，鲜血浸透白衬衣，他仍不肯放手。

"你放开我，臭男人。"

牧洲沉闷地喘息，心里憋着火。

鼓手见她不乐意，死死按住男人的手，想替她解围。

"哥们儿，君子可不玩强人所难。"

牧洲没吱声，眼里只有那个眸底湿润的女人。她似乎被他掐疼了，泪眼蒙眬，真像被他欺负了一样。

"你确定？"牧洲沉声问妮娜。

她垂眼，用力挣脱他。

他这次没坚持，看她笑脸盈盈地窝进鼓手怀里，两人亲密无间。

她仰着头冲他笑，说："今晚我不回去了，有人会陪我。"

男人静静地看着她，空气瞬间凝结。

他盯着她明艳性感的红裙，想起那天她的朋友阿Ken说过的话。

她特意挑的红裙，只想穿给为她着迷的男人看。

牧洲哼笑，缓缓收回目光，抽出桌上的纸巾擦干手心残留的酒渍，朝她微微一笑，说道："玩得开心。"

他转身离开，消失在灯红酒绿的虚幻世界。

妮娜的心仿佛被什么掏空了似的。

她脑子越发混沌，呼吸逐渐僵硬，稍显冷漠地推开凑近自己的鼓手，然后继续灌酒，继续用酒精麻痹自己，继续逃离现实的地狱。

酒吧很快开始新一轮的表演，年轻帅气的鼓手在舞台上宣泄青春，恍惚间，她竟在鼓手身上看见牧洲的影子。

江南的小酒吧，他穿着白 T 恤在台上打鼓，笑起来很迷人，熟练且有爆发力的演出引得台下尖叫连连。

她忘了自己是什么时候被他吸引的。

她只记得他们从第一次见面到激情拥吻，前后不过十五分钟。

小魔头妮娜一如既往的大胆，只有他会笑着接受，并双倍回应她的大胆。

"啪！"

手心的杯子摔在地上，瞬间四分五裂。

妮娜垂眼笑了声，最终还是败给自己狂乱的心跳。

她摇摇晃晃地直起身，跌跌撞撞地往外走。

出了酒吧大门，冰裂的冷风从四面八方吹来，她追出酒吧，神色焦急地环顾四周，甚至连罩在红裙外的棉衣拉链都忘了拉上。

"找我吗？"

温和清润的男声仿佛跨越千年，冲破层层梦境，化作一缕青烟灌进她耳朵里。

她喝得太猛，醉得不轻，顺着声音侧头看去。

牧洲站在巷子前的路灯下抽烟，缓慢放下刚挂断的电话，看她的眼神透着丝丝邪气。

"没。"妮娜还是那个妮娜，嘴硬得要命，"里面太闷，我出来透透风。"

牧洲盯着她红润似血的脸，勾唇轻笑，情绪一扫刚才的阴霾，肉眼可见地变得愉悦。

他侧头吐尽白雾，静静朝她走来。

"外头冷，衣服穿好。"

说话时，他已经上手替她拉上棉衣拉链，幽深的眸光紧盯她红扑扑的小脸，忍不住又笑了一声。

"你笑什么？"妮娜茫然地问。

他唇瓣碰了碰，声音还没出口，酒吧里跑出来一个人，是刚才那个年轻的鼓手。

"妮娜。"

少年似乎也不愿轻易放弃，火急火燎地追了出来。

牧洲盯着妮娜晃动的睫毛，低声问："你是跟他走，还是跟我走？"

她沉默了。

她脑子是糊的，不知该怎么回答，似乎怎么回答都是错的。

她只想跟他走。

可自尊心不允许，她不能再眼睁睁地看着自己坠进深渊。

男人耐心等待片刻，没等到自己想要的回答。

他明白不能逼得太紧，未来的日子还很长，从现在开始，他不会再有任何顾忌，他可以肆无忌惮地对她好，用尽一切办法让她慢慢地接受自己。

牧洲径直同她擦肩而过，她心头猛颤，伸手扯了下他的衣摆。

男人骤然停步，呼吸僵住。

他抿唇笑了下，用力圈住她的手腕往前走。

年轻鼓手心有不甘，还想要说什么，却被他一个字正腔圆的"滚"字死死钉在原地。

孤寂冰凉的雪夜，一辆白色商务车在雪地里奔驰，沿着大路开了很久，拐进隐秘小道，停在紧闭的仓库前。

车里无人出声，安静得有些可怕。

妮娜受不住这种气氛，转身拉车门想要逃，男人大半个身子罩过来，死死按住她的手。

两人靠得太近，他稍重的喘息几乎贴着她的耳朵，她没出息地红了脸，耳根连着脖颈燃遍全身。

"你……你让开。"

"不让。"牧洲勾起浅笑，"我抓到你了。"

妮娜的呼吸越来越乱，心跳太过夸张，尤其在酒后，当其他感官逐渐消退，胸腔中剧烈的颤动仿佛变成了疯狂撞击。

妮娜抬眼，撞上镜片后的那双明亮的黑眸，里面灌满了她看不懂的情绪。

"你戴眼镜真难看。"她憋了半天憋出一句吐槽。

他喉头滚了滚，哑声说："摘下来。"

她睫毛轻颤几下，鬼使神差地摘下他的眼镜，近距离看他燃起红潮的深瞳。

他压抑到极致，连喘息都带着几分勾人的欲气。

似猜到他想要做什么，所以当他低头压近，她下意识地挥起巴掌，却被他精准控制在半空。

"亲完再打。"

他的吻落了下来，轻轻贴住她的唇。

柔软，湿热，小心翼翼地触碰，温柔细腻地辗转。

小兔子脸颊爆红，酒后的脑力明显不够用，她"嘤嘤"两声，撑着他的胸口想要推开，可那点软绵绵的力度不但不起作用，反倒激发男人即将破表的暴戾。

他恶劣地啃咬嘴唇，她疼得细声娇哼，不服气地咬回去。

牧洲喘着粗气分开，舔了舔嘴角，伸手扯开棉衣拉链。妮娜惊慌失措，还来不及作出反应，一只大手就摸进衣服里，紧紧搂住后腰，往上一提。

"你……"她被迫仰着头看他。

他太想念她的味道，强忍这么久，终于尝到这口香甜温软。

男人边吻她边伸手揽过她的腰，轻松把她抱过来，打横放在自己腿上。他低眼瞧着那双迷离涣散的猫咪眼，呼吸彻底乱了。

久违的深吻持续了很久，久到她结束后缺氧似的靠着他的肩头喘息。

"以后记住了，男人的眼镜不能随便摘。"

妮娜气绝，寻回一点力气起身，不由分说上来就是一个软巴掌。

他静静受着，舌头抵了下挨揍的右脸，疼得一塌糊涂，说："轻了点。"

"啪！"

又是一记狠的，印上浅红的指印。

他也不生气，甚至还在笑。

"我要回去。"

她满口全是水蜜桃的香气，再狠的话都沾染了几分甜软。

"再陪我一会儿，可以吗？"

"不可以。"

牧洲盯着她倔强的眉眼，忽而笑了。

这姑娘即使醉了酒，嘴还是一如既往的硬，非得吸着吮着才肯软下来，软成一汪温水，直直滑进他心底。

"有些话，我现在告诉你会不会太迟？"

她呆萌地眨眼，问："什么？"

他伸手抚摸她的脸，拇指滑过下颌，轻轻摩挲，嗓音极尽柔软。

"我很想你，小冬瓜。"

第三章

北城的雪比江南有趣

01

风声鬼哭狼嚎，雪花不断重叠，融化在半透明的车窗玻璃上，车里很快泛起浅白模糊的水雾。

男人清润的声线柔过轻风，远比冰雪炽热。

红衣小兔子酒后迷糊，瞳孔持续涣散，但人没醉，脑子还有几分清醒，她盯着男人漆黑的眼睛，定定地看他几秒。

酒精在体内迅速燃烧，逐渐灼化所剩无几的理智。

舌尖还残留着他的味道，甜腻温软，似咬了口水蜜桃味的果冻，细细咀嚼，吞咽，一点点吃进腹中。

妮娜无意识地舔唇，还在回味。

牧洲盯着滑过唇边的那一小点嫣红，如夜半绽放的花束，他好想吃一口，想到呼吸变重，竭力抑制那股暴乱的欲望。

男人非常礼貌地询问："我没亲够，可以继续吗？"

"不可以。"

她傲娇依旧，猫咪眼莹莹发光，升级成魅惑小狐狸，笑起来很诱人。

"只有本小姐想，你才有被宠幸的机会。"

说话间，软白的手指顺着他的鼻尖滑到嘴唇，他忍不住舔了下她的手指，她气息乱了，慌张地缩回手，顺带娇嗔地瞪他。

牧洲笑着亲吻她的脸，唇很热，烫人的热度。

她垂眼看他，呼吸不稳，心跳颤得厉害。

只需一个简单的对视，硝烟一触即发，战火瞬间燎原。

"亲吗？"

"不。"

妮娜嘴上拒绝，身体却无比诚实，醉眼迷离地捧起他的脸，微微低头，略带强势地吻住他。

她想，她也许是醉了，也许没醉。

思绪混浊不清，唯一能确定的是，不管发生任何，今晚都不会有任何改变。

"牧洲哥哥。"

耳边倏地炸开她软软的醉音，那声音轻易点燃梦境里的虚幻世界，他怔了几秒。

那一瞬间的空灵，仿佛回到他们第一次见面的那晚。

两人你来我往，她仰着脸笑盈盈地喊他"哥哥"，气恼自己被他三言两语撩拨得破功，固执地非要拽着他分出游戏输赢。

可是感情游戏哪有输赢可言。

所以他说："你想赢，我让着你。"

只是后来他才知道，也许从这句话说出口，他便已经输了，毫无胜算。

商务车空间虽大，可一番亲密下来，妮娜还是累得腰酸背痛，瘫软不想动。

"累了？"

男人轻轻抱住她，总有种在梦中的不真实感。

她贴贴他的肩窝，闭着眼，整个人像被劈开似的，一半困倦，一半亢奋。

"我酒醒了。"

"嗯。"

她沉默两秒，莫名其妙来了句："我不会负责的。"

牧洲微微一笑，说："知道。"

妮娜昂头，神色复杂地看他，问道："你笑什么？"

"够不够？"

"嗯？"

"厉害。"

顿了顿，他用低音又重复问了一次："够不够厉害？"

妮娜恍惚两秒，瞬间清醒，愕然想起一个被她彻底遗忘的事情。

她现在的人设是有"男朋友"的。

牧洲满意地看她惊慌失措的样子，低声戳破，不慌不忙地问："怎么，突然想起自己还有个男朋友？"

"不是……"她心虚地垂眼，推开他想跑，却被他先一步死死控制住。

妮娜平静呼吸，故作镇定地说："我们有时候会各玩各的，没什么大不了。"

"是吗？"牧洲笑意更深了。

"当然。"

"这样……"他若有所思地点点头，"但我不久之前听到一个故事，想跟你分享。"

"我……我不想听。"她隐隐察觉不对劲。

男人凑近她耳边，偏要说给她听："说是有一只小白兔，为了躲长颈鹿，硬拉着大黑熊当她的假男朋友，长颈鹿居然傻乎乎地相信，你说好不好笑？"

她想说，一点都不好笑。

如果没猜错的话，她从酒吧冲出来找他时，他刚刚挂断的电话，还有那抹意味深长的笑……

胖虎，你这个不讲义气的人！

牧洲静静地看了妮娜片刻，喉间滚出一声悠长的轻叹。

"妮娜，你要真不想见到我，直说就是，大不了我站远点，我不会对你怎样的。"

她低头看被揉得皱巴巴的红裙，冷哼回怼："你这叫没怎样？"

"今晚是我的错，我没忍住。"

他垂眼笑了声，想了想，严肃地问："那就记个大过，留待观察？"

"噗——"

妮娜绷不住笑出声，两手捂着脸，整个人都在颤抖。

牧洲也跟着愉悦地笑，终于可以肆无忌惮地逗她，一点点传递给她自己的心意，看她面红耳赤，看她恼羞成怒，就算是挨揍他也开心。

她笑够了，困倦地靠在他肩上，撩拨他衬衣上的扣子玩。

男人低头看着脸颊泛红的姑娘，不禁想起他们的当初。

他带她去酒吧，两人在下雪的夜里疯跑，阴风阵阵的黑巷，空置的小屋，她沉溺于他的温柔。结束后意犹未尽地被他牵出来，她仰着头大胆地问他："你的量词是一次还是一夜？"

想到这里，他嘴角笑意渐浓，说："今晚不回去了。"

"嗯？"

"换个地方。"他笑音酥麻入耳，"我的量词是每一夜。"

北城洲际酒店，商务房在二十层右侧的尽头。

西装革履的英俊男人牵着娇小可人的蓝发小姑娘，身高差分外惹眼，擦肩而过的路人都忍不住回头张望。

　　进屋后，酒醒大半的妮娜迅速寻到酒店准备的卸妆用品，第一时间清洁干净浓妆，温水拂后的皮肤白皙透亮，颇有清水出芙蓉的清新娇美之感。

　　她抬头看向镜子，身后不知何时突然多了一人。

　　男人微微倾身，两手撑在她身前的洗漱台上，他脱了西装，白衬衣解开两颗衣扣，露出修长白皙的脖颈，斯文精英男的气息团团包裹住她。

　　妮娜心头猛跳，强忍心底不受控的悸动，故作淡然地从牧洲怀里转身。

　　她脸颊上的水珠还未完全干透，透明水珠滑过鼻尖，砸在唇珠上，她伸出舌头舔干净，抬眼时，目光瞥过他脖子上那颗小小的性感的黑痣。

　　如果没记错，所有罪恶的源头都是从这里开始的。

　　那是他们第一次见面，她挑衅地亲吻那颗小痣，男人轻松摁住她，她气不过追上去，反被他按在门后接吻。

　　再然后，便一发不可收拾。

　　牧洲低头看她娇艳的小红裙，在柔光照耀下，宛如一朵绽放的嫣红玫瑰，只想剥开层层花瓣，品尝花蕊特有的诱人香气。

　　水珠滴进眼睛，她不舒服地眨了几下，眼眶红红的。

　　"怎么了？"牧洲很轻地皱眉。

　　"眼睛进了东西。"

　　"闭眼。"

　　"我自己会弄。"

　　牧洲笑了，话带宠溺："听话。"

　　"不听。"

　　妮娜几时有过听话的概念，她向来都是特立独行的代表。

　　男人不计较她的嘴硬，盯着她通红的小兔眼，倏地弯腰靠近，吻落在薄薄的眼皮上，宛如羽毛轻盈触碰。

　　被人亲吻后的眼睛频繁颤动，没多久流下一滴眼泪，不适感神奇消失。

　　"我好了。"妮娜娇嗔地推开他。

　　牧洲没动，也不吱声。

　　妮娜还想矫情一会儿，不愿那么快遂了他的坏心思。

　　"我要洗澡，你出去。"

　　他看着她，呼吸发沉，问道："一起？"

　　"不……唔嗯！"

男人两手捧着她的脸，整个身子压上去，热吻突然激烈起来。

妮娜有些吃不住，被迫仰着头，后背紧贴冰冷的洗漱台，喉头慢慢溢出破碎的呻吟。

他明明没喝酒，怎么比醉了还要疯狂？

屋内的温度持续升高，她说不了话，脑子一片空白。

他喘息声压了又压，宛如终于挣脱牢笼的困兽。

那些所谓的云淡风轻、温柔体贴，在那一刻彻底化作泡影。

牧洲从不认为自己是个好人。

他白手起家，混到现在小有成就，其间经历过太多人间疾苦，付出过真心，也被人狠狠伤害过。

他习惯用伪善的面具保护自己，习惯用标准笑容遮盖所有情绪。

他游戏人间，但再也不会交出真心。

他自以为强悍到刀枪不入，却从未想过自己会败在这样一个姑娘裙下。

她活得肆意妄为，嚣张又真实，可爱又强势。

她能一眼看穿他所有的伪装，无所顾忌地戳破。

"你笑起来真难看。"

"其实你对什么都不屑是吗？"

消散的靡靡之音，时刻萦绕在耳畔。

"妮娜……"牧洲低头盯着她迷蒙的眼睛，勾唇笑了，"以后有我负责，不准再找别人。"

02

风雪过后，世间万物浸染纯白，微风轻拂，时间仿佛静止。

天外云层浅淡，薄雾微散，柔软的晨光透过枝叶间的空隙洒落光点，斑驳树影随风荡漾。

午后天光大亮。

困顿的女人微微转醒，身侧的男人双眼轻闭，呼吸均匀，俨然还在沉睡。

妮娜没着急下床，保持呼吸相闻的距离，安安静静地看牧洲半晌。

目光不经意地瞥过他的耳朵，意外发现那个小小的耳洞。

她记得以前没有这个玩意儿。

思来想去，她得出结论，大概率是他为了哄哪个女人特意弄的。

清醒过后，她蹑手蹑脚地下床，偷偷瞄了眼，确定男人没醒，走进浴室洗漱。

小红裙已没法穿，妮娜原想拿牧洲的衬衣凑合，可无意中瞥见角落的那个办公桌。

叠好的衣物还未拆吊牌，她拿起看了眼，简单的卫衣套装，外加内衣内裤，全是她穿的尺码。

她微怔，困惑地转身看他，歪头盯着那张睡熟的俊脸。

他什么时候偷跑出去的？

几分钟后，她迅速换上干净的衣服，拎上小包潇洒离开。穿过套间的客厅，开门之前，她从包里掏出手机，小小的口红被顺势带出，掉在地毯上，滚向身后。

妮娜回身去找，低头撞见一双澄亮的皮鞋，来人已弯腰替她捡起。

她胸腔隐隐收紧，强行稳住动荡不安的心跳，目光顺着工整的西裤往上，未系好的腰带松垮垮地垂落晃荡，白衬衣扣了三粒衣扣，胸口白得发亮，微凸的胸肌刚刚好，精壮却不突兀。

"不打个招呼再走？"牧洲声线温润，微笑逼近。

"我为什么要打招呼？"妮娜高声回怼，下意识地往后退两步，撞上身后的木门，背脊挺直，语气也硬了，"睡醒之后就拜拜，你懂不懂规矩？"

"规矩？"男人停在她跟前，完美笼罩落地窗外洒落的刺眼光芒。

他低头看她紧咬的唇瓣，笑着追问："我们之间的规矩早就破了，不是吗？"

"那是你，不是我。"她昂头看他，眸底晃过一丝凶狠的冷光，"我发过誓，同样的错我不会犯第二次，昨晚只是失误，不能代表任何东西。"

牧洲静静地看着她，他知道她在怨什么。他眉眼垂落，嗓音稍显低沉："我知道，我还欠你一个道歉。"

"道歉？"妮娜嗤笑，"别闹了，你这样只会让我觉得自己很可笑。"

她清亮的瞳孔隐隐闪烁水光，她曾无数次在梦中见到他，只是缠绵的背后，那张轻蔑的笑脸始终挥散不去。

"游戏就是游戏，你赢了，我输了，心悦诚服。更何况牧洲哥哥没有说错什么，感谢你的谆谆教导，让我知道什么叫演技逼真，什么叫戏里戏外浑然一体。"

"你相信吗？"男人低身靠近，属于他的气息强势笼罩。

见她扭头躲闪，他捏住她的下巴，强迫她看着自己，追问："你相信我说的那些话？"

"牧洲。"她仰着头，憋屈很久的委屈倾泻，眼眶都红了，"那天我吃了药，特别苦。"

他愣了几秒，深深合眼，想起自己说过的那些狠话，又看到她通红受伤的眼睛，心脏痛得仿佛被瞬间撕开，冰冷的血液从四分五裂的伤口中流出。

"对不起……"他自责得想要杀了自己，低声重复，"对不起。"

"我不要你的对不起，我早就已经不在乎了。"妮娜垂眼，喃喃细语，"之前的事我全都忘了，包括昨晚，我们到此为止，不会再有以后。"

牧洲盯着她颤动的长睫，喉间一阵酸涩，每个字音都灌满无尽思念，小声说："可是妮娜，我忘不了。"

她稍显讶异，抬眼对上那双晦暗不明的墨瞳。

"我忘不了你。"牧洲继续喃喃道。

他对待感情向来很直接，如果不是信了她说的谎话，顾忌舒杭的存在，这些话早在两人重逢的那一刻，他已经毫无保留地让她知道。

"我以为只要时间够久，那些我不愿承认的心动就会自动消失，可事实上，我经常看见你，有时候在梦里，有时候在酒后，任何地方都有你的影子。你笑了，我跟着笑，你哭了，我跟着难过，我也不知道自己到底怎么了。"

牧洲干笑两声，脸颊微红，略带少年的腼腆，又说道："就像个傻子一样，只要想起你就会开心。"

"你……"妮娜双眼呆滞，脑子彻底一片空白，唇瓣几番碰撞，仍然发不出声。

男人呼吸声急促，身子压近，两手控在她身侧，低身平视她涣散的眸子，面色难掩紧张，嗓音发颤地问："你是不是没听懂？"

妮娜好不容易找回自己的心跳声。

她耳根红透，化羞涩为愤怒，抬眼瞪他，冷冷地回道："你别以为你这么说，我就会相信你，我……"

男人侧头吻住她，堵住那些乱了呼吸的狠话。

他耐心轻柔地撩拨她的唇瓣，酥麻的热吻沿着嘴角贴到耳朵。

"北城好冷，比江南冷多了，可北城的雪比江南有趣，因为有你在。"

闻言，妮娜全身发软，有些站不稳。

"小冬瓜，"他嗓音喑哑，极尽柔情，"我是为你而来。"

山上的雪下个没完没了。

灰沉黑雾遮天蔽日，室外冰天冻地，狂风夹杂绵绵白雪，吹得窗户持续响动。

郁闷的妮娜本想跑去隔壁找舒杭玩，可他房里无人，打电话也没人接。她细细琢磨，似乎从动漫展那日后，他的行动轨迹变得十分诡异。

可说到那日，她又不得不想起某个让她心烦意乱的男人。

那天，她原想在酒店外跟牧洲分道扬镳，没想到他直接化作牛皮糖黏着她不放。

她走到哪里，他的车跟到哪里，哪怕她上了出租车也不消停——男人直接半路拦车，略过目瞪口呆的司机，强硬地抱她下车。

妮娜气得七窍冒烟，可这人骂不还口，打不还手，手臂被尖牙咬破，他也只是淡淡瞥过，低身给她系好安全带。

"呸，无赖。"

她骂累了，气喘吁吁的。

"一向如此。"牧洲心情愉悦，扬唇笑得欢。

妮娜郁闷合眼，她只想撕下那张嘚瑟的笑脸，晃得人眼睛疼。

傍晚时分，百般无聊的妮娜抱着手机翻来覆去地滚，倏地坐起身，给远在江南的贺枝南打电话。

其实自那日见到牧洲，她便第一时间想告诉南南，顺便旁敲侧击地打听他突然跑来北城的原因。

可无奈婚礼将近，贺枝南除了自家甜品小店外，还要忙着筹备婚礼，都没时间跟妮娜好好聊天。

这次碰的时间刚刚好。

那头的女人听妮娜说完，稍显诧异地问："牧洲去北城了？"

"你不知道？"妮娜满脸茫然。

"没听说。"贺枝南昂头朝给她递水果的魏东微笑，一本正经编瞎话，"不过魏东说今年物流公司运营不错，牧洲兴许是去北城开分公司，扩宽市场。"

"哦。"

妮娜郁郁寡欢，盘旋在心间的那团热气也逐渐消散。

她就知道，他说的那句"为你而来"不可信，至少不能全信。

"下个月的婚礼，你记得提前来。"贺枝南温声细语地要求，"你是伴娘，你得帮我多干活。"

"知道了。"

妮娜应声，沉默两秒，神神秘秘地问："伴郎是谁？"

"还能是谁，你闭着眼睛都能猜到。"

"哦。"

果然是逃不掉的宿命。

贺枝南笑声悦耳，贴心提议："你要不嫌弃可以跟牧洲一起过来，路上有个照应，我也放心一点。"

"我自己来。"

说完，妮娜还特别严肃地强调："我跟他不熟，拒绝同行。"

贺枝南也不拆穿，笑了笑，自然地转移话题。

两人闲聊了一会儿，电话挂断。

贺枝南放下手机，美滋滋尝了块切好的苹果。

魏东走来搂住她的腰，不解地问："为什么不告诉她牧洲去北城的原因？"

"我才不说呢。"女人侧头看他，眼波流转，憋着一股傲娇劲，"我家妮娜多好，走哪儿都有人喜欢。虽说牧洲也是好人，可他欺负过她，当然不能就这么算了。娜娜会心软，我不会，至少明面上不能帮他。"

魏东了然点头，说："老婆威武。"

03

晚餐时间，餐桌上只有妮娜一个人。

朱老爷子要比原定返程时间晚几天回来，说是顺便去隔壁市拜访故友。

舒杭突然人间蒸发，静姝一直沉迷画室，牧洲已经两日不见人影。

偌大的屋子空荡荡的，妮娜食欲不佳，吃了两口就撤了，端着小巧精致的果盘绕到画室门口，轻轻敲门。

"进来。"静姝的声音是渗进骨子里的那种清冷。

妮娜推门而入，扑面而来的颜料气息不刺鼻，闻着让人提神醒脑。

女人端坐在画板前，长发松松绾起，用一支画笔固定，手上拿着颜料盘，正细致地为画作上色。

"静姝姐姐。"

听见唤声，静姝回了点神，抬头冲妮娜微笑，说："妮娜来了。"

"李婶说，你这两天又没怎么吃东西。"妮娜走近，满眼担忧，"你本就在生病，还这么不爱惜身体。"

静姝抿了抿唇，眼底晃过一丝晦暗不明的灰光，放下手里的果盘，侧过身看她，小声说："爱不爱惜，也就那么点时间了。"

"你少胡说。"妮娜一听这话就急，更多的是无法言喻的心疼，"十年前医生就这么说，你还不是活得好好的！"

"可是……"

静姝抬手捂住心脏的位置，极勉强地扯了下唇，镇定情绪后继续说："我能感受得到它正在慢慢枯萎，也许哪天突然就没力气了。"

"姐姐。"

妮娜有颗很柔软的心，光想想她说的话，便忍不住湿透眼眶。

"哭什么？"静姝眉目柔和。

见妮娜泪眼婆娑，伸手替她擦干眼角的泪珠，像是自言自语："眼泪留着，等哪天我真没了……"

"你又来，再这么说我真生气了。"

"好好好，我身强体壮，能活一万年。"

妮娜哼哼道："这还差不多。"

暮色降临，女人继续沉迷作画，妮娜则满画室瞎逛。

画室左侧墙上挂满已经完成的画作，靠墙的位置放置了几个打包好的画框，为首的那个包装纸撕开一个小口。她好奇地撩开去看，见着画中人，瞳孔逐渐撑大，呼吸静止，思绪慢慢回笼清醒。

"我听舒杭说，那天是修远哥哥的生日？"

静姝呼吸一颤，鲜红的色彩画出边界线，她听懂妮娜的问话，坦然承认，"嗯"了一声。

妮娜走到她身后，想了想，小心翼翼地问："你见到他了吗？"

"嗯。"

"没说话？"

"没有。"

说完，静姝缓缓垂眼，转头看向窗外，一点点回忆起那个漫天飞雪的夜晚。

她带着亲手画的生日礼物去见叶修远，本想送了就走，没想到却被一个漂亮的长发女人先一步截和。

那么冷的天，女人穿着皮衣短裤长靴，举手投足间皆是风情。

叶修远很绅士地替她撑伞，载着女人消失在漫漫雪夜。

"要不要跟上去？"舒杭不确定地问。

"不了。"她摇头，转身看了眼后备厢里的画框，笑意酸苦，"送不出去的，又何止是画。"

妮娜见静姝盯着某处失魂，伸手在她眼前晃了晃。

静姝回神，躲开妮娜疑惑的注视，语气淡淡道："我画得不够好，想想还是算了，免得送出去丢人。"

"可你已经画了八年了。"

"是啊，都八年了，年年没画好，我真的一点进步都没有。"

妮娜走到静姝面前，半蹲下来，死死盯住她的眼睛，自小生病令她面色惨白，总是一副怏怏的病弱模样，长睫低垂，透露着淡淡忧伤。

"我帮你。"

"嗯？"

"我帮你追他。"

"别闹了。"静姝轻笑，瞧着小姑娘正儿八经的严肃样，忍不住戳她的脸，"现在这样也挺好。"

"哪里好，暗恋纯粹就是折磨自己。"妮娜是一点就着的急脾气，对暗恋这种事完全无法忍受，特别是暗恋多年，一直默默喜欢，默默难过，想想都憋屈，"你就试一次，行就行，不行拉倒。"

她直起身，两手叉腰，下巴微昂，俨然一副指点江山的样子，说："叶修远虽说是不食人间烟火的高岭之花，但你好歹也是朵有才有颜的清纯小百合，要我说，你配他简直绰绰有余。"

静姝听她眉飞色舞地描述，笑得合不拢嘴，视线无意瞥向屋外恍惚的人影，冷不丁来了句："那牧洲呢，他是什么？"

妮娜脸色大变，支支吾吾地吐字："聊……聊得好好的，干吗突然提这人……扫兴。"

静姝见她装聋作哑，故意说给她听："其实吧……我之前有考虑过接受外公的提议，跟他好好相处试一试。"

"他？"妮娜呼吸一沉，"他凭什么？"

"认真来说，他挺不错的。"静姝看着脸色越发难看的小姑娘，笑意加深，一样一样细数，"样貌身材好，温柔体贴，成熟稳重，貌似也很会照顾人。"

"那些都是假象，你千万别被他那张脸骗了。"妮娜急迫打断，面红耳赤地大声嚷嚷，"他就是个穷困潦倒的小镇男人，到处留情，外面的女朋友七八九十个。"

"是吗？"

"千真万确！"

静姝看着上蹿下跳的妮娜，使劲憋笑，故意说："哦，原来他这么坏。"

之后，她转头看向拉开一半的画室门，嫣然一笑，问道："你都听见了吧？"

妮娜愕然，心跳瞬间停滞。

她像机器人卡机了似的慢慢转过身，不偏不倚地对上刚从室外进屋的男人。顶灯照亮他小半张脸，看她的眼神晦暗不明，深蓝色的西服上沾染的雪粒，化成星星点点的水渍。

"我先走了。"

她故作镇定，大步流星往外走，淡然地同男人擦身而过，往后的每步都迈得极其艰难。

牧洲静默地站了片刻，迎来静妹略带同情的注视，外加看戏的幸灾乐祸。

他微微垂眼，喉间滚出一串低沉的笑音。

前两日在外头跑得头昏脑涨，事情结束后马不停蹄赶回来见妮娜，结果意外收获这么多"好评"。

这还真是，惊喜年年有，今天特别多。

半夜，屋外狂风咆哮，屋内鸦雀无声。

妮娜在床上滚了几十轮，数羊数月亮数星星通通来了一遍，最后均以失败告终。

她以前就有失眠后饮酒的毛病，写作压力太大，不喝醉睡不着。

可自她上山后，不愿再烦山下那些破事，作息逐渐正常，勉强能入睡。

只是现在一闭眼，眼前就会出现那个衣冠楚楚的男人，还有他在酒店里说的那些让人脸红心跳的话。

她告诫过自己不可相信，但那段记忆不仅无法消除，还不断发光发亮，直到完整地铺满她的感官世界。

伤疤还没好，她却忘了疼。

朱妮娜，你还真是不长记性。

活该被折磨。

妮娜出门下楼，跑去厨房欲拿几罐啤酒。

偶然发现冰箱最上层的草莓布丁，肚子里馋虫叫个不停，她决定放弃减肥，踮脚努力凑近。

她脚尖着地重力不稳，身子前后颠簸摇摆，突然，后背撞上硬邦邦的身体，清新的柑橘香气窜进鼻间，远比腻人的香水更有蛊惑人心的魔力。

她诧异回头，下意识往后退了两步。

果然是他。

"要什么？"

牧洲因工作的事熬到半夜，外出的衣服没来得及换，只脱了外套，黑色衬衣称得本就过分白皙的脸更显病娇感，他眼眸深沉，炙热而坦诚。

"啤酒。"妮娜想着反正拿不到，不如指挥别人，"还有布丁。"

052

男人听话照办，把布丁塞进她手里，啤酒拿了四罐，没急着给她，自己拎着转身就走。

"喂——"她伸手扯他的衬衣，"啤酒是我的。"

牧洲回身看她，眼眸无比纯净，说道："我陪你喝。"

"我不要。"她闷声拒绝。

她手心的布丁都快捏碎了，仿佛同他共处的每分每秒都是精神上的折磨。

男人无言轻叹，往前走了一步，她跟着退后，直到退无可退。

"我两天没见你了，让我多看几眼好不好？"

"不好。"

闻言，牧洲轻轻蹙眉，面露矛盾之色。

他既想迫切地发起进攻，又想细水长流地缓步靠近。

他不确定她喜欢哪一种，只能耐心地不断尝试，直到找到她能够接受的节奏。

"我们之间的事，我已经说得很清楚，你少在这边装聋作哑。"妮娜胸腔堵得慌，有些喘不过气来。

她现在害怕跟牧洲独处，太过亲密的空间，总让人想起一些不该回想的暧昧画面。

"你以后能不能不要跟我说话？"她莫名其妙地跟自己置气。

"不能，"牧洲面色僵硬，话脱口而出，"我做不到。"

"你……"她憋了半天憋出两字，"有病。"

她不能再待下去，快速小跑上楼，好不容易瞧见自己的房间，刚要松口气，身后的人追上来，不由分说地以单手抱起她，霸道地拐进他的房间。

房门合上，他搂住她的腰带进怀里，在她刻意压低的叫喊声中把她扔到床上。

他严丝合缝地压上来，手里的啤酒顺势掉到地上，顺着地毯滚了几圈。

"疯了，你……"

她瞪圆了眼，骂腔全吞了回去。

男人近距离靠近，额头与之相抵，鼻尖亲昵地蹭了蹭。

她两手拽紧床单，没出息地红了脸，心脏不受控制地狂跳，仿佛在胸腔内横冲直撞。

"你想怎么样？"

妮娜茫然地看他，有些不知所措，这几天脑子完全是空的，只要想起那些话就会忍不住心动。

可她厌恶这种心动。

她以前从来不涉及感情，因为她清楚自己是个百分百"恋爱脑"。

　　当年就是吃了亏才会被男人骗得"人财两空"，所以她才封锁自我，再也不愿交付真心。

　　"不怎么样。"男人抿唇笑了下，略带自嘲，"我就是想让你陪我一会儿，只喝酒，不干别的。"

　　"可我不想看见你。"妮娜瓮声细喃。

　　"我知道。"牧洲微微起身，两手撑在她身侧，盯着那张近在咫尺的小嘴，有些狼狈地看向别处，"如果不是知道你讨厌我，早在厨房我就亲你了。"

　　前两天他几乎没睡，今天生生熬到半夜，眼底布满血丝，唇色寡白，一副病入膏肓的无力惨样。

　　妮娜满眼警惕地盯着他，半晌不说话。

　　"抱歉。"

　　牧洲还是败下阵来，起身放开她，几步走到落地窗前，把手伸进裤子口袋里摸烟盒。

　　他可以用笑去蛊惑其他人，游刃有余地玩恋爱游戏，可唯独对她，他再也戴不上那张虚伪的面具。

　　可少了面具的加持，真实的牧洲并不清楚该怎么追女人。

　　他只懂直白地表达，用最真诚的方式把自己摊开了给她看。

　　"嘎吱！"

　　屋里响起啤酒开盖声，接着，身前突然多了罐啤酒。他侧头看去，小姑娘别扭地站在他身边，把易拉罐强行塞进他手心。

　　"恶人就该有恶人的样子，你可怜兮兮地干什么？你以为这样我会心软吗？"她咽了口啤酒，低哼，"幼稚。"

　　牧洲低声笑，回道："同小孩混久了，难免幼稚。"

　　"你才是小孩。"

　　"我又没说是你。"

　　妮娜气绝，这男人真不能同情，转头就蹬鼻子上脸。

　　"我走了。"

　　"别，我错了。"

　　牧洲伸手拉住她，没皮没脸地笑，目光瞥过她泛起红潮的脸，眸底滑过一丝热意，抬手抿了口酒。

　　"如果醉了，睡我床上。"

"滚。"

顿了顿，她侧过身面向他，仰着头好奇地问："到底哪个才是真的你？"

牧洲没吱声，一口干完那罐瓶酒，然后微微弯腰，用平视的角度看她。

夜晚的男声很有磁性，似徐徐流淌的温水，平静得让人着迷。

"之前那个是，现在也是。"

04

暴雪天的后半夜，万物沉寂，静逸似水。

房间仅开了盏小小的落地灯，暗黄色光晕照亮书桌一角，偶尔能听见键盘敲击的声响，伴着喉头滚动吞咽，两三口能喝完一罐啤酒。

套粉色卫衣的妮娜靠床坐在地毯上，她闷头喝酒，男人也不打扰，忙着手里的活，时不时侧头瞥她两眼。

易拉罐空了三瓶，冰凉液体润喉，解了心头焦躁，沉闷的堵塞感四散于浓郁酒香中。

她瞳孔逐渐涣散，自己的酒喝光了，便想要去抢他的喝。

男人刚拿起酒，手背就被人用力按住。

他抬头，见女人脸颊酡红，一副半路抢劫的土匪模样。

她舔舔嘴唇，说："我的。"

牧洲抿唇笑，把酒往她身前推，回道："给你。"

妮娜摇晃手里的易拉罐，大约还有半罐，仰头一口喝完，"啪"的一声砸在书桌上，用命令的口吻说："我还没喝够，你帮我拿。"

"今晚不能喝了。"

牧洲轻声拒绝她，身子微微后仰，黑衬衣散开两颗衣扣，流畅的下颌线条勾着一丝探索的神秘感，慢慢延伸进微敞的禁欲之地。

"累了就去床上睡，或者抱你回房。"

"我不要。"妮娜单手撑着桌角，明亮的黑瞳一动不动地盯着他，像小孩耍赖似的，"再喝一罐，就一罐。"

"撒娇也没用。"

他喜欢她醉眼迷离的样子，双颊似染红的胭脂，耳朵的颜色深了个度，尾音稍稍拖长，霸道又带了点小姑娘的骄横。

她没喝太醉，可明显比平时少了几分防备心。

"醉了？"

牧洲仰着头，小心翼翼地去牵她的手，小小软软的触感，似猫咪张开的小肉爪，时不时挠你一下，心痒如麻。

"怎么可能？"她打死都不承认酒量退步这件事，嘴硬的王者，"我可是外号'千杯不倒'。"

"三瓶投降的'千杯不倒'？"

妮娜被说得脸颊发热，甩开男人逐渐放肆的手，冷声耍横："我自己拿，不劳烦你。"

说着，她便要转身下楼。

谁知手腕突然一紧，她还没走出两步就被人拽回来，向后颠簸几步，跌坐在他腿上。

他呈横抱的姿势，另一手掐住她的腰，止住她欲起身的动作。

"放开。"

他还算绅士，礼貌询问："想抱抱你，十分钟好不好？"

"不好。"

"五分钟？"

妮娜低眼瞪他，拒绝的话被他过于深情的目光憋了回去，暗暗松口："最多一分钟。"

"行。"

他爽快答应，两手抱得更紧，突然不说话了。

他挺立的鼻梁轻轻擦过她的锁骨，鼻息热烫，捎着几分要命的酥麻。

她身上的酒香很好闻，他很想吻她，忍住了，克制地低埋在她颈边。

忙忙碌碌几日，只有这会儿最安静，流动的时间仿佛停滞，他可以放下所有烦心事，享受这难得的充电时间。

不知过了几个一分钟，男人依旧僵硬不动，呼吸均匀，似在熟睡中。

妮娜侧头看向桌上的笔记本电脑，密密麻麻全是她看不懂的表格和数字。

"喂……"她伸手戳牧洲肩膀，轻声提醒，"一分钟到了。"

男人仍处混沌中，磨蹭很久才睡眼惺忪地抬头，近距离盯着她的脸，倏尔笑了，笑得有几分傻，有别于他平时云淡风轻的漠样。

"笑什么？"

他很轻地皱眉，突然伸手摸了她一下。她来不及反应，男人心满意足地撤回手，说："应该不是梦。"

妮娜喃喃道："谁准你摸我了？"

"摸都摸了，怎么办？"

顿了顿，男人挑眉，带着一丝不正经的慵懒，说："你打我两下？"

她微怔，直接被气笑了，软绵绵地想推开他。

他不肯放，用力缠住她的腰，藤蔓似的死死抱紧。

"别走。"他抬起头，清亮的双眼疲倦黯淡，密布红色血丝。

妮娜酒意慢慢上脑，理智逐渐跑偏，竟滋生出几分不该有的心疼，一边骂自己，一边又忍不住问他："你几天没睡了？"

"忘了，两三天吧。"

"为什么？"

牧洲沉默两秒，淡声解释："我准备在北城开一家分公司，前期有很多事需要我去处理。"

她闷闷地"哦"了一声，难掩一晃而过的失落。

果然，他来北城不仅仅是为了她。

商人在商言商，永远利益至上。

"怎么了？"

"没什么。"

男人似乎能一眼看穿她藏不住的小心思，沉默了一会儿，轻声细语地解释："北方那么多城市，我偏偏选了北城，如果不是为了你，作为一个唯利是图的商人，何必跑来这个物价高成本更高的地方瞎折腾？"

"那说不好，也许你的小情人也在这里。"

"没错。"他赞许地点头，郁闷叹息，"可惜我的小情人并不待见我，见着我就嫌烦。"

"你自找的，活该。"

"我的错，我认。"

发现男人目光灼灼，她心跳如雷，慌乱看向别处。

太过亲昵的抱姿容易让人心猿意马，尤其是在酒后，思绪飘忽不定，再这么下去，她也不确定自己还有多少自制力。

"抱够了吧，放我走，我困了。"

"睡在这里。"

"不，我自己有床。"

"我的床更软。"

牧洲微哑地喘息，似咬碎于唇齿间的水蜜桃，满口甜腻的汁水。

她用力拽紧他的衬衣，耳朵都要麻了。

屋里的燥热忽然翻滚好几倍，男人体温炽热，手指轻轻撩开衣摆，隔着轻薄衣料在她后腰细细摩挲，燃起成片酥痒。

妮娜低眼瞪他，看着他镜片后含笑的眼睛，软腔软调地控诉："乘人之危，算什么君子。"

"我从没说过我是君子。"他呼吸稍重，颤音压抑至极，"我只说过，不会强迫你，你不愿意，我就不碰。"

妮娜扭头憋笑，除非她脑子有病，才相信他的承诺。

她见他一脸严肃，倏地来了点作恶的坏心思。

她身子微转，换了个更亲密的姿势跨坐在他身上，并在男人错愕的注视下大胆贴近，停在呼吸相闻的距离。

错乱交缠的热浪灼烧，醉人酒香迷惑心智。

"妮娜。"

他喉头滚了滚，哑得不成样。

女人轻轻蹙眉，不满道："兔子宝宝更好听。"

"喜欢我这么叫？"

她借着酒性凑近他耳边，黏腻地咬字："牧洲哥哥。"

男人下颌绷紧，理智徘徊在失控边缘，摇摇欲坠。

妮娜不怕死地捧起他的脸，指尖滑过脖颈摸到那颗小小的黑痣，这个动作仿佛是把无形的钥匙，篇章由此打开。

她低头印下一吻，男人胸腔重颤。

妮娜达到目的，身子后仰，笑眯眯地欣赏被自己撩到七窍生烟的男人。

这段时间被他三言两句唬得一愣愣的，她若再不找回场子，还真把她当成可以随便拿捏的小白兔。

她本想撩完就跑，可总觉得不尽兴，非要去摘他的眼镜。

少了镜片阻挡，最后一块多米诺骨牌被彻底推翻。

"啊——"

她吓得用手捂嘴，下一秒被男人抱上书桌，小兔子惊慌失措，瞪着一双水润湿亮的眸子看他。

"怕了？"牧洲埋在她颈边低笑，"刚不是挺会撩？"

妮娜稳住气息，仰头看他，话带挑衅："你说了，要我愿意。"

牧洲两手撑在她身侧，身高差距下，小小的一只被团团包围，小姑娘脸颊红润，眼眸水灵清澈，可爱得让人想用力揉碎，一点点吞进腹中。

"我等得起。等你主动开口求我的那天。"

"你做梦。"

闻言，男人笑着，还要说什么，地毯上的手机倏然振动。

妮娜趁其不备推开他，从他怀中逃跑，拿起手机翻开微信。

阿 Ken 发来一张图片。

她满眼困惑，下意识地瞄了眼时间。

凌晨四点？

她收起手机，快步走到门前，忽然停顿几秒，转身跑回牧洲跟前，说话时习惯踮起脚。

"你能不能……"

"能。"

"你都不问什么事吗？"

男人被她踮脚凑近的模样勾得心花怒放，柔声承诺："什么事都能。"

妮娜呆愣地看他，那张脸时而模糊时而清晰，她晃晃目眩神迷的头，刚喝下的酒似乎还没完全醒。

"你载我下山，我要去抓一个人。"

"谁？"

"舒杭。"

她目光延伸，看向漆黑的窗外，露出一抹诡异的微笑。

不讲义气的臭胖虎。

你完了。

第四章

1

也许爱情就是个无止境的轮回

c h a o x i

01

凌晨四点多，空阔的道路车影寥寥。

昏暗路灯在雪地拉开一道黑影，绵绵白雪悄然飘落，车轮匀速滚过铺满白色丝绸的松柏马路，留下一串清晰且悠长的印记。

商务车停在酒吧街附近，副驾驶的姑娘沉睡不醒，硕大的鸭舌帽刚好遮过巴掌大的脸，雾蓝色长发分两束，束成可爱小丸子在耳下晃荡。

牧洲停稳车，把暖气开至最大，疲惫地闭上眼。耳边隐隐响起她碎碎念的梦话，他嘴角上扬，有种在梦里吃糖的甜腻感。

唇齿咬碎糖果，吸吮，吞咽，溢出满口香甜。

约莫过了一个小时，妮娜缓缓睡醒。

她侧头看了眼闭目养神的男人，轻手轻脚地下车。

雪似乎还在下，数不清的雪片纷纷坠落，帽子上很快叠起积雪，她伫立在寒风中，眼神木然，未清醒的脑子逐渐放空。

顺着图片信息，她走到酒吧街的尽头，左拐，还真在路边树下发现了舒杭的车。

"怎么不叫醒我？"

身后突然传出低醇温润的男声，她愕然回头，看到牧洲就站在身后。

"你是鬼吗？走路都没声的。"

"没做亏心事，你慌什么？"

妮娜抬抬帽檐，瞳孔映出他明朗清亮的笑脸，衬衣外随意套了件深色夹克，严谨中透着一丝藏不住的痞气。

"你……"

"嘘。"

他伸手捂住她的嘴，掐住她的肩头转后，自然地把她抱进怀里，视线顺着飘零而落的雪花探向亮起的后车灯。

驾驶位下来一人，身影高大魁梧，光看那背影便能认出七八分。

是神秘消失几日的舒杭。

"他怎么在这里？"牧洲皱眉，不解地问。

妮娜摇头，用力扒拉他的手。

两人恰好站在风口，寒风狂啸，冷似冰刀，她下意识往他滚烫的怀里靠，嘴里念叨着："三更半夜跑来街上闲逛，准没啥好事。"

阿 Ken 的酒吧就在附近，他收工时刚好瞧见舒杭的车，那个车牌尾数实在好记，88438，于是他第一时间拍下并发给妮娜。

下车后的舒杭贼头贼脑地走向暗黑无人的小巷，妮娜的好奇心达到顶峰，她强拉着男人快步追上去。

轻重不一的踏雪声延绵响起，等他们追到巷口，妮娜倏地停步，小心翼翼地探头往里看，舒杭已经不见了。

巷子很深，唯有一家小小的花店亮起灯牌。

两人刚准备往里入，猛然听见身后响起一串汽车引擎声，由远至近，停在离他们不过几米的路边。

"抱住我。"

闻言，妮娜转身缩进牧洲的怀里，两手摸进外套环住他劲瘦的腰。

男人怀中藏着温香软玉，他勾唇笑笑，听话地用力抱紧她，顺便不经意地亲吻她冻到发红的鼻尖。

妮娜呼吸一紧，刚想骂他不讲规矩趁乱打铁。

恰逢这时，身后缓缓飘过一人，脚步轻盈，干冷的空气捎来一丝清新花香。

妮娜不敢动了，侧头紧贴牧洲的胸门。

等人走远，她昂头看他，小声问："看清没，是什么人？"

"没有。"

她无语，骂道："你眼睛长天上去了？"

牧洲点头，表示认同地说："光顾着看你来着，没注意其他。"

她羞恼地推开他，阴阳怪气道："你比胖虎更像傻队友。"

"谢谢夸奖。"男人笑得分外欠扁。

巷子的拐角放置着一堆叠好的纸箱，足足有一人高，十分隐蔽。

这里距离花店仅两米远，舒杭一点困意都没有，不知疲倦地蹲点几天，口袋里的西瓜发夹也跟着静躺几日。

"喂。"

突如其来的一声后，左后肩被人狠拍两下，生来胆小的舒杭吓得魂都没了，下意识地挥拳过去。

牧洲反应及时，拽过妮娜扯进怀里，这才让她"幸免于难"。

妮娜也吓蒙了，拳风冷飕飕地晃过眼前，险些变身熊猫。

"臭胖虎，你想害我啊？"

舒杭听见熟悉的女声，不可置信地睁眼，涣散的瞳孔聚焦，瞧见惊魂未定的妮娜，她脸色苍白，眨眼动作异常缓慢。

"你怎么在这儿？"舒杭惊讶地问。

然后，他抬头看向她身后的牧洲，男人气场强大得宛如她的保护伞，下巴微扬，懒洋洋地冲他笑。

"牧洲哥？"舒杭嘴角抽搐。

假的吧，这种鬼地方也能撞上？

"你们怎么知道我在这里？"

"怎么，干了坏事还怕人知道？"妮娜跳起来一个精准锁喉，身高差异下几乎半挂在舒杭的身上，举止略显亲密。

"你偷偷摸摸地猫在这里干什么？从实招来！"

舒杭被勒得脸红，直翻白眼，忙说："别别，喘不过气了。"

牧洲眉头紧蹙，就算知道这两人不是那种关系，可见着还是莫名不爽。他出手勾住妮娜的腰，硬生生把她从舒杭身上扒拉下来。

"你干什么？"妮娜不满地问。

"好好说话，少动手动脚。"牧洲语气淡定。

妮娜闷闷回嘴："要你管！"

他面色阴沉，语气也硬："我偏要管。"

"你……"

死里逃生的舒杭弱弱举手，小心翼翼地问："二位，我能不能插句嘴？"

"说！"两人默契回头，异口同声。

舒杭沉沉地叹了口气，从外套的口袋里拿出那个西瓜发卡，摊在手心，往妮娜跟前送。

"其实……我只是想把这个还给她，没其他意思。"

牧洲跟妮娜面面相觑。

她思索几秒，伸头看向那个闪烁亮光的招牌，不确定地问："花店？"

舒杭点头如捣蒜。

这件事得从几天前说起。

那日是北城一年一度的大型动漫展，集结五湖四海的二次元爱好者，舒杭自小喜爱动漫，是个不折不扣的二次元宅男。

那晚人特别多，他好不容易挤进去，一个不小心撞倒站在他身后的姑娘。

姑娘没喊没叫，穿着粉蓝相间的洛丽塔裙子，小心翼翼地抬头看他。

她面露胆怯地咬唇，五官清秀动人，眼角有颗小小的泪痣，是那种出淤泥而不染的纯净美。

舒杭整个愣住，雀跃的心如遭电击，耳边的嘈杂声也很快消失。

"不好意思，我不是故意的。"他回过神，低身想去扶她。

姑娘犹豫两秒，试探着握住他的手，缓缓起身。

"那个，我……"他很少跟女生打交道，嘴笨得要命。

"没关系。"姑娘冲他微笑，低手拍了拍裙上的尘土，转身挤进簇拥的人群。

他呆滞不动，隐约看清她耳朵后挂着类似耳机的东西，等他低头找掉落的车钥匙时，无意间发现一个颜色艳丽的西瓜发卡。

舒杭第一时间追上去，好不容易追到门口，见着姑娘亭亭玉立的背影，没来得及上前，电话响起。

是牧洲打来的电话。

"妮娜喝醉了，在××酒吧，你来接她。"

舒杭追着那处小跑起来，心不在焉地回答："牧洲哥，你不是在嘛，你就帮我照顾一下，我这边有事要忙。"

牧洲刚从酒吧出来，本就怒火中烧，听着推辞更是来火，提高音量质问："她是你的女朋友，什么事情能比她更重要？"

会展外人潮涌动，没多久舒杭就跟丢了，眼睁睁看着那个姑娘消失在人群中。

舒杭伫立原地，风雪肆意拍打他红透的脸，一股失落感油然而生。

他深深叹了口气，说："唉，我直说了吧，娜娜根本不是我的女朋友，她就是我最好的兄弟。"

牧洲愣了两秒，问："什么意思？"

"我纯粹就是被她赶鸭了上架，结实好用的工具人一号。"

牧洲还想继续追问细节，可那头的舒杭忽然大叫一声，随口敷衍两句，直接挂断。

他在人群中再次锁定了那个姑娘的身影。

再后来，他跟着姑娘驾驶的小面包车来到这条街，耐心摸索她的行动轨迹。

天黑后，她会在酒吧街外卖花，直到酒吧悉数关门，天不亮开始做三明治，清早跑去学校门口售卖。

舒杭在她的小店前徘徊过无数次。犹豫不决的性子令他始终不敢迈出这一步，害怕会被她当成坏人，所以只敢默默跟着，默默守护。

并不是多么稀奇的故事，他却花了很大力气才说清楚。

妮娜听完后一脸不可思议，问："你就为了一个发卡，跟了她好几天？"

舒杭傻呵呵地笑，不好意思地摸头，回道："我这不是怕我突然出现，吓着她了嘛。"

妮娜震惊于他神奇的脑回路，而后倏地想起一事，好奇地问："不对，你不是不喜欢女人吗？"

"谁说的？"他表情严肃地反驳，"我可是纯爷们儿。我只是不擅长跟姑娘打交道，毕竟从小到大身边都是男人。"

妮娜听着感觉有些怪，不禁反问："我不是姑娘吗？集漂亮、温柔、优雅、可爱于一身，世间仅有，人间绝唱。"

"嗨，你得了吧。"舒杭仗着牧洲在，知道有人能治她，胆子大了些，"你看哪家姑娘像你这么粗鲁，动不动就口吐莲花，出手打人。"

小魔头瞪圆了眼，瞬间暴怒，勒起袖子就要干架，大喊道："你过来，有个架我想找你打一下。"

她气势汹汹地冲上去，身后那人扯住她的卫衣帽子往后拉，她被扼制住脖颈，后退两步撞上他胸口。

牧洲按住她的肩，温声细语地安抚："别闹了，先办正事。"

"哼。"

妮娜目光凶狠地瞪着舒杭，经过鸡飞狗跳的一夜，她的酒彻底醒了，肚子饿得"咕咕"叫。

"饿了？"牧洲听见奇怪的声音，笑着问她。

"嗯。"她也不否认，转头看向舒杭，恶声恶气的，"我要吃软乎乎的红豆包子，你马上去买来，不然我现在冲进去告诉你的心上人，有个叫胖虎的家伙是个跟踪狂！"

"别，别，我去就是，犯不着这么暴躁。"

舒杭怕了这个姑奶奶，平时就能拿捏住他七寸，这下小秘密被发现，最后三寸也没了。

"那这里……"他有些担心。

"我们帮你盯着。"

妮娜知道舒杭没有恶意。酒吧街附近鱼龙混杂，时不时还有醉汉出没，他是担心姑娘半夜出行容易遇见坏人，所以才会傻傻守到天亮。

舒杭走后，窄小昏暗的巷子只剩下他们两人。

小巷天寒地冻，雪势渐渐转小，纯白碎屑飘散于半空，洋洋洒洒落在帽子上。

悬挂在灰墙上的路灯散发着深黄色的光晕，浅浅照拂着妮娜的小半张脸。

牧洲半个身子隐在暗处，低头见她冻得搓手哈气，脱了夹克罩在她身上。

"我不要。"

"穿着。"

炽热暖气团团簇拥，捎着他的体温跟气息。

妮娜没再乱动，倏地想起他只穿一件单薄衬衣，零下低温让人瑟缩发抖。

"你不冷吗？"她小声问。

"男人哪有那么娇气，放心，冻不着。"

"哦。"

她吞下后话，叮嘱自己不能关心得太明显。

这时，花店那头隐约传来动静，妮娜满眼新奇地往那处看。

就见身穿亮黄色长棉袄的姑娘正在修剪花束，黑长直发披肩，皮肤白皙，眉清目秀，宛若一朵含苞待放的小雏菊。

妮娜想起舒杭刚说的话，她冥思苦想后无解，回头问牧洲："你们男人都喜欢这样的姑娘吗？"

牧洲沉默半晌，突然从后面抱住她。

她轻轻眨眼，心跳略快。

"其他人不知道，但我不喜欢。"

"那你……"

你喜欢什么样的？

脱口而出的话硬生生被憋回去，同一时间，愉悦的笑音在耳边奏响。

牧洲微微弯腰，修长的手臂绕到身前，握住她冰冷的手，裹在掌心细细摩挲，直到燃起星点热意，火焰迅速蔓延全身，染红耳根。

牧洲感觉到妮娜不顺畅的呼吸，唇瓣贴贴她的小耳朵，惊人的滚烫，说："我只喜欢会脸红的兔子。"

她脸红似血，本想推他，可又贪念那片温暖。

男人低头蹭她细腻的后颈，幽幽来了句："舒杭说的那些话，我并不认同。"

"嗯？"

"我认识的妮娜并不粗鲁，她只是看着凶，实际比谁都善良、真实，很容易心软，喜欢一个人偷偷躲着哭，还有……"

牧洲喉间干涩，体内窜起一阵酥麻，停顿了一下，嗓音低了下去："很可爱，也很诱人。"

女人面红耳赤，耳朵彻底麻了，胸腔火烧火燎。

妮娜在他怀里转身，保持紧密相贴的距离，男人背着光，漆黑的瞳孔在暗光里闪烁光晕，温柔又有些浪漫。

妮娜呆呆地看着他，突然词穷了。

目光浅浅扫过男人的衬衣领口，不知何时散开两粒，她踮起脚，好心想替他扣上，可手指刚碰到纽扣就被人死死按住，她错愕抬头，黑影重重压下来。

唇上滑过一丝温热，轻盈如羽毛，克制地浅尝辄止。

男人搂着她的腰用力把她抵在墙上，她后背压着他的手。

他喘息略重，忍不住轻啄两下她的嘴角，笑带困惑，问："不知道为什么，每次看见你踮脚就很想亲你。"

妮娜紧紧揪着他的衬衣，心里明明想的是推开，出口的话却截然相反。

"只有踮脚的时候想吗？"

牧洲愣住，莞尔笑了。

"你说呢？"

她垂眼，有些羞涩，小声说："我不知……唔……"

湿冷的空气逐渐沸腾，呼吸也变得灼热。

男人掌心按住她的后颈，她仰着头更紧密贴近。

妮娜喘不过气，眼底雾气蒙蒙，扭头想躲他，男人不肯放，顺着窄小的下颌吻到耳后。

"牧洲……"

她有些站不稳，被他捞起按在怀里。

"我知道……"他气息灼烫，低头埋在她颈边，强迫自己恢复理智，"不会乱来。"

半晌，男人缓缓抬头。

妮娜眼眸涣散，还沉浸在刚才的燥热中。

"咕噜，咕噜……"

肚子又叫了两声，这次是真的饿了。

牧洲盯着那双吸人魂魄的猫咪眼，低声说："再等十分钟，如果他没回来，我带你去吃东西。"

她茫然地点头，舌尖还在持续发麻。

"咚——"

左侧倏然传来一声巨响。

两人闻声望去，前方靠墙堆积的木板掉落，恰好露出舒杭的大半张脸，他躲在板子后，满脸尴尬地憨笑。

妮娜和牧洲同时呆住了。

"那个……你们忙完了？"舒杭无意看完全场，此时背脊发麻脚趾抓地，哆嗦着晃了晃手里的包装袋，"包……包子冷了，趁热吃。"

02

清晨，和煦的阳光透过薄云照耀白茫茫的大地，凛冽的北风尖啸刺耳，吹散空气里轻纱似的白雾。

小学门口，人潮涌动。

上课预备铃响起，晚到的孩子一窝蜂往里冲，刚还热火朝天的早餐摊，瞬间空寂如冰。

三明治小摊今天生意不佳，临近收摊还剩十余个。

老板是个年轻小姑娘，乌黑长发束在脑后，枣红色披肩很显气色，但耐寒性不够，她时不时搓手哈热气，揉弄冻僵的耳朵。

"你到底在等什么？赶紧去，人太多你没胆，没人你还磨叽？"

路边矮树后面，妮娜被废话连篇的舒杭气到半死，他的顾虑多如牛毛，好不容易被说服，昂首挺胸地走两步，那姑娘一个回眸，他心惊肉跳，又畏畏缩缩退了回来。

"不是，你看我这外套黑不溜秋，显得凶神恶煞，颜色不太对，要不我明天再来。"

他转身想溜，妮娜忍无可忍，上来就是一掌打得他"嗷嗷"叫，恨铁不成钢地磨牙，说道："你长得就是这副熊样，穿什么都凶神恶煞，你要连这个都做不到，还追什么姑娘，懦夫！"

舒杭憨脸下垮，皱成一条苦瓜。

"好了，别逼他了。"牧洲出面替他说话，"他有他喜欢的节奏，硬来容易适得其反。"

这话倒有几分道理，妮娜听进去了。

舒杭这家伙从小就胆小如鼠，别说谈恋爱，同异性打交道也少，遇见喜欢的姑娘不知所措正常，紧张胆怯也可以理解。

她摇头叹息，转身要走，舒杭突然拉住她。

他思来想去，找到最靠谱的方法，说："要不让牧洲哥帮我去，他看着比较像个好人。"

"他不行！"妮娜板脸否决。

"为什么？"舒杭不解。

牧洲侧头瞥来，同样好奇她的回答。

她伸手拉扯舒杭的衣袖，拉远半米，神秘兮兮地说："他是个坏男人。"

舒杭投来质疑的眼神，不可置信地说："胡扯吧，他上看下看左看右看都不像。"

妮娜掰着手指给他认真讲解："你仔细看这个人，高高瘦瘦，冷白皮，桃花眼，声音好听，坏男人具备的特征一样不差，你让他帮你送，小姑娘要是看上他，你的初恋就飞走了。"

舒杭依然不信，狐疑地回头瞄几眼。

之前舒杭想从国外订辆重型机车，跟朋友打电话时恰好被牧洲听见，牧洲也爱玩这些，给了他很多专业意见，还热心地帮忙联系做这行的朋友。

一来二去，两人也慢慢熟络。

舒杭跟牧洲认识时间不长，可他眼中的牧洲是个非常好相处的人，脾气温柔、谈吐优雅、心思缜密，怎么瞧都是个无可挑剔的满分男人。

"你到底去不去？"妮娜恶声恶气地吼。

"去。"

妮娜潇洒挥手指点迷津，说："你听我的，你冲过去告诉她，剩下的这些爷全包了。女人，我看上你了，你逃不出我的五指山。"

"又不是猴。"舒杭眼皮抽搐，直言不讳，"还有，你写的那些霸总台词就不要拿出来害人了，折磨你那些可怜的读者还不够吗？"

牧洲刚好走来，把两人的对话听个一清二楚。

"你写小说的？"他低声问。

妮娜瞪他，没好气地说："你才知道？"

男人若有所思地点头，笑了。

她两手叉腰，问道："笑什么？"

"没。"

说着，牧洲想起一些有意思的片段，笑得让人如沐春风，慢慢解释："我有个妹妹，成天就爱看这些小说，书里台词倒背如流，偶尔听着还挺好笑。"

　　"你有妹妹？"妮娜愣住。

　　"嗯。"他不是有意隐藏，只是没找到合适的机会告诉她这些，"小你两岁，臭脾气挺像你，也让人头疼。"

　　这话不知触碰了妮娜哪条神经，她求胜心呼之欲出，不以为意地说："我长这么大就没见过比我还嚣张的人，有机会倒想见识一下，互相切磋。"

　　牧洲一时哭笑不得，弄不懂她异于常人的脑回路，伸手拍拍她的头。

　　她不悦地打落他的手，倏然想起还有舒杭这号人。

　　"他人呢？"

　　两人四处张望，目光同时锁定正前方。

　　舒杭正迈着魔鬼的步伐朝他们走来，目光呆滞、满面愁容，仿佛被全世界抛弃，扔进无底深渊。

　　待他走近，妮娜小心翼翼地问："怎么，被拒绝了？"

　　舒杭摇头。

　　"那你怎么这副鬼样子？"

　　他低头看她，再抬头看牧洲，郁闷中透着丝丝委屈，说道："她说……发卡不是她的。"

　　妮娜深呼吸，一字一句地说："就算不是她的，你顺便要个微信不行吗？"

　　舒杭歪头细想，猛地一拍手，恍然大悟。

　　"对，我咋把这事给忘了。"

　　牧洲没忍住，别过头低笑。

　　妮娜无力地合眼，总结发言："交友不慎，这都是命。"

　　她干净利落转身，大步流星往前走。

　　舒杭一脸狗腿地跟上去，追着她碎碎念："要不你再跟我传授点霸总语录，我全都抄下来，以后多多实战，熟能生巧。"

　　妮娜没好气地说："滚。"

　　夜里过了十二点，老宅上下陷入一片沉寂。

　　妮娜熬了两个大夜，终于把新书的大纲写完。她合上电脑，临睡前照例翻翻微博，尽管已经关掉私信，留言依然不堪入目。

　　编辑说，因为事件发酵太快，所以预售时间推后，等风头过了再定。

妮娜放下手机，跑去楼下拿了两罐啤酒，回房时路过牧洲的房间，里面静悄悄的，半点动静都没有。

掐指一算，他已经三天不见人了。

傍晚时分，朱老爷子打来电话，说生日宴订在老朋友家的温泉山庄，让他们明天一道过去。

妮娜站在窗边，闷头喝下一罐啤酒，冰凉的液体融进五脏六腑，瞬间凝固血液。

屋内暖气燥热，可她的心依然空荡荡的，徘徊不定地飘在半空，迟迟不肯落地。

床上的手机振动两下。

她瞳孔发亮，扑上床拿手机，满欢欣喜地打开，却是无聊的垃圾短信。

臭男人，整天就知道玩失踪，明明有她的微信，发个信息说两句能掉块肉吗？

妮娜越想越气，翻出牧洲的头像，泄愤似的猛戳那个呆萌可爱的长颈鹿，对话框打开又关闭，来回十几次后成功把自己逼疯，狂躁地在床上来回翻滚。

两人加上微信，是那天清晨的事。

舒杭没跟他们一起回来，车停在空地，妮娜转身下车，车门推不动，锁死了。

"开门。"她一夜没睡，困得眼睛都睁不开。

牧洲身子后仰，骨节分明的手指轻轻敲打方向盘，侧头看她，漫不经心地笑着说："刚才舒杭提醒我一件事。"

"什么？"

"微信。"

他慢悠悠地重复道："我没有你的微信。"

她拒绝得很快："不给。"

"也行。"

说着，牧洲单手撑起额头，指尖有节奏地敲打，微微闭眼，用柔软的声音说着威胁的话："我多的是耐心跟你耗，不给，不让下车。"

妮娜最烦被人威胁，拍座而起，问道："你都三十岁的男人了，还干这种幼稚的事吗？"

"干。"

"你有病。"

"有。"

十分钟很快过去……

半小时一晃而过……

070

妮娜决定不再陪这个神经病浪费时间。

"手机。"

假寐的男人笑着把手机递过去,她憋着火气一通操作,好不容易脱身,回房后才好奇地翻开。

微信名,Z。

微信头像,长颈鹿?

夜里两点,妮娜喝完两罐啤酒,趴在床上翻来覆去。

屋外隐约传来汽车引擎声,她以为自己出现幻听,可不久后,有人轻轻敲响房门。

妮娜翻身从床上下来,趿拉着拖鞋走到门前。

夜晚的任何声音都会被放大无数倍,即便隔着一扇门,她都能听见屋外略显粗沉的喘息。

她缓慢拉开一条门缝,走廊的壁灯照拂男人凌乱的黑发,他西装笔挺,满身酒气,似从商务场上下来。他醉眼迷离地看她,倏然冲她咧嘴笑,眉宇间皆是暖意,清澈明朗的少年气。

"你……"

他推开门强势闯入,妮娜的后话断在半空,愣怔地往后退。

他粗暴地扯她入怀,脚勾住房门顺势带上。

"牧洲……唔……"

他急切而火热,呼吸缠绕间亦有酒气弥散。

屋外浮起薄薄的青雾,淡静的月光撒下一张绵白色的网,轻柔的银光透过窗户洒在冰冷桌面,宛如镀了层银灰。

妮娜被他抱起放上书桌,他边吻边脱去碍事的外套,她下意识拽紧他的领带。

男人停顿两秒,借着月色欣赏她灼烫的小红脸。

他笑着摘下眼镜,两手捧着她的脸加深这个吻。

"妮娜……"

牧洲梦话似的低喃,已经找不回理智了。

妮娜没见过他醉酒的样子,慌乱无助,还有一丝莫名的期待。

他埋在她耳边压抑地喘息,醉人的酒气慢慢渗透进皮肤,她抵不住这种强劲攻势,五指缠住他的领带揪成麻花。

"你喝酒了?"她软声问。

"嗯。"

男人醉醺醺地起身，随手扯散领带，圈住她细细的手腕困在后腰，缠绕，绑住。

"来的路上我在想，如果你给我开门，我就……"

"什么？"

"把小兔子吃干抹净。"牧洲两手撑在她身侧，弯腰看着她的眼睛，嘴角一勾，又痞又撩。

晨曦的第一缕微光透过窗户刺痛男人的眼睛，他抬手遮挡，皱眉翻了个身。

酒醒之后，头痛得仿佛要裂开，宛如一把斧头迎头而上，伴着眩晕跟反胃感，整个人天旋地转。

"咚，咚咚！"

屋外敲门声响起，来人极有礼貌，也不催促，时不时轻敲两下。

牧洲艰难地从床上爬起，昨晚的梦半真实半虚幻，他脑子还在持续混沌着，恍惚着，强忍灼心的刺痛感下床，随意穿好衣服，边走边揉弄胀痛的额头。

"吱——"

门应声打开，外头站着白裙飘飘的静姝。

她缓缓放下敲门的手，见着男人微微一怔，退后两步瞄了眼门头，盯着他衣衫不整的颓废样，略显诧异地问："这不是妮娜的房间吗？"

牧洲如遭雷击，思绪瞬间清醒。

他下意识地回头环顾四周，确定不是他的房间。

散落满地的衣物，纯白大床折腾得凌乱不堪，熟睡的小姑娘缩着身子窝进被子里，细长的胳膊暴露在外，雪肌上印满痕迹。

牧洲头皮炸开。

他昨晚是真醉了，也是真疯了。

"那个……"平时淡然自若的男人无比尴尬，看向努力憋笑的静姝，少见地词穷了，"我……"

"没事的，我懂。"静姝两手背在身后，低头瞥见他小臂上艳红的指甲印，乐呵呵笑出声来，"今天要去西山的温泉山庄给老爷子庆寿，我先过去，你们睡醒再来，不着急。"话说完，她转身就走。

绵长的笑音不绝于耳，回荡在二楼的长廊里。

男人伫立在门前，倏尔笑了声，耳根都红了。

牧洲缓慢合上门，炸裂的脑子飞速运转。

昨晚那一幕幕不是虚幻梦境，全是真实存在的。

"我明天一定不会放过你。"

这句话也是真的。

会咬人的兔子多毛，所到之处必然硝烟四起。

带着足够清晰的认知，牧洲着手开始收拾残局，捡起零碎的衣物，抱熟睡的人儿去清洗。

谁知弯腰那瞬，闭眼装睡的妮娜倏地两手缠紧他的脖子，没等他回神，女人双手双脚缠紧，八爪鱼似的困住他。

牧洲抱着她直起身，本以为是小姑娘的情趣，刚要开口说话，肩头传来一阵尖锐的刺痛。

"咝——"

他微微蹙眉，半边肩膀麻了。

她憋屈整晚，躁动的怒气上头，唇齿发了狠，恨不得把他咬碎，非要看他痛不欲生的样子才解气。

半晌，她缓缓抬头，盯着被她咬破的口子，鲜红血珠涌出伤口，似花瓣上摇摇欲坠的露珠。

牧洲自知理亏，温声细语道："先去洗澡？"

"我洗你个大头鬼！"

无名火在胸口灼烧，妮娜从他身上跳下来，低头瞄了眼自己，郁闷地撇嘴。

他吃饱喝足神清气爽，可怜自己到现在两腿都直打战。

妮娜越想越愤怒，越想越觉得不可饶恕。

她套上残破的睡裙，低身拾起他的东西，强行塞进他怀里，没好气地说："你给我滚出去！"

"妮娜。"男人好声好气赔笑，"你听我说……"

"你再说一句废话，我让你这辈子都找不到我！"

牧洲自觉收声，跟跄着被她推至门外，皮带领带一股脑全砸在他胸口，然后"啪"的一声掉在地上。

房门被用力摔上。

牧洲看着紧闭的房门，无计可施。

长这么大第一次吃闭门羹，可他并不讨厌，反倒有些难以言喻的甜蜜。

03

午后，山间吹来一丝温暖的风。

金黄色的阳光穿透薄云，放射淡淡耀目的光芒，流动的时间逐渐放缓，世间万物皆沉浸于冬日暖阳的温柔之中。

牧洲在车里等了一个小时，侧头看了眼窗外，瞧见身穿格纹小洋装的妮娜。

淑女范十足的两件套，上身规规矩矩，下面是紧身半身裙，搭配黑色短靴。

惹眼的长鬓发梳得整整齐齐，头顶别了个精致的蝴蝶结，妆容很淡，唇蜜晶莹剔透。

她见着他就忍不住扭头噘嘴，整个人看着水嘟嘟的，乖巧中又有几分小女生的俏皮。

妮娜径直拉开后座车门，乖乖坐好。

牧洲透过后视镜看她，没吱声。

她愿意上自己的车，是小魔头格外的恩赐，他罪人一个，哪还敢有其他要求。

下山的路上，妮娜接到舒杭的电话。

听闻老爷子生日宴，他积极响应，表示自己也要去凑热闹，顺便舒缓下郁闷的情绪，关于初恋毫无进展这件事。

前往西山温泉区必须穿过市区，妮娜从醒来到现在粒米未进，为了不见这家伙甚至午餐都没吃。

经过路边的面包店时，她隔着车窗都能闻见那股诱人的香气。肚子叫了两声，她拼命捂住，不想在牧洲面前丢脸。

牧洲听见动静，看了眼后视镜，小姑娘正眼巴巴地趴在车窗上。

他抿唇笑了声，把车停在路边。

"等我一下。"

男人下了车，妮娜的目光不自禁地追着他挺拔的背影，直到他走进面包店。

五分钟后，他回到车旁，拉开后座车门，把一个纸袋轻轻放在她腿上，说："慢点吃，别噎着。"

纸袋里是打包好的面包蛋糕。

妮娜原想霸气拒绝，可肚子里的声音更快一步，"咕噜"声巨大，响彻整个车厢。

男人也不拆穿，从纸袋里拿出红豆面包，拧开牛奶瓶盖，分别塞进微微握拳的手心。

"不吃饱哪有力气找我算账？"他晓之以理地劝她，"再说，为了跟我赌气饿晕自己，多不值当。"

她细细琢磨，觉得这话在理。

自尊心固然重要，但比起这个，命似乎更重要一点。

她保持爱搭不理的冷漠嘴脸，淑女地咬了口面包。刚出炉的面包香甜松软，简直一口回魂，她忍不住多啃了好几口。

牧洲见她终于听话，从外套口袋里掏出刚去药店买的药膏，压低声音问："要我帮你抹吗？"

"咳咳……"

妮娜差点被一口牛奶呛死，鼓着腮帮子瞪他。

男人摆出一张无辜脸，恶劣地火上浇油，说："好得快一点。"

妮娜用力咀嚼面包，化悲愤为食欲，恶狠狠地磨牙。

牧洲难得看她吃瘪，忍不住勾了勾唇，问："我来，还是自己来？"

面红耳赤的姑娘飞速抢走他手里的药膏，顺势一把推开他，用力拽上车门。

街道两旁人来人往，他呆站在呼啸的寒风中，阳光蒸发体内残余的酒气，他揉揉被咬伤的肩膀，唇边滑开浅笑。

有些东西真的只有零次跟无数次。

比如，闭门羹吃多了，也就习惯了。

温泉山庄坐落于西山的半山腰处，商务车停在门口，恰好撞上前面车里下来的舒杭。

"牧洲哥。"

舒杭穿着印花夸张的外套，挥着手臂打招呼，几步跑来，好心拉开后座车门，见着里头规矩坐好的"大家闺秀"。

他第一反应是有点蒙，而后挠挠头，抬头看向牧洲，问："妮娜没来？"

"你眼瞎啊！"妮娜跳下车就想打人。

舒杭用力按住她的肩，制止暴躁的某人，劝道："你都穿成这样了也不知道装一下，成天上蹿下跳的，又不是只兔子。"

兔子？

她莫名其妙地红了脸，然后，假装不经意地偷瞄某个热衷在私下喊她"兔宝宝"的人。

牧洲单手倚着车门，风吹开外套一角，敞露炭灰色衬衣，裁剪得体，隔着衣料都能隐约看清流畅的腹肌线条。

妮娜咽了咽口水，满脑子都是些"往事"，顿时气不打一处来，把怒气全发在碍事的舒杭身上。她上来就是两脚，踹得他龇牙咧嘴地躲，边跑边无辜地嚷嚷："我干啥了？"

"你还有脸问！你这个人面兽心的衣冠禽兽！"

舒杭一头雾水，身姿敏捷地躲了几脚，怕死地藏在牧洲身后，把他当成挡箭牌，追过去的妮娜瞬间停步。

她抬头，迎上男人宠溺的笑眼。

牧洲扳正她头顶的蝴蝶结，淡声道："有气冲我撒，没必要祸及池鱼。"

妮娜不给面子地打落他的手，两手叉腰，化身乖乖女牌泼妇，狠话全冲舒杭说。

"我正式通知你，咱俩绝交了，以后井水不犯河水。你要是再敢越界，我就把你绑起来撕个稀巴烂。"

话毕，她怒气冲冲地扭头走了。

听到这里，舒杭再傻也知道自己是个"背锅侠"。他从牧洲身后探出头，好奇地问："哥，你怎么惹她了？第一次见她发这么大火。"

"没怎么。"

说完，牧洲收回一路尾随的目光，无意识地摸摸嘴角，仿佛那抹软糯的触感还停留在唇齿之间，回味无穷。

这事的确怨他。

饿了太久，一再失控，惹小兔子生气了，还得花点功夫好好哄。

谁叫他那么喜欢呢？

阳光灿烂的午后，妮娜把自己关在房间生闷气，其间不怕死的舒杭跑来试水，反被她连吼带捶赶了出去。

酸胀的身体经过新一轮的发酵更加疼痛难忍，怎么睡都难受。

她惨兮兮地趴在床上，窗外温润的日光洒满两米宽的大床，晒得人浑身暖洋洋的。

妮娜睡眼惺忪地挣扎两下，呼吸放缓，人彻底昏睡过去。

再醒来，屋外天都黑了。

这家温泉山庄装潢奢华，设施齐全，专门做有钱人的生意。

相连的两间房外，有个共用的露天温泉池，两侧是高高叠起的石墙，私密性极佳，推开朝外的玻璃门，宛如一脚踏进未知的异界，浅白水雾蜿蜒升空，满世界仙气飘飘。

用餐区在会所一楼，妮娜刚进电梯就接到舒杭的电话，友好告知餐厅有刚出炉的蜜汁烤鹅。

穿过左侧长廊的茶室包厢，尽头右拐就是餐厅，可就在路过最后一间茶室时，她似乎听见牧洲的声音。

妮娜停步，轻手轻脚凑过去。

包厢门没关严，她透过门缝瞧见男人高大挺拔的背影，以及坐在他正对面的朱老爷子。

"我满心欢喜把心肝宝贝介绍给你，没想到你俩之间闹不出火花，也是可惜。"

"是我配不上静妹。"牧洲熟稔地操作着茶具，面带微笑给老人家沏茶，"让您费心了。"

"哪有什么配不配得上。"

朱老爷子摸摸白须，抿了口清香的热茶，感叹道："门第之见，皆是些腐朽玩意儿，我从来不认为一个人的出身是判定他未来的唯一标准。你白手起家，身边无人帮衬，这个年纪能有现在的成就，已经非常不错了。"

"您过奖了。"

"对了，"朱老爷子放下茶杯，似记起些什么，深黑的瞳孔隐隐发亮，"这家会所的老板是我多年老友，他家小孙女刚从国外回来，气质很好，有大家闺秀的风雅，明天我给你俩介绍，说不定这次就看对眼了。"

牧洲不免失笑，听这话就知老人家不死心，恨不得把关系网全都捋一遍，但凡觉得合适的都想让他见见。他明白有些话必须提前说清楚，他怕妮娜误会，即使他从来没有除她以外的其他歪想。

"朱爷爷，我已经有喜欢的人了。"

妮娜闻言刚要转身离开，停下脚步，心也跟着很用力地颤了下。

"哦？"朱老爷子微怔，看他略带羞涩的笑意，忍不住追问，"人在北城？"

"是。"

"你来这么久，也没带来让我见见，"朱老爷子戏谑笑言，"我老头子不够格替你把关吗？"

"怎么会？"牧洲坐直身休，认真回答，"爷爷生前经常向我提起您，说您是他的至亲好友，与我有关的事，您最有发言权。"

"那你是怕她害羞，故意藏着？"

"不是。"

说着，牧洲回想起炸毛的小兔子，碰两下都能咬掉你一块肉来，实属强悍，声音低了下来："前段时间我做得不够好，惹她生气了，现在正在努力哄。"

老人家闻言皱了皱眉，沉默半晌，语重心长道："牧洲，我看你第一眼就知道你很聪明，有商业头脑，以后能干出一番大事业。爷爷希望你还是找个情绪稳定、善解人意的好姑娘，对你的事业更有帮助，毕竟人的精力是有限的，以后你风里来雨里去，外头忙得筋疲力尽，回家还得花时间哄人，那样太累了。"

靠墙的小姑娘双眸呆滞地看着前方，垂在身侧的两手紧握成拳。她不想也不敢听牧洲的回答，拖着沉重的身体朝前走，整个人如坠进冰潭，周身都在发凉。

那些封存的记忆瞬间解开屏障，她失神地挪步，脑中不断重复那些穿刺胸腔的噪音。

——"你能不能成熟点？动不动就生气发火，我哄都哄烦了。"

——"可你之前不是这么说的，你说我闹脾气时也很可爱。"

——"那时候又没在一起，现在能一样吗？"

——"所以你说你喜欢我，想好好保护我，都是骗我？"

——"也不完全是，毕竟被女人养着的感觉也挺好。"

——"朱妮娜，你别天真了，就你这脾气哪个男人受得了，也只有我这个大善人愿意跟你在一起，你就偷着乐吧，别给脸不要脸。"

那是妮娜的初恋，那年她刚满十八岁。

正是懵懵懂懂的年纪，她什么也不懂，学校最帅的男生追她，她不知道喜欢是什么感觉，纯粹因为好奇想要试试，没想到这个相貌出众、斯文有理的男生，背地里竟有颗无比肮脏的心。

初体验并不美好，她哑着嗓子大哭，男人毫无怜惜只管自己发泄，这甚至让她在很长时间内对此惧怕，也正因如此，给了男生拈花惹草的借口。

后来，妮娜清醒过来，不美好的初恋正式结束。

大二那年，她遇到一个很温柔的男生，他不像初恋那么坏，但也只是没那么坏而已。

他照顾她无微不至，等她慢慢相信自己，放下戒心，利用她的善良把她当成提款机，拿骗出来的钱去外面花天酒地。

妮娜把他堵在酒吧卡座，他没有半点羞耻心，左右开弓搂着女人，醉话字字扎心。

"男人不会无缘无故地对你好，要么图你的身体，要么图你的钱，不然你以为是你的个人魅力？喜欢你的阴晴不定还是莫名其妙的坏脾气？"男生仰着头，轻蔑地笑着，"老实说，我烦透了幼稚的小短腿，我就喜欢长腿的成熟女人，别有一番韵味。"

其实妮娜并没有因为背叛而感到难过，她只是单纯心疼那个傻乎乎付出真心的自己。

所以自那以后，她学会游戏人间，她死死封印自己的心，变得越发冷漠，不再轻易交付感情。

可在江南的那个夜晚，她撞上了牧洲。

也许爱情就是个无止境的轮回。

从高潮走向低潮，从真诚走向谎言。

哦，哪有真诚。

所谓的真诚全是骗小孩的，唯有谎言，贯穿始末。

04

十分钟后，牧洲退出茶室包厢，刚掏出手机，恰好看见舒杭发来的微信。

他马不停蹄地赶到餐厅，隔很远就瞧见小姑娘的背影，舒杭坐在她对面，一副憋屈的苦瓜脸。

小姑娘胃口不佳，平时爱吃的鸭腿也咽不下去，勉强啃了两口，端杯喝水时，身侧的座位倏然出现一人。她余光瞥见，半分犹豫都没有，起身就要走。

牧洲条件反射地圈住她的手腕，喊道："妮娜。"

她想都没想就用力地甩开。

他这次再不坚持，静默地盯着她迅速消失的背影。

舒杭重重叹了声，说："也不知怎么了，来了之后一声不吭，问她什么也不说，东西也不怎么吃。"

牧洲听完眉头紧蹙，起身就追上去，舒杭出声叫住他。

"让她一个人静静吧。"舒杭笃定地说，"我了解她，她从来不会无理取闹，除非是真的难过了。"

回房后，妮娜脱了衣服蒙头大睡。

夜里十二点，她饿醒了，迷迷糊糊听见敲门声，她困倦地爬起来，小心翼翼地拉开房门。

门口无人，只停放着一辆餐车。她好奇掀开，餐盘里竟是一碗热气腾腾的面条。

这时，床上的手机振了两下，她慢悠悠走去，拿起手机一看，是长颈鹿头像发来的微信。

Z：【我有罪，面无罪。】

妮娜轻嗤一声，潇洒扔了手机，走回门前帅气地甩上门。可几秒后，门再次打开，她端走了那碗面。

小姑娘饿坏了，狼吞虎咽地吃完，意犹未尽地舔舔唇。

面不错，人不行。

翌日傍晚，朱老爷子的寿宴如期而至。

老人膝下无子，唯一的外孙女性子内向，很少露面，反倒是远道而来的牧洲整晚陪伴在他左右，代他敬酒替他挡酒。他也有意帮助牧洲扩宽北城的人际关系网，便于他之后的工作能顺利展开。

妮娜选了处顺眼的角落喝闷酒，眼巴巴盯着某个西装革履的男人在交际场上左右逢源的正经模样。他明明是个小镇背景的创业人，可面对这种场合竟丝毫不怯场，甚至还能游刃有余地与人谈笑风生。

她闷气未消，暗戳戳地灌了自己两杯白酒，眼前的视野逐渐变得恍惚不清。

半醉半醒间，她看见朱爷爷带着牧洲走向一个穿酒红色晚礼服的女人，他们礼貌握手，举杯畅饮。

女人红唇妖艳，大长腿又白又细，微笑的角度很标准，同某个男人简直如出一辙。

蛇鼠一窝，一丘之貉。

妮娜移开目光，猛地扯掉头上的蝴蝶结，低头盯着乖乖女的配饰，嘴边扬起自嘲的笑。

她不要当什么假惺惺的淑女，她就要当朱妮娜，她就是要尽情宣泄尽情闹腾，就算全世界都不喜欢她，她也会好好地爱自己。

臭男人有什么了不起的？

谁爱要谁要去，她才不稀罕。

牧洲陪着老人喝完一整圈酒，好不容易脱身，会场里里外外找了个遍，某个姑娘跟人间蒸发一样消失不见。

他匆忙跑去会场外，找到拎着瓶酒坐在秋千上晃荡的舒杭。

"看见妮娜了吗？"

舒杭深陷爱情无法自拔，平时不喝酒的人也忍不住想尝尝酒精的苦。他指了指人工湖的方向，抱着酒瓶子叹息，说："好像往那边去了……"

"一个人？"

"嗯。"

"你怎么不拦着她？"

"她说要去透透气，不让我跟着。"

牧洲胸腔发紧，满脑子都是那个凉风习习的人工湖。

空无一人的鬼地方，她独自跑去那里做什么？

男人忍不住联想起乱七八糟的恐怖画面，迎着黑夜里呼啸的寒风肆意狂奔。

等他一鼓作气跑到湖边，在路灯的指引下，找到在石阶上缩成一团的妮娜。

她似乎喝了不少酒，走近能嗅到微醺的酒气。她摇头晃脑地念念有词，一只手臂环住紧闭的双膝，歪头靠着膝盖，另一只手随意摸寻地面碎石，随着一道优美的抛物线，石头坠进湖里，漾开浅浅水波。

"臭牧洲，臭男人，不要脸的大骗子……"

小姑娘骂得太入神，完全没听见身后悄悄逼近的脚步声，直到路灯拉长男人修长的身影，覆盖她小小的轮廓。

"坐这里不冷吗？"

身后倏地响起男人的声音，妮娜心头猛颤，但还是故作淡然地回头瞄了眼，嘴硬轻哼："关你什么事。"

"背地里骂多没意思，我人都来了，干脆当面骂个痛快。"男人低声提议。

妮娜噘嘴不理他，摸了块更大的石头往湖里扔。

牧洲走下石阶，停在她上面那级，也不管私人订制的西服有多贵，不将就地坐下，岔开的长腿分居她身子两侧，强势包裹的姿势。

"喂，你干什么？"

她后知后觉地发现自己被包围，身后就是他滚烫的胸腔，热气环绕，冰冷的空气都变得燥热起来。

"别动。"牧洲按住她的肩，忽略她软绵无力的抵抗。

他低头看她冻到发红的手，马上裹在手心细心搓热，觉得自己拿她一点办法都没有，心疼地长叹："这么大的人了，又不是小孩子，干别的不行，糟蹋自己身体倒是花样挺多。"

"少啰唆。"

妮娜懒得挣扎，手脚已然冻麻，直到这时才感受到丁点温度，身体一热，脑子也容易发胀，说些不该说的醉话。

"你来这里干什么？"她阴阳怪气地说，"大爷爷不是给你介绍温柔体贴的长腿美女吗？你还不赶紧去多多表现？人家要是看上你，你就是夫凭妻贵的上门女婿，前途一片光明。"

男人微愣，听懂她话里的意思，大概猜到她情绪大变的原因，唇边溢出一串低缓的笑音，听得她耳根发烫。

"你笑什么？"

"我们说的话你都听见了？"

妮娜心头发虚，哑着嗓子道："我又不是故意的，谁叫你嗓门那么大。"

"听了一半就跑，也不给我解释的机会，就直接扣上帽子？"

耳边的质问声隐约透着一丝无辜，热气灼烫耳尖，她不舒服地瑟缩，冷言冷语地划清界限："我只是觉得大爷爷说得没错，我们根本就不适合，你需要的那种姑娘我打死都做不到，我想要的东西你也给不了，我们与其这么不清不楚地纠缠下去，不如……"

她声音倏然停了，心跳也漏了几拍。

身后的男人突然用力抱住她，拉开西装外套包裹紧，双臂在她胸前交错，下颌贴着她细细的肩膀，呼出浓郁诱人的酒气。

"妮娜，"牧洲沉沉叹了声，无奈得有些好笑，"我是不是……说得不够清楚？"

"什么？"被火热簇拥裹紧，妮娜的脑子更糊了。

牧洲垂眼，面色略显羞意，说话间脖子都红了："你别看我好像什么都懂，事实上我没有怎么追过女人，也不知道你喜欢哪种方式，明明告诉自己要慢一点，可还是会克制不住地想要靠近你。"

她失魂地眨眨眼，心跳声瞬间爆炸。

"前几天我一直在外面应酬，每天都要喝很多酒，喝醉了倒在酒店房间，无数次想给你发微信，可我不敢……"

说到这里，他自嘲地笑了笑，又说："怕你看到信息会烦，不开心就把我拉黑。

"我那晚只想回来看你一眼，我应该要克制的，可一见到你，脑子就不受控了……对不起。"

"你……你是不是喝醉了？"

这是妮娜唯一能想到牧洲秒变深情男的理由。

男人低笑，问："你觉得我醉了？"

"我不知道。"

"朱妮娜，你听清楚了，我对温柔的大长腿没兴趣，我就喜欢脾气暴躁的短腿兔子，随便她怎么闹都行，我多的是耐心去哄。"他抱紧她，微哑的声音全散在风里，每个字符都燃着炽热火光。

妮娜神色落寞地垂眼，小声说："刚开始都说得很好听，后来……"

"我不擅长说承诺的话，我觉得那些废话毫无意义。"他打断她的话，戳穿她的疑虑，"我只会告诉你，在你之后，我没再有过其他女人。"

妮娜稍显诧异，唇瓣微张，半天说不出话来。

"你……"

"我现在才知道，人为什么会选择忠诚。"

"为什么？"

"因为一旦心动，其他地方就会自动封印，只有特定的人才能解封。"他亲昵地吻她的耳朵，"比如，你。"

沉入夜色的人工湖，四周静悄悄的。

天边的黑云遭到月亮驱赶，忽而冒出很多星星，星光柔和，静静照耀湖面。

寒风吹拂大地，路灯温暖矮树，折射出摇曳的树影，光波随风晃荡，似漾开的水晕浮荡于冰凉彻骨的湖面。

男人用外套裹紧瑟瑟发抖的小兔子，她埋在他颈边尽情啃咬。脖颈传来微微刺痛感，他没躲，反倒笑得欢。

"一个够吗？"

"不够。"妮娜喝了酒，脑子依然清醒，尤其听完刚才那番暧昧话，边沉沦边警告自己保持戒备。

"一个就想打发我？"

说完，她稍稍推开他，借着路灯幽弱的暗光欣赏，看着挺解气的。

"行，你继续。"牧洲煞有介事地点头，附和她的话，"最好弄个围脖，御寒，我出门连外套都省了。"

"你以为我不敢？"她恶狠狠地咬他下巴，满口迷人酒香。

男人笑着陪她玩文字游戏，说："不敢这么以为。"

"你别动，老实点。"

他愿意纵容，妮娜越发肆无忌惮，侧过身窝在他怀里，两手缠住他后颈，红痕遍布脖颈，印记醒目，乍一看略显瘆人。

直到这时，她才猛然想起今晚是大爷爷的寿辰，明明在担心，吐字却傲慢骄横："你这样还能回去喝酒吗？"

"不碍事。"

两人身后倏然冒出一个弱弱的男声："牧洲哥，你找着妮娜了吗？"

来人正是不放心他俩而跑来寻人的舒杭。

兔子听见召唤，从牧洲怀里探出半个头，奶凶奶凶地吼："找我干吗？"

她身形小小软软的，蜷缩在男人温暖的包围圈里，像极了一只探头探脑的小袋鼠，从母袋里露出凶神恶煞的小红脸。

舒杭蒙了。

他就多余跑这一趟，非要喂进满嘴狗粮才肯作罢。

"那个，二位玩够了早些回屋吧，外头冷，别冻着。"

话说完，他幽怨地转身，看了眼天边最亮的那颗启明星，悲怆地咽了口酒。

酒肉穿肠过，越喝越难过。

舒杭走后，牧洲瞥了眼妮娜裙下裸露的双腿，冻得发白。他皱起眉头，问："这么冷的天，穿裙子不冷吗？"

"冷。"妮娜洒脱承认，"可圈里的人都这么穿，这就是所谓的淑女气质。"

"淑女有什么意思。"他冷声笑，拉着她起身，脱下外套罩在她身上，盯着她涣散的眼睛，沉沉吐字，"哪有小兔子真实可爱。"

妮娜垂眼，避开男人过于灼热的凝视，呼吸烧得快要自燃了。

没追过女人？

呵。

她信谁都不信他的鬼话。

05

两人肩并肩走回宴会厅，恰好撞见逃出来透气的静姝。

她穿着抹胸黑色小礼服，乌黑长发柔柔地绾起，礼服下摆很短，她边走边用手拉扯，高跟鞋不常穿，走路歪歪斜斜极不自然。

"静姝姐姐。"

妮娜喝多了，隔着几米远向静姝热情挥手。

静姝侧头瞧见她，清冷漠然的脸上燃起几分笑意，努力接住她软乎乎的身子，踉跄地后退两步。

牧洲见静姝招架不住，好心扯过紧紧扒着她的小兔子，拽回自己身边。

"怎么出来了？"他低声问。

静姝言简意赅地回答："里面太闷，我不喝酒，无聊。"

"大爷爷呢？"

"他今晚喝多了点，我刚送他回房休息。"

牧洲点头，还想继续问什么，静姝无意间瞥见男人的脖子，意味深长地笑着说："这条围脖不错，看着挺保暖。"

他微微扬唇，无比嘚瑟，回道："私人订制，绝无仅有。"

静姝也跟着笑，她极少管人家闲事，却打心底喜欢这对有着萌萌身高差的小情侣。

她认识的妮娜是个单纯懵懂但极度缺乏安全感的姑娘，牧洲足够成熟，相信他会耐心填补那些窟窿，竭尽全力照顾好妮娜。

"对了，刚才林爷爷的孙女向我问起你，你要不要再进去打个招呼？"

"算了。"他看了眼身边醉眼迷离的小姑娘，轻叹了声，"我先带她回房，吹了太久风，生病就麻烦了。"

"谁要跟你回房？"妮娜高声呛他，酒后脑子迷糊，猛然想起林家孙女就是宴会厅里那个烈焰红唇的大长腿，瞬间怒气冲天，酸里酸气地哼了声，"我自己会走，你别跟着我。"

牧洲倒也习惯她喜怒无常的样子，从来不加掩饰，情绪全摆在脸上。

他认命似的追上大步离开的妮娜，同静姝擦肩而过时，停顿两秒，笑言："我严重怀疑你是故意的。"

静姝无辜地看他，回道："有吗？"

男人没吱声，笑意更深了。

等两人一前一后消失，她转身看向深黑如墨的夜色，抿了抿干涩的唇，羡慕得红了眼圈。

真好啊，酸酸甜甜的恋爱。

可惜她这辈子都没有机会了。

妮娜的脾气来得快去得也快，上楼时还在思索如何解决这个到处留情的男人，可刚走到门口，她感觉肚子饿了，晚宴光顾着喝酒，什么东西也没吃。

男人在房间门口截住她，准备好一堆哄人的话还没开口，小姑娘抬起头，委屈兮兮看着他，说："我饿了。"

他愣了下，完全跟不上她的脑回路，问道："想吃什么？"

"昨晚那个面还行。"

"好，我去弄。"牧洲抬手摸她的头，"你先进屋。"

妮娜洗完澡，刚出锅的面准点送进屋里，她饿得太狠，连汤带面吃个精光。

吃饱喝足后开始犯困，牧洲去浴室洗个手的工夫，半醉的妮娜瘫在小沙发上睡着了。

男人回来后低身抱起她，克制自己不看她的脸。

"牧洲哥哥……"

她睡着了，梦中娇声呢喃。

醉音软糯，甜甜的，听得人心花怒放。

牧洲轻手轻脚把她放在床上，原想盖好被子就离开，可抽身时她怎么都不肯松手，两手紧紧揪着他的衬衣前襟。

"嗯？"

"不要留下我一个人。"睡梦中的姑娘哭腔轻弱，眼眶溢出泪水，打湿微微颤动的睫毛，"你不要走。"

"好。"

牧洲心疼得不行，又不敢吵醒她，只能用被子裹住她抱进怀里，安抚似的轻拍她的后背。

她情绪很快平静下来，用鼻尖蹭蹭他的衣服，眼角的泪珠晶莹闪烁。

她在梦里哼唧两声，翻身又睡了过去。

夜深了。

牧洲静默地站在落地窗前，窗外是水雾环绕的温泉池。

打火机窜起红光，他微微侧头，点燃指尖夹的香烟，浅吸一口，闷了很久才缓缓吐出。

虚白的烟雾缥缈向上，他双眸失魂，盯着床上熟睡的人儿安静发呆。

桌上的手机倏然响起，他刚准备去拿，同一时间，房门被人用力敲响，门外是舒杭的声音，急促高昂："娜娜，快开门，出事了。"

妮娜瞬间惊醒，猛地从床上弹起来，睡眼惺忪地看着窗边的男人。

牧洲表情凝重，直觉不太妙，疾步走去打开房门。

"娜……"舒杭见着他立马收声，先是愣了几秒，而后才想起自己要说的正经事，"静姝姐心脏病发作，刚刚送去医院。"

第五章

/

每天都想让你知道我的喜欢

01

半夜两点，医院内外寂静无声。

刺鼻的消毒水气息扑面而来，幽暗长廊晃过阵阵阴冷的妖风，莫名的恐惧夹杂浓郁的死亡气息瞬间侵蚀大脑。

加护病房时不时有护士进出，长椅上的妮娜心急如焚，无数次想上前询问都被牧洲拦下来。

"这里是医院，凡事都要讲规矩。"

"可我担心……"

"我刚问过医生，她目前还算稳定，观察一夜就好。"

妮娜这点好，正经事从不无理取闹。她听话地坐下，自然地缩进男人的怀里，捧着舒杭送来的热咖啡，小口吹冷，一点点地喝下去。

朱老爷子的身体熬不了夜，被妮娜他们劝回酒店休息。舒杭酒量巨差，醉意熏天地躲在车里睡觉。

沉默半晌，妮娜抬头问牧洲："医生有没有说突发心脏病的原因？"

男人轻轻皱眉，几番欲言又止后，低声回答："她喝了很多酒，导致心律失常，若抢救不及时，很可能会心肌梗死。"

"喝酒？"妮娜猛然跳起身，不可置信地大吼，"她身体不允许喝酒，她自己明明清楚。"

"嘘。"

她见着牧洲的手势，下意识地用手捂住嘴，露出一双澄亮灵动的眼睛。

牧洲被她惊慌失措的样子逗乐，拉着她坐到自己两腿间，像哄小孩那样，耐心地安抚她躁动不安的心，说："静姝不是冲动的性子，多半是受了什么刺激，她醒了后你也别着急问，多给她一点时间和空间。"

妮娜听进去了，缓缓点头。

"困了就睡会儿。"

"我不困。"

妮娜嘴上虽硬，身体还是很诚实，呼吸声渐弱，在他炽热的怀抱中安然入睡。

再醒来，她发现自己居然躺在病床上。

屋外天还没亮，病房内无其他人，隐约能看清床边男人的轮廓。

"牧洲。"

她意识清醒的瞬间，名字几乎脱口而出。

"我在。"

牧洲闭目养神休息片刻，听见招呼起身上前。

他整洁干净的衬衣满是皱巴巴的折痕，镜片后的黑瞳布满血丝，肌肤白皙清透，有种颓废美，符合他现在由内而外散发的气质。

他随性如风，你握不住也抓不着。

你深陷其中，他随时抽离。

其实妮娜也说不准哪种更好，她只是很怀念第一次见他的画面。

牧洲生了张少年气十足的娃娃脸，笑起来阳光又温柔，私下有点坏劲，很会撩，撩起来自然不做作，让人禁不住脸红心跳。

牧洲弯腰凑近时，她还在发呆，一动不动地盯着他。

"静姝醒了。"

"真的？"

男人知道她性子暴躁，忍不住叮嘱两句："你等会儿好好说，别惊着她了……你慢点跑……"

话音未落地，人已经跑没影了。

牧洲轻轻合眼，无可奈何地摇头，嘴角燃起宠溺的笑。

这还真是一物降一物。

他在社会摸爬滚打这么多年，什么苦都吃过，慢慢成长为老谋深算的生意人，他能精确算好往后的每一步，却怎么都算不准妮娜的心思。

她是独一无二的存在。

他征服不了她，所以甘愿被她征服。

牧洲刚走到静姝的病房外，迎面撞见哭着跑出来的妮娜，他伸手拽了下，没抓住，来不及进去询问情况，转身便追了上去。

妮娜一溜烟跑进安全通道，沿着湿冷的楼梯间飞速往下跑，跑到二楼时被牧洲拦住。

"你让开，我要去找叶修远算账！"

牧洲一头雾水，温柔地给她擦眼泪，耐着性子问："发生什么事了？"

她本来已经抑制住泪意，可男人问起，她又想到刚才那段对话，顿时心如刀割，眼泪如潮水喷涌，急促滑过脸颊，滴滴落在他的手背上。

炙热，湿润，砸进他心底，烫出几个洞。

"慢慢说，不着急。"

他柔声抚慰她的情绪，泪水却越擦越多。

姑娘发泄完，恶劣地把眼泪往他衣服上蹭。

牧洲低眼瞧着，两手抓住她的肩膀，笑了笑，没有推开。

他牵着她下楼，她情绪刚刚稳定，很乖的没有挣脱，尽可能平静地向他叙述刚才病房里发生的事。

她进病房前告诉自己要冷静，可见着了又忍不住质问："你为什么要喝酒？"

静姝低咳两声，嗓音嘶哑："我想尝尝味道。"

"可你这样会死的，你知不知道？"

"我知道。"躺在病床上的女人脸色苍白，说话虚弱无力，"我只是好奇正常人的生活，我想知道酒精是不是真的可以麻痹神经，可以暂时性止痛。"

妮娜微怔，听懂她话里的意思，追问："因为叶修远？"

静姝避开妮娜火热的凝视，小声说："不是。"

"你撒谎！"

妮娜太了解表姐的性子，不擅长说谎的人一眼就能看穿。

"你要是不说我就去找他。他不是喜欢高高在上吗？我就要让他这朵高岭之花跪到你面前，求着你跟他在一起！"

"妮娜，"静姝用尽全力拉住妮娜的手，用恳求的语气说，"别闹了，他已经有未婚妻了。"

妮娜整个呆住，鼻子一酸，眼泪直直地往下掉。

"那你怎么办？"

"没事的……"静姝拼命抑制泪意，牵强地扯扯嘴角，"我会把他藏进心底，永远放弃。"

医院外的露天停车场。

舒杭正在后座美滋滋地补觉，车门猛地被人拉开，他吓得一激灵，瞧见妮娜怒气冲天的样子，抹了把嘴边的口水，无辜地问："咋了，我又干啥了？"

"胖虎！"

"啊？"

"我现在要去找叶修远算账，你要不要跟我一起？"

他听得稀里糊涂，小心翼翼地问："你说的那个叶修远，可能是我表哥？"

"就是他！"妮娜双拳紧握，随时处于战斗状态，宛如一只蓄势待发的斗鸡，"这个臭男人，居然敢欺负静妹姐姐，我一定要把他大卸八块！"

舒杭听完头皮发紧，他叹了声，轻声细语顺毛安抚道："你也别说得这么狠，修远哥可是我做梦都想成为的男人，而且当年读书时，你夸他长得好看，追着人家屁股后头喊'修远哥哥'，怎么着也得念及一点旧情。"

妮娜哑然，冷不丁地回想起曾经十级颜控的自己干过的那些羞耻事。

她隐隐察觉到身侧那抹幽怨的冷光，下意识地偏头看了眼。牧洲正静静地看着她，嘴角微勾，皮笑肉不笑。

有什么好笑的？

她又没做错什么，何况他们也不是男女朋友关系，他摆出这副样子给谁看。

"总之，我要帮静妹姐姐把那个男人抢回来。"

舒杭听这话就知道姑奶奶又要折腾，他两手枕在后脑，打着哈欠提议："要我说，我们先回会所睡觉，睡醒后再出来战斗也不迟。"

妮娜觉得此言在理，被他感染似的连着打了好几个哈欠，说："同意。"

约半小时后，商务车稳稳停在温泉会所门口。

舒杭困得不行，下车后冲他们挥挥手，赶紧回房补觉。

副驾驶的妮娜也想下车，可安全带跟她有仇一样，怎么都解不开。

一直沉默不语的男人伸出友谊之手，解开安全带，然后死死按住她的手。

"你……干什么？"

两人之间隔得很近，牧洲炙热的眸光着了火似的，盯得她耳根泛红，呼吸灼烫。

"我以为，你只会叫我哥哥。"

酸涩，苦闷，夹杂几分不符合年纪的孩子气。

妮娜嘴角憋笑，抬眼对上他明澈的深瞳，细声说道："小时候的事你也酸？小气鬼。"

"我从没说过我大方，"牧洲沉声道，"尤其是对你。"

"我下车了。"

她慌了神，直觉告诉她再这么下去又要沦陷了。

这男人的桃花眼仿佛有无形的蛊惑力，看久了容易全身发软。

两人一前一后回房。

妮娜利索地关门上锁，跑去浴室洗了把脸，随后脱衣跳上松软的两米大床。

昏昏欲睡之际，她隐约听见温泉那边传来动静，挣扎着半起身，只见面无表情的男人从隔壁房间出现，推开小小的玻璃门，大摇大摆地闯进来，自然而然地爬上床。

他霸道地将她从被子里剥离抱进怀里，控制她动弹不得。

"喂……"妮娜目瞪口呆，用力挣扎无果，又气又羞地吼他，"谁让你进来的？你出去。"

男人深深埋在她颈边，鼻息滚烫，肌肤之间漾开一阵要命的酥麻。

"我想抱着你睡觉。"

温柔大哥下线，幼稚小男生上岗。

她抿唇偷笑，面上嫌弃地说："我不要。"

"抗议无效。"

见她安静不吱声，牧洲阴郁的情绪缓和不少，低头吻吻她的嘴唇，也不恋战，解了馋立马放开。

"睡觉。"

他心满意足地合眼，浓密的长睫轻轻颤动。

"牧洲……"

"叫哥哥。"男人缓缓睁眼，近距离盯着她绯红的脸，笑眼迷人，"每次听见你叫哥哥，我都很开心。"

她移开视线，心跳声混乱。

"我这个人不仅小气，还特别得寸进尺。"牧洲的黑瞳闪烁亮光，深情浓得化不开，"我不仅想听你叫我哥哥，我还想当你的男朋友，往后你会叫我老公、老伴。我会等到你离世后再死，因为我怕你一个人孤单，更怕你偷偷躲着哭，我不能给你擦眼泪……"

妮娜瞪圆了眼，呼吸乱了几拍，心尖儿都在发颤。

牧洲勾唇微笑，告白极尽诚恳。

"妮娜，我喜欢你，每天都想让你知道。"

02

暮色降临，北城下起碎屑般的飘雪。

宠物医院已过闭店时间，门头黑漆漆的，唯有隔壁家的宠物救助站依然灯火通明，舒杭说，那里面全是叶修远在外救助的流浪猫狗。

"你确定在这里能蹲到未婚妻？"

"确定。"

说着，车后座的舒杭身子前移，神秘兮兮地说："我帮你打听过了，她最近每天都会来这里接表哥下班。"

妮娜想起病床上气若游丝的表姐，暗暗咒骂："如胶似漆的男女。"

副驾驶车门突然被人拉开。

牧洲从车外递了一杯热饮给舒杭，还买了兔子想吃的杧果雪糕，撕开包装才给她。

他很识趣地避开两人私语，轻轻关上车门。

妮娜下意识地看向窗外，盯着他的侧脸轮廓。她木讷地咬了口雪糕，含混不清地问："那女的什么来头？"

"说是李家唯一的继承人，漂亮又有个性，刚从国外回来的，追表哥有段时间了，这次是长辈出面才把他拿下。"

她嗤之以鼻，说："我以为他多么不食人间烟火，看来也不过如此。"

"这点我能理解，毕竟人往高处走，强强联手才有未来。"

妮娜听这话极不顺耳，吼舒杭："你什么意思？你那意思是我朱家不够格，入不了他叶家的法眼？"

"你要这么聊就没意思了。"舒杭两手一摊，两边都不好得罪。

"臭胖虎，你给我把话说清楚！"

她张牙舞爪地尖叫，还妄想穿过隔断跑去后头揍他。

车外的牧洲听见动静，眼疾手快地把她从车里抱下来。

"你放开我！"

"嘘。"

牧洲用手捂住她的嘴，余光瞥到停在宠物医院前的红色跑车，低声道："你等的人来了。"

妮娜瞬间安静。

她扯过男人的外套包裹住娇小的自己，仅露出一个小小的脑袋，踮着脚往那头探。

舒杭也降下一半车窗，做贼似的盯着那头瞧。

街道那头的宠物医院，一个穿黑色衬衣和紧身皮裙的女人走下跑车，冷风吹起她脑后妖娆的红色波浪，她个子高挑、身材匀称、凹凸有致，尤其那双大长腿又直又细，光看着都觉得养眼。

再看看自己家温柔恬静的表姐，妮娜暗自感慨，这女人的确是个劲敌。

"就是她。"舒杭不知何时下了车，悄悄凑到她身前，"上次我送静姝姐过来，就见到这个女人，不过那时候他们好像还没确定关系，好巧不巧，正是昨天订的婚，圈子里传得沸沸扬扬，都说婚礼也不远了。"

昨天。

妮娜深深叹了口气。

静姝姐一定是听到消息才会想不开喝酒解闷，险些把命都丢了。

正惆怅郁闷之际，救助站的灯忽然灭了。

有人推开玻璃门走出来，妮娜一眼便认出来，那个气质阴冷、摆着面瘫脸的男人正是叶修远。

他个子很高，身形偏瘦，但不是弱不禁风那种，私下爱穿严谨的黑白西装，领口的衣扣系得一丝不苟。

他的冷淡孤傲是从骨子里透出来的，几乎没见他笑过，话也不多，字字像淬着寒冰。

遥想初中时，少不更事的妮娜也曾被他那张过分英俊的脸吸引，傻乎乎地托长辈关系同他见过几面。她忘了具体发生过什么，只记得自己被"冻"得够呛，自那之后再也不敢有任何非分之想。

现在想来，性子内向的静姝姐姐大概不清楚这家伙的真面目，光被那张脸勾得神魂颠倒。

"看得这么入神？"

耳边飘来捎着浓烈酸气的男声，他将唇瓣贴贴她的耳珠，恶狠狠地咬了下。

"疼。"

妮娜娇声呼，抬头瞪了眼幼稚的男人。

牧洲板着脸，醋意未消。

舒杭没眼看这腻歪的两个人，瞳孔亮亮的，说："你俩别打情骂俏了，人都要走了。"

妮娜定睛一看，叶修远坐上副驾驶，女人绕到驾驶位，弯腰探头进车里，不知在聊什么，她笑容娇美，整个人都在发光。

"继续跟。"妮娜小声说。

舒杭碎碎念:"还说我是个跟踪狂,咱俩半斤对八两。"

妮娜瞥来一个阴森森的眼神。

舒杭害怕地咽口水,自觉闭嘴。

跑车在雪夜里肆意狂奔,没多久便停在叶修远的公寓楼下。

奇怪的是那个女人并没有跟上去,反而潇洒地冲他挥手,车子再次启动,很快消失在暗黄的路灯下。

他们一路跟紧,直到跑车停在路边,女人走进路边的小酒吧。

这间酒吧以乐队演出为主,环境很好,没有刺耳的噪音,舞台上的歌手抱着吉他唱舒缓悦耳的民谣,整体氛围很舒服。

妮娜特意选了角落的位置,方便暗中观察。

女人在靠近舞台那桌,除了她均是金发碧眼的外籍男女,她这种类型似乎在酒吧很吃香,跑来敬酒聊天的男人络绎不绝。

妮娜冥思苦想,最终决定找人前去试水。

"胖虎。"

舒杭看着笑靥如花的猫咪脸,顿感不妙,果汁都咽不下去了,结结巴巴地问:"干……干吗?"

"通常来说,野性的女人最爱你这种傻憨憨的类型,你要出马绝对一个顶俩,手到擒来。"

"我?"他仿佛听了个笑话,嘴角剧烈抽搐,"我连跟女人要个微信都紧张得要命,你指望我给你当先锋,你真的有够天真。"

"那怎么办?"妮娜垂眼,悲惨无助,"一拳难敌四手,你不帮我谁帮我?"

"你找牧洲哥啊!"舒杭友好提议,"他那模样看着就讨女人喜欢。"

这话妮娜不否认,这家伙的女人缘简直好得离谱,所到之处皆是小迷妹,还有之前他在超市被大学生堵着那事,光想想都让人生气。

可当她环顾四周时才想起,牧洲没跟着进来。

门口不让停车,他绕到其他地方找停车位了。

酒吧门口无人,妮娜沿着街道往前走了几米,隐隐约约听见他的声音。

他站在巷子口打电话,大概在聊工作上的事,听得多说得少,回话言简意赅,直击重点。

电话打完了。

妮娜掐准时间点出现时,牧洲正靠着黑墙闭目养神,听见动静,他睁开眼见着她，不自禁展露笑颜，满身疲惫烟消云散。

"怎么出来了？"

"你忙完了吗？"她不答反问，慢慢走到他跟前，"你有重要的事就去忙你的好了，不用非得迁就我。"

牧洲难得听妮娜说句软话，歪头疑惑半晌，微微弯腰，幽深的瞳孔盯着她迷离的眸子，说："如果我没猜错，你应该有事找我帮忙。"

妮娜愣住了。

这男人是神算子吗？

算得这么准，给她都整混乱了。

"没有。"

"说说吧，我能帮到你什么。"

妮娜想，反正被他看穿了，干脆趁热打铁一鼓作气。

于是，她凑到他耳边低语几句。

男人越听越离谱，眉头微微皱起，最后居然笑出声来。

"有什么好笑的？"

闻言，牧洲直起身，居高临下地看她，心里五味杂陈，低声向她确认："你的意思是……让我去勾搭那个女人？"

"不是勾搭，只是试探。"

他闻言点头，又问："万一她上钩了呢？"

这点妮娜倒没想过，可他说得那么信心十足，她反而被勾出几分闷气，回道："那不正合你的意嘛，你的日常。"

"妮娜……"

他停顿了一下，无言地揉揉额角，觉得荒唐又好笑，不阴不阳地来了句："你可真是大方。"

她似乎听懂了，又似乎没听懂，最后选择装不懂。

"那你到底要不要帮我？"

"帮。"

说完，牧洲挺直腰板，脱了外套，取下腕表，摘下眼镜，把卸下来的东西一股脑全塞进妮娜怀里。

奶白色的棉质衬衣质感极好，他解散袖扣，松松挽起，露出白嫩结实的小臂，领口衣扣散开，整个人慵懒至极。

"一个合格的生意人从来不会白白干活。"他亲了下她的脸，浅尝辄止，稍有兴致地看着迅速涨红的耳朵，"订金收了，记得补尾款。"

初冬的雪夜寒风刺骨。

妮娜双目空洞地站在原地，怀里全是男人身上的味道。

她想起出门前，自己嫌弃他脖子上的痕迹太碍眼，非要用遮瑕膏遮住，结果被男人抱着亲吻，她没躲，乖乖回应。

妮娜抬头看着纷纷扬扬的小雪，心口莫名堵得慌。

自己的东西，拱手送给别人。

她是不是脑子坏掉了？

现在后悔还来得及吗？

03

妮娜在屋外站了十分钟，她不知道自己怎么进的酒吧、怎么回的座位，只知道刚入座舒杭就立马凑过来，用看怪物一样的眼神看她。

"干什么？"妮娜扔下手里的东西，顺便推开他凑近的大脸。

"我开玩笑罢了，你还真让牧洲哥上？"

"他怎么了？"

舒杭越想越不对，反思是不是自己的感知有问题，小声问了句："他不是你男朋友？"

妮娜心头一跳，马上回道："不是。"

舒杭挠了挠头，俨然不懂他们的相处方式，直言："我真搞不懂你们，假的像真的，真的像假的。"

她没吱声，思绪还飘到半空，迟迟不愿落地。

直到舞台那侧晃过一个熟悉的背影，她的目光追过去瞬间锁定。

顶灯圈出一束灼眼的亮光，照亮牧洲嘴角那抹散漫的笑，站在对面的红色大波浪女人被他逗得前俯后仰，手也不规矩地搭在他的肩膀上。

妮娜看不下去，垂眼避开，心脏撕扯得疼，呼吸也不顺畅。

"天啊，牧洲哥要上台吗？"

耳边飘过舒杭咋呼的叫声，她抬头看去，就见男人拎着吉他走上舞台，柔柔的追光笼罩住他。

酒吧里很快安静下来。

他穿衬衣西裤弹吉他，毫无违和感，反倒有些勾人的雅痞气。

修长的手指轻轻撩动琴弦，柔和悦耳的音符成串，似徐徐流淌进心底的温水，丝丝浸润你的胸腔。

> 刚才吻了你一下你也喜欢对吗
> 不然怎么一直牵我的手不放
> 我说我好想带你回去我的家乡
> 绿瓦红砖，柳树和青苔
> 过去和现在都一个样
> 你说你也会这样
> ……
> 慢慢喜欢你慢慢地亲密
> 慢慢聊自己慢慢和你走在一起
> 慢慢我想配合你慢慢把我给你
> 慢慢喜欢你慢慢地回忆
> 慢慢地陪你慢慢地老去
> 因为慢慢是个最好的原因……

男人声音很好听，温润、磁性，深情全融在唇齿间，讲故事般娓娓道来。

妮娜耳朵都麻了，心脏狂乱窜动。

她曾在江南的小酒吧里见过他穿着白 T 恤敲鼓，肆意张扬的少年感很诱人，这次再看他穿正装弹吉他，她承认自己有片刻的沦陷。

这家伙天生有让人着迷的特质。

一曲完毕，余热久久不散。

她昂头喝完整杯酒，不经意地瞄过去，看见卜台后的牧洲径直走向沉寂暗光中的大波浪女人，女人双颊通红，抬头冲他笑得欢。

他接过女人递来的酒，轻抿两口。女人借着酒意靠近他，额头轻轻抵着他的肩膀，晃晃悠悠站不稳，涂着红色指甲油的手顺势摸上他的后腰。

妮娜猛地弹起，双眸持续喷火。

"咋啦？"舒杭吓得一激灵。

"臭男人！"

她气红了眼，说不上哪里难受，就是一刻都待不下去，转身便往外跑。

"你等等我。"舒杭起身，屁颠屁颠地追了出去。

可妮娜跑得太快，等舒杭追到酒吧门口，人早已不见踪影。

他叹着气转身，迎面撞上同样追出来的牧洲。

"牧洲哥。"

"朱爷爷还在会所，她走不远的。"

牧洲逐渐摸清她的性子，倒也不担心她会出什么事。

"那我们……"

"我们也回去。"他看着大雪纷飞的街道，意味深长地勾了勾唇，"刚出锅的醋熘兔子肉，吃着最香。"

凌晨一点，山上的雪越下越大了。

屋外灯光黯淡，妮娜趴在床上肆意翻滚，她勉强支起半身，透过玻璃探向窗外，盯着露天温泉池边积起的白雪发呆。

回想自己今晚在酒吧情绪失控的举动，她无语地叹息，越想越丢人。

她明明也不是任人宰割的小绵羊，怎么一遇上这个男人，就总会抑制不住地干点蠢事，一边懊恼一边变本加厉地撕开最真实的软肋。

被人拿捏的感觉其实并不好受。

妮娜更喜欢掌控，只有这样才能好好保护自己。

夜里翻来覆去地睡不着，她索性不睡了，赤着双脚跑去衣柜。里头挂着温泉会所精心准备的几套比基尼，她选了稍顺眼的那套，平平无奇的纯白款。

温泉池不算大，小小的一只沉浸其中，她懒洋洋地趴在池边的鹅卵石上，两手重叠撑起窄小的下颌，丸子头可可爱爱，雪白瓷肌在缥缈水雾里宛如蒙上一层滤镜，像极了坠入凡间的小天使。

深黑的夜空雪片飞舞，洋洋洒洒地落在她发顶和鼻尖，她刚想伸手打落，恍惚间竟听见细微声响，抬头一看，男人竟从隔壁房间慢慢悠悠地走出来。

她下意识地往后退，整个人缩进水里，呈现一级戒备状态，惊讶地问："你怎么会在这里？"

"你住了几天，隔壁是什么人都不知道？"

妮娜对他有怨，嘴硬地回道："要你管！"

牧洲没回话，若有似无地勾了勾唇。他还穿着今晚出门时穿的衣服，当着她的面解开衬衣纽扣，脱了衬衣跟腰带，随手扔在池边。

"你别进来！你出去！"

她莫名心悸，察觉到一丝不寻常的危险气息，眼看着他下水，笔直的长腿被温水浸湿。

男人漆黑的眸光直勾勾地盯着她，每靠近一寸，她都会有呼吸困难的错觉。

牧洲个子很高，在温泉水里的阶梯坐下，水面刚刚没过腰际，成型的胸腹肌挂着滴落的水珠，顺着起伏的肌肉硬块滴滴滑进水中。

妮娜脸红着别过头，意识到这家伙在诱惑她，想来还是逃跑最安全。

"你自己玩，我走了。"

水里行动不便，移动亦有阻力，她半直起身，用手护住自己，朝前走两步。

男人两手摊开搭在池边，深沉地注视着某人，喘息声灼热，侵略感极强。

眼看安全区近在咫尺，有人突然圈住她的手腕，用力拉向后方。

"啊——"

伴着一声悠然婉转的尖叫，她在水里踉跄两步，顺着后坐力坐在男人两腿间，结实的长腿紧紧夹住她，她瞬间动弹不得。

"你放开我！"

牧洲等了一晚，好不容易等到小兔子出来觅食，自然不会轻易放过她。

他弯腰从后面抱住她，没皮没脸地在她耳边笑着问："老板，尾款还没结给我，想赖账？"

提起这个妮娜就气不打一处来，情绪激动地想要挣脱。

他松开束缚，任她在怀里转身。

妮娜抬头看他，委屈巴巴地呢喃："我要你演戏，又没让你入戏，谁批准你给她吃豆腐的？"

牧洲低低地笑，眉目上挑，带了点孩子气的挑衅，问："怎么，你吃醋？"

妮娜心跳炸裂，面上傲娇地说："才不是。"

"那行，我现在去酒吧，这个点她兴许还没走。"

妮娜急了，恶声恶气地吼："你不准去！"

他收起笑，不阴不阳地说："既然你都不在乎，何必管我去做什么。"

妮娜神色复杂地看他，越来越控制不住那股呼之欲出的占有欲。

她就是不想看他对别人笑，不想见他跟其他女人暧昧，更不想他把用在自己身上的温柔转移给别人。

"你怎么总是欺负人？"

男人微怔，轻轻地问："我哪欺负你了？"

妮娜软声控诉："你明明知道我看到那些会难受，你分明就是故意的。"

牧洲抿了抿唇，捏住她的下巴微抬，看清她眼底聚拢的水汽，既心疼又欣喜。

"我是故意的。"他眸光闪烁，轻叹了声，"你那么大方地把我推给别人，我心里没底了，我不确定你现在对我的依赖，究竟是出于生理需要，还是真有那么一点喜欢。"

我并不是什么圣人，任何事都能胜券在握。

至少在面对你时，我也会陷入无止境的纠结、徘徊，甚至自我怀疑。

露天的室外寒风萧瑟，两人泡在水里不觉得冰冷，反倒有种自胸腔朝外弥散的灼热。

妮娜半晌没吱声，盯着牧洲颈边那颗小小的黑痣发呆，被人轻易哄好九十九分，仍揪着一分小别扭耍横。

"那你以后还跟别人打情骂俏吗？"

闻言，牧洲身子后仰，贴着滚烫的石壁，唇边挂着轻佻的笑，问道："怎么，想管我？"

"嗯。"

"我这个人一向没什么道德感。"他眸光很深，呼吸加重，"除了老婆，谁都管不住我。"

老婆。

妮娜脸颊羞红，软声回道："谁要当你的老婆，不要脸。"

男人笑意渐深，意味深长地看着她，不紧不慢地说："迟早都是。"

她哑然，不知该怎么反驳，满脑子都是静姝姐姐说过的话——

"爱情那么美好，为什么不能再勇敢一次？"

那一瞬间，她突然如释重负。

假装的坚强和违心的冷漠全部被她抛之脑后。

她决定卸下所有防备跟束缚，灭掉自己嚣张跋扈的气焰，最真实的妮娜不过是个内心柔软、软萌可爱的姑娘。

她也需要爱。

需要独一无二的、专属于她的爱。

男人见她木头似的一动不动，低头亲了下她的脸。

她没动，也不知在想什么，直到唇瓣印上湿润的热吻，她身子猛颤了下，如梦初醒，两手抵住他的胸口想推开他。

牧洲没有强势进攻，手滑进水里，抚上她后腰。

"你不愿意，我什么都不会干。"

妮娜眸光一亮，化被动为主动，从水里半起身，在他诧异的注视下跨坐在他身上，低头埋在他耳边，娇滴滴地问："尾款，你还要吗？"

"当然，"他一本正经道，"我还要收一辈子的。"

"哼，奸商。"

牧洲轻声笑，抱着她走出温泉，径直朝房间走去。

"妮娜，哥哥不会辜负你的喜欢。"他的声音就在她耳边，似烟如雾，轻飘飘地荡进心底，"你的身心，我都会喂饱。"

04

雪后天晴朗，柔软的晨光穿透窗户铺洒房间，床下的格纹地毯被晒得暖烘烘的，屋内热度直线升高。

沉睡的女人抱住被子翻过身，明亮的光源刚好照拂小半张脸，她嘴角上扬，梦里正在笑。

站在窗边的牧洲走来给她盖好被子，低手摸摸女人微烫的额头。

还好，药起作用，烧退了不少。

两人放肆折腾一宿，近天亮时，妮娜突然发起高烧，整个人昏沉沉地睡，梦里又哭又闹，牧洲抱着哄了好一会儿她才安静下来。

前台很快送来退烧药跟体温计，他嘴对嘴地强行喂下去，每隔半小时测一次体温，担心得整晚没睡。

"嗡——"

桌上的手机响动，是妮娜的。

牧洲慢慢走去，低眼见着旗袍女的头像打来的语音通话。牧洲并不陌生，很快猜到是谁，斟酌片刻后，他接起电话。

"嫂子，是我。"

那头的贺枝南微怔，很快恢复如常，用调侃的腔调说："我没按错吧，这是妮娜的电话吗？"

"是。"

牧洲不好意思地笑了笑，瞥了眼床上睡得沉沉的姑娘，轻轻走至屋外，低声解释："她有点发烧，还没睡醒，你要有急事，我晚点让她回给你。"

"也不是什么重要的事。"贺枝南边说边打开门，衣衫单薄地走向屋外的小菜园，"我只是怕她人红事太多，忘了我下个月的婚礼，不过确定你在她身边我就放心了，你比她靠谱。"

"嫂子说笑了。我以前不靠谱出了名，改邪归正而已。"

"为了妮娜？"贺枝南意味深长地问。

牧洲笑了两声，避开这个问题，只说："她值得。"

电话那头也跟着发出愉快的笑音，两人随意闲聊几句，最终以魏东追出来寻人结束。

语音挂断前，牧洲还被迫吃了满嘴狗粮。

某个常年冷峻无情的粗犷大汉，只有在提到自家老婆时才会像个絮絮叨叨的老太太。

"外面几度，你穿这么点跑出来，不怕生病是吧？"

"太阳出来了。"

"冬天的太阳算什么，赶紧回屋去，感冒了我可不管你。"

"真不管？"

"假的，老公哪里舍得。"

于是乎，吃饱狗粮的牧洲正欲回屋时，自己的手机响了。

他低头一看，好家伙，要债的催命符又来了。

"哥，求救，我非常缺钱，我大大最近被一群'黑粉'欺负，我要花大钱雇人挨个骂回去，不然我今晚睡不着，我未来一年都睡不着。"

"要多少？"

"你看着给呗。"

牧洲保持通话状态给她转了一笔钱，那头收到，开心给了无数飞吻，刺耳的"啵啵"声钻得他耳膜胀痛。

好不容易哄完这位祖宗，身子转后，牧洲低头撞上小女人狐疑的注视。

男人额角隐隐抽动。

得，又来一个。

妮娜还没完全退烧，双唇干涩，脸颊通红。

"你跟谁打电话？"开口就是小媳妇的质问腔调，狠戾的眼神更甚，好似他说错一个字都会被她咬下几块肉，"我听见亲亲的声音了。"

牧洲很享受她吃醋的样子，淡然忽略这个问题，走向床边去拿体温计。

"你说不说？"妮娜不依不饶地追上去，两步绕到他身前堵住他，"别以为偷偷打电话我就听不见。"

男人看她凛冽的眉眼，像是当真了，他笑着摸她的脸，她不给面子地打落，顺带赏他一脚，踢得他龇牙咧嘴地躲。

"我的亲妹妹。"

他喉间轻轻抽了口气，不敢再惹小魔头，好声好气地问："未来小姑子的醋你也吃？"

这姑娘看着小小一只，爆发力却不容小觑。

略带暧昧的称呼稳稳落在头顶，妮娜脸更红了，细声嘟囔："什么小姑子？以后的事说不准，兴许哪天我就厌倦了呢。"

"不可能。"他斩钉截铁地说。

"你哪儿来的自信？"

牧洲伸手抱起她。她全身无力，也不挣脱，被他重新抱回床上，盖好被子。他往她嘴里塞进体温计，弯腰亲了下她的额头。

"第一，你很难再找到比我温柔比我幽默比我更喜欢你的男人。"

她听这话有趣，嘴里含着体温计，瓮声瓮气地问："那第二呢？"

"第二，这世上只有一个牧洲哥哥，你舍得把他丢掉吗？"

妮娜想了想，认真点头。

牧洲脸色瞬沉。

她见他当真，眼眉含笑地哄他："我病了，容易说些胡话，哥哥别生气嘛。"

他摇头笑笑，被人哄得一点脾气都没有。

这姑娘似乎很懂自己的软处在哪里。

只要她愿意，勾勾手指便能轻易拿捏住自己。

妮娜身体素质不错，昨晚玩太疯不幸中招，吃完药闷头睡一觉，体温很快降下来。

她睡出一身湿黏的热汗，跑去浴室洗了个澡，神清气爽地走出来时，牧洲已经让人送来丰盛的午餐。

她胃口大开，一口一个小汤包，饥肠辘辘的，肚子可以塞下一头牛。

吃饭间，两人有一句没一句地闲聊。

"你妹妹找你干吗？"

"说是她喜欢的那个作者被欺负，要钱雇人跟那些人对骂。"

妮娜喜欢这姑娘的脾气，嚼着牛排连连称赞："妹妹不错，挺讲义气。"

说起这个，牧洲也是头疼，抿了口黑咖啡，滑进咽喉，唇舌都是苦的。

"我家里情况比较复杂，她从小没人管，养成说风就是雨的怪脾气，我呢，以前也是浑浑噩噩，近几年才正常点，所以没给她该有的照顾，对她有很多亏欠。"

"现在弥补不就好了。"妮娜倒也洒脱，豪迈地喝光一整杯橙汁，甜腻得满心欢喜，"她要多少？钱不够我给，姐姐我现在穷得只剩钱了，更何况这种事我举双手双脚支持。"

妮娜吃饱喝足站起身，几步走到床边，用手遮挡阳光，回头看牧洲，说："退一步海阔天空都是没用的废话，只是真正经历过的人才知道个中滋味。所以哪有什么感同身受，只有站着说话不腰疼的人才会劝你善良。我这人比较俗，不爱听什么文绉绉的大道理，我只想有个人对我说，你想怎么撒气都行，我无条件支持你。"

窗外阳光正好，两人沐浴在温暖的光晕下，浑身上下被晒得暖洋洋的。

妮娜舒服地眯起眼，吃饱容易犯困，转身抱住牧洲的腰。

"困了？"

"嗯。"

"要不再去睡会儿？"

"不了，"她打着哈欠抬头，猫咪眼徐徐发光，小嘴一张一合，唇瓣呈现迷人的淡粉色，"我想去医院看静姝姐姐。"

牧洲喉间干涩，隐忍地转移视线，说："朱爷爷上午去了医院，说她的状态好多了。"

"那就好。"

妮娜安下心来，轻轻蹭他的胸口，眼睛一闭。眼看就要睡着，思绪恍惚间，某些画面从脑海中一晃而过，她倏然睁眼，瞌睡也醒了。

"差点忘了，我还要帮静姝姐姐追臭男人！"

顿了顿，她仰头看向牧洲，眯着眼质问他："你昨晚弄到什么情报没？"

"她当时喝多了酒，跟我说……"

男人不急不缓地转述女人说的醉话，妮娜听得眉头紧皱，阴阳怪气地说："我就知道，一个两个都不是什么好的，可怜我静姝姐姐一往情深，十个叶修远都配不上她。"

牧洲沉思儿秒，淡声道："有钱人的快乐，似乎没有爱情这个选项。"

妮娜目光笔直地看着他，一本正经道："还好，你比较穷。"

他哭笑不得地问："我怎么听着不像好话？"

"你听错了，我是在夸你。"

"夸我穷？"

妮娜哑然，她一向如此，想什么就说什么，说话完全不过脑子。

她踮脚凑近，语气焦急地解释："我不是那个意思。"

"我知道。"

牧洲看她踮脚的小可爱样就受不了，低头碰了碰她的唇。

她也不扭捏，乖乖拉扯他的衬衣靠近自己。

她退后两步，撞上身后的玻璃，男人追着紧紧贴上去，抱她入怀，边亲吻边揉她后腰。

"嗡——"

手机响得恰是时候。

刚开始两人没管，唇瓣厮磨，难舍难分，可打电话的人似乎打定主意要搅乱缠绵悱恻的两人。

最后是牧洲先放手，被迫停下的妮娜憋着一股无名火冲过去，见着来电人更是怒气上头。

"干什么！你追魂啊？"

那头的舒杭小声说了什么，妮娜愣了愣，低声交代了句："你在那里守着，哪里都别去。"

电话挂断。

牧洲见她魂不守舍，好奇地问："谁啊？"

"舒杭。"

"出什么事了？"

"他说他在医院外看见叶修远的车，"妮娜眉头紧锁，百思不得其解，"静姝姐姐住的那家医院。"

05

两人赶去医院的路上，车窗外阳光喜人，妮娜眼皮直打架，昏昏欲睡。

吃药后，高烧虽退得七七八八，可那股眩晕感时不时刺激头皮，以至于下车时她眼前一黑险些晕倒。

牧洲眼疾手快地扶稳她，低头查看，问："没事吧？"

她撑住他的胳膊起身，额前渗出细碎汗珠，整个人天旋地转的。

在房间时还好，出门吹了点风，感冒似乎又加重了。

"正好来医院，等会儿带你去看病打针。"

"我不打针。"她嗡声抗拒。

牧洲盯着她倔强的脸看了会儿，轻声调笑："怕疼啊？"

"唔。"她也不否认。

牧洲到底心疼她的身体，牵着她慢悠悠地往医院走，心底已经开始盘算怎么把她拐去看病治疗。

"叮——"

电梯到了病房的楼层。

牧洲先出电梯，妮娜用力搜紧他的两根手指，病恹恹地被他牵出来。

长廊的尽头，隔老远便瞧见舒杭畏畏缩缩且十分显眼的背影，他小心翼翼地趴在病房门上，透过未合拢的门缝偷听里面的动静。

"胖虎。"

舒杭闻声回头，看妮娜脸颊两团不规则的红晕，面色苍白，摇摇欲坠，拉着她走到一侧。

"你咋啦，怎么这副鬼样子。"

她嗓音嘶哑，像锯木头般粗声说："病了。"

舒杭抬头看了眼神色淡然的牧洲，他想着昨晚还生龙活虎的小魔头今天跟打了霜的茄子似的，看来昨夜不咋太平。

"你别磨叽。"妮娜耐心有限，等不及他走完心理戏，"里面什么情况？"

"表哥来了二十分钟，啥也没说，啥也没干，就干坐着。"

"他有病吧！"她哑着嗓子咒骂，"闲来无事跑来刷存在感，他到底想要干什么？"

自牧洲说出女人那番醉话后，妮娜越发觉得叶修远这人双面性极强，静姝姐姐太过单纯，很容易中这家伙的毒。

"嘘！"

舒杭捂住妮娜的嘴，雷达耳隐约听见病房内有人在说话。

加护病房内。

屋外的冷风吹起窗帘一角，轻纱在半空翩翩起舞。

静姝微微起身，后仰靠着叶修远替她摆好的枕头上，她整个人还虚弱无力，双眼放空，盯着病床边低头替她削苹果的男人。

男人身穿工整的白衬衣，区别于牧洲身上遮不住的少年气，他有着成熟男人特有的稳重自持，习惯冷脸，平时话也不多。

把削好的苹果切块放在盘中，他抽出纸巾认真擦干水果刀残留的甜汁，眼都没抬，问："为什么不告诉我？"

"什么？"

"你住院的事。"

静姝抿了抿嘴，音色弱弱的："也不是什么大事。"

他放好水果刀，用冰冷的眼神紧盯着她，一如既往的傲慢自负模样，说："静姝，我生日的那晚，我看见了舒杭的车，也看见了你。"

她心跳如雷，呼吸骤然加重，刚要张嘴否认，被他先一步堵回去。

"你不擅长撒谎，尤其在我面前。"

静姝眸色沉下去，带着淡淡的伤感，低头浅笑了下，问道："学长，你来这里是为了探病，还是想让我病情加重？"

"当然是探病。"

叶修远直起身，居高临下地看她，他这种天之骄子自小被人簇拥惯了，对谁都一样，够冷，也够狠。

静姝在他的生命中或许称得上是特殊的存在，能得到他丁点的柔软，但也只限于丁点而已。

"我订婚了。"他沉声说。

她垂眼，咬住下唇，小声回道："祝贺你。"

男人面色僵凝，紧盯她垂落的眉眼，说："我想听的不是这个。"

"你想听的那些，以前我没说，以后我更不会说。"静姝平缓情绪，不卑不亢地注视着他深邃的双眼。

他的确有让人沉迷的资本，老天并不公平，给了这个男人所有的光环，静姝在无法触碰的光环下爱了他八年。

默默喜欢吗？

不。

她突然意识到，他也许一直都知道。

"你这么聪明，一眼便能看穿的事，何必非让我说出口，还是听我亲口说那些话能让你的虚荣心得到满足？"她脑子清醒不少，艰难开口，"可是学长，你从来不缺这些，你永远都会有人爱你，死心塌地地爱着你。"

男人沉默地看着她，很长时间一言不发。

"我要休息了，如果没什么事，学长请回吧。"

叶修远看着她侧躺滑进被子里，俨然不想再面对他，他也不强求，只好说："好好养病，下次我……"

"不用下次，没有下次。"

闻言，他僵硬地扯开嘴角，似乎在嘲笑自己那颗被人轻易搅乱的心，转身便往屋外走。

潮汐

可当他的手握上门把手时，埋在被子里的女人突然问出声："你爱她吗？"

握紧门把手的关节泛白，时间仿佛静止。

过了很久，他才说："我不需要爱情，只需要利益。"

"祝你成功。"

他寒着脸走了。

静姝缩在被子里无声流泪，哭得心绞痛。

男人不紧不慢地穿过长廊，直至消失不见。

妮娜拼命挣脱试图困住她的两个男人，要不是他们拦着，她这种暴脾气早八百年就冲进去了，满脑子只想将这个道貌岸然的男人拖出来打一顿才解气。

她忽然想起那个未婚妻说的话——

"提出结婚的人不是我，我们之间没有爱情，他不会管我，出于公平，我也不能在意他外面的人。"

叶修远显然是想利用静姝姐姐对他的感情把她当作见不得光的"外室"，否则怎么会马不停蹄跑来探病？

可怜静姝姐姐身体受尽折磨，心还要被人践踏，简直惨无人道。

"臭胖虎，我们以后再也不是朋友！"妮娜横眉竖眼地瞪舒杭，炸开的情绪全发泄了出来，"你不是把他当成你的人生目标吗？你多跟他学啊，学习什么叫恶毒！什么叫不要脸！"

舒杭也没想到事情会发展成这样，虽说表哥平时冷漠寡言，但对他还是有几分兄弟情在，他不清楚他们之间发生过什么，只能就事论事地劝。

"表哥再怎么说也是家族长子，他身上背负的责任太多，感情的事更不可能随心所欲，其实他也不容易的。"

"全都是废话！"妮娜还生着病，吼两句便头痛欲裂。

牧洲悄然出现在她身后，她无力地靠着他。

"既然清楚自己不能给她百分百的爱，那还跑来这里招惹她干什么？这是喜欢吗？这是自私！妄想用那点少到可怜的好感去换她全部的爱，这哪里是人干的事！"

妮娜骂得过火，大喘了两口气。

牧洲见她状态不佳，摸了摸她的额头，不知何时又悄悄升温了。

"好了，今天都先回去，让静姝独自待会儿。"牧洲说。

妮娜在他怀里转过身，下意识地软了嗓，说："我想进去看看她。"

"她现在不需要安慰，只需要一个人好好想清楚。"

妮娜张了张嘴，还想说什么，牧洲低声威胁："你再不听话，我就带你去打针。"

这是她的死穴，她马上不敢造次。

"我的头好晕。"

她全身乏力，控制不住地想要撒娇。

牧洲看她低眉顺眼的小可怜样，笑着在她身前蹲下，说："来，专属座驾。"

"不用了吧。"

妮娜假装羞涩地推托两下，便急不可耐地扑上去。

牧洲背着她慢慢起身，回身看向目瞪口呆的舒杭，说："我先带她走，你早点回家休息。"

"好嘞。"

舒杭看着渐行渐远的两人，郁闷地挠了挠头。

不对。

昨晚在酒吧她明明说的不是男朋友，那现在这出又是什么？

唉，鬼扯的爱情，全都是坑。

第六章

如果不期待潮起，就不会遗憾潮落

c h a p t e r

01

午后的阳光刺破车窗，柔软的光线一圈一圈地晕染开，仿佛全世界都在发光。

妮娜和牧洲先上山同朱老爷子告别，老人家舍不得他们，叮嘱好几遍没事回来吃饭。

妮娜嘴甜，抱着老人一通撒娇，哄得他合不拢嘴。

离开前，朱老爷子特意把牧洲拉到一侧，满眼严肃地交代事情。

十分钟后，牧洲上车。

在副驾驶等着急的妮娜凑上来，好奇地问："大爷爷找你说什么？"

他很快启动车子，漫不经心地答道："工作上的事。"

"哦。"

正经事妮娜也不多问，转而从背包里拿出笔记本电脑放在腿上，闲来无事看看前几天写的新文大纲，越看越不顺眼，键盘声"啪啪"炸响。

"写东西？"

"嗯。"

牧洲瞥她一眼，看她专注认真的样子，抿唇笑了笑，说："难得见你这么安静。"

她傲娇地冷哼道："我这个人向来公私分明，就算是你打扰我敲字，我也会跳起来跟你干架的。"

"换个地方，也不是不可以。"

"喂！"

他抬手摸她的头，顺毛安抚，自然地转移话题，说："往后半个月我会很忙，也许不能时刻陪在你身边，你想我了就给我打电话，天涯海角我都来见你。"

不是情话的情话，却远比情话更撩拨人心。

妮娜心头暖暖的，想起他之前说的夜夜醉酒，忍不住小小心疼一下。

她虽然不明白他的工作内容，但也算在这个圈子里长大，耳濡目染也知道一些商务局是躲不掉的，尤其像他这种初来乍到的商人，即使有老爷子的人脉支持，该走的关系该喝的酒，一样都不能少。

下了山，他们路过一家甜品店，妮娜瞬间被吸引，沿路追着看了好久。

车子到了路口突然掉头，她疑惑地转头看他。

牧洲笑着说："我去店里看看有没有你爱吃的。"

他注意到了。

妮娜抿嘴偷乐，不愿让他看出自己的心动，只在他下车前扯住他的衣袖，飞速亲了下他的脸，而后正襟危坐，假装看电脑。

男人摸摸被她亲的地方，下车时，整颗心在疯狂跳跃，撞得呼吸都乱了套。

十五分钟后，妮娜美滋滋地啃起了奶油面包。

牧洲不仅要开车，还要时不时帮她拨开长发拢到耳后，看她略显稚气的侧脸，童颜清透纯美，怎么都看不出来是个成年人，而且还是个狠人。

牧洲喜欢这种反差感。

她活得很真实，真实得让他羡慕。

过了前面路口，不远处便到了妮娜小区门口。

"你找到住的地方了吗？"妮娜故作不经意地问。

"之前比较忙，一直没时间去找，这段时间先凑合住酒店，等确定新公司的位置再说。"

她斟酌片刻，小声提议："你要不要暂时先住我家？我家很大，房间很多，足够容得下你。"

牧洲听完没吱声，方向盘打右，车子很快停在路边。

他安静地目视前方，倏然低眼笑了，侧头看她，说道："你这叫作引狼入室，很危险。"

妮娜不甘示弱道："那你怎么不说饿狼进了兔子窝，半斤对八两，说不准谁输谁赢。"

"你让我想想。"

"想什么想！本小姐大发慈悲你还不领情，那你去住你的酒店吧，我才不管你。"

变脸就跟翻书一样，小魔头的日常做派。

男人滑到嘴边的话被她堵回去，他也就不再多言，老老实实地送她回家。

妮娜虽说是含着金汤匙长大，可她骨子硬，从不伸手问父母要钱，反倒是外公和爷爷给她留了不少钱，所以即使什么都不干，也足够她挥霍这一生。

其实她自小家里就不太平，从她记事起，家里三天一小吵五天一大吵，后面，她都疲了，劝妈妈离婚，可妈妈依然恨得深沉，也爱得深沉，偏执地死磕那个并不爱自己的男人，不愿放手。

她很渴望温馨和睦的家庭环境，所以她一直都羡慕舒杭，他有全世界最豁达的父母，他们永远都是他坚强的后盾。

她没有后盾，她只有南南和自己。

妮娜家在一个高档小区的顶层，那是她这两年靠写书赚钱买的。

回家后的第一件事便是洗澡睡觉，这一觉睡得昏天暗地，直到夜幕降临，她才隐约有点转醒的意思。

摸到床头柜的手机，瞬间弹出几条微信和无数个越洋电话。

微信是牧洲发的。

电话是半年前跑去国外养身体的妈妈打的。

妮娜闭着眼睛都能猜到回电话之后发生的事——醉酒的女人疯疯癫癫地咒骂，控诉男人不接她电话，一遍遍问她自己哪里不如那些艳俗的女人。

这就是个死局，女人心甘情愿把自己困死在里面，就算被折磨得遍体鳞伤。

妮娜从床上爬起来走进厨房，给自己倒了一杯冰水，喝光了才想起来自己在生病，又跑去小包里翻出牧洲塞进去的药。

吃完药，她懒洋洋地窝在沙发里，看着散着橘光的落地灯发呆。

良久，她瞄了眼时间，夜里十点。

她重新翻出牧洲发来的微信，不是什么甜言蜜语，更像是自言自语。

【别忘了吃药。】

【我晚上有酒局，不会喝多，放心。】

【刚才路过一家烤鸭店，闻起来很香，你爱吃这玩意儿吗？】

【记得按时吃饭，不准饿肚子。】

最后一条信息是九点多发的，只有简简单单的三个字。

【我想你。】

妮娜的心很用力地颤了下。

纵然是铁石心肠，也抵不过男人温柔且深情的攻势。

她在客厅里转了两圈，最终压不住心间窜起的小悸动，走到阳台给他打电话。

"嘟——嘟——"

漫长的两声过去，第三声响起时，电话接通了。

两人都默契地没马上开口说话。

她听见那头狂啸的风声，他清润的嗓音透过电流，酥酥麻麻地轰炸她的耳朵。

"想我了？"

妮娜脸红红的，也不否认，问道："你在哪里？"

牧洲笑了，醉醺醺地倚靠着车门，昂头看向藏匿于云层中的高楼。

"你家楼下。"

阳台开了一扇小窗，凛冽的寒风犹如肆意游荡的夜间使者，撩起她耳后散落的长发。

妮娜冻得直缩脖子，戴上兔耳朵帽子，低头盯着手机发呆，脑海里仍在回想一分钟前两人的对话。

"你想上来吗？"

"邀请我啊？"

"算吧。"

"可我喝了酒。"

"嗯？"她微怔。

那头呼吸停了两秒，伴着呼啸而过的风声，话里捎带了点玩味的笑："酒后控制力差，容易干坏事。"

她当然听得懂，娇嗔地说："病人你也舍得欺负？"

"那我忍忍。"挂断电话的前一秒，他嗓音低了些，每个字符都燃着火往她胸口撞，"等我，兔子宝宝。"

她从没觉得一分钟如此漫长。

长到她坐立不安，心血翻涌，只想冲出房门给他一个超级大熊抱。

可再怎么忍不住，女孩子家的小矜持还是不能丢，至少现在还得端着点。

除非以后确定是他了，她便立刻卸下伪装，黏糊糊小兔火速上线，每天二十四小时挂在长颈鹿身上，耍赖似的压得他喘不过气。

她耐心等了半天，手机没动静，人也没影。急性子的妮娜再也坐不住了，起身的那一刻，矜持啥的早已抛掷脑后，心急地飞奔到门前。

屋外没人，顶灯亮着浅黄色光晕，静逸得连呼吸声都在回荡。

她跑到电梯前，按亮下楼按键，两手揣进软乎乎的睡衣口袋，身体时不时蜷缩两下。

楼道是真冷，通风口的窗户灌进冷风，她连打好几个喷嚏。

红色数字持续上升，很快到达她家的楼层。

"叮——"

电梯门打开，她刚要抬脚入内，就迎面撞上某个衣冠楚楚的男人，穿着最简单不过的白衬衣黑色外套。

"怎么出来了？"

牧洲走出电梯，步子迈得不算太稳，浑身散发着浓郁的酒香，丝丝缕缕沁人心脾。

妮娜垂眼看向别处，说："怕你找不着地方。"

"一层就一户，我还能走丢不成？"

"鬼知道，说不准你傻呢。"

他没接话，笑着靠近她。兔子假意挣脱，半推半就被他抱进怀里。

酒气沾染他身上独特的香味扑鼻而来，她微微皱眉，昂头看他涣散的黑瞳，半埋怨半担忧地说："你怎么成天醉生梦死的？抽烟喝酒熬夜，健康的事一样不干，命还要不要了？"

"要。"

牧洲乖乖听她小声嘀咕，弯腰把她完整抱进怀里。

她没挣脱，两手顺势摸进他的外套，困住精壮的腰身。

"妮娜，今晚我特别开心。"他嗓音略哑，带着醉后说胡话的颤音。

"什么？"

"有件棘手的事解决了。"

他很用力地抱着她，侧头贴贴她的脖子，滚烫的热气铺洒开来，很快染上胭脂红。他感受到那股炽热，坏心思地用鼻尖蹭蹭，怀里的人抖得更厉害。

"还有，想兔子的时候可以抱到她，就跟做梦一样。"男人说话很慢，语气如温水流淌。

妮娜能够清楚感受到牧洲的疲倦，他习惯了去照顾身边的每一个人，也习惯了隐藏自己的软肋跟需求，他几乎很少像这样毫无保留地暴露自己。

或许酒醒后的他，依然还是那个无所不能的钢铁战士。

可此时此刻，他是最真实的自己。

他在依赖她，很直白地依赖。

寒风透过窗户席卷小小的楼道。

不知静止了多久，抱着她的男人完全僵硬，不说话也不动，被封印了似的。

妮娜轻戳他的后腰，软腔软调地问："你准备在这里吹一夜的风吗？"

男人似乎回了点神，恍恍惚惚地直起身，万分倦意加酒醉迷糊，眼皮半睁半闭，黑发凌乱，睡眼惺忪地低头看她，很乖地牵着她的手。

妮娜快笑疯了，难得见到他这一面。

这家伙醉狠了是"大狼狗"，半醉成了"小奶狗"，看她的眼神无辜又单纯。

"牧洲？"

"唔。"

她来了作怪的恶趣味，在他眼前晃晃，娇声问："我是谁？"

男人轻轻皱眉，似在思索，慢吞吞地蹦出三个字："我老婆。"

妮娜笑靥如花，恨不得上手去戳他的脸。

换作平时，她早一巴掌呼上去顺便骂他不要脸，可他现在奶乎乎的样子太好欺负了，她一点脾气都没有，笑眯眯地牵着男人进了屋。

客厅很大，暖气充足。

她把牧洲安顿在沙发上，转身给他倒了一杯冰水。

男人脱了外套，头晕得实在厉害，今晚的混酒一轮接一轮，早记不清喝了多少，眼前的一切都很模糊，慢慢有些分不清梦境跟现实。

这时，有人递了杯水过来，他渴得厉害，仰头一口喝光。

妮娜见他嘴角有残留的水渍，好心替他擦干净，指尖刚碰到他的唇，就被人狠狠压住，她没回过神，那人用力一拽，她便落在他怀里。

他低头吻住，温柔且强势。

"牧洲……"她奋力躲他炽热的吻，娇声娇气地哼，"我在生病，会传染给你……"

"我陪你一起。"

结束时，她头晕脑热，搂着他的脖子乖乖坐好，耳边全是他压抑的喘声。

"不继续了吗？"她软声问。

牧洲愣了下，直接笑出声来，诚实地说："你还病着，我怕自己收不住手。"

妮娜调笑："算你还有点良知。"

"良知是有，但不多。"

牧洲轻轻闭上眼，酒还没完全醒，抱着娇小软糯的姑娘就像抱着个大玩偶。他突然不说话了，下巴搁在她肩膀上，呼吸声越来越轻。

妮娜转头去看，男人已经睡着了。

约五分钟后，她小心翼翼地从他怀里滑出，扶着他平躺在沙发上，奔奔跳跳跑去房间拿了毛毯，非常贤妻良母地替他盖好。

而后，她又跑去浴室重新冲了个澡，洗香香后跑回沙发，两手叉腰，深深凝视他熟睡的脸。

总觉得画面不够完整，缺了点什么似的。

妮娜想了又想，最后微微一笑，掀开毯子，爬上沙发，轻轻窝进他怀里。

沉睡的男人身子微动，无意识地翻身侧躺，手臂在她背后紧密交错，下颌贴着她的头顶，霸道地把她抱进怀里。

她很乖，侧脸贴近他胸口，听着强劲有力的心跳声。

画面很完整。

心也很安稳。

02

窗外阴云密布，雷声大作，不久后，天空下起滂沱大雨。

密集的雨滴砸响窗户，身后仿佛藏着千军万马，奔流不息，天地间皆是一片朦胧的灰色调。

牧洲醒来时，沙发上只有他一人。

他悠悠起身，正迷糊之际，餐桌那头传来细碎杂音，抬眼便瞧见穿兔子睡袍的妮娜正认真地把外卖装盘，餐桌上摆得满满当当，说是满汉全席也不为过。

"你醒啦？"

"嗯。"

她头也没抬，沉迷于卤鸡腿的较量中，有条不紊地安排他："牙刷、毛巾在茶几上，洗漱好再来吃饭。"

牧洲还没完全清醒，安静不吱声，起身时又听见她咋咋呼呼地叫唤："你还是去浴室冲澡吧，满身的酒气。"

"知道了。"

他听话地应声，思绪混沌的饿狼多了点温顺，她说什么他都乖乖照做。

不久后，他浑身清爽地从浴室出来，妮娜抱着干净的毛巾早早守在外头。

牧洲还没看清人，视线忽然全黑。

她踮起脚，粗暴地将毛巾罩在他头上，脚尖在地板上磨起小碎步，嘴里不满地嘟囔："你低头啊，我够不着。"

他笑着弯腰，让她得以平稳落地。

妮娜没干过这种细致活，擦头发的手法逐渐暴戾。男人头皮快被搓麻了也没躲开，静静地承受她直线条的关心。

"好了。"

毛巾滑落，半湿的黑发垂过眼睑，残留的水珠滴落在眼睫毛上。

他的皮肤真的很白，五官轮廓极具少年感，光是那双清透的桃花眼就能吸人魂魄，勾去她半条命。

她见过他不装精英男的样子，阳光温暖，还带点幼稚的痞气。

"怎么了？"牧洲见她傻愣愣地盯着自己，下意识凑近她的脸。

"吧唧。"

伴着清脆的亲吻声，下巴倏然被人偷吻了下。

他还没回过神，吃豆腐的小姑娘就已经跑远，顺便把半湿的毛巾盖在他脸上。

男人愣了两秒，伸手拽下毛巾，咧嘴笑得欢。

屋外倾盆大雨，屋内温润如春。

餐桌上，两人相对而坐，默契地埋头吃东西。

牧洲宿醉后胃口不佳，吃两口便停下来，侧头看了一眼一旁堆积如山的外卖盒，皱了皱眉，问道："全是外卖？"

"我不会做饭。"

妮娜诚实回答，往嘴里塞了一大口寿司。

"外卖吃多了对身体不好，就算只是简单的料理，最好也自己做。"

她咽下嘴里的食物，眼睛一动不动地看着他，回道："可我更喜欢别人帮我做。"

话里的意思再明白不过，男人却少见地陷入沉默。

他面色无常，微笑着给她夹了一个鸡腿，说："你喜欢吃这个，多吃点，全都是你的。"

妮娜欲言又止，失落地低头啃鸡腿。

完毕，牧洲让她去沙发待着，自己负责收拾餐桌。

他站在水池前认真洗餐盘，突然后腰一热，有个软乎乎的小家伙抱上来了。他抿了抿唇，任她把微凉的手伸进衬衣里取暖，顺手偷摸轮廓明晰的腹肌。

"早上吃药没？"他低声问。

"嗯。"

她灵活地绕到他身前，藏进他怀里，卡在水池台与他之间，两人的身子贴得严丝合缝。

身高差的优势大概就是，即使这样也不影响他洗碗。

妮娜额头抵着他的胸口，很小声地说："你不愿意跟我同居吗？这间房子很大，有时候一个人真的好孤单。"

潮汐

牧洲隐隐心疼，可他现在顾忌的东西太多，深思熟虑的性子也很难让他马上做决定，他需要一点时间想想。

"没有不愿意，只是……"

后面的话他还未出口，餐桌上的手机突然响了。

她从他怀里脱离出来，跑去拿起手机，见着来电稍稍愣住。

是大爷爷。

车子上山时，雨势小了不少。

绵绵细雨滋润山野，干枯的树枝在雨水中浸染成悲凉的黑褐色，副驾驶的妮娜用手抚开车窗上的水雾，不解地问："静姝姐姐身子明明还那么弱，怎么会突然跑出医院？"

牧洲意味深长道："大概率是昨天的事。"

"可再怎么也不能为了个男人连命都不要了吧？她要真有什么事，男人甚至都不会难过，怎么想都不值当。"

妮娜长叹了声，想起刚才电话里大爷爷情绪激动的声音，老人今早去了隔壁市的老友家，接到通知马不停蹄往家赶，害怕静姝会干傻事，特意让他们先过去看看。

"牧洲，有时候我在想，其实你挺适合静姝姐姐的。如果没有我，你或许可以慢慢填补她的伤口，你们会成为很般配的一对。"

牧洲侧头瞥她一眼，笑了，问道："舍得把我送给别人？"

"我说的是如果！"她嗓音拔高，生怕这家伙当真，"假设的意思，等同于说胡话。"

他抬头揉揉她的头，低声道："人这一生会遇见什么人，经历什么劫，全都是注定的，躲不过也逃不开。"

话音落地，车子刚好停在老宅门前的空坪上。

牧洲先下车，撑着伞过来给妮娜开门。

妮娜还在思索他刚才说的话，在他探身进来给她解安全带时，她拽住他的衬衣，看着他的眼睛问："那我遇见你，是我的劫吗？"

他想了想，轻轻点头，回道："也是我的。"

大雨后的深山老宅更显安静和诡异。

妮娜本想把屋子上上下下翻个遍找人，牧洲一言不发地牵着她走向画室那头。

画室的木门半开，身形消瘦的女人背对他们坐在画板前。

"静姝姐姐。"

妮娜推门而入，女人闻声回头，嘴唇苍白，虚弱到随时可能会晕倒。

"你们来了。"

静姝低咳不止，妮娜跑去扶她起身。

她转头冲他们牵强一笑，说："来得正好。"

她从画板前走到画室的角落，那里全是用纸张遮盖的画作。

静姝看向牧洲，声音哑得几近消失："搭把手可以吗？"

妮娜不明所以，牧洲却秒懂她的意思。

十几分钟后，数幅装裱好的画陆陆续续被男人搬运至宅子外的空地上。

"全扔地上？"牧洲不确定地问。

静姝点头，斩钉截铁地说："是。"

画杂乱地堆积在湿淋淋的地面上，沾染了污秽的脏水，或许连老天都感受到了她的绝望，雨也渐渐停了。

静姝用仅剩的力气提起一瓶高纯度酒精，面无表情地把那些透明液体泼洒在画上。

妮娜想上前说什么，牧洲伸手拦住，把她拉到身边。

空瓶"砰"地落地，在地上滚了两圈，静姝问牧洲要了烟盒跟打火机，抽出一支烟放在唇边，用打火机点燃。

她深深吸了口，没敢吸进肺里，虚幻的白雾之间，她看见的，是她再也寻不回的青春。

"轰——"

燃着微弱火星的香烟掉在浇满酒精的画上，顷刻间火光四溢，几度窜起的火团在空中噼里啪啦地炸响。

静姝呆滞地看着画一点点烧成灰烬，她眼底无半滴泪，嘴角勾起释然的笑。

感性的妮娜红了眼眶，她清楚眼前燃烧的并不是画，而是女人付出过的真心和对爱情最纯真的期盼。

"姐姐……"她眼泪不止，抽泣着牵住静姝的手。静姝的手冰冷，宛如女人此刻的心。

"妮娜，我以前看过一本书，书上说，爱情就像潮汐，潮起潮落，周而复始，它是一个无止境的轮回。可如果我不期待潮起，也就不会遗憾潮落。我想放过自己了。"

静姝看着妮娜哭红的眼睛，心脏抽痛，说话有气无力的。

约莫一个小时后。

他们把吊着最后一口气的静姝送回医院。

牧洲牵着妮娜走出电梯，在医院大堂跟几个穿白大褂的医生擦肩而过，其中一个伟岸结实的背影成功地吸引妮娜的注意。

"怎么了？"牧洲问。

她想了想，缓缓摇头，说："没事。"

那人现在不是应该还在欧洲读医吗？

所以不可能是他，她肯定看错了。

如果他在这里，看见自己心爱的人被这么欺负，估计早把叶修远扔出去痛扁一万次了。

甜腻的时光总是过得很快，弹指一挥间，12月到了。

北城不愧是雪城，接连下了一周的大雪，地面积雪深厚，寒风夹杂着绵密的白雪，仿佛来到雪精灵的王国。

原本单调乏味的生活因为有了牧洲的加入变得丰富多彩，妮娜早睡早起，不再熬夜码字，男人也会时常来找她，两人甜甜蜜蜜，宛如一对热恋期的小情侣。

闲暇时间，两人会窝在沙发上看书看电影，她懒懒地躺在他的腿上，他捧着一本书，声音有催眠的魔力，没多久她睡着了，他抱着她上床，再抱着她一起睡觉。

有时候他应酬时喝多了酒，死皮赖脸跑来她家要亲亲抱抱，偶尔也不眠不休地折腾她。

12月中旬，两人商量好回江南不坐飞机，提前一天自驾出发，顺便欣赏沿路的风景。

回程的前两日，恰好是周六。

最近上映的电影里有妮娜想看的，牧洲早早订好票，傍晚时分开车来楼下接她，还带来她爱吃的面包。

离电影开场还有半个小时，他们在电影院旁边的咖啡厅喝东西，妮娜突然很馋甜甜圈和奶茶，非要自己去买，让他在这里等着。

去了半天还没见人，牧洲起身去寻，急匆匆走过拐角，撞上一个穿红色高跟鞋的女人。

"不好意思。"

男人随口道歉，径直往前，却被那人高声叫住："牧洲？"

他停住，缓缓回头，见到一张既熟悉又陌生的脸，似曾相识。

"天啊，还真是你。"浓妆艳抹的女人夸张地捂住嘴，瞳孔撑大，难掩惊喜，"他们之前说你来北城我还不信，没想到你居然为了晓涵真的跑来这里了！"

牧洲呼吸顿住。

晓涵？

他忽然记起眼前这人，他的高中同学，孙侨，也是林晓涵的闺密，那时她们好到同进同出。可这女人也曾背着好闺密跟他表白，结果自然被他拒绝得很难看。

男人面露不耐烦，只要提起林晓涵，他就忍不住回想起那些让人恶心反胃的片段，声音瞬间冷却。

"我还有事，有机会再聊。"

"那你留个电话，下次我叫上晓涵，我们一起聚聚。她要是知道你来北城，她会开心死的。"

女人毫不在意牧洲的冷淡，看他现在这副事业小成的精英范，满脑子都是他读书时阳光帅气的形象，自顾自地说："牧洲，其实你们分手之后，晓涵一直都很难过，她还经常跟我提起你，说你之前对她那么好，千依百顺的，还为了她放弃当特种兵，吃了那么多苦头，她很后悔当时没有珍惜你……"

"砰！"

拐角处忽然传来东西掉落的声音。

牧洲察觉不对劲，胸腔隐隐发紧，撇下还在絮叨的女人走至拐角。

果然。

甜甜圈跟奶茶砸了一地。

兔子跑了。

03

安全通道里真的很冷，往下的每一步都仿佛踩进炼狱深渊。

那颗泡在蜜罐里的真心，不受控制地悸动，你自认为的所有美好，皆如泡沫般消散无影。

妮娜从未如此混乱过。

就算之前被人深深伤害，她依然能在撕心裂肺中找回该有的理智。

她可以允许自己失败，但不允许自己败得难看，败得没有自尊。

就在不久前，她扔掉奶茶和甜甜圈，甚至都不敢当面质问他，转身仓皇而逃。

她漫无目的地跑，耳边全是自己的喘息跟急促的脚步声，脸上何时湿了她也不知道，滚烫的泪水在奔跑中滴落砸在手背上。

妮娜小声抽泣，抹开眼前模糊不清的泪花。

好烫。

烫得她胸口发麻，呼吸困难。

"妮娜。"

牧洲在楼梯间拦住她。

她抗拒地推他打他，他不肯放，反而拽得越来越紧。

"你走开！"妮娜哽咽着，声音都哑了。

他低头看她哭花的妆容，想起出发前她笑靥如花的样子，心头百感交集，无力地叹了口气。

在这里遇见孙侨实属意外，知道林晓涵也在北城更是惊讶，之前虽然有人说林晓涵找了个有钱老头嫁来大城市，却没想到也是在这里。

"我……"

男人心乱如麻，万千思绪涌上心头，平时巧舌如簧的人突然不知该从哪儿说起。

"你之前说的那些话都是骗我的，对不对？"

闻言，牧洲低头看妮娜，她那通红的猫咪眼还在持续掉眼泪。

"你来北城根本就不是为了我，我只不过是你找不到小情人而存在的替代品，是你用来过渡的备胎。"

他眉头紧蹙，尽管被这刺耳的话捅得心窝子疼，但还是强行稳住气息，说："我不知道她在这里。"

"你说谎！"妮娜只要想起那些话就心如刀割，"你之前的事从没跟我提起过，如果你真的不在乎，你为什么不肯告诉我？"

牧洲脑中晃过一些反胃的片段，脸色变得黑沉，语气也冷了些："因为没什么好说的。"

"那就是没有放下！"

她深深闭上眼，捂着胸口大口喘气，心都要裂开了。

"你可以为别人放弃很多东西，可以吃很多苦头，可以掏心掏肺地对人家好，那你为什么不能为了我早点出现？如果你真的喜欢我，你不会舍得让我一个人难过，你看得清我的心，可你还是要那样去践踏。什么喜欢，我不过是你退而求其次的选择，是你用来发泄的工具……"

"妮娜！"

牧洲大声呵斥，制止她继续往下说。

他脑子都快炸了，努力深呼吸，把她拉过来抵在墙与他之间，劝道："你冷静一点好不好？"

"你永远都把我当成孩子来哄，因为我就像个傻子一样好骗。"她泪如雨下地看着他，湿润的眸底晃过一丝绝望的幽光，"我明明……我明明就被你扔掉过一次，我为什么还要相信你？我真的蠢得无药可救。"

妮娜冷笑，焦躁的情绪越发接收不住，成串下坠的眼泪滴在小臂上。

"你不肯跟我同居的原因也是因为这个吧？你怕我们住在一起会耽误你跟你的旧情人再续前缘，耽误你们甜甜蜜蜜……"

"砰——"

耳边炸开沉重的撞击声。

牧洲一拳狠狠砸在墙上，距离太近，她甚至都能听见骨头裂开的声音。

她吓傻了，面露惊恐地看着他。

牧洲明显动了气，情绪失控下显露出自己暴戾的一面，他忽略乌青的手指，低头紧盯她的眼睛，一字一句地问："你觉得我只是把你当成发泄的工具？"

"难道不是？"

男人眼底滑过一丝受伤，追问："你为什么不能相信我，哪怕就一次？"

他并不是不愿说，只是那个真相太过残忍，他本能地不想让她知道，这个世界灰暗的那一面。

妮娜慢慢冷静了下来，眸底闪烁嘲讽的冷光，回道："我们这样的人谈信任，配吗？"

"不要说这种话。"

男人深深合眼，快要气疯了。

"游戏就是游戏，谈什么感情，到底是你傻还是我天真？"

闻言，他怔住，呼吸声颤了颤，追问："什么意思？"

"我的意思是……你以后不用再勉强自己装深情，你大可以去找你的小情人。"

妮娜仰头看他，心如死灰。

"我不会祝福你的，骗子。"

她常年把自己锁在铜墙铁壁的保护圈里，软萌的兔子慢慢拥有一颗刀枪不入的钢铁心，可这男人几乎不费吹灰之力就轻易攻破壁垒。

于是，她撕开那层保护网，变回任人宰割的兔子。

受伤其实并不可怕。

可怕的是那些虚无缥缈的期待，逐一落空。

正常人情场失意，大概率会拉着朋友痛哭流涕，或是把自己灌醉解千愁。

可妮娜明显不是正常人。

她挣脱牧洲迅速逃走，在回家的车上大哭一场。

下车后，瑟瑟的冷风吹过，她脑子突然清醒了，回家第一件事就是把他的联系方式全部拉黑，手机关机，打开电脑码字。

从深夜到清晨，她在电脑前不吃不眠待了十二个小时，敲字的手指头都麻了，困到半昏睡时转身扑向大床，就算在睡梦中也在敲字，嘴里念念有词。

"男人算什么，只有钱不会背叛自己。"

这两天她不是码字就是睡觉，整个人昏昏沉沉的，直到第三天的下午才勉强清醒了些。

手机开机的那一瞬，恰好弹出一个语音通话，她强行睁开半只眼看了几秒，翻了个身，接通语音。

"喂。"

那头一听就知道她没睡醒，顿时无言："你怎么还在睡？不是今天出发吗？"

"出发？"妮娜恍惚地眨眼，人醒了，脑子还没醒，"出发去哪里？"

平时温婉清雅的贺枝南恨不得顺着电流拍她的头，大声说："江南！你是不是睡糊涂了？"

"哦，我那个……我……"

"别磨叽了，赶紧起床。"那头先一步止住她发言，软声道，"牧洲在楼下等了你几个小时。"

妮娜的脑子突然不混浊了。

心底盘旋的那口怒气上头，她硬着嗓子回道："我不跟他一路走，我们已经分道扬镳了。"

"你少跟我扯这些，我还不清楚你那臭脾气，闹起来腥风血雨的，牧洲脾气再好，你也不能太欺负人了。"

"臭南南，你到底是哪头的！"妮娜欲哭无泪，明明受害者是她，怎么就颠倒黑白了，"你最好的朋友现在被人欺负，你不安慰我也就算了，胳膊肘还往外拐，我讨厌你。"

"我没有。"

"你明明就有！"

妮娜越想越生气，越想越孤立无援。

现在连最心爱的南南也站在牧洲那边，舒杭也是，静妹姐姐也是，大爷爷也是，所有人都觉得他是个好人，只有她是坏脾气怪物，想想都憋屈。

"好了，说你两句就急眼。"贺枝南难得见她委屈巴巴的样子，既心疼又好笑，忍不住出言调侃，"娜娜，你以前可没这么娇气，现在有人疼了就是不一样，越来越像小媳妇了。"

"你才小媳妇！"

"我本来就是小媳妇嘛。"贺枝南乐不可支，越发觉得现在的妮娜可爱到爆炸，娇声软语地顺毛安抚她，"你一个人来我不放心，谁知道路上又会闹出什么事，你就当发发善心，让我睡个安稳觉行吗？"

"可是……"

"乖，快去收拾行李。"

妮娜当然是要拒绝的，可最爱的南南用这种口气哄她，她又有点不忍心，鬼使神差地回了句："好吧。"

电话挂断。

她在床上呆坐了五分钟。

不想见到牧洲。

一万个不想。

同一时间，男人的手机振动两下。

贺枝南：【好好照顾她。】

牧洲的心跟着安稳落地，扯唇笑了笑。

牧洲：【这是我分内的事。】

04

这次再去江南，少则一星期，多则半个月。

妮娜怕冷，穿很厚的毛绒服把自己包成粽子，拖着小小的行李箱走出单元门。不远处的车门开了，男人难得一次没穿正装，回归初遇他时的状态。

休闲的黑色卫衣加深褐色飞行外套，黑发剪短了，整个人看着干净利落，没戴装腔作势的眼镜，视觉年龄小了五岁不止。

屋外下着淅淅沥沥的小雨。

牧洲迎着风雨走来，低手接过妮娜的小箱子，见她一副明显不想搭理的冷样，瞄了眼腕表，笑着搭话："吃东西没？"

妮娜只当两人现在没有任何关系，最多是搭车的同伴，她没理他，大摇大摆地走向后座，开门摔门，一气呵成。

她上了车才发现，后座放着一堆吃的，样样都是她的最爱。

她忘了自己多久没进食，饿得头晕眼花，可自尊心告诉她吃人家的嘴软，饿死也不受嗟来之食。

男人回到车上，通过后视镜瞥了眼包裹严实的白色小粽子，抿嘴笑了笑，说："饿了就吃，晕了我可不负责。"

妮娜没吱声，闭眼装死，继续把他当空气。

车子很快启动，沿着湿漉漉的大道径直驶向高速公路。

"咕噜咕噜！"

不争气的肚子已经叫第三轮了。

妮娜幽幽怨怨地瞥了眼包装袋里的手枪腿，手指不可控地朝那处小幅度移动。

这时，男人冷不丁地来一句："先吃主食，怕低血糖。"

她慌乱地收回手，嘴硬道："我才不吃你的东西。"

牧洲笑了笑，没说话，一脚油门狠踩下去，很快驶上高速公路。

天黑得很快，刚过下午五点，公路两边的路灯亮起暖黄的光。

也不知开了多久，走了多远，她在车上又一次昏昏沉沉地晕睡过去。

等再次醒来，车子已经下了高速，停在一个小镇上，车上除了她没别人，牧洲不见了。

她茫然地下车，正前方是一家装修破旧的小酒店，右侧靠近小道的位置有一盏高高的路灯，照亮男人高挑的背影。她好奇地走去，探头一看，他居然在喂狗。

"你……"

妮娜本想问什么，可低头见狗嘴里叼着的食物，脑子瞬间炸开。

居然是她爱吃的手枪腿！

牧洲回头，一脸无辜地说："我看你不爱吃，别浪费了，狗子挺喜欢的。"

她怒火中烧，转身跑回车上，一口气吃完三个红豆包。等男人掐准时机跑来开车门，无意外撞见她狼吞虎咽的狼狈样。

"咳……咳咳……"

她饿狠了，嘴里塞了一堆吃的。

"慢点吃，没人跟你抢。"

他弯腰探头进来，想给她擦嘴角的奶油。

她当然不乐意，推搡间被男人轻轻按住手，他从包装袋里翻出一瓶水，拧开后递给她。

妮娜没接，下意识地用力掀开，冰凉的水泼在胸口，湿了一大片。

她慢慢咽下嘴里的东西，破天荒地没说话。

牧洲垂眼，睫毛轻盈颤动，堆积如山的情绪也在那一刻彻底崩塌，轻轻地问："我就那么不值得你信任吗？"

妮娜沉默。

他近距离看着她的眼睛，自嘲地笑了笑，继续说："我之前推开过你一次，所以你理所当然可以推我无数次，可是妮娜，你不能因此否定我的全部，你可以不相信我，但你不能剥夺我爱人的权利。"

感受到他的靠近，妮娜本能地想要抗拒，冷冷地说："我不会像之前那么蠢，几句甜言蜜语就把我哄迷糊了。"

"甜言蜜语？"

他慢条斯理地重复，舌尖抵抵脸颊，然后回到最初的样子，浑身透着自由散漫的痞气。

"我这辈子最烦的就是甜言蜜语，我还讨厌装腔作势，讨厌穿着西装戴着眼镜天天喝酒，我以为把自己塑造成你会喜欢的样子就好了，可事实上不管我怎么努力，我仍然摆脱不了身上的阴影。在你眼中，我就是个卑鄙小人，没什么大出息的小镇男人，所以你可以完全忽略我的感受，按你所想的样子直接判我死刑。"

妮娜还是第一次见牧洲说这么多话，有些诧异，又有些疑惑地问："你喝了酒吗？"

他干笑两声，像是自言自语道："你总说我不是真的喜欢你，那你呢？你对我大概连喜欢都没有吧！如果但凡有那么一点好感，你也不至于总在第一时间就会想着放弃，然后随随便便把我推给任何人。"

妮娜怔怔地看他，突然不知该说什么。

牧洲慢悠悠地直起身，很快远离她的气息，嗓音略显嘶哑："这些话，以后我不会再说了，免得你说我虚伪。"

约莫十分钟后。

两人一前一后走进小酒店，前台小姐姐说只剩一间房了，还是个单人房。

"你住吧，我睡车上。"

自打说完那番莫名其妙的话后，男人仿佛失去支撑自己的主心骨，整个人瞬间沉寂下去。

可尽管面上冷淡，心里还是放不下她，他板着脸跑去单人房转了几圈，确定安全之后才离开。

潮汐

破旧的走廊，暗沉的顶灯。

"牧洲。"

妮娜也不知道自己为什么会叫他，只是看他落寞离开的背影，突然发现那些环绕在他周身的光芒不见了。

说到底，他也只是个普通人。

一个有血有肉、对爱还抱有幻想的男人。

妮娜整夜睡不安稳。

闭眼就是牧洲那双微微泛红的眼睛，明亮清澈的桃花眼泡在清泉里，满是伤感。

她迷迷糊糊睡了几小时，醒来时，天已经亮了。

屋外正在下雨，昏暗的天空似被撕开一个口子，顷刻间大雨倾盆，疯了似的往下灌水。

妮娜刚走到前厅，便一眼见到在小沙发上闭目养神的男人，她走路动静很小，可还是吵醒了他。

"睡好了？"他面无表情地起身，也没看她，拧过一旁的黑伞递给她，"走吧。"

她静默两秒，盯着他颓然离去的背影，万千情绪绞缠在一起，不知该心疼他还是心疼自己。

其实昨晚她辗转反侧，思来想去，心里还是有后悔的。

她的臭脾气她最清楚，一生气就不分青红皂白地骂人，主观臆断任何事，常常说一些言不由衷的话。

那天事发突然，她满脑子都是些肮脏的画面，甚至都不愿给牧洲解释的机会，顺理成章地把自己的假想一股脑全安在他身上。

或许正如他所言，她从一开始就没有完全信任他。

他被无情地隔绝在她的世界之外。

一旦有任何威胁，他便成了第一个被放弃的人。

妮娜缓缓拉开副驾驶的车门，收伞时，雨水顺势砸在她手背上，冰凉刺骨。

牧洲侧头，瞥了眼默默爬上车的小兔子，神色讶异半秒，很快恢复如初。

那股闷气自昨晚起一直堵在胸腔，泄不出来也咽不下去。

尽管如此，他还是早起跑去附近给她买早餐，见外头下雨，又屁颠屁颠去酒店等她，生怕她那个犟脾气不打伞就往外冲。

明明自己难受得要死，可依旧还是喜欢。

牧洲想，如果她真的无法接受自己，那么他就依她所想，尽可能远离她的世界。

但他不会离开北城，他想要扎根留下来，什么时候想她了，就跑去她家楼下偷偷看一眼，如此便能知足。

"镇上只有包点铺，先吃两口馒头垫垫肚子，晚点再去其他地方看看。"牧洲把包装袋递到她手上。

妮娜低头瞥了眼白花花的大馒头，别扭地小声问："你吃过了吗？"

"嗯。"

言简意赅的一个字，明显不想有后续。

她微微垂眼，有些难过，当理智慢慢击败冲动，她意识到了自己的问题，可她并不擅长示弱，她已经习惯用钢筋盔甲去抵挡所有的爱。

搭讪的腹稿打了一万个，可话到嘴边又默默吞了回去。

她嘲笑自己是个胆小鬼，连承认错误的勇气都没有，只会揪着那颗自以为是的自尊心，干着肆意伤害别人的蠢事。

妮娜见牧洲不想搭理自己，低头啃了两口馒头，吃得太急，不小心呛住，慌乱地拿吸管戳豆浆，可那玩意儿不知道是不是劣质的，戳两下吸管都歪了。

正郁闷无助之际，身侧的男人伸手过来，准确地一击命中，把豆浆送到她嘴边。

她猛啜两口，卡在咽喉的馒头碎勉强咽下去。

等她再回头，男人又恢复冷若冰霜的脸，目不斜视看向前方。

她抿嘴偷笑，忽然觉得他扭捏得有点可爱。

还总说她是个小孩。

某些人幼稚起来，顶多也就三岁。

之后的路途还算平稳，男人专心地开车，百般无聊的妮娜拿出笔记本电脑开始码字。

不知过了多久，昨夜的失眠反噬上头，她困倦地揉揉眼睛，歪头沉沉睡去。

时间稍纵即逝，眨眼便过了午后。

他们进入江南地界，路过宁水市时，牧洲接到一个电话。他瞥了眼身边熟睡的妮娜，把车子停在路边，下了车才说话。

"知道了，地址发我。"

物流公司那边出了点小问题，恰好牧洲回来，他亲自去解决再好不过。

妮娜从昏睡中清醒，发现车子停在幽静的街道旁，一棵枝繁叶茂的樟树下。

她在车里没瞧见牧洲，于是撑着黑伞下车，车门打开，蚀骨的潮湿感扑面而来，那风如尖锐冰刀，直往你五脏六腑里捅。

时隔一年，故地重游。

南方特有的湿冷让妮娜记忆犹新，她站在寒风中瑟瑟发抖，只恨自己穿得太少。

环顾四周，除了来去匆匆的行人，男人不见踪影。

她撑着伞在雨中漫步，慢慢走向不远处的小超市，本想先买点零食和饮料充饥，可刚刚走到超市前，猛然听见里头传来女人痛苦的惨叫声。

妮娜直接扔了伞，冲动之前动了动脑子，随手拿起摆在外头卖的小型平底锅，往里走几步，竟瞧见一个油腻的大光头男人正在暴打一个中年女人。

暴脾气的妮娜再也受不了，拧着平底锅冲上去，谁知锅还没砸到光头，就听见"啪"的一声，一个空矿泉水瓶先一步敲在光头的头上。水瓶掉落，他的头依然坚固。

光头捂住脑袋回头，妮娜也跟着看去，就见一个身形消瘦的年轻姑娘，那张脸莫名有点眼熟。

"你个小娘们……"

光头骂骂咧咧的，那架势明显想要报复，可他还没起身，"砰"一声，肩膀再受一记重击。

平底锅的威力显然比水瓶带劲，光头一屁股坐在地上，摔得龇牙咧嘴。

年轻姑娘诧异地看向妮娜，两人眼神相交，不约而同地笑了笑。

"牧橙！"

妮娜身后传来熟悉的男声，她好奇地回头，见牧洲皱着眉头严肃走来。他先看了眼举着平底锅的妮娜，再看向一旁的年轻姑娘。

两个女人同时被那个眼神震慑到，妮娜悄悄把手上的东西藏在身后。

牧橙自知惹祸，尴尬地笑了两声，小声喊道："哥……"

"哥？"

妮娜瞳孔张大，惊讶得合不拢嘴。

车内静得好似一潭死水。

妮娜跟牧橙一左一右分居后座，没有人敢坐副驾驶，因为那男人的脸已经不能用难看来形容了。

妮娜对这个见义勇为的小姑娘颇有好感，除了穿衣风格略带小镇气息，单论相貌还是跟牧洲有几分相似的。

"你要吃这个吗？"妮娜瓮声瓮气地问，递过去一根烤肠，那是从派出所出来后，偷偷摸摸在路边买的。

牧橙瞥了眼男人僵硬的侧脸，慢动作接过，小声回道："谢谢。"

两人安静地吃起烤肠，时不时眼神交流，像两只偷腥的小猫。

其实牧橙也不是那种逢人就熟络的性子，但莫名对妮娜觉得很亲近，尤其在派出所录完口供后，还亲眼瞧见平时云淡风轻的哥哥对她那副无可奈何的宠溺样。

"伤人就是不对，你还有理了。"牧洲一脸严肃。

"我这叫替天行道。"妮娜不以为意。

"那你有没有想过，你这么冲上去，万一伤到了怎么办？"

"我乐意。"

牧洲无言以对，气得快要升仙，没好气地说："我活该管你。"

听到对话，于是牧橙掐指一算，其中必有猫腻。

思来想去，她决定还是得打探清楚，于是，她小幅度凑近妮娜，用自认为很小的声音找人聊天："我叫牧橙。"

"朱妮娜。"

牧橙歪头一想，这名字似乎很耳熟，之前在东哥媳妇的甜品店打工时，偶然听她提起过几次。

"你也从北城来的？"

"嗯。"

"那你认识南嫂子吗？"

听见熟悉的名字，妮娜眸底神采奕奕的，说："南南是我最好的朋友。"

牧橙连连点头，看了眼前方，咳两声清嗓，压低声音问："你跟我哥是什么关系？"

妮娜被问得一愣。

"没什么关系，别问了。"男人面色冷淡地否定。

"哥。"

男人的手指有节奏地敲击方向盘，不温不火地说："你要那么闲，不如说清楚为什么一个人偷跑来市里？"

"我找朋友。"

"什么朋友？"他脸色铁青，语气不善，"不过一群狐朋狗友罢了。"

"那你以前也没多好，身边的狐朋狗友不比我的少，你少瞧不起人！"

牧洲抬眼瞥向后视镜，皮笑肉不笑，看着怪瘆人的。

牧橙怕死地缩缩脖子，慢慢挪回原位。

妮娜郁郁寡欢地低头，盯着绞缠在一起的手指发呆。

原来被人否定的感觉这么糟糕。

可她就是闹闹脾气而已，又没说非要分手，他至于这么急不可耐地撇清关系吗？

下午四点，江南小镇沉浸在烟雨朦胧的水雾中，雨不停，风也不止。

商务车稳稳开进物流公司的铁闸门。

牧橙先跳下车，妮娜刚想开车门，外面先一步拉开，牧洲撑着伞站在车外，她昂头看他，心神持续荡漾，乖乖下车窜进伞里，悄无声息地靠近他。

"公司有点事需要我处理，得过两天才能上东哥家，如果你不想待在这里，我现在找人开车送你过去。"

妮娜很少听他冷言冷语，乍一听分外刺耳，忍不住软声嘀咕："你是担心我在这里给你惹麻烦，所以才着急赶我走。"

"随便你怎么想。"

说着，他把伞递给她，盯着她低垂的头沉默两秒，哑声又问了句："你要不要留下来等我？"

妮娜没出声，只当默认。

男人回车里拿下她的行李箱，把黑伞塞进她手心，转身朝不远处的牧橙招手，而后戴上卫衣帽子，很快消失在银针般绵密的细雨中。

牧橙风风火火地赶来，接过妮娜的箱子，见她还目不转睛地盯着已然跑远的男人，说："我哥就是这个德行。"

"嗯？"

"你别看他对谁都很友善，其实坏脾气的那面，只有最亲近的人才能见到。"

妮娜还是没听懂，愣怔地眨眼，问："什么意思？"

牧橙毫不客气地掀翻他老底，冲她神秘一笑，说："他在跟你撒娇呢，想要你哄哄他。"

05

江南的冬雨灌着冷风，细密如针，丝丝缕缕滑入心间。

深夜，妮娜站在窗前，看着窗外黑漆漆的天色，仿佛要沉沉压下来。

"天气预报说，明天可能会下雪。"

牧橙坐在房间的小沙发上，百般无聊地刷微博，有一搭没一搭地同妮娜说话。

"我见过江南的雪，很美。"

妮娜木讷地盯着飘落在玻璃上的雨丝，满脑子都是初遇牧洲的那夜。

那天很冷，雪下得很大。

她跟着贺枝南夫妇第一次进物流公司，看什么都好奇，见人搬货也跑去凑热闹，结果被出来巡视的牧洲抓个正着。

"那边那个小孩，你站在那里干什么？"

那时的妮娜还是一点就着的"小爆竹"，不服气地同他唇枪舌剑，自以为占了上风，结果在厕所得意扬扬勾搭他时，却被他柔韧滚烫的唇舌反将一军。

想到这里，她脸颊微微泛红，唇齿间似乎还残留着当时的触感。

妮娜回身看了眼墙上的挂钟，时针指向"11"。

"他们还没回来吗？"

牧橙顺着她的视线去看，意味深长地问："他们，还是他？"

自从回公司后，牧洲忙得不可开交，去北城的两个月，这边公司的事虽安排了人处理，东哥也会时不时跑来帮手，可还是堆积了很多细碎的小事需要他亲自解决。

回来的当晚，他带着公司几人连夜开车去往隔壁市，现在还没回来。

妮娜也不磨叽，看向牧橙的眼神无比诚实，回道："他。"

牧橙闻言笑了，乐得前俯后仰。

眼前的人虽然不及牧洲以前那些乱七八糟的女人妩媚，可就是有股说不出来的劲，比如完全看不出年龄的童颜，前凸后翘的好身材，娇气可爱，让人很有保护欲。

她很难贴切地形容妮娜，只能说哥哥眼光真的很不错。

"大光刚来微信，说他们快到了。"

牧橙直起身，还准备说什么，屋外突然传来汽车引擎声。

妮娜条件反射地想追出去，可走到门前又停下来，犹豫着要不要开门。

"我饿了。"身后的牧橙大步走来，径直打开门，冲她露齿微笑，"妮娜姐，你要不要跟我去厨房一起弄点吃的？"

有人给台阶，她也不矫情，顺着就下了。

"好啊。"

屋外的雨似乎还在下。

商务车上风风火火下来几人，大光他们又累又饿，下车就吆喝做饭阿姨煮几碗面条果腹，几人哈欠连连，看来这趟累得够呛。

牧洲最后一个下车，没撑伞，外套也没穿，顶着风雨前行，慢吞吞地跟在他们身后。

牧橙带着妮娜走向厨房，两队人马刚好在大货车前相遇。

"大橙子，你大半夜不睡觉，跑出来打鬼？"大光长着一张油嘴，说什么都不着调，刚要说几句欠扁的话调侃她，瞥见她身侧的妮娜，觉得似曾相识，笑着问，"这哪儿来的小美女，你朋友吗？"

"去去去。"牧橙嫌弃地摆手，挽着妮娜的手臂，嘚瑟地昂头，"睁开你的眼睛好好瞧瞧，这是我家未来的嫂子。"

"牧橙。"

诧异的大光还未开口，牧洲先行叫停。

他不急不慢地走来，瞥了眼冻到瑟缩的妮娜，脸色越发难看，说话也不好听："别在这里瞎扯，赶紧进屋去。"

"哥，"牧橙无视他的冷淡，"妮娜姐等了你……"

"听不懂我说话？"男人满脸冰霜，半威胁的口吻，"还不滚进去？"

牧橙还没动，反倒是身侧的妮娜直接转身跑了。

凛冽蚀骨的雨水拍打在脸上，她越跑越快，一鼓作气跑回自己临时的小房间，背靠着门板大口呼吸，胸口闷得喘不上气来。

好丢人。

她怎么能那么没出息地逃走呢？

她应该冲过去大声质问他到底要怎样，是不是真的要分手，是不是真的不要她了。

"咚咚！"

房门突然被人敲响。

她站着没动，耳边滑过男人疲倦的低音："妮娜。"

她心跳疯狂加速，嗓子眼胀痛，原本下定主意不搭理他，可当敲门声再次响起，她条件反射地开了门。

"干吗？"她垂眼不看牧洲，语气也差。

牧洲昨夜整晚没合眼，眼底遍布血丝，低头看她委屈的小模样，胸口沉得仿佛有千斤重，满脑子都是牧橙刚说的话——

"妮娜姐为了等你，一夜没睡好，你刚才这么说话太欺负人了。"

他定了定神，脑子都要炸了，轻声说："牧橙说你昨晚没睡，如果这里住不惯，我让人送你去酒店，或者明早去东哥那里。"

"你什么意思？"妮娜抬起头看牧洲，眼眶红红的，明显会错意了，"你就这么想赶我走？我待在这里让你不自在是吗？你要是不想见到我，我自己会走，不要你送。"

气话上头，妮娜转身就要回房拿自己的小箱子。

牧洲拽住她的手，强硬地把她拉到身前。

"别闹了，我很累。"

他说的是身体上的疲累，可这话入了她的耳，明显换了另外的意思。

"如果你觉得累，那就干脆算了，我们不要勉强在一起，你想分手直说就是，我不会纠缠的。"

牧洲定定地看着她，出口的话音都散了："你确定想分手？"

"是你不要我的。"

她鼻子一酸，眼泪都要掉下来。

真的很委屈，委屈又憋屈。

她知道自己脾气不好，知道自己的所作所为让他难过，可她又不是不愿意改，为什么都不能给她一个弥补的机会？

"我要睡觉了，你走。"

妮娜努力憋回眼泪，作势要关门。

男人伸手死死抵住，她力气敌不过他，气急败坏地踢他一脚，问："你到底想怎么样？"

"不怎么样。"

牧洲叹了声，心头郁气未消，刚要不是听见牧橙说的话，也不会头脑发热就上来找她，这一来二去，似乎又成了他的错。

他脑子很乱，什么都不愿再想。

"你睡觉冷不冷？"

男人自觉忽略她刚才的气话，轻声问，面色缓和不少。

"唔。"妮娜咬着下唇，乖乖不闹了。

"我让人给你送床被子来？"

"我缺的不是被子！"

"那是什么？"

她眸光澄亮，张了张嘴，说："你。"

牧洲足足愣了三秒，哑然失声。

"一个人睡特别冷，没有人抱着我。"她仰头看他，眼底闪烁着清亮的光芒。

"想我陪你？"他微微勾唇，笑着问。

妮娜很诚实点头。

"你觉得只要随便喂我吃颗糖，我就会选择性失忆，完全忘记你不喜欢我这件事？"男人低头靠近，在她耳边轻咬字音，每个字符都好像灌满了忧伤。

"牧洲。"

她眼泪砸下来，哭得鼻尖通红。

她从来没说过不喜欢他，她只是害怕这种话说出口，他就不会再像之前那么珍惜自己了。

她很喜欢他，也很需要他。

"还是我太惯你了，对吧？"他微微合眼，自嘲地笑，"因为我太容易被得到，所以丢掉我也不过是一句话的事。"

牧洲直起身，混乱的思绪侵占整颗心，每一刀都直直往心脏捅。

"如果你想结束，我没有意见。"

说完这话，他利落地转身就走。

走到楼梯间时，身后倏地响起一阵躁动的脚步声，牧洲刚要回头，来人从背后用力抱住他的腰，两条细胳膊交叉缠紧，勒得他呼吸不过来。

"我不要结束，我也不要分手，我刚才是脑子糊涂说蠢话，这话不作数！你也不可以当真！"

闻言，牧洲直接被气笑了。

刚离开时，他绝望到整个人沉入冰潭，胸腔内的心似被什么用力撕扯，痛不欲生，可前后不过半分钟，又被她霸道地强行愈合。

他艰难转过身，她始终抱得好紧好紧，昂着头看他，泪眼婆娑的小可怜样。

"你先放手。"

"不要。"她当然不傻，知道打铁要趁热，软腔软调地哭诉，"我放手你就会走，然后丢下我一个人。"

牧洲静静地看着她，没说话。

"牧洲哥哥，我们不要吵架了好不好？"从追出来的那一刻起，妮娜已然彻底抛弃那颗可笑又自大的自尊心，少见地蹦出真心话，还开始抽泣，"你突然不理我，我心里特别难受，好像真的快要失去你了。可是，没有你我要怎么办，我再也找不到比你温柔比你幽默比你更喜欢我的人了。"

男人若有似无地扯扯嘴角，他承认这姑娘很会哄人，笨拙得毫无技巧，傲娇的说辞甚至连表白都算不上，可颤着哭腔的每个字都笔直地往他心里去。

"我……"他的声音明显软了几分。

"洲哥。"电闪雷鸣间，大光从黑暗里探出半个头，哆哆嗦嗦地提醒，"那个红商的李总，我刚联系上了。"

"知道了，马上来。"等大光消失，牧洲放缓呼吸，平稳情绪，低头再看妮娜，

"我还有些事要忙，你先睡。"

她坚定不动，手臂越缠越紧。

他轻声叹息，妥协似的说："忙完我来找你。"

"你不准骗人。"

"行。"

听到男人肯定的答案，黏人的妮娜恋恋不舍地放开。可在他转身之际，她猛地拉住他的手。

"嗯？"

"你不亲我一下吗？"她轻咬下唇，满眼期待。

牧洲痞痞地笑了下，倏然弯腰靠近。

她条件反射地闭上眼睛，可等了半天也没等到预想之中的吻，缓缓睁眼，见他正目不转睛地盯着自己。

然后，在她诧异的注视下，他的手径直伸向她的脸，弹了个扎实的蹦蹦。

"疼。"

妮娜吃痛地捂住额头，目送男人离开的背影，欲哭无泪地撇撇嘴。

她哄得还不够好吗？

他怎么一点反应都没有？

第七章

因为是你，所以值得

chaxi

01

那晚，妮娜在沙发上等了牧洲整整一夜，临近天亮才迷迷糊糊地睡着。

她以为牧洲故意爽约，早餐桌上也无精打采，看着窗外细碎飘零的雪花发呆。

"哥哥昨晚忙了个通宵，今早马不停蹄地跑去郊区了。"牧橙吃着小笼包，故作不经意地替哥哥解释，"我听大光说，因为下雪导致路面结冰，有几辆货车在山野翻车，哥哥正带着一队人帮忙抢修。"

妮娜若有所思地喝了口牛奶，想着牧洲那双疲惫不堪的眼睛，他回来后几乎没时间睡觉，整个连轴转，忍不住小小心疼他一番。

"很严重吗？"

"也不算严重，常有的事。"牧橙自职高毕业就一直在物流公司待着，琐碎的事看得太多，已经见怪不怪了，"好在哥哥回来了，不然大光一个人根本搞不定，还得喊东哥过来帮忙。"

妮娜越想越担心，外头风雪交加，山野间温度可能更低，他平时本就穿得少，也不知道会不会生病。

"你要真不放心，我可以偷偷带你过去。"

闻言，妮娜眼睛亮了，呼吸放轻，问道："可以吗？"

"一般不可以。"牧橙勾勾嘴角，不着调的那面神似牧洲，"但嫂子开口，我万死不辞。"

出发前，妮娜偷偷潜入牧洲的房间，从衣柜里翻出一件巨保暖的绿色军大衣。

牧橙呆呆看着矮个子的小姑娘吃力地抱着衣服上车，想着百里之外在风雪中冻到手脚冰凉的哥哥，心底由衷感叹。

千里送温暖，简直羡煞旁人。

雪自半夜下起，地面一夜结冰，山间小路需要龟速前进。

约莫两小时后，黑色小车自大路再次驶进乡间小道，往前两百米，果然看见几辆深陷泥沼当中的大货车，打包好的货物如散落的繁星倾斜满地。

妮娜透过窗户往外看，很快找到那行人中最高的那个，他站在潮湿的泥田里，衣服裤子上全是星星点点的泥印，正有条不紊地指挥人搬货挪车。

"外面下雪，他还穿那么少。"

妮娜小声埋怨，不悦地皱皱眉头。

外面温度已经零下，他甚至连外套都没穿，身上只套着单薄的深色卫衣。

"妮娜姐——"

见妮娜火速下车，抱着棉大衣一鼓作气往外冲，牧橙笑着摇头，迅速撑起伞追了上去。

山野的小雪花似跳跃的精灵，柳絮般轻轻飘洒，寒风飘过，雪片持续膨胀，越下越大，似撕成碎片的云朵，在牧洲的黑发上堆积成软绵绵的雪山。

"来几个人把路上的东西赶紧搬走，挡人家老乡的道了。"

"大光，你再去催拖车公司，都几个小时了还没看见人。"

"都给我小心点，别受伤了。"

牧洲在工作中又是另一番样貌。

少了干净的西装、做作的眼镜，站在这漫天飞雪的田地间，穿着脏乱的衣服，整个人看着邋里邋遢，可越是这种朴实无华的实干型，越是散发让人着迷的魅力。

这时，搬完东西的黄毛瞥见牧洲身后若隐若现的身影，觉得奇怪，于是探头瞧了眼。

牧洲以为他在偷懒，抬手敲他的头，说："干活去，有什么好看的？"

"洲哥，你后头好像有个人。"

牧洲面露困惑，顺着他的目光转身，低头瞧见安安静静站在身后的姑娘。

他大惊，胸腔燃起火光。

"你怎么跑这里来了？"

妮娜笑眯眯的，乖乖把怀里的衣服递给他，软声说："给你送衣服。"

他眉头紧蹙，神色恍惚地接过，刚想要多问两句，余光瞧见她身后的牧橙，怒气瞬间转移，大声问："谁让你带她来的？胡闹！"

牧橙早猜到他会发火，自觉闭嘴。

"是我非要跟来，你凶她干吗？"

"外头冷成这样，你瞎跑个什么劲？"他恶声恶气地吼道，"赶紧给我回去。"

妮娜知道牧洲面恶心善，丝毫不畏惧，朝前一步走到他身前，仰着头看他，用撒娇似的口吻说："那你先把衣服穿好。"

旁边一水儿看戏的人，牧洲尴尬地低咳两声，咬耳语似的哑音说道："我穿，你先回车里。"

"我会盯着你的。"

"知道了，快去。"

妮娜戴着白色羽绒服的帽子，个子小小的，漆黑的眼睛又大又圆，脸颊被冷风吹成淡淡的粉色。

她笑靥如花地看着牧洲，身子一转，跟着牧澄走向停在路边的小车。

牧洲盯着她缩小的背影，抿唇笑了笑，掂了几下沉甸甸的军大衣，闭着眼睛都能想到她抱着衣服行动不便的样子。

他听话地套上衣服。

温暖全方位簇拥，燥热的是心，然后是身体。

妮娜说什么都不肯离开，牧橙也不拦着，把车里暖气开至最大。两人吃着小车里存放的零食，看着车窗外还在忙碌的男人们，有一搭没一搭地闲聊。

"妮娜姐跟我哥是怎么认识的？"

她如实回答："去年冬天，我来这里找南南，机缘巧合就遇见了。"

牧橙笑呵呵的，问道："那时候我哥是不是很浑？"

"对，特别讨厌。"妮娜往嘴里塞了块薯片，含混不清地说，"他好像总能看穿我在想什么，我跟他交战几次，败得很惨烈。"

"那当然，我哥可是出了名的人精。"说到这个，牧橙无比自豪，嘚瑟地昂昂下巴，"你要知道他以前吃了多少苦头，走了多少弯路，就能明白他为什么可以看透人心了。"

聊到这个话题，妮娜明显兴致来了，径直坐起身来，侧头看着她，说："他从没跟我说过以前的事。"

"不说也正常，本也不是什么好事。"

其实牧橙也不愿深谈，可看妮娜目光灼灼的认真样，出于心疼自家哥哥的目的，忍不住松了口。

"都说家丑不可外扬，可我家那点破事，当年整个镇上都知道。那时我还在读小学，有天上课时，哥哥突然来接我，说家里出了事，等我们回去才知道，爸妈闹离婚，我妈死活要跟别的男人走，我跟哥哥她都不要，只要离婚。

"小时候我不能理解，恨了她很久，后来长大再想想，我也不怨她了。我爸是个军人，常年守在部队，一年最多回来一两次。她独自拉扯我们长大，一个人承受太多东西，也许是心有不甘吧，想为自己争取幸福。"

妮娜淡定地听完，这种剧情太常见，便轻声问："那牧洲呢？"

牧橙叹了口气，视线飘向远方，继续说："我妈走后，我爸大病一场，没熬到第二年人就没了，我哥当时才上高二，自己还是孩子，就要被迫承担起大人的责任。我至今还记得，那年冬天很冷，我突发高烧，他半夜背着我走了一个多小时去镇上的医院。我昏迷了一天一夜，醒来后听隔壁床的阿姨说，我哥在我昏迷时一直哭，他说如果我没了，这个世界上就只剩下他一个人了。"

妮娜心如刀绞，想着牧洲温暖的笑，情不自禁红了眼眶。

"他高三迷茫过一段时间，跟了些坏的朋友，差点辍学，幸亏东哥和清风哥把他拉出来，他才勉勉强强读完高中。后来他跟着他们去当兵，又被特种部队选上，要不是林晓涵那个女人从中作梗，我哥哪里需要吃那么多苦……"

林晓涵？

这名字分外耳熟。

妮娜心想，这不就是上次电影院外那个女人提起的名字吗？

"这个林晓涵是……"

牧橙对此毫不避讳地说："就我哥的前女朋友。那个女人确实漂亮，有手段，超级不要脸的蛇蝎美人。"

话说完，她突然意识到自己可能说多了话，侧头看向妮娜，见妮娜目不转睛地盯着自己，问："怎么了？"

"牧洲去北城，是因为她吗？"

"林晓涵在北城？"牧橙足足愣了几秒，声线拔高。

"我以为你知道。"

"我只听说她找了个有钱老头去了大城市，但没听说是在北城啊。"牧橙想起那个女人就生理反胃，忍不住为哥哥抱不平，"再说我哥怎么可能会为了她跑那么远？就她以前干的那些恶心事，说出口我都吃不下饭。"

妮娜更好奇了，安安静静地等待下文。

牧橙看妮娜这眼神就知道今天这事非说不可，但说完估计会被哥哥打，这男人平时虽然很宠她，但凶起来也是很凶的。

"要不……你还是自己去问我哥吧。"

"他嘴特别严，什么都不说。"妮娜郁闷地垂眼，"因为这个……我还跟他吵架了。"

"为了这女的吵架？"牧橙越想越生气，深深呼了口气，"天啊，我哥一定憋屈死了。"

妮娜心急地追问："到底是怎么回事？"

牧橙长叹了声，娓娓道来："当年那个林晓涵追了我哥很久，我哥没答应，后来我家出了那事，她就乘虚而入各种送温暖，我哥当时正是脆弱的时候，感动两下就在一起了。后来他去当兵，她怕他真的会去特种部队，骗他说自己得了大病。我哥多单纯啊，心急如焚地跑了回来，等发现是骗局时已经晚了，他虽然生气，但也没有责怪这女的。他这个人就是这样，不说对她多喜欢，但在一起就肯定会努力负责任，所以回来之后到处打工挣钱，有时候一天打几份工，什么脏活累活都干过。可这女的胃口越来越大，开始嫌弃我哥没钱，有时候突然消失几天找不到人，他们没有同居过，所以我哥也没管，外面传出一些风言风语，他还是选择相信她，直到那天……"

"那天怎么了？"

牧橙微微闭眼，这件事对她而言也是心口永恒的伤痛，想起来就心脏疼。

"他收到朋友的短信，撞开镇上酒店的门，看见林晓涵，以及两个大腹便便的老男人。"

"砰！"

妮娜直接发飙，火大地猛捶一下车门。

她居然会为了这样的女人跟牧洲闹脾气，她脑子是不是有什么大病，正常人干不出这事。

牧橙咬牙切齿道："更恶心的是，其中有个男人还往我哥身上扔了串豪车钥匙，说什么，男人没出息，自己的女人才会这样。"

妮娜听完陷入沉默。

她突然明白牧洲不想提及此事的原因。

如此不堪的回忆，任谁都不愿回想。

可在他最需要她的信任时，她却因为这事跟他发火，还说了那么多难听的话，他心里一定很难受，可还是选择默默承受一切，好声好气地哄她。

这么想来，自己是真的很坏。

罪该万死，不可饶恕。

02

一个小时后，翻车事故顺利解决。

牧橙被大光叫走，妮娜一个人在车上坐立不安，满脑子都是如何化身牛皮糖死死黏着牧洲，黏到他烦都不撒手。

发呆之际，车门突然被拉开，满身黑泥的牧洲出现在她面前。

"下来，上我那车。"

他说完转身要走，妮娜伸手拽住他，并在他愣神的瞬间迅速从车里探出身，双脚踩在车门下方，刚好弥补身高差，一个熊抱扑上来死死抱住他。

牧洲脑子轰炸，说："别闹，我身上脏。"

"我不怕脏。"她埋在他肩上，语气坚定。

"妮娜。"

"对不起，牧洲哥哥。"她话音哽咽，缓缓抬起头，两手撑在他的肩膀上，水光闪烁的眸光紧盯他恍惚的眼睛，"我不该那么欺负你，对不起。"

牧洲怔住，显然还没跟上她的脑回路，轻声问她："发生什么事了？"

妮娜缓缓摇头，她并不想在如此温暖的时刻提那件事，她温柔地抹掉他脸上残留的泥点，娇声软语地问："我是不是一个特别不合格的女朋友？"

"女朋友？"男人挑眉，戏谑地笑了，"不是要跟我分手吗？"

"我说了不作数的，你怎么还当真了？"

他眸光灼热，声音低了些："你说的每句话，我都会当真。"

"那我下面说的这些，你也要当真。"

"什么？"

妮娜脸颊泛红，心跳声要炸了，眼睛一眨不眨地盯着他。

"我喜欢你，牧洲。"

他脑子发麻，呼吸声暂停。

"我不仅想当你的女朋友，我还想当你的老婆、老伴，以后我会比你先死，因为你不在了，我的世界就没有色彩了。"

她羞红了脸，凑近亲了他一下，小心翼翼地问："所以，你要不要跟我谈一个不会分手的恋爱？"

"不要。"

"嗯？"

她直接傻眼。

牧洲慢悠悠地把话说完："不要只亲一下。"

"喂。"她羞恼地打他。

男人满眼作恶地坏笑,按着她的后颈吻了吻她的唇,说:"小兔子,我还没消气怎么办?"

"你想怎么样嘛。"

软萌小兔娇滴滴的,一副任人宰割的样子。

"那你得拿出点诚意来。"牧洲轻拍她头顶的碎雪,亲昵蹭蹭她的鼻尖,莞尔笑了,"让哥哥看看,你有多么喜欢我。"

郊区临近宁水市,牧洲这两天本也要去趟那里,索性在市里的酒店开了间商务房。

他几乎两天没睡,困得眼睛都睁不开。

从浴室出来时,本在房间里的妮娜不见了,他寻到手机准备打电话,微信猛地跳出来。

小兔子:【牧橙让我陪她逛街,你好好休息。】

牧洲轻哼,有些好笑又有些失落,晃晃悠悠走到床边,黑发湿漉漉的,可他太累了,径直仰躺在两米宽的大床上昏昏睡去。

说好的诚意呢?

小孩说的话果然不可信。

屋外的天已经黑了,房间里黑漆漆的。

他这一觉睡得昏天暗地,醒来时,屋里仍只有他一人。他困倦地翻了个身,伸手拍亮床头灯。

"嗡——嗡——"

床头柜的手机响个不停。

是北城那边的电话,新公司正在紧锣密鼓地筹备中,装修改造虽有特定负责人,可每一步都需要他点头才能落定。

窗外的天空黑如墨池,雪似乎还在下,有越落越大的趋势。

他随手拎过白色睡袍披上,腰带松垮垮地系上,走出房间,朝书桌前进。

"嘀——"

门卡触碰感应区传来声音,然后有人推开房门。

妮娜以为牧洲还在睡,可进屋后才发现某个工作狂又爬到电脑前沉迷干活。

牧洲听见细微动静,刻意没抬头。

她放下手中的名牌包装袋,偷偷摸摸潜入他身后,倏地扑上来从后面抱住他。

"你在忙什么？"

她自小数学就差，瞧着密密麻麻的数字跟表格，一个头两个大。

男人声音平稳地说："新公司的事，得马上处理。"

妮娜见牧洲回应平淡，对她爱搭不理，以为他还在生自己的气，讪讪推开，可转身时被他拽住手，一把扯到他怀里坐在他腿上。

"牧洲。"

"别说话。"

他很轻地皱眉，她乖乖不敢动了。

他指尖"啪啪"敲字，静静地抱着妮娜，淡定回复那头的信息。

等处理完那些，男人暗暗松了口气，低头看她明澈水灵的猫咪眼。

落地灯散发着暖黄色的橘光，照亮她的大半张脸，那头本就耀眼的水雾蓝长发妖娆卷曲，似游离于水波间的水草，发丝浅浅滑过小臂，说不出的酥麻撩人。

"出门那么久，一条信息都没有？"

闻言，妮娜微微怔住，转而笑眼迷离地说："你在睡觉，我不想打扰你。"

"这么乖？"牧洲摸摸她的脸。

妮娜心虚地垂眼："一向如此。"

他只是笑笑，也不拆穿，轻轻拍打她的腰，说道："我还得忙会儿，你自己先去玩吧。"

"好。"

她乖巧地应道，难得这么听话。

这一番操作成功将男人弄蒙，他止住她欲起身的动作，稍有兴致地打量她的脸，多看两秒便心跳如擂鼓，抑制不住地低头凑近。

妮娜突然伸手捂住他的嘴，说："我洗澡去了，拜拜。"

扔下一句话，也不管男人死活，化身蹦跶的小白兔迅速跑远。

等牧洲回过神来，怀里的温香软玉没了，唯有从浴室传来的"哗哗"水声。

空气里似乎还残留着她身上的气息，牧洲狂咽了两口水，喉头剧烈滚动，勉强压制住心间的燥火。

他睡了一整天，饥肠辘辘的，便叫了酒店服务。

没过多久有人敲响房门，送上双人份简餐。

洗香香后的妮娜跑来他这里腻歪一通后火速窜进房间，过了很久都不见人。

他觉得奇怪，本想进屋看看情况，手机突然响了。

新公司指挥赶工的负责人说起仓库内的角落有改造难处，可絮絮叨叨说了半天

145

也没说清楚。

"你开视频，我先看看。"

那头应声照做。

牧洲戴上耳机，用电脑接通视频。

刚开始一切顺利，镜头前的画面一目了然，他安静地听着，斟酌片刻后，有条不紊地说出目前最合适的解决方案。

他正沉浸其中，突然见妮娜从办公桌的下方爬进来，狭小的空间刚好够她一人。

她穿着清纯可人的小白裙，瓷肌清透白皙，鬈发分成两股扎起俏皮的双马尾。

妮娜是天生的童颜，恰到好处的淡妆更显稚气纯真，尤其是那双眼睛非常灵动，卷翘长睫轻盈颤抖，眼眉含笑。

"牧总？"视频还在继续，那头负责人见牧洲面色大变，小心翼翼地出声。

"咳咳……"牧洲移开视线，没有立刻终止通话，冷静地想着先把眼前事处理好，"你继续。"

"预算问题我跟装修队的工头已经谈过了，他……"

不知足的小妖精开始作恶，牧洲面不改色地按住她的手，顺带捏了下她的脸，以示警告。

妮娜冷哼，她才不管那么多，用力掰开他的手指。

牧洲轻叹了声，知道自己拦不住，索性关了视频，换成语音继续。

"预算只要在可控范围内，问题不大。"他语气平缓，低眼看着慢慢钻出书桌，爬到他身上坐好的小姑娘。

"别闹。"他呼吸不稳。

"我偏要。"

她不听劝，两手捧着他的脸，笑眯眯地深吻上去。

电话那头说了些什么，牧洲一个字都没听进去，他轻轻闭眼，放任她肆无忌惮地汲取他身上的温度。

唇舌温柔辗转，略带急促的喘息，宛如坠入火山的那滴热油，腾空而起的火球灼烧他所剩无几的理智。

他抵挡不住过于强劲的攻势，从第一眼见她，直到现在。

后半夜。

牧洲把累瘫的人抱出浴室。妮娜手软脚软地缩进被子里，寻着他的味道往他怀里凑。

他本想去忙工作，又舍不得让她一人睡觉，想了想，翻身关上了床头灯。

"哥哥。"

黑暗中，小奶音娇滴滴的，听得人心痒如麻。

"嗯？"男人笑着亲亲她的额头。

"这个诚意够不够？"

"够了。"

牧洲太了解她，她能放下身段费尽心思地取悦自己，已经是她最直白的表达方式。

妮娜半睡半醒，侧头贴着他胸口，声音放轻："以后还有很多。"

"好，我等着。"他低头蹭蹭她的耳尖，说着勾人心扉的耳语，"今晚的你，我很喜欢。"

她嫣然一笑，羞红了脸，小声说："我也是。"

他呼吸停滞，思绪有片刻的恍惚。

然后，他听见她迷迷糊糊的声音，说着最温柔的告白。

"牧洲，爱情一点都不可怕。"她低头埋进他怀里，感受他胸腔的炙热，"因为是你，所以值得。"

03

牧洲在市里逗留几日，忙得几乎没有休息时间，好在身边有只黏人乖巧的小树袋熊，任何时候看她都是一张阳光灿烂的笑脸。

他身体很疲倦，心却从未如此温暖过。

牧橙的狐朋狗友太多，到处都能玩，已经两天不见踪影。

作为哥哥的牧洲拿她一点办法都没有。他对牧橙有愧，总认为是自己照顾不周，她才会养成这样放荡不羁的性子，所以大多时候都会宠着她，打钱也从不手软。

可钱如果真能弥补人心的空缺。

这世上就不会有遗憾出现了。

天色渐暗，房间里的落地灯闪烁暖黄色的光晕。

"今晚又要喝酒吗？"

妮娜正踮着脚给牧洲扣衬衣纽扣，轻轻蹙眉，面露担忧。

牧洲配合她的身高弯腰，踮脚久了会疼，他宁愿自己累点也不想她仰头到脖子酸。

147

"请了几个长辈吃饭，公司能做起来多亏有他们帮衬。你放心，不会喝多少。"

他穿白衬衣时少年感十足，漆黑的瞳孔清澈明亮，妮娜喜欢他现在的样子，小媳妇似的默默提意见："别戴眼镜，现在这样刚刚好。"

"行。"牧洲慢条斯理地扣上腕表，套上黑色西装，牵着她走到门前，低头笑了下，"戴这玩意儿本就是为了装样子，你不喜欢我就不戴，听话吧？"

妮娜被哄得眉开眼笑，黏黏糊糊抱住他的腰，昂头看他，说："活着已经很累了，真实做你自己就好。"

"嗯。"牧洲心软如水，摸摸她的头，"我走了，不会太晚，回来带你去吃夜宵。"

妮娜乖乖点头。

临走前不忘索要一个甜甜的亲吻。

今晚来的全是自小看牧洲长大的长辈，在宁水算是有头有脸的人物。

其中一人特意带来自家女儿，年纪比牧洲小一岁，生得水灵甜美。她酒量不佳，半杯便开始脸红，可还是频频主动向牧洲敬酒。

在场的人心照不宣，酒后更有人笑着调侃两句。

牧洲看懂了长辈们的深意，明知说这话可能会得罪人，可还是连干三杯，半开玩笑半认真地说："张叔叔的宝贝女儿岂是我能染指的，何况家里还有女朋友在，我胆子小，是个妻管严。"

众人一听，明白他话里的意思，说说笑笑岔开话题。

那个女人神色不悦地放下杯子，黑脸黑了整场。

酒宴结束。

牧洲把所有人送上车后，独自站在路灯下，低头瞄了眼时间，心里盘算着待会儿带妮娜去吃什么。

他刚拿出手机准备打电话，身后有人叫他。

"牧洲。"

他闻声回头，瞧见张叔叔家的闺女，名字他记不太清了，确实很漂亮，但不足以令他记忆深刻。

"怎么还在这里？"牧洲礼貌地站直身体，淡声问，"我帮你叫辆车吧，太晚回家张叔叔会担心。"

女人白衣黑发，个子很高，看他的眼神极为复杂，炽热的爱意中夹杂着一丝难以察觉的憎恨。

她突然靠近他，牧洲不动声色地退后一步，保持安全距离。

"你真的不记得我了吗？"

他皱眉思索她的话，没出声。

她神色失落，继续说："我高中在镇上读的，你比我大一届。"

"哦——"牧洲拉长尾音，了然地点头，"校友？"

女人目光灼灼地看着她，倏然蹦出几个字："我给你写过信。"

他沉默片刻，歉意地笑了笑，说："抱歉，太多年前的事，我可能忘了。"

"牧洲，你刚才说你有女朋友是假的对吧？"

她喝了酒，语气咄咄逼人，年少时爱而不得的郁气残留至今，她之前有认真调查过他，知道他并没有女朋友。

"我知道你现在的事业需要有人帮忙，我家可以，我也可以，只要你愿意跟我……"

"哥哥——"

不远处，奶声奶气的小绵音径直打断她的后话。

牧洲对这声音太熟悉，侧头看见穿着黄色棉袄的长发姑娘下了车，百米冲刺朝他跑来。

他笑着弯腰接住。

她扑了满怀，熟门熟路地跳在他身上。

男人摸了摸她的衣服厚度，不大满意地皱眉，说："穿这么少，也不怕冻着。"

"今晚没下雪，不冷。"妮娜完全忽略一旁表情僵硬的女人，旁若无人地同他聊天，"我刚来的时候在路边看见烤串了，我们等会儿去吃那个好不好？"

"大学城那边有家羊肉火锅也不错。"

"也行，羊肉吃着暖和。"妮娜不纠结，点头应允，两手捧着他的脸，凑近闻了闻，带着质问的口吻，"你喝醉了没？"

"没，清醒得很。"

"那我们走吧，我饿了。"

牧洲宠溺地笑，低身把妮娜放下来，自然地牵着她的手，感受到指尖的冰凉，完全把她的手包裹进炽热的掌心。

他看向那个女人，面色淡然地说："我先走了，代我向张叔叔问好。"

女人的目光死死锁在妮娜脸上，这姑娘长得人畜无害，明明在笑，可眼底的挑衅意味浓烈，浑身上下都是名牌。

他们转身之际，她冷嘲热讽道："我以为你有多厉害，原来早就已经找好金主，吃软饭还这么理直气壮，嘚瑟什么？"

"你……"

妮娜气不过，转头想说什么，牧洲淡定地牵着她扬长而去。

夜晚的大学城热闹非凡，来来往往全是学生。

羊肉火锅暖心暖胃，喝完三碗清汤，妮娜浑身热得冒汗，想脱衣服散热。

牧洲严肃地拦住，拉着她去不远处的小公园散步。

晚风沁凉，两人有一搭没一搭地聊天，放下戒备的妮娜本就是热络的性子，叽叽喳喳说个不停。

"今晚的事，为什么没问我？"牧洲突然冒出一句话。

她轻轻眨眼，语气傲慢地回道："全都是手下败将，不足为惧。"

"不吃醋？"

"不吃醋，只生气。"

"生气什么？"

"你最后不让我骂回去，我心里头憋屈，你明明那么努力，才不是爱吃软饭的男人。"

牧洲低低地笑，拉着她停步，问道："妮娜，其实我没你想象得那么好，如果有一天，你发现我也不过如此，你会离开我吗？"

"不会。"她抬头看他，斩钉截铁地回道，"我认定的人，必须得一辈子。"

他瞳孔亮了亮，心中灌入一股炽热的暖流。

路灯照亮男人微醺的俊脸，眼底的温柔满得仿佛要溢出来，他把她扯进怀里，拉开外套用力包住，低哑的声音弥散在她耳边。

"你知道吗，以前我也付出过真心。"

"我也是。"

他嗤笑，说："后来输得很惨。"

妮娜不以为然道："我比你更惨。"

牧洲愣了下，低头看她的眼睛。

"骗财骗色骗感情，一条龙服务到位。"她眸色清亮，语气轻描淡写的，脸上写满释然，无所谓地耸肩，"不过，人在年轻时遇见几个坏人再正常不过，只有踩过坑，才能明白真爱的可贵。"

男人眸光深沉地看她，勾唇笑着说："我怎么觉着，你比我活得还通透？"

妮娜："我虽然年纪比你小，可我遇到的糟心事可不比你少。"

妮娜："一位伟大的哲学家曾说过，生活很可恶，它总会在你自鸣得意时赏你沉重一击，又在你放弃自我时注入光明的力量，死也死不了，活也活不痛快，浑浑噩噩才叫人生。"

牧洲暗暗思索她的话，好奇地问："这位伟大的哲学家是？"

"胖虎家附近的炒饭店老板二牛。"

他笑出声来，认可地点点头，无奈地说："很生活，也很哲学。"

04

夜晚的公园静似一潭死水。

两人手牵手晃到照光明亮的室外篮球场，这么晚了，只有一个小学生模样的男孩还在练球。

牧洲走过去跟孩子说了两句，孩子倒也大方，把篮球借给他，自己跑去一边休息。

"你要打球吗？"妮娜小声问。

"很久没玩了，想试试。"

他脱下西装递给她，白衬衣黑西裤，撩人心动的精英范。他熟稔地单手运球，动作流畅的三步上篮。

球进了。

小男孩在一旁拍手叫好。

男人玩到兴头上，头顶冒出细密的热汗，突然朝她跑来，眉眼带笑，小口喘息，问道："想玩吗？"

"我不会。"

"我教你。"

他扯过她怀里的外套，随手扔在旁边的椅子上，拉着她一路小跑至篮球架前。

"许一个愿望，进球我就满足你。"

妮娜愿意配合他纯真的那一面，双手合十，冲着篮球筐许愿，说："我想跟牧洲哥哥同居，想每天都能见到他。"

牧洲愣住，盯着小姑娘稚气娇美的侧脸，嘴角微微扬起。

其实她知道自己投不进，且不说她没玩过，单从身高来说都是不小的挑战。

可即使如此，犟脾气的妮娜也不会随便认输。

她手很小，好不容易才握稳篮球，朝着球筐深吸一口气，正欲孤注一掷之时，有人从身后抱起她，掐着她的腰轻松举过头顶，稳稳落在自己肩头。

"投吧。"

妮娜心跳声剧烈，不敢往下看，看着近在咫尺的球筐，很顺利地将球扔进去。

“哐——”

那是心底尘埃落定的声音。

牧洲小心翼翼把她放下来。

妮娜笑眯眯地看他，嘚瑟地昂起下巴，说：“球进了。”

“我知道。”他搂过她的腰把她带进怀里，声音轻轻的，“其实……我也很想和你同居。”

“那你之前为什么拒绝我？”

男人移开视线，略带羞涩地笑着说：“我怕你天天见到我，很快会腻。”

“因为这个？”

“嗯。”

妮娜直接笑疯了。

这男人真的又纯又坏，简直让人欲罢不能，只想沉溺其中。

她踮起脚，用他受不了的软音勾他，说：“哥哥，我想要亲亲。”

“小孩还看着呢。”

他嘴上这么说，身体却很诚实，低头亲了下她的眼睛。

小姑娘脸颊泛红，黑瞳目不转睛地盯着他，娇得好似一团融化了的棉花糖。

他微微侧头，用力吻住她的唇。

我并不相信爱情，我只是相信你。

我喜欢你的时候，你也刚好喜欢我。

真好。

离开宁水市的前夜，牧洲约了合作商谈工作上的事。

牧橙非要拉着妮娜去酒吧，牧洲自然是不许，他总觉得这两人在一起危险性翻倍，可还是拗不过牧橙的软磨硬泡，低声叮嘱几句，也就随她们去了。

曾经的酒吧常客妮娜对灯红酒绿的浮躁世界早有免疫，一个人窝在角落喝酒，时不时瞄两眼在舞台上蹦跶的牧橙，低头给贺枝南发微信诉说思念之情。

妮娜：【明天终于可以见到你了，我要给你一个大大大熊抱。】

枝南：【齐齐听说你要来，欢迎的横幅都准备好了。】

妮娜：【臭小子还挺讲义气，明天我给他带十只烤鸡。】

枝南：【还是不要了，他再胖下去真会变成球。】

妮娜想起齐齐那个肉乎乎的大饼脸，乐不可支地傻笑，连干了两杯酒。

她虽在铜窑没待多长时间，可那里独特的人文风情对她影响深刻。

艳丽如画的江南美景、总是笑呵呵的张婶、憨憨傻傻的小胖子、厨艺出色的魏东，还有她最爱的南南，甚至连小河边那群奔跑嬉戏的孩子都能化作一条优美的风景线。

"妮娜姐，别玩手机了，你也一起上来蹦。"

酒吧音乐声嘈杂刺耳，牧橙几乎是吼出来的，她喝了不少酒，醉醺醺地冲妮娜笑。

妮娜仰着头看她，柔声拒绝道："你玩吧，我还在等牧洲的信息。"

"我哥他就是个工作狂，忙起来什么都顾不上，等他还不如自己玩得开心。"说着，牧橙便不管不顾硬拉妮娜起来。

"真不去。"

妮娜爱屋及乌，对这个脾气同自己有几分相似的姑娘本就有好感，再加上她是牧洲的亲妹妹，便也不再推托，陪着她在台上疯玩一通。

夜里十一点，一群人风风火火地从酒吧出来。

牧橙的狐朋狗友说附近有家新开的夜宵店不错，于是，一行人晃晃荡荡走到店里。店内坐满了，只有店外还有两个空桌。

他们刚坐下，旁边那桌也来了客人。

牧橙不经意一瞥，瞧见某个妖娆多姿的女人身影，妆容一如既往的夸张，矫揉造作的样子惹人反胃。

这次女人身边没有那几个外籍追求者，只有两个看起来整了容，下巴尖到诡异的女人。

"真晦气。"

菜还没上，牧橙烦躁地咽了口酒，白眼翻上天了。

妮娜顺着她的目光看去，随口问道："怎么，你认识？"

"以前的同学，那女的她……"

"牧橙？"

女人突然出现在牧橙身后，两手撑在椅背上，刻意地低身弯腰展露深沟，香水味很重，刺人头皮的难闻。

"真的是你。"她说话一惊一乍的，在国外留学几年，真把自己当成洋妞了，"元旦节后就没见过你，没想到在这里遇见，要不要跟我们拼个桌？"

"不用。"

牧橙冷着脸拒绝。

她不傻，女人刻意提起元旦那日，分明就是在挑衅，那张妩媚动人的脸上写满了嘚瑟。

"你别跟我客气，大家都是朋友。"

"谁跟你是朋友？"

牧橙今晚喝了太多酒，理智早飘散在天边，女人随口挑拨几句，她瞬间怒火中烧。

一头雾水的妮娜用力按住她的手，朝她轻轻摇头。

若是平日里有人找朋友闹事，妮娜必然会冲到第一线，可她是牧洲的妹妹，自己有责任要好好照顾她。

牧橙强忍住火气，逼迫自己忽略女人轻蔑的嘴脸。

等人走后，妮娜见她依旧面颊通红，给她倒了杯水，小声询问："你跟那人有过节吗？"

"不是我的事，是南嫂子。"牧橙脑子混乱，想什么就说什么。

提及南南，妮娜的呼吸停滞了两秒。

"南南？"

牧橙看到妮娜瞬间冷却的眉眼，意识到这事她可能不知情，也就是说，他们是刻意瞒住她的。

"那个……妮娜姐……我可能记错了。"

"不，你没记错。"妮娜拽住牧橙想抽离的手，说话声很轻，字字灼心，"牧橙，我们是朋友对吧，朋友之间不可以撒谎。"

"妮娜姐……"

牧橙欲哭无泪，知道这事瞒不住了，想着横竖都是死，不如死得痛快一点，于是，她只能一五一十地交代自己所知道的事。

"这个女人叫于梦婷。元旦那天，东哥带着嫂子来市里的福利院送甜品，后来，东哥一个没注意，嫂子就被她还有两个男人绑起来塞进柜子里，他们……"

妮娜的脸色越来越难看，呈现死寂般的苍白，当听到牧橙说他们疯狂击打木柜时，她眸光凛冽，蕴藏几分阴鸷的杀气，突然面无表情地起身。

牧橙的呼唤被她抛之脑后，她几步走到于梦婷身后。

同桌的两个女人瞧见妮娜瘦小的身影，笑着打趣道："你身后站个小矮人。"

于梦婷闻言回头，还没看清人就被妮娜揪着长发，整个人都向后仰去。

妮娜拎着一旁的酒瓶手起瓶落，"啪"的一声，用力砸在桌上，溅出的玻璃碎片落了对方一裙子。

"啊——啊——"

现场尖叫声一片，同桌的两个女人吓傻了，纷纷逃离。

于梦婷脑子发晕，头发被妮娜死死揪住，头皮撕扯得疼。

"你……你干什么？"

妮娜低头凑近女人耳边，恶魔般的声音奏响："南南心慈手软，可我是个怪物，只会以牙还牙。"

话毕，她摸了块玻璃碎片抵住女人的脸。

于梦婷两腿瞬软，吓得大气都不敢出。

牧洲接到牧橙电话时，刚从沉闷的酒局里脱身，本想问她们在哪里，要不要顺路去接，就听到那头传来牧橙战战兢兢的声音。

"哥，妮娜姐她……"

他耐着性子听了个大概，脸色大变，问了地址便马不停蹄地赶去。

妮娜的性子双面性太强，他虽没见识过她阴暗的那面，可结合她平时易燃易爆的脾气，闭上眼睛都能猜出个大概。

她对待自己在乎的人绝对真诚，可保护欲也很强烈。

他若晚一步，很可能会酿成不可挽回的大错。

牧橙的狐朋狗友在妮娜的指挥下拖着于梦婷来到无人的后巷，踢开一间搬空的脏屋子，终日不见阳光的残破家具散发着刺鼻的腐烂气息。

于梦婷被人随意扔到潮湿阴冷的柜子里，柜门直接锁死。

妮娜伫立在柜前，像个高傲的公主般始终冷眼旁观。

"砰！"

脏污的房门被人一脚踢开，牧洲面色铁青地出现。

几人回头见是他，瞬间就怕了。牧洲年轻时也是个狠角色，他们这些人都知道，没人敢惹。

"洲哥。"作恶的三人低头喊人。

牧洲见到眼前这一幕瞬间暴怒，狂躁大吼："都给我滚！"

"为什么要走？"妮娜径直挡在他身前，她怒气未散，仰头对上他盛怒的眼睛，"她怎么折磨南南，我怎么折磨回来。"

"闭嘴。"

牧洲气得快要冒烟，拧着她的衣领直接扔到屋外，在她还想据理力争时，冷冷盯着她的眼睛，粗声粗气地吼道："我待会儿再收拾你！"

妮娜委屈至极，并没有认为自己做错了什么，现在还莫名其妙被他凶，本就沉郁的情绪越发压抑，赌气地狠狠踢他两脚。

男人没躲，努力深呼吸平复情绪。

还好隔得不远，他在事态严重之前赶上了。

屋里的几人迅速散去。

牧橙瑟缩着站在屋外，今晚这一系列操作下来，她酒都吓醒了。

剧情太过刺激，看得人心头发麻。

05

柜子里的人因惊吓过度晕了过去，牧洲赶忙把她带到医院，所幸只是些皮外伤。

闻风赶来的福利院院长听见女儿于梦婷被人弄伤，愤怒地嚷嚷，转头见到牧洲跟牧橙，刚那点嚣张的气焰瞬间熄火。

她清楚女儿是什么德行，上次那事若不是魏东没再追究，女儿的所作所为难逃责罚，自己也会受到牵连，影响今后的仕途。

牧洲神色淡然地找她谈判，言简意赅道："这件事的确是我们的错，你可以追究，可犯事的人是我嫂子最好的朋友，如果你真要追究，保不准她会拿之前的事帮朋友。至于结果如何，会不会因此影响院长之后的工作，还得你自己掂量清楚。"

院长自是憋屈，但又无可奈何。

她跟牧洲打过几次交道，这男人看似和气好说话，实则是个阴里来的笑面虎，上次涉事的两个男人就是被他送进局子里去的。

再则，于梦婷去国外留学也没少在学校里惹事，她知道如果深究此事，藏在女儿身后多如牛毛的事情，全都会慢慢浮出水面。

她思来想去，只能默默吃下这个哑巴亏。

回去的路上，牧洲脸色阴沉，气压骤低，冷得让人瑟瑟发抖。

牧橙不敢招惹，回酒店第一件事便是远离他们，跑回自己房间避难。

硬脾气的妮娜不以为然，昂首挺胸地跟在男人身后。

房门合上那瞬，他黑着脸用力扯下领带，以迅雷不及掩耳之势绑住她的双手。

妮娜毫无挣脱之力，抗拒皆是徒劳。

"喂！"她气急败坏地吼，"你凭什么绑我？"

男人不语，直接把她打包扔到沙发上。

妮娜滚了两圈，差点掉到地毯上，牧洲眼疾手快地抱起，翻身放在自己腿上。

她上身是宽松毛衣，下身是薄薄的短裙加丝袜。

他阴着眸撩起她的裙摆，一记重击狠狠扇在她的屁股上。

"啪！"

妮娜咬紧牙关，眼泪都飙出来了，小声喊道："疼……"

"啪！啪！啪！"

"错了没？"他倏尔开口，沙哑的低音。

她脾气犟，不肯认输，嘴硬道："我没错！"

牧洲按住她乱扭的身体，炽热的巴掌一刻不停地下落。

他下手很重，妮娜感觉脑子要裂开了，麻木到没有知觉，短暂停顿过后，只觉得火辣辣的。

"再问一遍，错了没有？"

"我没……呜！"

牧洲疯了似的越打越重，妮娜哭哭啼啼，就是不愿意求饶，等他打累了，她疼得浑身发抖，嘴上倒是软了不少。

"不要了，真的好疼。"

牧洲深深合眼，既生气又心疼，最终还是心软地给她解开束缚，翻过身抱进怀里。

"你欺负人。"她可怜巴巴地控诉，眼泪一直在掉。

男人吻去她眼角的泪，嗓音变得温柔："嘴那么硬，早点认错哪用受这种罪。"

妮娜还是想不通，软声质问他："我帮南南报仇，我哪里做错了？"

"心是好的，方法用错了。"牧洲神情严肃地说，"不管你多有钱有势，永远不能凌驾于法律之上，你没有审判别人的权力。"

妮娜乖乖听着，难得没出言反驳。

她也不是瞎闹，只是那一瞬间没控制好情绪，现在想想，如果真把那人怎么样，后果不堪设想。

"还疼吗？"

"唔……"她搂着他的脖子，像个受了委屈的孩子，"哥哥帮我揉揉。"

男人喜欢她的娇声软语，仅存的那点火气瞬间烟消云散，低声哄着："以后不能再这么冲动，有什么事让我来处理，我又不是个摆设。"

她点点头，闷闷地问："这件事为什么没人告诉我？"

牧洲挑眉，反问："你说呢？"

妮娜顿时心领神会，闭嘴不语。

贺枝南太了解她，如果让她知道肯定会原地爆炸，当天便会冲到这里，叫嚣着要出口恶气。

"走吧，先去洗澡。"他抱着她走进浴室。

妮娜一路乖乖的，被人放下站在镜子前，她自顾自地脱去毛衣，内里是米白色的小吊带，刚想用水洗把脸，身后的男人就火热地贴上来。

"你……唔……"

她转头便被他吻住，还被他顺势抱上身后的洗漱池。

浴室的门缓缓合上。

冬日午后的阳光慵懒而惬意。

车轮滚过地面轻薄的积雪，留下一道道清晰的压痕，柔和的阳光刺透窗户，照亮副驾驶女人的侧脸。

妮娜舒服地伸了个懒腰，眯了眯眼，像只午后趴在屋顶倦怠的小猫咪。

"昨晚没睡好？"牧洲侧头瞥了她一眼。

妮娜挪了挪火辣辣的屁股，没好气地说："也不知道是谁折腾到半夜，我都快累死了。"

她小口小口喝甜牛奶，随口问道："牧橙不跟我们一块去吗？"

"她说朋友都在，想在市里玩几天。"

妮娜想起牧橙那群不着调的狐朋狗友，担忧地蹙眉，问："你也不管？"

"想管，管不住。"

她安静地喝完整瓶牛奶，转头看他，严肃地说："牧洲，无底线的纵容就是害她，你作为哥哥，不能这么眼睁睁看她往坑里跳。"

"是我这个做哥哥的不称职，没有照顾好她。"男人脸色微变，视线延伸至空寂无人的大道，思绪渐渐飘散，"其实牧橙小时候成绩很优秀，可自从家里那次变故后，她性情大变。我那时候年纪也小，不懂责任是什么，在她最需要陪伴的时候抛下她去当兵，回来后才发现她已经变了个样子，最后勉勉强强才读完职高。"

"现在也不晚。"妮娜说话不似以前那般攻击性强，反而有些少女的软萌，嗲嗲的，听得人耳根发酥，"牧橙本质上是个好孩子，她只是因为残缺的亲情把自己封锁起来了，如果你需要的话，我可以去试试。"

牧洲微笑，伸手摸她的头，说："兔子宝宝越来越有嫂子的架势了。"

"我也想帮你分担一点什么嘛。"她嗓音软软的，眸光真诚，"工作上的事我不懂，可生活中的破事我很擅长。我不能总是白白接受你的好，有意义的回应才能让你更加喜欢我。"

"行，你去试试，她不听我的话，或许会给未来嫂子一点面子。"

她脸红红的，细声呢喃："什么嫂子，八字才一撇呢。"

牧洲闻言笑了，见四周无车无人，倾身吻她藏进长发的耳朵，撩人心扉的温热感稍纵即逝。

"脸怎么红了？"他舔舔嘴角，满眼戏谑。

"喂！"妮娜羞恼地瞪他，脸颊的红晕一路烧到脖子，燃起艳丽的血光。

"好了，逗你玩的。"

男人难掩眼底的笑意，驾轻就熟地哄上几句。

车子在前方路口左转，很快拐进铜窑镇，路过镇口那家烧鸡店，妮娜高声喊了停车。

十分钟后，烧鸡店老板把打包好的十只烧鸡放进后备厢。

牧洲回头瞧了眼，俯身过来给她系安全带，随口问道："买这么多？"

妮娜不以为然地耸肩，说："小胖子两口一只鸡，这点还不够他一个人吃。"

男人细细想来，点了点头，说道："那我再去买几只，让他一次吃个够。"

第八章

1

人生那么长，总有些例外

01

午后的阳光温润舒缓，似金黄色的流水划过这个安逸的小院。

四季常青的花草在寒冷的冬日显得生机勃勃，强劲的生命力赐予它翠绿清新的色彩，让人一秒忘却冰寒。

恰逢周末，小胖子齐齐赖在魏东家当大米虫，贺枝南对他极尽宠爱，好吃好喝地供着，一大一小窝在沙发上看电视剧，情到浓时忍不住哭出声来。

于是，当魏东端着果盘走来，茫然地看着泪流满面的两人，还以为他们遭遇了什么人间惨剧。

他三言两语把齐齐赶去餐桌吃水果，自己坐在贺枝南身侧。

她还沉浸在忧伤的剧情中，感受到他的气息，抹着眼泪凑了过来。

魏东顺势抱住她，粗硕的胳膊全方位环绕，把她紧紧裹在怀里，低头看她，忍不住笑问："有那么难过吗？"

"唔……"她哭得梨花带雨，明明是在北方长大，说话却有江南女子的软糯，"这个女主好惨，男主在执行任务时死了，钱包里还留着女主的照片，呜呜……太痴情了。"

粗疏的糙汉不懂这些生死离别，只是见不得她哭，轻声细语地哄道："我比他还痴情，你什么时候为我哭上一鼻子？"

贺枝南破涕为笑，柔柔地捶他，说："你这也要较真？"

"嗯，我小气嘛。"

她郁闷地推开他，他不肯放手，两人推推搡搡地调情。

齐齐早已习以为常，充耳不闻，专心致志地啃手里的苹果。

屋外突然传来车子的引擎声，他一早知道妮娜要来，苹果嚼在嘴里还没咽下去，赶忙从沙发后拿出手写的欢迎横幅，先冲了出去。

"齐齐！"贺枝南喊了他一声，转身看了眼窗外，透过铁栅栏隐隐约约看见牧洲的车，笑容变得炽热起来，"妮娜来了。"

魏东淡定地给贺枝南擦眼泪，说："别哭了，等会儿被他们瞧见，还以为是我欺负……"

"南南！"

他话没说完，有人推门而入，伴着震耳欲聋的呼唤声。

贺枝南条件反射地站起身，妮娜更是夸张地干号一嗓子，扑上来就是个超级大熊抱。

两人许久未见，两眼泪汪汪。

女人被突然的冲击力震得往后退了两步，被身后的魏东稳稳接住。

"我最爱的南南，我终于见到你了，我对你的思念如长江之水一发不可收拾，又如……"

"咳咳！"贺枝南被妮娜抱得太紧，忍不住咳嗽两声。

屋外不急不慢走来一人，好心把小八爪鱼扯开搂在自己怀里。

"你放开我！"

"好了，别闹。"牧洲止住妮娜乱扭的身体，抬头看向两人，"东哥好，嫂子好。"

贺枝南咧嘴笑得正欢，尤其见到妮娜在牧洲怀里乖成鹌鹑，内心止不住地欢喜。

魏东看了眼张牙舞爪的小女人，朝牧洲瞥了个无比敬佩的眼神。

不愧是你。

这么闹腾的姑娘都能收服，有点东西。

齐齐用自己手写的欢迎词换了满后备厢的烧鸡，坐在餐桌前美滋滋地啃。

妮娜跟枝南太久没见，回二楼房间说闺密间的私语，牧洲则辅助魏东在厨房准备今天的晚餐。

魏东正在切菜，漫不经心地来了句："昨晚我接到院长的电话，说于梦婷被人打了。"

"嗯。"

牧洲本也不准备瞒着，老早便知道院长那个老狐狸不会息事宁人，如实告诉他当时的情况。

魏东停下动作，侧头看他，意味深长地笑了，说："你这小姑娘不简单啊，个子小小的，脾气爆炸。"

"习惯了。"他嘴角勾起笑,带着藏不住的宠溺,"真性情的好姑娘,脾气坏点正常。"

魏东见他满面春光,揶揄道:"你就那么喜欢?"

"嗯。"

"我一直以为,你会孤独终老。"

"哥。"牧洲倏地叫了声,略显羞涩地垂眼,语气真诚且坚定,"我想跟她好好过一辈子。"

魏东没吱声,忽然想起贺枝南曾提起过妮娜的妈妈,那个不好招惹的贵妇人,怎么想未来都会是巨大的阻碍。

可他什么也没说,至少这一刻,他不愿打碎牧洲来之不易的幸福。

"好好待她。"男人特别欠扁地来一句,"四舍五入,我也算她半个娘家人。"

牧洲无语又好笑,顺手扔了个萝卜过去,男人稳稳接住。

"有了媳妇忘了兄弟,胳膊肘都拐到天边去了。"

魏东煞有介事地点头,回道:"习惯就好。"

牧洲感叹,这世道真的变了。

老婆如手足,兄弟如衣服。

晚餐桌上一片祥和,其乐融融。

有妮娜跟齐齐两个活宝混合双重奏,整场不缺笑点,不缺话题,所有人都吃得眉开眼笑。

魏东特意腾出一间卧室给牧洲和妮娜住,妮娜不肯,非缠着跟贺枝南睡。魏东想着她们姐妹情深,难得见面,也不多说什么,拉着牧洲喝酒到深夜。

两个人酒性上来收不住,聊了很多。

魏东醉醺醺地上楼,牧洲紧随其后。

屋里很黑,牧洲没开灯,脱了衣服仰躺在床上,陈年酒酿后劲太足,这会儿头晕脑热,浑身发烫。

迷迷糊糊中,有坨软软的东西挪了过来,小手试探着摸上他的腰,安安静静地抱着他。

牧洲侧身把妮娜抱进怀里,身子一转,重重压在身下。

他拧开床头灯,半醉半醒地盯着那双清亮纯净的眼睛,眉眼之间燃起星光,闪闪发亮。

"不是跟嫂子睡一屋吗?怎么会在这里?"

妮娜不说话，猫咪眼闪烁幽光。

"想我了？"

"唔……"妮娜两手搂住牧洲的脖子，轻轻地说，"我想抱着哥哥睡觉。"

男人微怔，抑制不住地傻乐，低头吻她的鼻尖，出口的每个字符都燃着火，灼烧他的心。

"我离不开你了，妮娜。"

她咬住下唇，看着那双被酒意熏红的深瞳，倏然一个用力把他拉向自己，灵活转动身子睡在他身上，面对面的姿势。

妮娜两手捧着他的脸，眼神恍惚，神情复杂。

"牧洲，以后不管发生任何事，你都不可以放弃我。"

牧洲察觉到她的慌乱，低声问："怎么了？"

"你答应我。"她执着地要个承诺。

"好，我答应你。"他眼底红光浸染，"说话算话。"

清晨的微光温暖细腻，又是一个阳光明媚的大晴天。

魏东有晨跑的习惯，几乎风雨无阻，这次身边多了个陪跑的牧洲。两兄弟仿佛回到当兵时，都是意气风发的少年，为了争第一硬把自己折磨得筋疲力尽。

两人喘着粗气走到小院前，浑身都在冒汗。

珍珠般剔透的汗珠流遍全身，滴进眼睛里，牧洲伸手揉开，隐约瞧见院前台阶上那抹小小的身影。

妮娜蜷缩成一团，睡眼惺忪，哈欠连天，紧紧裹在他的大棉袄里，眼巴巴地盯着他。

牧洲诧异两秒，慢步朝她走近，顾及自己身上的汗，忍住抱她的冲动，问道："怎么起这么早？"

"我刚醒来，找不到你。"她还没完全醒，声音奶萌奶萌的。

"跑步去了。"

他柔声解释，本想拉她起来，她轻轻拽住他的手，惨兮兮地说："腿麻了。"

男人看她懵懵懂懂的无辜样，喉间滚出一串低沉的笑音，转而绕到她身后，两手在她双膝下交错，轻松抱起，转身就走。

"要不要再去睡会儿？"

"你陪我一起。"

"好。"男人温柔地笑了，"等我洗个澡。"

院前被迫吃狗粮的魏东两手叉腰，嘴角隐隐抽搐。

呵。

谁家还没个老婆疼？

02

傍晚时分，魏东和贺枝南两人手牵着手返回小院，院外一片安逸，屋子里闹哄哄的。

沙发前，妮娜拉着牧洲跟齐齐陪她玩飞行棋，齐齐跟妮娜扯着喉咙叫嚣。玩着玩着，小姑娘坐到牧洲腿上，黏黏糊糊地搂着他的脖子。

齐齐虽说年纪不大，平时对秀恩爱的东叔夫妇习以为常，但冷不丁见到这幕，小胖子还是低头红了脸，找了个借口往外跑，恰好撞上先进屋的贺枝南。

"去哪里？"

齐齐哆嗦着回答："我我……我作业没做完。"

她没拦得住，也就随他去，只是追着说了声："等会儿记得来吃午饭。"

小胖子火速消失，贺枝南觉得奇怪，走进客厅一看，那个不害臊的小姑娘正抱着牧洲撒娇。

"咳咳……"

身后的魏东出现，适时咳了两声。

牧洲拍拍妮娜的腰，妮娜不悦地噘嘴，不情不愿地离开他，两手背在身后小跳步靠近，笑呵呵地拽着贺枝南去院里玩。

魏东几步走来，话带戏谑："你这有点带孩子的味道了，妮娜怎么看都像个未成年。"

男人转身看向窗外那个跳跃的小身影，自嘲地笑道："我以前觉得小孩麻烦，难伺候，没想过有一天自己会这么爱不释手，心甘情愿栽在她手里。"

魏东没出声，那笑容看得人毛骨悚然。

"笑什么？"牧洲问。

"没什么，为你高兴。"

"别说我了，说说你。"

说着，牧洲悠悠起身，看向门上那个鲜红的喜字，问道："婚礼定在镇上的酒店办，会不会委屈嫂子？"

"我本来已经跟市里的大酒店谈妥，她死活不肯，我多说几句就跟我闹，说不能铺张浪费，不然就不办。"

"嫂子是心疼你，知道你挣钱不容易。"

魏东摇摇头，也是不解，说："我挣钱不就是给她花的嘛，累点无所谓，只要她乐意，我怎么着都行。"

牧洲听完笑了，意味深长地说："以前当兵时，负重跑个几十里轻轻松松，没想到最难过的是美人关，这对姐妹花前后上阵，我们也只有弃械投降的份。"

"怎么，你不服气啊？"魏东挑眉道。

"我……"

"牧洲！"

身穿白色毛衣的妮娜闪现，打断两人对话，她兴奋地拽着牧洲往院里走，嘴里念叨着矮树上的那只欢快的小鸟。

牧洲顺从地任她牵引，转身看魏东，嘚瑟地勾勾唇，说："我乐在其中。"

晚餐前夕，牧洲照例配合魏东准备晚餐。

本在客厅看电视的妮娜时不时跑来找他，次次都是鸡毛蒜皮的小事，可就是非赖着他帮忙不可。

"牧洲，你帮我剥个橙子。"

"牧洲洲，我想吃香芋味的冰激凌。"

"牧洲哥哥，我这关过不去，你帮帮我。"

男人乐此不疲地照做，从始至终面含笑意。

游戏过关后，妮娜亢奋地跳起来，旁若无人地踮脚亲他的脸，甜甜地说："谢谢哥哥。"

专心切菜的魏东无意看完整场，回身瞄了眼蹦蹦跳跳的小姑娘，再瞥向牧洲，这男人连择个菜都笑得像只偷腥的猫。

魏东轻哼道："你也有今天，被小姑娘拿捏得死死的。"

蹲坐着的牧洲缓缓抬眼，嘴角扯了扯，问："东哥，你哪儿来立场笑话我？咱俩半斤对八两。"

魏东装模作样地咳两声，哼着小曲继续切菜。

唉。

本是同根生，相煎何太急。

夜很深。

小屋温暖如春，床头灯黯淡，夜空那轮明亮的弯月照进淡淡月光。

妮娜窝在牧洲怀里玩消消乐，她游戏天分极差，可上手的游戏屈指可数，连消消乐这种几乎不用脑的小游戏到了她手里，也成了无法逾越的高山。

关键时候还得牧洲伸出援手才顺利通关。

"牧洲。"她抬头盯着他棱角分明的下巴。

"唔。"

他随口应着，注意力还在游戏上。

"你会不会觉得我很黏人？"

牧洲垂落的睫毛颤了颤，暂停游戏，低头看她透着紧张的小眼神，用手机敲敲她的额头，宠溺地说："成天瞎想些什么？"

妮娜翻身坐在他身上，忧心忡忡地说："南南笑我是个男友宝，一分钟见不到你就心慌意乱。我忽然想起大爷爷说过的话，你需要的姑娘是那种能在事业上帮助你的，我想了想，我好像除了写小说外没有其他技能，哦，我还有钱，要不我给你投资，至少这样，不会显得我一无是处。"

"谁说你一无是处？"男人放下手机，笑着叹了声，伸手抱她入怀，知道她缺乏安全感，总是会不停地向他确认什么，他并不觉得麻烦，更多的是心疼，"你只要待在我身边就好，什么都不用做。"

"可是……"

"妮娜，我是男人，我的责任是保护你，你喜欢做什么就去做，我努力是为了信任我的朋友，也是为了让你衣食无忧。不管任何时候，我都是你最坚强的后盾。"

他说话向来真诚，小姑娘听得心花怒放，侧头蹭蹭他的锁骨，又问："你不嫌我是粘粘糖吗？"

"怎么会？"牧洲翻身把她压在身下，吻吻她的嘴唇，"我求之不得。"

妮娜的心思比常人敏感，庆幸的是她现在对他极其坦诚，想什么都会直白地说出来。

他照单全收，比起猜来猜去别别扭扭的沟通方式，他更喜欢这种直截了当，无形中也坚定了两人之间的感情。

"嗡——"

手机振动声响起，是妮娜的手机。

牧洲拿起没看，径直递给她。

她瞥了眼来电显示，是海外的号码，脸色稍变，肉眼可见地紧张起来。

她胡乱按下挂断。

那头又打过来，振动声孜孜不倦地奏响。

妮娜纠结地合上眼，心一横，选择关机，一言不发地缩进被子，紧巴巴地贴着牧洲。

牧洲看在眼里，什么都没说，也不追问，伸手关上床头灯，侧身把她抱进怀里，安抚似的轻拍她的背。

两人都没有说话，房间里静得只有紧密交错的呼吸声。

"你为什么不问我？"妮娜莫名其妙冒出一句。

"问什么？"牧洲勾唇笑。

"电话。"

"我问了，你会说吗？"

妮娜想了想，软软地说："会。"

"那说完你会难受吗？"

她神经恍惚地眨眼，很轻地"唔"了声。

"那就不问。"

小姑娘顿时心软如水，乖乖贴着他的胸口，小声说："你真好，牧洲哥哥。"

"哪有你好。"

她放软身子，趴在他胸口轻轻喘息，似乎快要睡着了，嘴里细声嘟囔，似在说梦话："妈妈的电话，我很讨厌。"

"为什么？"

"她会剥夺所有我喜欢的东西。"

停顿一秒，她落寞地继续说："包括你。"

牧洲大概听懂了她话里的意思，低声问："你想离开我吗？"

妮娜用力地摇头："我好不容易才找到你，死都不愿跟你分开。"

男人听她带上了哭腔，柔声哄着："哪儿来那么多愁善感？"

她紧紧抱住他，软绵的声音轻飘飘地荡在半空。

"牧洲，好像从我记事开始，家里就总是在吵架，我爸不是个东西，外头小情人一堆，我妈爱他爱得发狂，怎么也不愿离婚。我不懂，谎言和背叛堆积的爱情，究竟有什么难忘的？说到底也不过是她的执念，她把自己折磨得死去活来，我爸不痛不痒，照样潇洒快活，凭什么嘛……"

牧洲安静听着，知道妮娜只是需要一个宣泄的破口。她似乎压抑太久，把自己锁在父母不完美的婚姻枷锁中，惶惶不可终日。

妮娜碎碎念叨，迷迷糊糊地睡着了。

"只要你坚定地选择我，我愿意放弃自己。"他温雅的声音在她头顶奏响，语气分外坚决，"自尊心没有你重要。"

凌晨三点，床头柜上的手机响个不停。

妮娜翻了个身，半睡半醒间见到牧洲正在接电话，他表情格外严峻，电话挂断，起身开始穿衣服。

"怎么了？"她瞌睡醒了，揉着眼睛坐起来。

"没什么。"牧洲勉强扯出一丝笑，胡乱套上卫衣，低身吻她的额头，"你继续睡，我去去就来。"

她不肯放手，死死拽住他的衣摆。

俨然说谎话唬不过她，男人无可奈何，暗黄的床头灯照拂他紧蹙的眉眼，他的声音里透着前所未有的慌乱。

"牧橙在县里的派出所。"

03

曲西县派出所。

玻璃门缓缓打开，男人面色沉郁地走出来，一声不吭地先行上车。

妮娜扶着酒气熏天的牧橙跟在后头，闻讯而来的大光则负责善后，接手牧橙的所有随身物品。

牧橙今晚跟做了个噩梦似的，喝到正兴起时，同伴与隔壁桌打起来，有人报了警，于是一行人全被带走。

上车前，大光见牧洲的脸色实在难看，忍不住叮嘱两句："大橙子，你等会儿跟洲哥好好说，乖乖认个错，啥事没有。"

牧橙仍在半醉不醒中，脾气也硬，说："我没做错，凭什么认错。"

大光清楚今晚必然血雨腥风，摇了摇头，无奈地说："你这脾气，说了也不听。"

一旁的妮娜自始至终没吱声，只是默默给牧橙递水递纸巾。

到底是牧洲的家务事，上来就直接干涉显得不大礼貌。

她是黏人没错，但就事论事，该有的分寸感不能少。

商务车径直拐进物流公司的铁闸门，车刚停稳，牧洲接到魏东打来的电话。

刚刚出门太急，不小心吵醒隔壁房的东哥夫妇，牧洲怕他们担心没说实话，只说牧橙在外喝醉，他去接她回来。

可魏东见他慌不择路的样子自然不信，电话打到大光那里，了解事情缘由之后，

168

赶忙找认识的朋友帮忙处理，所幸事情并不严重。

魏东在电话那头沉声劝道："你好好跟她说，别发火。"

"我知道。"

"你知道什么？"魏东毫不客气地拆穿牧洲的伪装，"我听你这声音都要爆炸了。"

牧洲深深呼吸，胸口那团燎原的火怎么都压不下去。

等车上的其他人全下车，他疲倦地靠向座椅，揉了揉额头，有种无计可施的落寞感，说："老实说，我是不是一个很不称职的哥哥？"

"你该做的能做的，都做得足够好了。"魏东轻声安抚，"牧橙心不坏，只是没人告诉她以后的路怎么走，你作为哥哥应该要好好引导，一味地妥协只会把她往深坑里推。"

其实同样的话妮娜也曾说过。

牧洲怎么可能不懂这个道理，只是每当他面对牧橙，亏欠心总会占据大多理智。

他时常会想起那年跑去当兵时，稚嫩的小姑娘一把鼻涕一把泪地追着火车跑，撕心裂肺地大喊"哥哥"。

在她最需要关心的时候他选择逃离，逃避自己该承担的责任。

牧橙在舅妈家待了两年，舅妈人不好不坏，可拮据的家庭条件令她自顾不暇，牧橙无人管教，成绩也跟着一落千丈，后来跟了坏朋友，逐渐成为遭人非议的小太妹。

所以，牧橙变成现在这样，牧洲难辞其咎。

一楼办公室。

大光很快端来醒酒茶，妮娜看着牧橙喝下，笑眯眯地拉着她谈天说地，试图模糊今晚发生的糟心事。

聊到兴头上，牧橙胃里翻江倒海，捂着嘴飞速往外跑。

牧洲刚准备开门，门从里面被人推开，牧橙越过他跑向不远处的黑车，单手扶着车窗狂吐。

妮娜紧随其后跟出来，原想上前给牧橙送纸巾，牧洲倏然按住她的手。

她抬头看他，男人面色泛青，呼吸声压抑沉重，灰暗的瞳孔逐渐收拢。

眼前这一幕他看过太多次，以往都是心疼大过生气，可是今天，在事情变得更糟以前，他知道自己不能再这么纵容下去了。

派出所的关押间阴冷潮湿，待久了头晕脑热，现在风一吹，整个人恶心不止，牧橙吐到胆水都出来了。有人递来瓶水，她以为是妮娜或者大光，哑着嗓子说了声"谢

169

谢"，狂喝几口漱干净嘴里的酒气。

等她恢复平静后转身，见牧洲就站在她身前，眸光锐利森冷。

"哥。"

她并未察觉男人周身散发的寒意，无所谓地拍拍他的肩，手臂下落时被牧洲扣得紧紧的。

"你干什么？"牧橙愣了下，使命挣脱他的束缚，"你放开我！"

"从今天开始，你给我老老实实待在公司，哪里都不准去，什么时候脑子清楚了，想做个正常人了，我们再谈其他。"

她酒醉迷乱，瞪着眼踢他，质问："你凭什么限制我的人身自由？"

"凭我是你亲哥，我就有资格管你。"牧洲眉头拧紧，轻松制住她的手，"平时你瞎闹我不管你，你把我当成空气，现在都厉害到进局子了，我再放任你这么疯下去，迟早会把你毁了。"

"毁了？"她冷笑，"我很早之前就已经毁了。"

"牧橙……"男人喉间收紧。

"你以前不管我，现在假惺惺地跑来关心我干什么？"牧橙双眼发红，愤怒地嘶吼，"当初我哭着求你不要去当兵，你还不是洒脱地说走就走，你知道我那两年怎么过的吗？那些人知道我身后没人，人人都可以欺负我，我要不让自己强大起来，我早就被他们吃得渣都不剩。

"我寄人篱下，所以只配吃剩饭剩菜，你每次打电话来我都说我过得很好，然后转身就去帮舅妈做家务带孩子。你寄来的钱都被她私吞了，我从没跟你说过，因为人家愿意收留我这个没人要的孩子，我哪还敢有怨言，她要我当牛做马我都得照办。"

听完这些，他们身后的妮娜悄悄红了眼，她伸手扯扯牧洲的衣服，试图让他冷静下来。

这是牧洲第一次听牧橙说这些，胸腔发冷，疼得一点点撕裂开。

"以前是我做得不对，我知道我亏欠你……"

"不，你不知道。"模糊不清的醉意全融进无尽的伤感中，牧橙眼眶深红泛水，"妈妈要幸福不要我们，爸爸为了爱情郁郁而终，你有你自己的事业跟生活，只有我是一个人。"

牧橙抬头看他，喉音嘶哑，继续说："哥，钱不是万能的，它买不到亲情，也弥补不了曾经的伤害。

"如果可以，我宁愿不要钱，我想要爸妈和你都陪在我身边，只有家还在，我就不孤独。"

话说完，她挣脱开失去束缚力的手，拖着沉重的步子同他们擦身而过。

妮娜瞥向站在原地一动不动的牧洲，想了想，选择跟上牧橙，只是在上楼梯前忍不住回头看了眼。

男人颀长的背影伫立在茫茫黑夜。

他微微低头，两手无力垂落，仿佛有一座高山沉沉压弯他的背脊，默默承受着全世界的唾弃。

牧橙房间的门没锁，妮娜轻手轻脚进入。

她捧着一本书坐在小沙发上，聚精会神地看着，特意挑了最喜欢的搞笑片段，眼泪流到一半忍不住破涕为笑，刚那点沉郁的情绪很快烟消云散。

"小说吗？"妮娜坐在侧面的沙发上，好奇地问。

"嗯。"牧橙对她毫无防备心，除去她是哥哥女朋友的身份，她是自己非常羡慕的那种女生。

有颜有钱，可甜可飒，这么好的姑娘能看上自家吊儿郎当的哥哥，上辈子怕是积了不少福报。

"我听牧洲说，你很喜欢看小说，其实我也是，只是不知道我们喜好是不是一致？"

牧橙微怔，黑瞳泛光，果然来了兴致，话匣子一下打开，兴奋地说："现在流行霸总小娇妻，但我不喜欢，我就喜欢看女强文，男主再厉害也得对老婆唯命是从。"

"你口味挺独特的。"妮娜赞许地微笑。

"嗨，可惜大多数人都喜欢男强女弱，对女强文的容忍度太低，不爱看就别看，又没人求着她们，真烦人。"

妮娜凑近，神神秘秘地问："你喜欢哪个大大？"

牧橙脸红低头，反倒有些不好意思，小声回道："说了你也不知道。"

"说说呗，万一我认识呢？"

"你怎么会认识？"牧橙不解地反问。

妮娜丝毫不慌，一本正经地解释："我有个朋友就是小说作者，正当红。作者的圈子不大，如果她凑巧认识，说不定还能帮你要个签名什么的。"

"真的？"牧橙信以为真，她从来没抢到过亲笔签名，这也是她至今的遗憾。

"就是这个。"她把手里的书递过去，眉飞色舞地介绍，"我超级超级喜欢这本，作者是纳尼，微博叫娜娜小疯子。"

妮娜听着这些关键词就觉得巨耳熟，抱着一丝不确定的心低头瞄了眼。

第一秒，不会吧？

第二秒，搞笑的吧？

第三秒，我现在是该装傻还是千里认粉丝？

这本书的封面她闭着眼睛都认得出来，预售卖得特别好，特签普签几乎秒没。

牧橙见她双眼呆滞，仿佛受到什么惊吓，失落地说："不认识也没关系，毕竟她那么红，哪有时间给我签名。"

"认识。"妮娜回过神，斩钉截铁地说，"我不但认识，还能帮你拿到超长特签。"

"妮娜姐……"牧橙不可置信地起身，眸底燃起希望的亮光。

"但在此之前，你得答应我一件事才行。"

"你说，什么都行。"

妮娜思来想去，确定现在不是曝光自己的最佳时刻，毕竟还有正事要办，于是说道："牧洲最不放心的人就是你，你要答应我，以后不能再跟牧洲吵架，也不准气他，乖乖听话。"

牧橙脸上的笑意瞬退，整个人往回缩，嘀嘀咕咕："这个，我……"

"如果你能做到这件事，下次你家大大的签售会，我保准帮你弄个 VIP，第一个就签你的。"

这波诱惑疯狂刺激牧橙的大脑皮层，牧橙生怕她下一秒后悔，猛地抓住她的手，紧张得心跳加速，不敢置信地问："你说话算话？"

"绝对算话，"妮娜笑容纯净无瑕，"骗你是小狗。"

04

凌晨五点，天还没亮，四周黑漆漆的。

冷风吹乱男人的黑发，他穿着单薄的卫衣，正靠着墙抽烟。

指尖烟雾弥散，他的眼神专注地看着前方，逐渐失焦，涣散如灰，连身边何时出现个人都不知道。

"哥。"

闻言，他收回散乱的眸光，循着声音看去，牧橙一脸别扭地站在他身边。

"怎么还没去睡？"他的声音略显沙哑，带着淡淡的感伤。

牧橙夺过他指尖的烟，扔在地上用脚踩灭，也不敢看他，轻声说道："我今晚闹得太过火了，对不起。"

"没怪你，"男人轻叹了声，摸摸她的头，"是我没有照顾好你。以前把你一个人扔下，现在又忙着工作，很多时候忽略了你的感受，我以为钱至少可以弥补一部分缺憾，但我忘了，伤口愈合得再好依然会痛，我对你的亏欠，需要偿还一辈子。”

"你没有亏欠我。"她侧身抱住牧洲，鼻子酸酸的，眼泪止不住地往下流，"妮娜姐说，人生的路有很多条，最终还得看自己怎么选，我不能把堕落的原因全怪罪在你身上，你能管我衣食无忧，但不能代替我走完今后的路。

"哥，我说那些话并不是责怪你，你对我的好我心里都记得清清楚楚，我以后不再在外面混了，我踏踏实实帮你守着公司，或者像妮娜姐说的那样，报成人自考，学会计，学管理，争取以后能成为你的左膀右臂。"

牧洲用力闭上眼，抑制险些失控的泪意，哽咽着说不出话，傻笑两声，温柔地拍她的背。

"所有人都羡慕我有个好哥哥。"

牧橙小声啜泣，哭腔很浓。

"他叫牧洲，是我唯一的亲人。"

牧洲推开办公室的门时，妮娜正瘫在座椅上闭目养神，身上盖着他的外套。

他缓步走近，低身压下来，想抱她回房间的床上睡。

怀里的人儿突然睁开眼，近距离盯着他通红的深瞳，明知故问："你眼睛怎么红红的？"

男人脸红地移开视线，睁眼说胡话："外头风太大，吹得眼睛疼。"

"哦。"她也不拆穿，顺从地搂着他的脖子，任他抱起自己往外走，"今晚还回南南家吗？"

"不了，"他低声说，"先睡觉，睡醒再走。"

离开温暖如春的办公室，屋外的湿冷刺人心脾，妮娜蜷缩在他怀里，冻得手脚发寒。

回到牧洲的房间，她迅速脱了衣服躲进暖和的棉被里，露出一个小小的脑袋。

牧洲站在床边看她清纯诱人的童颜，忍不住低头吻她的眼睛。

他笑得如沐春风，说："嫂子说话果然好使。"

"嗯？"她装傻一流，"什么？"

男人嘴角笑意加深，没吱声，单手脱了卫衣，掀开被子挤进去，很自然地抱她入怀。

关了灯，屋内全黑，伸手不见五指。

"牧洲哥哥。"

"唔。"

"如果以后牧橙问你要钱打赏她喜欢的作者，你别抠抠搜搜的，记得多给点儿。"

"为什么？"

"因为……"她拼命憋笑，拉长尾音，缓缓说道，"码字不易，多谢支持。"

傍晚，灰沉沉的天空飘起鹅毛大雪。

商务车缓缓驶进小院，夜幕降临，屋里暗黑无灯，唯有盘旋在屋檐边的吊灯闪烁徐徐亮光。

妮娜跳下车，站在雪地里等男人停好车靠近她，然后美滋滋地挽着他的胳膊往屋里走。

"南南说他们还在刺青店，等魏东忙完后一起回来。"

"嗯，那我们先准备晚餐。"

说完，牧洲用备用钥匙打开门。

屋里没开暖气，妮娜冻得使命瑟缩在他怀里，并把外套裹紧，小袋鼠似的探出个头。

"南南还说，伴郎伴娘服到了，我们要不要先试试？"

"也好。"

男人低声回应，配合她缓慢前进的步子，龟爬似的朝楼梯处移动，"婚礼只剩几天了，不合身还有时间调整。"

妮娜先一步到达二楼，借着高度的优势居高临下地问他："牧洲，我们的婚礼你想过是什么样吗？"

牧洲低笑着问："这么着急嫁给我？"

"当然。"她认真点头，凑上去抱住他的腰，仰头看他，"我喜欢黑色的婚纱，很美很酷，别具一格。"

"你喜欢就好，我没有意见。"

"你不会觉得奇怪吗？"

"哪里奇怪？"

他牵着她走到屋里，第一时间打开壁灯和暖气。

温热的风迎面吹来，妮娜冻僵的面部舒缓几分，呆呆看着牧洲从衣柜里拿出两人的衣服，任由他脱下自己的棉袄。

"正常人都不会选黑色，"她扯扯嘴角，"我果然是一朵千年奇葩。"

"不打紧，我也没有多正常。"牧洲顺手帮她脱去贴身薄毛衣，嘴里念叨着，

"不是一家人，不进一家门。"

"扑哧！"

妮娜被这话逗乐，低头见自己只剩一件小吊带，莫名其妙地红了脸，立刻止住他的"好心肠"。

"我自己来，又不是断手断脚。"

闻言，男人愣了下，察觉到自己过于自然的举止，不禁失笑，说道："行，我去其他房间。"

钟情旗袍的贺枝南，婚礼首选中式旗袍，而她为妮娜准备的伴娘装也花了不少心思。

中国风的秀禾旗袍，很清纯的淡粉色，上身是立领修身款，衬得胸大腰细，纤腰盈盈一握，下身是层层叠叠的粉纱，根据妮娜的身高适当裁剪，刚好露出白嫩的小腿，整体可仙可甜，宛如一朵在晨光中绽放的小白花。

她站在衣柜自带的镜子前左晃右摆地欣赏这身衣裳，男人何时进屋她也不知道，只知道身后猛地出现个人影。她愣了两秒，缓缓转身。

眼前的男人西装笔挺，样式并不烦琐，深蓝色介于少年与男人之间，很符合他的气质。

"好看吗？"她仰头看他，揪着一丝期待跟紧张。

他幽暗的瞳孔闪烁微光，说："很美。"

妮娜害羞地抿了抿唇，见他手里拿着黑色领结，抢过，踮着脚给他系上。

牧洲盯着她巴掌大的小脸，指尖撩过她的长发拢到耳后，眉间轻皱，说："总感觉缺了点什么。"

"嗯？"她没听懂。

他没答话，目光在房间扫射一圈，锁定桌上红丝绒的耳饰盒。

果然是嫂子，早就准备妥当。

"你过来。"牧洲牵着她到桌前，从盒子里拿出一对珍珠耳钉，小巧利落，晶莹圆润。

"咝……疼。"

"忍一下。"

他已经足够温柔，可妮娜右侧耳洞许久未通，银针穿刺而过，她痛得眼泪汪汪，五指揪着他的衣服，小眼神幽幽怨怨的。

"这样就对了。"牧洲直起身，认真端详耳垂上莹莹发亮的珍珠，伸手摸了摸，嗓音低了些，"我家的小兔子真好看。"

妮娜耳根发烫，被夸得有些不好意思，仰头看他时，目光扫过他耳朵上小小的耳洞，忍不住踮着脚去摸那处，问道："好端端的打什么耳洞？"

"藏了一样东西，怕弄丢，还是带在身上最安全。"

"什么？"她瞳孔闪烁光亮，来了兴致。

牧洲笑而不语，从裤子口袋摸出个小东西塞进她手里。

妮娜好奇地摊开手看，竟是一枚小巧精致的黑色耳钉。

她呼吸停滞，脑子瞬间空白。

这个不是……

上一次她来江南，吵吵闹闹的两人陪着魏东夫妇去公园玩，她被他强拉到气枪摊前，男人枪法很好，百发百中，最后获得一个丑丑的长颈鹿玩偶，还有这颗耳钉。

这家伙不仅收着，还随身携带。

真讨厌。

"牧洲。"她红了眼眶，哽咽得说不出话。

"哭什么？"牧洲无奈地笑，温柔抚摸她的脸，"帮我戴上好不好？"

"唔。"妮娜又哭又笑，努力憋回眼泪，踮着脚认真地替他戴好。

男人低头看她稚气的眉眼，嘴角微微上扬。

他喜欢她多愁善感的那面，生气就发火，感动就流泪，开心就闹腾。

她如此鲜活，活得真实又自然，偶尔有些矫情的小做作也显得分外可爱，让人甘之如饴，沉迷且无法自拔。

两人凑得太近，妮娜整个人贴在牧洲身上，抬眼便是男人白皙的肌肤，离开前忍不住在他侧脸印上一吻。

可亲完后，男人的眼神明显不对了。

妮娜哪里猜不到他的心思，可到底还在别人家，多少得收敛点，她缩缩脖子："我要换衣服了，你出去。"

按在他胸前的双手被用力制住，她诧异抬眼，他温烫的嘴唇压下来。她躲闪不及，破口的那瞬被他强势探入。

"唔……"

他吻得很急，妮娜很快放弃抵抗，在他怀里软成一摊温水。

"咚咚……"

屋外突然传来敲门声，整个世界骤然安静。

"忙够了就下来，吃饭了。"

一门之隔，魏东声线低沉平稳，但若细听，尾音捎着几分难掩的笑意。

"咳……"牧洲捂住妮娜的嘴，看她圆溜溜的猫咪眼，抿唇笑着，"知道了。"

约莫十几分钟后。

牧洲牵着妮娜下楼。

跟在他后头的矮个子姑娘满脸通红，似乎还未完全从害羞的情绪中抽离出来。

贺枝南正在餐桌前摆盘，余光瞥见两人过来，意味深长地笑了，问道："衣服合身吗？"

"啊，挺好的。"

小兔子心虚地应道，低头不敢直视贺枝南。

也不知为什么，自从跟牧洲在一起后，她脸皮越来越薄，明明之前还游戏人间，游刃有余，现在摇身一变，颇有几分娇俏小媳妇的即视感。

魏东端着菜慢悠悠走来，难得多说句话："我看不止合身，还合胃口。"

贺枝南娇嗔地打他一下，笑容根本挡不住。

妮娜脸更红了，扯了扯牧洲。

牧洲倒是没皮没脸地跟着笑，摸摸她的头，弯腰在她耳边说："话糙理不糙，的确合胃口，我很喜欢。"

"喂。"她羞恼地瞪他，其他三人都在笑。

蹭饭的齐齐恰好跑进来，听见满屋子交错的笑音，好奇得不得了。

"什么事这么好笑？"

妮娜正愁没处发火，两手叉腰，凶巴巴地说："小孩子别瞎打听。"

"妮娜姐姐还是不说话最好看。"齐齐挑起粗眉。

"你个小胖子，你给我过来。"

齐齐被气急败坏的兔子追着在餐桌边绕了两圈，最后躲在牧洲身后，大喊："牧洲哥，救我。"

"好了。"男人笑得眉眼发光，顺毛安抚妮娜，温柔地牵着她到桌前坐下，瞥了眼桌上的菜，用只有她听得见的声音说，"今晚见。"

妮娜愣了两秒，想到不久前的样子。

她在心底哀号，细声呜咽。

05

温馨的平淡日子总是过得很快。

177

时间一晃，很快到了婚礼的前夜。

接亲的队伍清早八点准时到，化妆师六点上门，此时空荡荡的屋子里只剩下姐妹两人。

夜里两点，贺枝南紧张得睡不着。妮娜也不睡，陪着她聊天，准备睁眼到天亮。

"南南，你现在幸福吗？"

"嗯。"贺枝南不假思索地回答，耳朵燃着红晕，带着几分小女人的羞涩，"我很喜欢这样的生活，没有轰轰烈烈，只有细水长流的温柔。魏东真的很好，他给足我所需要的爱，我已经无法想象没有他的世界了。"

"哟哟，我家南南还会说这么酸的话。"妮娜笑眯眯地调侃，"爱情的魔力，让人信服。"

"你可没脸说我。"贺枝南现在多的是妮娜的把柄，随便两句就能说得她面红耳赤，"某人口口声声说不相信爱情，现在一口一个哥哥叫得欢，你在牧洲面前那叫一个乖巧又听话。"

"人生那么长，总会有些例外嘛。"妮娜凑近贺枝南怀里，安静地抱着她，"我从没想过会遇见牧洲，这也许就是我的劫，我躲不掉，不如选择接受。"

"你喜欢他吗？"

妮娜点头，说："很喜欢。"

贺枝南坏笑着追问："很喜欢是多喜欢？"

"南南！"她软绵绵地轻哼，小脸一红，诚实地说，"就是，离不开的那种。"

"牧洲是个可以依靠的男人，我希望我不在你身边的时候，他能好好照顾你，把你交给他，我很放心。"

妮娜听完，眼眶微微湿润，小声问："你以后还会回北城吗？"

"回去也是为了你，无关其他。"

妮娜没再细问，现在提起南南那对冷血的父母只会影响大家心情。

两人有一搭没一搭地聊天，妮娜昏昏欲睡之际，贺枝南突然说道："静妹姐昨天给我发了微信，她现在怎么样？身体还好吗？"

妮娜缓慢睁眼，回想起虚弱的表姐，长叹了声："不太好。"

"嗯？"

"你还记得叶修远吗？"

"记得。"虽然过去很多年，贺枝南依然能在脑海中描绘出那张冷冰冰的俊脸，"静妹姐是不是喜欢他？"

妮娜爬起身，说起这个就来气，语气也变了："这男人挺不是个东西的，明明已经跟其他女人订婚，还非要跑来招惹静姝姐姐。你也知道她身体不好，她因为这个男人醉酒送去医院抢救，差点命都搭了进去。"

贺枝南本就对那男人无感，厌恶地皱紧眉头，说："静姝姐值得更好的男人，他不配。"

"我也这么觉得。"妮娜越说越起劲，猛然回想起医院的那个高大背影，急切地向她确认，"你记不记得读书时，叶修远的朋友，就是后来去国外读医那个，学校篮球队队长，高高壮壮的，叫章什么……"

"章骁。"

"对，就是他，我那天好像在医院看见他了。"妮娜说起八卦就来劲，"他当时追静姝姐姐追得火热，全校都知道，要不是叶修远这个死人头，姐姐跟他在一起多好，家里有个医生，安全感满满。"

贺枝南看她满眼泛光，柔声调笑，说："你啊，不去当小媒婆可惜了。"

妮娜笑盈盈的，诚恳地说："我希望身边的人都能幸福，我爱的每一个人都能快乐。"

"那你呢，你的快乐呢？"

妮娜被问住，刚想说什么，床头的手机振了两下，她似乎猜到是谁的消息，点开微信，笑容似绽放的花束，开得越发灿烂。

贺枝南拢拢被子，细致地替她盖好，明知故问："快乐找你了？"

"嗯。"妮娜重重点头，单手托着下巴，回信息回得心花怒放。

Z：【兔子宝宝，我失眠了。】

妮娜：【你可以数羊数星星。】

Z：【我数兔子，亲兔宝一下，亲兔宝两下……】

妮娜：【哼。】

Z：【想我吗？】

妮娜：【想。】

Z：【我也是，好想你。】

热恋期的男女总有道不尽的甜蜜与思念。

他们这头聊得火热，某个即将步入婚姻殿堂的女人迷迷糊糊睡着了，妮娜半点睡意都无，硬拉着牧洲聊天聊到早上。

时间刚过六点，屋外的天还没亮。

齐齐带着化妆师进屋，屁颠屁颠地上来敲门。

"贺姐姐，妮娜姐姐，快点起床，太阳晒屁股了！"

贺枝南刚睡下没多久，睡眼惺忪地揉眼睛，眼底布满血丝的妮娜强拉她起床。

"我最美的新娘子，准备出嫁咯！"

贺枝南怔住，抬头看向漆黑的窗外，混沌思绪逐渐明晰，笑意浮上嘴角。

终于等到这一天。

嫁人了啊，贺枝南。

清早八点，平时幽静的小镇锣鼓喧天，喜庆的鞭炮轰鸣声自街头蔓延至街尾，红红火火，恍恍惚惚。

热热闹闹的型男团强行闯入，帮忙撞门的全是魏东往日的战友和兄弟。

拦门的妮娜、齐齐和张姊完全挡不住这群退伍兵哥哥的强劲体魄，齐齐那个没出息的家伙，因为牧橙承诺的一百个鸡腿就想叛变开门，结果被张姊揪着脖子狠狠吼了一通。

"轰——"

木门瞬间被撞开，高大魁梧的魏东穿着定制款西服，眉目硬朗英俊，体格结实强壮，妥妥的男模身材。

妮娜扯着嗓子提要求："喊完一百句老婆我爱你，才准你亲吻新娘。"

在场所有人都在笑，魏东拿着捧花冲贺枝南大喊："老婆，我这辈子，下辈子，下下辈子都爱你。"

他声线洪亮，不知疲倦地重复了很多遍，满屋子都在回荡他的深情表白。

贺枝南听得耳朵疼，挥手让他停下。

她坐在铺设喜字的红床上，明眸清澈，红唇艳丽，身穿高定款龙凤褂，主色是大红色系，裁剪分明，丝绒面料配精美花卉刺绣，流苏头饰五彩绚烂，尽显温婉细腻的女人味。

"亲一个！亲一个！"

在众人此起彼伏的起哄声中，两人拥吻足足一分钟。

妮娜见所有人都在关注新人，悄悄跑到牧洲身边。

他牵起她的手，在她耳边低声询问："困不困？"

"嗯。"

"今晚住镇里的酒店，明早我们回北城。"

"这么快？"

"新公司有些急事，我得赶回去处理。"

他低头看她垂落的眉眼，想了想，又说："你要舍不得嫂子，可以在这儿多待一段时间，我忙完回来接你。"

妮娜轻轻摇头，说："我跟你一起回去。"

牧洲揉弄她软糯的手心，忍不住在她脸上亲了下，说："晚点抢捧花时记得要卖力点。"

她困惑地眨眼，问道："为什么？"

男人瞳孔泛亮，笑得心神荡漾，回道："哥哥想娶你，想了很久了。"

妮娜错愕又慌乱，脸颊通红，呼吸极不顺畅。

傻子才会信他的鬼话呢。

她转头看向别处，嘴角疯狂上扬。

好吧，我摊牌了。

我就是大傻子，傻得无药可救。

第二天，风雪暂停，久违的阳光铺洒大地。

妮娜依依不舍地拉着贺枝南，多说两句叮嘱的话，眼泪止不住地往下掉，两姐妹抱在一起哭着哭着都笑了。

最后，妮娜被牧洲抱上车，贺枝南转身投入老公滚烫的怀抱。

从江南到北城，开车需要十几个小时，到达北城已是深夜。

妮娜一路睡得昏昏沉沉，牧洲把车子停在她家楼下，下车绕过来抱她。

她还没清醒，缩在他怀里被他带回家。

门锁密码是她的生日，开门很顺利。

他帮妮娜脱去厚重的棉衣，轻轻放在床上，转身要离开时，她轻轻扯住他的衣服，用困倦的小奶音问："你还要出去吗？"

"嗯，要去公司一趟。"

"还会回来吗？"

"我尽量。"

他低头亲吻她的额头，又说："你乖乖睡觉，如果我今晚没赶回来，明天会给你打电话。"

妮娜知道他肯定有棘手的事要处理，不然也不会婚礼结束就马不停蹄赶回来。她在路上可以补觉，他硬撑着开了这么久，按理说比她还要累。

"注意安全。"

"嗯。"牧洲关上床头灯，黑夜里的低声卷着一丝倦意，"晚安。"

妮娜有恋床的习惯，在外头怎么都睡不踏实，回到自家大床后身心舒畅，一觉睡到大天亮。

第二天醒来时，房间只有她一人。

她以为牧洲没回来，虽有失落，但也能理解。拿过手机看了眼，没有微信跟电话，她稍稍郁闷片刻，精神抖擞地下床走向浴室。

北城近几日都在下雪，屋外白茫茫一片，站在高层往下看，浓雾弥散，天地皆是一片忧郁的浅灰。

妮娜出了房间，一眼便瞧见睡在沙发上的男人。

屋里有暖气，他身上盖着自己的外套，呼吸均匀，正在沉睡中。

她悄悄地靠近，心如蜜糖般滋润腻人，起床时那点小小的郁气随风消散，轻手轻脚挤进他怀里。

他在半睡半醒间抱她入怀，鼻间嗅到熟悉的味道，没急着睁眼，微笑先行挂上嘴角。

"早，兔宝宝。"

"你怎么没进去睡？"

"回来太晚，怕吵着你。"

妮娜心疼不已，知道牧洲很累，好不容易能休息会儿，自然不愿多加打扰，小手窸窸窣窣摸到他背后，哄小孩似的上下抚摸，只差唱安眠曲助眠了。

男人梦里笑得很甜。

梦里的兔子，跟现实中一样美味。

舒杭的电话打来时，两人刚刚吃完午餐。

牧洲煮的面条，色香味俱全，妮娜煎的鸡蛋，黑乎乎的像块炭饼。男人嘴上调笑，但还是很给面子全部吃光。

接完电话，妮娜往嘴里塞了一大块午餐肉，含混不清地说："胖虎开了家花店，刚跟我瞎嘚瑟来着。

"大老爷们儿开花店，少女心满满。我看八成就是砸钱追姑娘。"

牧洲赞同地点头，抽出纸巾给她擦嘴，顺口问道："店开在哪里，我下午不忙，我们去送个花篮什么的，给人家庆贺一下。"

"也好，我也想看看这家伙在作什么妖。"

午后，雪慢慢小了，阴沉沉的天空时不时飘落几片揉碎的雪花。

街边无人，商务车停在光秃秃的树下，牧洲刚准备下车，妮娜一把拉住他。

"嗯？"

"喏，献殷勤的胖虎，我找到他了。"

她抹开窗户上的水汽，下巴朝街边的花店抬了抬。

牧洲顺着她的目光看去，果然在崭新的花店外，见着一脸憨笑的舒杭。他身旁站着个仙气飘飘的白衣姑娘，微笑着指挥他搬东搬西。

他干得很来劲，笑容根本藏不住。

庆贺的几个花篮是线上订的，刚好在他们到店时送来，舒杭满嘴的"不用客气"，笑呵呵地迎接他们，转身去倒了两杯热茶。

花店分为两个区，一半卖花一半喝咖啡，装修风格偏小清新，选的地理位置极好，寸土寸金的商业区，租金贵得吓人，但对于舒杭这个憨憨富二代而言，这点小钱也不过九牛一毛。

牧洲站在街边打电话，妮娜透过落地窗看他微皱的眉眼，似乎遇到什么烦心事。

她抿了口果茶，视线瞥向那头正认真跟客人介绍花束的姑娘，如果没记错，就是之前那个在酒吧外卖花的姑娘。

妮娜转头看着目不转睛盯人的舒杭，戏谑道："我们出去小半个月，你这么快就勾搭上了？"

"什么叫勾搭？我这可是正儿八经的创业。"

妮娜才不信，两手托着下巴，妥妥八卦脸，问道："说说呗，什么情况？"

"咳，也没什么特别的。"舒杭不好意思地摸摸头，越说越害羞，"就前段时间，我恰好撞见她被地痞流氓欺负，正义感爆棚出手救了她，她出于感激，请我喝咖啡，这一来二去就认识了。再然后，我就成为她的黄金合伙人。这家店当时正要转让，我就顺便盘下来，想着她以后也不用风里来雨里去。"

妮娜挑眉，满眼狐疑地问："你确定是恰好？"

"你别总把我当个跟踪狂看，之前被你骂过，我后来可不敢跟了。那天是真的凑巧，不对，这叫缘分。"

"我看你是陷进去了。"

"你不也一样？"舒杭有了爱情的滋润，胆子明显比以前大，还敢当面调侃她，"有牧洲哥管着，越来越像正常人了。"

"你什么意思，我以前不正常吗？"

舒杭刚准备回话，那头的姑娘娇软地唤他，他笑着起身，回头冲她无声说着什么。

妮娜看得清清楚楚，就四个字。

——小疯婆子。

她干瞪着眼，欲哭无泪。

完了，世道变了。

现在连舒杭这个铁憨憨都敢笑话她了，这些年好不容易建立起来的威信荡然无存。

"怎么了？"牧洲刚坐下就见妮娜委屈巴巴的，于是笑着捏她的脸，"谁惹你不开心？"

"胖虎！"

妮娜顺势往他怀里凑，小心眼地告状："他笑话我，说我在你面前乖成兔子。"

"本来就是小兔子。"男人好声好气地哄。

过了一会儿，他低头看了眼时间，说："四点我得回趟公司，先送你回家？"

"我可以一起去吗？"

"那里还没整理好，乱得很。"

她立刻表忠心，说："我不嫌乱。"

"不急，弄好再去也不迟。"牧洲凑近她的耳朵，语气腻歪，"一般来说，老板娘都是最后华丽登场的。"

妮娜咬唇憋笑，眼眉弯弯。

她真的没出息透顶。

三言两语就被人哄得心花怒放。

第九章

拥有她的每分每秒，都像在做梦

01

自那天两人分开后，牧洲一走就是三天。

新公司的装修接近尾声，太多东西等着他亲自确认验收，累了困了就睡在公司临时的住所，其间给妮娜打了几个电话报平安。

妮娜虽然黏人，可该独立时也拿得起放得下。他忙得晕头转向，她就专心敲字，她特别想他时就去个电话，即使只是几句简单平淡的问候，也足以安抚他疲惫不堪的身体。

海外的电话还是会时常打来，妮娜偶尔会接，可每次接过后心情极差。

"够了！我求你不要再折磨自己了好不好？他不爱你！不爱你！不爱你！你问我多少次我都会这么回答。你明明清楚他有多自私，这些年找了多少小情人，换了一拨又一拨，他改不掉的，他就是这个德行。"

说到最后，妮娜长叹了声，嗓音彻底哑了："没有他，你也可以活得好好的，你放过自己吧，行吗？"

那头一直保持缄默，直到妮娜再欲出声，女人才神经兮兮地吐字："可我为他付出了那么多，你凭什么这么对待我？凭什么无视我的牺牲？我咽不下这口气，我只要不离婚，我就还是朱太太，我是永远的正宫！"

妮娜轻轻合眼，真的觉得累了。

女人歇斯底里地发酒疯，妮娜挂断电话，静默地站在原地，倏然怒气上头，桌上的水杯滚落，噪声刺耳，满地碎片。

恰逢此时，牧洲的电话打来，没聊两句，他敏锐地察觉到妮娜的情绪不对。

"出什么事了？"

"没有。"妮娜擦干眼泪，压抑住战栗的哭腔，不想让他担心，"刚看了一部电影，很感人。"

牧洲轻笑着说："多愁善感的小家伙。"

妮娜怕他识破，找了个借口很快结束通话。

偌大的客厅，她傻愣愣地坐在沙发上，两手抱着膝盖，一动不动，静止很长时间。

约莫半个小时后，门外依稀传来动静。

"嘀——"

门开了。

玄关的顶灯照亮男人高挑的身影，他风尘仆仆地赶来，黑色外套上沾染了细碎的雪籽，在室温下融化成一条条清晰的水痕。

她满目呆滞地看着他，回过神后，赤着双脚疯狂地跑向他，径直蹦到他身上。

宛如在绝望的沙漠中瞧见一片绿洲，干涸的身体瞬间被温水润泽，满血复活。

"你怎么来了？"

"我要不来，你还不得躲着偷偷哭？"

"可我明明……"

已经掩饰得很好了。

牧洲仰头冲她笑，瞳孔出奇地亮，说："如果听不出来你在撒谎，我就真的成摆设了。"

妮娜垂眼，以沉默代替回答。

他抱着她回到沙发，低头见她光溜溜的脚丫，两手包裹在手心，摩擦搓热。

她絮絮叨叨地说着刚才发生的事，牧洲认真听完，没发表意见，转身走向满是玻璃碎片的厨房。

打扫之余，他背上还挂着只奶乎乎的小兔子，一边在他耳边吹气，一边问："你忙完了吗？"

"快了，最多两天。"

妮娜心急地问："那我们是不是可以同居了？"

"可以，但不能住你家。"

"为什么？"

牧洲用半开玩笑半认真的口吻说："我这人嘴硬，吃不了软饭。舒杭帮我瞧了间屋子，就在隔壁那栋，格局跟你家差不多，你住着也习惯。"

"那还不如直接住我家，瞎浪费钱。"

牧洲闻言笑了，利索地收拾完，抱着她回到房间，脱了外套上床。

"钱不是省出来的，该花就得花，你安心住着，挣钱的事交给哥哥就好。"

妮娜突然有种被包养的错觉，虽然她并不需要，可她似乎没有想象中那么抗拒，反倒有种被人用心保护的暖心感。

有责任心的男人，任何时候都散发着无形的魅力。

"明天我想去医院看静姝姐姐。"临睡前，妮娜昏沉沉地说，"你出门时顺路载我。"

牧洲想了想明天的工作安排，低头蹭蹭她的鼻尖，回道："睡吧，明天我陪你去。"

他们离开的这段时间，静姝的病情时好时坏，医生建议在医院静养，暂时不要出院。

舒杭那天同妮娜打电话闲聊时说起自己去过医院几次，无意中在病房外撞见叶修远，他脸色极差，似乎吃了闭门羹，被人拒之门外。

这话听得妮娜那叫一个爽，有种莫名的解气感，静姝姐姐平时看着柔柔弱弱，没想到硬气起来如此带劲。

于是，在去医院的路上，妮娜欢天喜地地同牧洲聊起这事。

牧洲听完后倒没觉得多新奇，淡淡地说："静姝思想独立，三观也正，这种事她干得出来。"

妮娜小心眼作祟，阴阳怪气地回道："我看你挺欣赏静姝姐姐的，是不是后悔自己当初没有乘虚而入，攀上高枝，平步青云？"

男人被这话逗笑，伸手揉她的头，无奈地说："你脑子里都装些什么乱七八糟的东西？"

她也跟着笑，吐吐舌头，小声回道："职业病，抱歉。"

言情小说没点狗血情节，就像醋熘土豆丝不放醋。

酸爽不够，差了点让人上头的味道。

私立医院相对安静，悠长的走廊上，来来往往的病人并不多。

妮娜牵着牧洲快步穿过长廊，锁定静姝的病房，刚准备推门入内，她身子顿住，呼吸停滞。

"怎么？"

"嘘。"

如果她没听错，病房里似乎有三个声音。

带着一丝好奇，妮娜踮脚透过病房门的小窗户看去，等看清屋里的三人，她瞳孔张大，惊讶得合不拢嘴。

静姝姐姐躺在病床上，还是那副虚弱无力的苍白样。

叶修远面色阴郁地伫立在窗边，周身冒着骇人的寒气。

病床边站着一个高大魁梧的男人，穿着圣洁的白大褂。

他微微侧头时，妮娜光看男人英朗的侧脸都能认出，那人正是叶修远的朋友，章骁。

追溯到读书时期，三人之间的关系就很微妙。

章骁喜欢静姝，尽人皆知，静姝倾心叶修远，暗恋成疾。叶修远是高岭之花，眼里从来只有自己。

妮娜缓慢转身，仰头对上牧洲疑惑的注视。

"里面有人？"

她轻轻点头，比了个手势，说："三个。"

牧洲直接愣住，妮娜捂着脸傻乐。

常言道，百闻不如一见。

现实版的爱情修罗场，远比小说精彩。

02

病房内静悄悄的，三人同时保持缄默，重叠的呼吸声被放大数倍。

窗户没关严，冷风吹起素白的纱质窗帘，男人站在窗边，合身的衬衣西裤整洁干净，气压低得骇人。

叶修远摸摸右手的银色腕表，凌厉的目光从静姝身上晃过，轻飘飘地落在另一个男人身上。

"回国多久了？"

章骁两手插口袋，语气轻松地说："不久，半个月。"

叶修远不动声色地看着他，又问："怎么会这么突然？"

"收到你订婚的消息，我知道我该回来了。"

章骁当然是故意这么说，侧头瞥见静姝在捂嘴咳嗽，转身抽出纸巾递给她，顺手往她身后多塞了个枕头，让她能舒服一点。

叶修远盯着两人略显亲昵的举止，面色僵硬几分，嘴角下抿，森冷的声音细薄如刀："我想单独跟静姝谈谈。"

"你这话是商量，还是命令？"章骁目光笔直地看着他，"只要静姝开口让我离开，我立马走，一秒都不耽搁。"

这颗皮球踢来踢去，最终还是得有人做决定。

病床上那个面色苍白的女人作为全场焦点，她可以任意选择，因为只有她有这个权利。

屋里突然安静下来。

静姝自始至终没说话，气氛过分压抑，让她有种喘不上气的窒息感。

"学长……"

仿佛过了很久，静姝嘴唇轻碰，颤音拉长。

暗自较劲的两个男人同时愣住，纷纷侧头。

静姝看向章骁，男人眼底有一晃而过的失落，可很快又自嘲地笑了笑。

有什么好难过的？

他决定回来，已经赌上自己的全部，并不是非要得到什么，相反，他更愿意加倍付出，哪怕没有任何回报。

章骁了然点头，不想让她为难，转身正要出去，静姝心急地说完后话："我口渴了，想喝水。"

男人呆了两秒，径直走到床头拿过水杯，每个跳跃的字音都难掩欣喜："凉水喝不得，给你弄点温的？"

"嗯。"

她眼里仿佛没有叶修远，目光一路追随章骁，直到水递到自己手上。

章骁看着她喝下，瞥了眼脸色越来越差的男人，笑着替她盖好被子，低声说道："我就在外面，有事叫我。"

章骁知道，任何事情都需要做个了断。

他可以尽全力保护她，却无法左右她的思想，擅自帮她原谅或是放弃什么。

可以深爱，但绝不越界。

这是作为男人的基本素养。

相比之前，本就身形纤瘦的静姝瘦成了皮包骨，面色惨白如纸。

这段时间不仅是生理上的难受，精神上的折磨更是把她啃噬得死去活来。

放弃一个人固然容易，可忘掉一个人却宛如死后重生。

抽离的刺痛感如尖刀剜心，血红皮肉连着筋脉，撕心裂肺，万箭穿心。

"该说的我都说了，你还来这里做什么？"静姝说出口的每个字都好像用尽了全力，"你现在是有婚约的人，若被外人瞧见，还得说我不知廉耻，这个罪名我担不起。"

叶修远默不作声地盯着静姝，眸色柔软了几分。

她还是记忆中娇娇弱弱的小女人样，性子温和恬静，不失控，不跃进，这么多年同他保持不近不远的关系，待在自己的安全区域，仿佛他不往前，她就永远能原地等着。

他走到病床边，伸手想去触碰她的脸。

她下意识地躲开，微微皱起眉，眉宇间皆是厌恶之色。

叶修远看在眼里，眼神一点点冷却，居高临下地看她，说："我身边有没有其他人，你有那么在意吗？"

静姝不可置信地看他，呼吸急促，心血攻心。

"婚约对我而言不过只是一场交易，我不爱她，她也不需要我爱，我有足够的空间可以拥有自己的生活，你喜欢什么需要什么，我都可以陪着你，这一切不会有任何改变。"

说着，他俯身压下来，静姝吓得往后躲。

他两手用力按住她，呼吸相闻的距离，深褐色瞳孔幽深如狼，冷冷地说："静姝，你的学长只能是我一个人，不能有其他。"

她整个蒙住，肩头剧烈颤抖。

男人勾唇，轻蔑地哼声，继续说："你如果真能爱上章骁，又怎么会等到现在？"

"你……你放开我。"

叶修远不满静姝的抗拒，紧固她肩头的两手越来越用力，五指恨不得掐进肉里，捏碎她的骨头。

"我花了那么多时间才解决好这些麻烦，以后不会再有人打扰我们，你想去哪里我都可以陪你去，你再等等我，等我结婚，我就完全属于你了，你……"

"啪！"

一记巴掌重重地扇在他的脸上，他顺着力度侧头，脸颊印上清晰的嫣红指印。

静姝眼眶湿润，很有骨气地不掉下眼泪。

"我听不懂你在说些什么，请你出去。"

叶修远似乎被这一巴掌扇醒了，缓缓起身，眸底燃烧的火光瞬退，仿佛刚才一再失控的人不是他。

"除了我，你不可能再爱上别人。"叶修远退出她的气息，努力维系虚伪的体面，却还是那张势在必得的冷漠嘴脸，"静姝，你会回到我身边的。"

叶修远走后，静姝的世界处于完全静止状态。

这就是自己期盼已久的爱情，这就是自己情窦初开时便爱上的男人。

那些曾在梦里幻想过的粉红泡泡，全被现实的龌龊逐一戳破。

原来，当她还沉浸在暗恋的长河里无法自拔时，他已经默默把她当成他的所有物、附属品。

他可以随意调配她的喜怒哀乐，宛如赐予她欢愉和痛苦的神明，永远都是那么高高在上。

——你只能属于我。

——即使我不爱你，你也没有权利去爱任何人。

她安安静静地看着窗外，倏尔笑了。

荒唐至极，可笑至极。

他的傲慢自大，已然病入膏肓。

章骁身形高大强壮，常年健身锻炼，浑身硬邦邦的腱子肉，朴实无华的白大褂被他穿出几分 T 台秀场的即视感。

在妮娜的记忆中，读书时期的章骁也是学校迷妹众多的风云人物，只要他出现在球场，整个场子都会被女学生团团包围。

他平时话不多，但为人并不冷漠，相比叶修远的装腔作势，他算是内热外冷的人。

那时候他追静姝追得火热，知道妮娜是静姝的妹妹，还曾私下托妮娜送过几次情书。

妮娜记得他的字很好看，苍劲有力，虽说是情书，却无半句腻人的甜言蜜语，字里行间皆是真诚的心动。

可惜的是，那时的静姝对叶修远痴心一片，导致少年汹涌的爱意如碎屑般挥散在空中，随风飘散。

“章骁学长。”

听到身后有人叫他，男人缓慢地转身。

他五官端正，浓眉大眼，属于很正派的硬汉长相。

第一眼见到牧洲，他愣了下，视线缓缓下移，这才瞧见小个子的妮娜。

“妮娜？”

小姑娘欣喜地笑了，说：“你还记得我！”

“当然。”章骁扯了扯唇，难得打趣，“这么多年，个子是一点都没长。”

妮娜噘嘴反驳：“你不懂，这叫娇小可爱。”

章骁认可地点头，目光从她身上跳跃到牧洲身上。

“我男朋友，牧洲。”她黏糊糊地勾着牧洲的手，满眼遮不住的小嘚瑟，“个子矮怎么了，找个高的中和一下不就得了？"

"你还是以前那样，十张嘴都说不过你。"

"别说我了，说说你吧。你不是一直在国外吗，怎么突然就回来了？"

章骁也不藏着掖着，诚实地回答："我要再不出手，公主就被王子抢走了。"

"骑士精神，值得称赞。"

他微笑着回道："多谢夸奖。"

两人随口闲聊几句，妮娜说要去看静姝姐姐。

章骁看了眼时间，想着应该结束了，便随着他们一起朝病房那头走。

"其实，静姝姐姐有跟我提起过你。"

听到妮娜的话，章骁顿时眉开眼笑，问道："说我什么？"

"说你是个很好的人。"

章骁垂眸，抿了抿唇，没出声。

这些年好人卡拿过太多，可他依然还在期盼被她翻牌的那天。

刚走到病房，妮娜突然叫住他，无比认真地向他确认："你还喜欢静姝姐姐吗？"

他按在门把上的手顿住，回头看向妮娜，目光灼灼，一字一句地回答："她是我的公主，这点永远不会改变。"

03

元旦节过后，北城彻底进入北国冰封的极寒世界。

外头风雪呼啸，冰天冻地，妮娜很少出门，全天窝在她跟牧洲的甜蜜小窝里，宛若贤惠体贴的小娇妻，闲暇之余学着做点简单的小料理。

牧洲还是很忙，新公司刚启动，太多事需要他亲自监管，而江南那边的公事全都放在晚间处理。

妮娜很懂事，从不在男人工作时黏人，一个人乖乖码字或者看电影，等到夜深人静时为他煮一碗热腾腾的速冻饺子，他很给面子地全部吃完，然后去厕所吐得稀里哗啦。

"饺子没熟？"

"熟了。"他吐完眼眶发红，依然笑着安慰她，"是我的问题。"

妮娜哪里不知道他在睁眼说瞎话，郁闷叹息，说："我果然没有做饭的天分。"

男人笑而不语，低身抱起她回房，把她放在柔软大床上，安慰道："睡吧，我在这里。"

她凑近他怀里，伸手摸他脖颈上通透的青筋，问："你忙完了吗？"

"还没。"牧洲单手枕着头,指尖滑过她顺滑的长发,轻轻抚摸她的头,"这段时间太忙,没怎么陪你,对不起。"

"干大事者不拘小节。"妮娜吻吻他的嘴角,被床头灯照亮的猫儿眼,透亮如夜间璀璨星辰,"牧洲,我不是小孩子,我可以照顾好自己。"

牧洲沉默地看着她,疲倦不堪的身体滑过一丝温润暖流,从里到外热烘烘的。

"下周带你去新公司逛逛,让下面的人认认老板娘。"

妮娜羞涩地缩进被子里,不好意思地用手推他,说:"你少占我便宜。"

男人低声笑,侧身关上床头灯。

极致的愉悦在火光中绽放,酥麻至骨缝里的热流如四散的烟火,在漆黑的夜空流光溢彩。

一月中旬,大雪天连绵不绝,厚重的积雪覆盖了整个世界。

妮娜渐渐习惯了没羞没臊的同居生活,当然,也不全是甜蜜,偶尔也会有摩擦跟小别扭。

那晚天降大雪,男人回来得很早,亲自下厨为她做了一桌丰盛的晚餐。

饭毕,她回到书房敲字,牧洲陪着她坐在书房沙发上处理公事。

两人互不干扰,他起身喝水时会顺便给她倒杯热牛奶,看着她喝下,再帮她擦干净嘴角残留的液体。

夜里一点,他看了眼时间,合上电脑,催促她上床睡觉。

她敲字正在兴头上,满不在乎地说:"熬夜也没关系。"

牧洲刚开始很有耐心,好声好气地劝她:"任何时候,身体永远在第一位。"

妮娜来了点犟脾气,假装没听见,目不转睛地盯着电脑屏幕。

"妮娜。"

他的唤声很轻,喘息声略重。

叫第二声时,他的嗓音沉了下去,夹杂着几分警告的意味。

"妮娜。"

他叫第三声时,隐忍的火气灼烫,刺痛她的耳朵。

她忽略男人越发难看的脸,嘴硬地狡辩:"你睡你的,我睡我的,大家互不打扰,我就是喜欢熬夜,喜欢折腾自己身体怎么了?凭什么都要听你的?我……"

"啊——你干什么?"

牧洲懒得多话,直接抱起她翻身放在腿上,不由分说就是两巴掌下去。

"浑蛋!"

193

妮娜郁闷的叫声全断在尾音，往后都是抽抽搭搭的哭腔。

自那晚之后，她算是彻底看清了男人温润面具后的邪恶嘴脸，再也不敢随意招惹。

再强壮的兔子也斗不过大灰狼。

那天是周日，静姝出院的日子。

牧洲跟妮娜匆匆赶到医院，病房内只有章骁跟静姝两人，能收拾的东西不多，一个小包概括所有。

章骁没穿白大褂，薄薄黑色衬衣外罩着深褐色皮衣，他很适合这种硬汉风，男人味十足。

在男人无微不至的照顾下，静姝的气色明显好了很多，看着比之前更有力量。

她没回别墅，在高档小区买了一间公寓，空间不大，足够她一个人养病和画画。

出院的事瞒着朱老爷子，她不想老人家一把年纪还因为她愁眉不展，这些年让他操太多心，也是时候自己学会承担。

妮娜在公寓里转了一圈，拎包入住的房子，设施设备还算齐全，可她还是不安心，总觉得静姝一个人住会有危险。

她思来想去，跑去问正在收拾东西的章骁："这房子是谁给找的，安不安全？"

"绝对安全，"章骁转身看向妮娜，微微一笑，"我买下了隔壁的房子。"

妮娜在惊讶之余，默默竖起大拇指。

想得如此周到，让人不禁赞叹。

男三的命运，拿着男二的剧本，大结局必然翻身逆袭。

牧洲和妮娜走后，房子仿佛瞬间空了。

坐在沙发上的静姝瞥了眼厨房，男人去了半天还不见人影，她低头没找到拖鞋，赤着双脚走过去，探头看向厨房。

章骁正在料理台前切蜜瓜，肩宽腰瘦，肌肉结实不夸张，完美的倒三角身形。

"学长……"

闻言，章骁回头，见静姝站在门前，白玉似的双脚赤裸着，有一种人见犹怜的柔弱。

他放下手里的东西，一声不吭地走出厨房，从购物袋里找出绒毛拖鞋，下蹲，把拖鞋放在她脚下。

"刚出院，注意保暖。"

静姝轻轻咬住嘴唇，想说些什么，又被他过于真挚的眼神堵回去，最后什么都没说，乖乖穿好鞋。

晚餐是他做的意大利面，厨艺不好不坏，可她吃得很开心。

满满当当的西红柿肉酱，简单朴实的调味，是她读书时最爱的美食，贯穿她整个学生时代。

饭毕，静姝要去洗碗，章骁出手拦住。

"这里我来，病人哪能干重活。"

她没出声，安安静静地看着他，在男人转身时，还是忍不住叫住他。

"学长，我知道你对我很好，可我现在没有办法给你任何回应，我也不想利用你，我害怕再这样下去，我会变成自己讨厌的那种人。"

这段时间的相处，静姝承认自己的心在软化，对他也产生了一定的依赖心，可她清楚那并不是爱情，甚至连心动都算不上。

可过了这么多年，他眼底依然有炽热的暖光在燃烧。

他清楚她的所有喜好，始终温柔以待，很有分寸感地保持她所能接受的安全距离。

章骁背对着她，沉默良久，小心翼翼地问了句："静姝，你讨厌我吗？"

她稍稍愣住，如实作答："不讨厌。"

男人肩头一落，紧握的拳头慢慢松开，如释重负。

"从年少至今，我从没想要你给过我什么回应，我这人一根筋，喜欢什么就是一辈子，你不需要被那些所谓的道德枷锁束缚，你可以心安理得地接受这一切。"

顿了顿，他回身看向她，干涩地笑笑，又说："其实不喜欢也没关系，你就把我当成私人医生，当我爱心泛滥，不要有任何压力。"

静姝哑然："我……"

"我收拾完就离开，不会赖着不走的。"

"我没有赶你走。"她默默低下头，心乱如麻，"学长，你是个好人。"

"我知道。"章骁闻言笑出声，低声逗乐，"我得回去数数我的好人卡，看能不能凑成一副扑克。"

"扑哧！"静姝也跟着笑，笑声清脆悦耳。

她沉郁了很长一段时间，唯有此时，温热的柔光普照，身心舒畅。

夜里八点，章骁收拾好所有东西后准备离开。

临走前，他职业病上身，絮絮叨叨地叮嘱了很多注意事项，静姝毕竟有病在身，一个人住危险系数较大，做什么都要比常人更加小心翼翼。

他拉开门时，静姝急切地说："你开车注意安全。"

"开车？"

"你不开车走吗？"

"不，"章骁转头盯着她的眼睛，低低吐字，"出门右转，三步到家。"

静姝震惊到无言。

她满眼呆滞地看着无聊的电视节目，伸手捏了块切好的蜜瓜放进嘴里。

好甜啊。

甜得发腻。

04

日子就这么一天天平静安稳地度过。

某天妮娜闹着要吃火锅，牧洲忙完便回家接她，两人走出屋外时，天已经完全黑了。

天空不知何时下起雪来，纷纷扬扬，似散落的白色花瓣。

雪花飘到牧洲头上，妮娜瞧见了，踮脚想替他拍落，可够了半天够不着，还得他低头弯腰才能成全她的小贴心。

刚刚上车，妮娜接到舒杭打来的电话。

她正纳闷着，这家伙前几天突然联系不上人，电话不接，信息不回，她以为他正沉浸爱河，也就没当回事。

电话按开免提，舒杭沙哑的声音在车厢内回荡。

"你跟牧洲哥在一起？"

"不然呢？"

"你们在哪里？吃饭了没？没吃的话，加我一个可以吗？"

心大的妮娜丝毫没察觉他的怪异，笑着拆穿道："你家财万贯，还有脸蹭我们的饭？"

"娜娜，我好想一醉解千愁。"男人的声音透过电流，低进尘埃中。

她刚要调侃，牧洲倏然捂住她的嘴，朝手机那头报个饭馆地址，而后挂断电话。

妮娜："你为什么不让我说话？"

"他的声音不太对，应该是遇上了什么烦心事。"

妮娜缩成一团，想起舒杭傻憨憨的样子，忍不住摇了摇头，说："这家伙以前就没怎么跟女生打交道，现在遇到个喜欢的人，什么都不管不顾，拼了命地只想对人家好。"

她侧身面向牧洲，一脸担忧。

"牧洲，我还是觉得那女人对他的态度很奇怪，特别像主人逗弄宠物，时不时给他吃点甜头。胖虎就是傻大个，人家说什么都照做。你想想，我们这才离开多久，她就能忽悠胖虎盘下那个花店，胖虎虽然不差钱，但也禁不住这么挥霍，怎么想都有猫腻。"

牧洲轻声笑道："你是小说写太多，看谁都有阴谋。"

"我的直觉一向很准好不好。"

妮娜沉静下来，若有所思地看向窗外，忽然想起一件往事。

前段时间，她和阿 Ken 约了一次下午茶，她想着多多给胖虎捧场，于是地点定在他的花店。

两人闲聊之余，阿 Ken 注意到那个笑容腼腆的小姑娘，不由得眉头紧皱，轻轻放下咖啡杯，说："这姑娘看着眼熟，我好像在哪里见过。"

妮娜不以为然地回道："她之前一直就在酒吧街外头卖花，见过也不稀奇。"

阿 Ken 死死盯着那姑娘，她似乎察觉到这头火热的注视，也有意躲闪，凑到舒杭耳边说了句什么，转身走进里面的房间。

"娜娜，你还记不记得两年前酒吧圈闹出的那件事？"阿 Ken 突然问。

"什么事？"

"说是有个小富二代，爱上一个在夜场跳舞的女人，那女人很有手段，来来去去骗了他大几百万，男人知道被骗也舍不得离开，最后还是被人甩了，后来一个人跑去酒吧买醉，酒精中毒差点出大事。"

"你的意思是……"妮娜听得头皮发麻。

"哎哟，我哪有什么意思，随口说说罢了，舒杭小宝贝好不容易找到真爱，别被我这张乌鸦嘴说黄了。"

阿 Ken 知道妮娜的脾气，不确定的事自然不敢拍胸脯保证，默默地补了句："这年头好看的姑娘长得都差不多，八成是我眼花看错了，你别放在心上。"

那晚临睡前，妮娜忍不住跟牧洲提起这件事。

男人沉思半晌，抬手摸了摸她的头，抚慰她忐忑的心，说："他是成年人，自己会有分寸。"

正值车流高峰期，妮娜和牧洲在路上堵车堵了一小时，好不容易赶到饭馆，舒杭已经在包厢内自酌自饮喝完两瓶酒。

他酒量差得一塌糊涂，妮娜进来瞧见他醉眼熏天的迷糊样，气不打一处来，大声说：“你什么情况！自己什么酒量不清楚吗？”

“我……我没醉。”

舒杭慢动作挥手，本想站起来证明自己还清醒，刚起身便两腿一软，若不是牧洲眼疾手快接住，险些现场表演拜年。

牧洲扶他坐在凳子上，低头看他迷离的眼神，半醉跑不了。

“让他缓缓，你先吃点东西。”牧洲贴心地给妮娜碗里夹菜。

妮娜看舒杭那副没出息的样子就生气，勉强塞了点东西进去。

服务员很快送来热茶，舒杭喝了几口，闭眼躺在椅子上歇气，直到牧洲和舒杭快吃完，他才散去丁点酒气。

人是醒了，可情绪仍沉在谷底，一声不吭地灌自己喝酒。

妮娜忍无可忍，上手抢他的酒杯，说：“你不要再喝了。”

“给我酒……”

舒杭整个人被黑雾笼罩，那张憨态可掬的脸也灰蒙蒙的，像是吃了一场败仗。

妮娜跟舒杭认识这么多年，大多时间都是他无底线地让着自己，突然见他这副丧气样，心里头堵得慌。

舒杭一口喝完整杯，单手撑起下巴，醉眼迷离地笑道：“我还以为我有希望，只要什么都满足她，就能收获爱情，可没想到是给别人作嫁衣，我还一个人傻乐……”

妮娜听这话不对劲，沉声追问：“这女的骗你了？”

“不是，是我傻，是我心甘情愿地跳进去的。”

她心急如焚地跳起身，大声问道：“到底怎么回事！你把话说清楚！”

舒杭仰头看向妮娜，那双真诚的眼睛里灌满伤感，喃喃着说道：“娜娜，她不止我一个男人，我前两天无意中发现她的另一部手机，里面全是她跟别人的暧昧信息……”

“胖虎……”

她能感受到他心如刀割的痛感。

“那天花店关门前，她亲了我一下，我开心得不得了，可转身她就对其他男人说很想他，呵呵，真是有趣。

“娜娜，我想不明白，如果她对我没意思，为什么还要给我希望？是不是我哪里做得不够好？她如果觉得不满足，可以告诉我啊，为什么非要欺骗呢？"

在此之前，舒杭一直活在自己的快乐世界里，这是他第一次尝到爱情的苦。

欺骗、背叛，蜂拥而至，那个不敢找她对峙的懦弱的自己，就是一条不值得人同情的落水狗。

"我不是心疼钱，我只是……有点不甘心。"舒杭低头，眼眶逐渐湿润，不断重复，"是我太蠢了，怨不得别人。"

妮娜听完深合上眼，胸腔剧烈起伏，脑子都气麻了。

愤怒的火焰灼烧她的理智，她头也不回地往外冲，牧洲的召唤声被她抛掷脑后。

牧洲担心她像上次那样冲动，火急火燎地追出去，结果门一打开，见小姑娘背贴着白墙，低头站在门外。

"妮娜。"

妮娜："我想了想，我不能再像以前那么幼稚，只会意气用事地解决问题。"

收回花店是小事，可这女人居然敢把胖虎当成傻子耍，听他那口气，似乎还在努力帮那女人找借口，抱着不切实际的幻想，傻乎乎地从自己身上找原因。

牧洲没说话，温柔地上前抱住她，她努力平静呼吸，依然气得浑身发抖。

"牧洲，我咽不下这口气。"

他不急着阻拦，只问："你想怎么样？"

妮娜深吸一口气，抬头看向他，目光坚定。

"我要撕开她的真面目，我要让胖虎看清楚，彻底放下。"

几日后，恰逢北城一年一度大型动漫展览会。

声势浩大，成功地吸引了一大批二次元爱好者前来观摩，会场内外被挤得水泄不通。

而在众多 Cosplay（角色扮演）表演者中，有一人分外吸人眼球。

她穿着性感可爱的春丽装，裙摆很短，裸露的两条细腿白且直，清纯可人的脸上化着恰到好处的淡妆，抹了唇蜜，樱桃小嘴水嘟嘟的，很诱人。

与此同时，她的新任冤大头男友舒杭被她安排在花店忙碌琐事，尽管他表示自己也很想来，女人软刀子上阵，一句"男人干事业时最帅"，完美堵死他的后话。

会展右侧，巨大的动漫人偶身后，戴兔子面具的妮娜指认前方。

"那个，穿春丽装的女人。"

今晚被她安排出镜的是阿 Ken 酒吧里的贝斯手，Mike，国外长大，完美混血面孔，重要的是他有钱又高调，光手上那块腕表就价值七位数，黄金诱饵的不二人选。

帅气的男生摆了个手势，耸耸肩，吊儿郎当地走向今晚的目标。

牧洲掀开长颈鹿面具，低头凑到妮娜的耳边，提醒道："你别盯太紧，贼兮兮的，反倒惹人怀疑。"

她推他，不满地说："你才贼兮兮呢。"

"这次怎么不找我帮忙？"男人逮着机会就想算旧账，"你不是挺大方嘛，天天恨不得把我打包寄出去。"

"那女的知道你是我的人，你去不合适，容易打草惊蛇。"

妮娜刚开始没明白牧洲的话中话，答完后发现他在笑，后知后觉听懂小埋怨，无语又好笑，小声说："你这人怎么这么小心眼？"

"嗯，"牧洲点头，表情认真，"我记别的不行，记仇从不出错。"

"哼。"他笑着扯下妮娜的兔子面具，顺带捏捏小脸，自然地转移话题，"我看舒杭陷得挺深，万一真相暴露，他承受不住怎么办？"

"与其被人当成傻子骗，不如破釜沉舟，痛过重新再来。天下好姑娘这么多，还怕遇不到心动的吗？"

"万一他想不开呢？"

"我二十四小时守着他，他不睡我不睡，他喝酒我陪着，难受我也陪着，熬过那段时间就好，睡醒又是一条好汉。"

牧洲知道她重感情，也是真心把舒杭当成至亲好友，所以才会对这件事如此上心。

妮娜见牧洲不说话，小心翼翼地问："你不会吃醋了吧？"

"没有。"他声线轻柔，稳住她的顾虑，"你想做的事，我全力支持。"

两人这头聊得正欢，放出去的鱼饵很快回来了。

"怎么样？成功了吗？"妮娜心急地追问。

贝斯手 Mike 冷笑了声，话带嘲讽："这女人不简单，很会欲擒故纵那套，可我想更进一步时，她又很冷静地推托，只留下个微信号，说是有机会再联系。"

"那她有跟你聊些什么吗？"

Mike 微微勾唇，不紧不慢地说："编故事咯，富家小姐家道中落，自力更生开了家花店，哦，说是单身，暂时只考虑事业，不打算找男朋友。"

妮娜两手叉腰，恶狠狠地骂道："太不要脸了吧。"

她气得冒烟，想着还在勤勤恳恳守店的舒杭，这女的不但恬不知耻地把花店归为己有，甚至连备胎的身份都不准备给舒杭，直接把他当成垫脚石使了。

"不过说实话，她演技是真不错，要不是你提前告知，就那副楚楚可怜的柔弱样，说两句话眼含泪花，我都想出手帮她一把，也难怪你朋友会中招。"

妮娜深思半晌，皱眉道："你先跟她聊着，有什么进展随时通知我。"

"好。"

身侧的牧洲安静听完，突然问了句："她的名字，说了吗？"

Mike 想了想，回道："小米。"

妮娜无语得直翻白眼，合着舒杭醉后口中念念叨叨的"沐沐"，不过是她无数个马甲之一罢了。

这女人，还真是个劲敌。

往后的几天，Mike 同女人聊得热火朝天，暧昧关系直线升华。

与此同时，阿 Ken 托圈内的朋友调查此人，很快便带来更为确切的消息。

"沐沐"原名李洛香，刚满二十三岁，高中毕业后从偏僻小镇来到北城，前两年在娱乐场所工作，眼光毒辣，手段高超，爱找钱多人傻的富二代男友，哪怕最后被戳穿，男人依然死心塌地地对她好，几乎无人追问过被她骗的钱。

两年前那事情后，她离开了酒吧，改头换面重新开始。

据妮娜的分析，李洛香进入动漫圈的原因，大概率是能玩得起这些东西的人，特别是男生，多是家境优渥、有钱有闲的纯情宅男，防备心很弱，随便几个小伎俩就能被轻松唬住。

舒杭这傻子几点全占，不诈他诈谁？

夜里十二点，妮娜接到 Mike 的电话，说那姑娘邀他明晚去花店喝咖啡，只有他们两人。

明眼人一看便知，这类邀约十有八九都会以干柴烈火的欲望结束。

放下电话后，妮娜犹豫很久，纠结着要不要通知舒杭。

这时，牧洲端了杯热牛奶走来，见她盘腿坐在床上愁眉不展，没说话，安静地坐在她身侧，捏着小勺子吹凉牛奶。

"牧洲。"

"嗯？"

她凑过去，黏糊糊地从后面抱住他，问道："你说我这么做到底对不对？虽然这女人不怎么样，但怎么也是胖虎的初恋，上来就是致命打击，他会不会想不开自我了断啊？"

"你现在知道害怕了？"他微微侧身，笑着看她的眼睛，"之前是谁拍着胸脯说大老爷们儿不怕受伤的？"

"那现在怎么办？"

妮娜拿不准主意，迫切地希望牧洲能指一条阳光大道。

"可以说，但不要全说。"

"什么意思？"

牧洲端起牛奶杯递到她唇边，哄她一点点喝下，不紧不慢地说："他可以在场，但后续怎么处理，还得他自己决定。"

妮娜点头，她听懂了。

毕竟当事人不是她。

作为朋友，她能做的也只有安慰和陪伴。

05

翌日傍晚，灰色的天空落起绵绵小雨。

阴雨天，路上行人稀少，店里喝咖啡的人群逐渐散去，舒杭干劲十足地收拾东西，内屋的女人突然出声唤人。

他应声走向那头，女人穿着素色小白裙，笑容晏晏地看着他。

"我们今晚早点闭店。"

"为什么？"

"有个朋友生日，我要去参加她的生日派对。"她说谎话眼睛都不眨。

舒杭静默地看着她，无所适从地两手捏紧又松开，唇瓣几番碰撞，硬生生憋出几个字："我不能一起去吗？"

舒杭："沐沐，我还没见过你的朋友，我也很想认识她们。"

"她们比较害羞，你去了会不自在。"

说完，女人察觉到他的失落，上前拉住他的手，轻声哄着："下次，下次一定带上你。"

"真的？"舒杭反握住她的手，稍稍用力，呼吸急促，"你不要骗我。"

"嗯。"她仰头看他，笑容无比甜腻，"你先回去吧，我来关门。"

男人转身之际，她嘴角的笑意瞬退。

眼底那抹柔弱的微光四散，取而代之的是一副胜利者的傲慢姿态。

愚蠢的男人渺小如蝼蚁，拿捏也不过分秒之间。

夜里九点，开着千万豪车的贝斯手如约而至。

车子停在路面，细雨淅淅沥沥地下着，耀眼的正红色在雨水的洗礼下越发惹眼。

临街的落地窗被丝质窗帘遮挡，花店内灯光昏暗，角落的一张桌子上摆放着香薰蜡烛。

Mike 刚进屋就被清新的花香气簇拥，女人的小白裙在珠光下显得纯欲动人，明明只是普通的微笑，可眼神却有股拉丝的魅惑力。

他也不扭捏，洒脱地坐在女人身侧，隔着半人宽的距离。

"晚上喝咖啡，不怕失眠？"

"失眠不是更好，我们可以做很多的事。"

Mike 哪能听不出话外音，佯装无知地问："比如？"

李洛香娇羞地看他一眼，不吱声，把现磨咖啡往他那头推了推，说："你尝尝，我亲手磨的。"

Mike 很给面子地尝了口，随口问道："这店位置不错，钱应该砸了不少吧？"

李洛香面不改色地说："我爸爸之前朋友的店面，友情价租给我，也没花多少，百来万而已。"

他一针见血地问："你不是说你家道中落吗？资产都清空了，打哪儿来的百来万？该不会……傍了有钱的老男人吧？"

女人哑然失声，眸底有一晃而过的慌乱。

"说笑的。"情场老手很懂推拉，见她脸色稍变，自然地贴近搂过她的腰，亲昵地在她耳边吐字，"算我失礼，给你赔罪。"

李洛香娇滴滴地说："你就会寻我开心。"

"这点开心怎么够？"

他碰碰女人的耳垂，轻轻啃咬，指尖猴急地摸进她的衣服里，倏然一个用力，把她抱起来放在木桌上，咖啡洒了一地。

她细声尖叫，半推半就，欲拒还迎。

"我这人爱玩但从不乱玩，有些话，我得提前问清楚。"Mike 俯身压近，近距离看她的眼睛，"有男朋友吗？"

"没有。"李洛香回答得斩钉截铁。

"男人呢？"

"没有，什么都没有。"她伸手扯了下他的衣服，目光真挚泛亮，"我现在和以后，都只有你。"

Mike 闻言笑了，缓缓直起身，整理被她弄乱的衣服，居高临下地瞥她。

"你可真够贱的。"

女人完全愣住，诧异之际，门前的风铃声清脆奏响，随着顶灯刺眼的光芒照亮

203

世界，面若死灰的舒杭出现在她眼前，身后跟着牧洲和妮娜。

Mike 从口袋里拿出保持通话界面的手机，笑着晃晃，预示着两人刚才的对话全都同步泄露了出去。

"你……"李洛香再傻也知道，自己被人设局了。

Mike 径直走向妮娜，打了个招呼便往门外走，任务圆满完成。

在车内听完整场后的妮娜恨不得手撕了眼前这个女人，她刚想上前替舒杭出气，牧洲抢先一步拉住她。以防万一，他两手用力禁锢，把她困在怀里不能动弹。

舒杭步伐僵硬地走向李洛香，踏下的每一步都仿佛踩在胸口，胸腔内的氧气越发稀少，这是第一次，他体会到什么叫生不如死。

他把她当作一块纯洁无瑕的璞玉捧在手心，要什么他都给，她一个眼神他便挥金如土，即使刷爆信用卡也要满足她越发膨胀的物欲。

其实说真的，就这段时间的相处，他不是没察觉到怪异之处，也不是没有怀疑过她前后不一的说辞，可是爱情和心动本就是无解的毒药，它麻痹你的神志，摧残你的理智。

你着迷般深陷其中，不断说服那个理性的自己，全身心投入感性的旋涡。

可谎言终究是谎言。

当你不得不面对真相时，那些所谓的爱情信仰轰然倒塌，折磨得你痛不欲生。

舒杭走得很慢很慢，表情木讷地停在李洛香跟前。

女人心理素质极好，即使被撕烂面具，还能挤出一丝生硬的微笑，轻声喊道："舒杭……"

她想去拉舒杭的手。

指尖相触的那一瞬，他厌恶地挣脱，泛红的眼睛直愣愣地盯着她，质问道："全都是假的，对吗？"

"你听我给你解释，我……"

"你不叫沐沐，没有耳疾，不是孤儿，去动漫展也不是偶然，甚至那天……那天我在酒吧外面救你，也全是你提前安排好的，对吧？"

"不是的，"李洛香一秒红了眼圈，仿佛真被人冤枉了似的，"那天我真的被人欺负……"

舒杭见她还在努力狡辩，深深闭上眼，心脏快要裂开了。

当跑偏的理智回归原点，那一瞬间，所谓的真相也跟着浮出水面。

"之前你每次让我先走，都是为了在这里约其他男人对吗？"

他不给她辩解的机会，一鼓作气地说完："那个发夹是你故意留下的，你知道我一直默默关注你，像我这种没有感情经历的傻子多好骗啊，勾勾手指我就会对你摇尾巴……"

"没有，我真的没有……舒杭……"

女人拼命挤出几滴眼泪，用力拽住他的胳膊。他情绪烦躁地甩开，她顺着力道跌坐在地上，哭得那叫一个梨花带雨。

"也许对你而言，我什么都不是，但我对你是真心的……"他声音沉了下去，满目苍凉，"就这样吧，结束了。"

舒杭跌跌撞撞地离开花店，一头扎进绵密冰凉的雨夜。

妮娜挣开牧洲，几步走到李洛香面前，她稍稍靠近，女人下意识地往后缩。

"躲什么，我是文明人，不会动手。"

妮娜笑眯眯地弯腰，平视李洛香楚楚可怜的眼睛，字正腔圆地放狠话："你现在可以滚了，立刻马上滚出花店，滚出北城，以后别再出现了。"

"凭什么？"李洛香不甘心，"这花店是我的，是他给我买的。"

"别消磨我的耐心。"妮娜面色瞬凉，眼神如钩，慢悠悠地吐字，"你要这么不知好歹，那舒杭这段时间花在你身上的钱，我多的是办法让你吐出来。舒杭为人善良不追究，我可不一样，你要不信，试试？"

李洛香被妮娜过于狠戾的目光惊到，仍嘴硬地回怼："你少吓唬我，不就是有点臭钱，有什么了不起？"

"也没什么了不起，只是有几个臭钱。"

说着，妮娜狠狠捏住李洛香的下巴，一字一句地说："如果你还能在北城待下去，我朱妮娜，名字反着写。"

深夜，公园的人工湖旁空无一人。

蚀骨的寒风呼啸而过，伴着细密冰凉的雨滴，绵绵不绝地拍打在脸上，钻进皮肤，传来针扎般的刺痛感。

舒杭在雨中站了将近一个小时。

他看着墨黑的湖面，仿佛置身于悬崖顶端，被人吊在半空中，一只脚踏进地狱。

心痛的窒息感压得他呼吸困难，雨水浇不灭身体的温度，却能扑灭胸腔里那团炙热的火焰。

他对爱情的所有期待，在冷风中逐一瓦解，破碎成灰。

几米之外，孤立的路灯杆旁，牧洲撑着黑伞，冻成冰雕的妮娜缩在他怀里，用他的外套包裹自己，好奇的袋鼠宝宝探出半个头，那双黑亮如宝石的眼睛直勾勾地盯着湖边的男人。

"牧洲，这家伙该不会真想跳湖吧？"

男人习惯她乱七八糟的脑洞，把下巴搁在她头顶，当成支架使，说："要跳早就跳了，还能等到现在？"

"那可说不定，黄泉路也有良辰吉时，他等到十二点一跃而下，余魂未了，以后就是孤魂野鬼，常年徘徊在我们身边，时不时飘来一句鬼话，娜娜，我好冷……"

"咳咳咳……"

牧洲差点呛死，笑声不绝于耳。

他暗自感叹，这姑娘不该写什么言情小说，简直埋没人才，"人鬼情未了"的桥段更适合她。

妮娜沉浸在自己的发散思维中，故事编得有模有样。

牧洲安静听着，时不时附和两声。

两人正聊得热火朝天，妮娜后知后觉想起今晚的主角，再定睛一看。

胖虎不见了。

"完了，完了，这家伙真殉情了。"

妮娜迅速脱离牧洲的保护圈，以百米冲刺的速度冲向湖边，黑漆漆的湖面静若一潭死水，狂风吹过，荡起水波涟漪。

她转身看向跟上来的牧洲，心急如焚，眼泪都要下来了，说："现在怎么办？我们要不要报警？等他们把胖虎捞上来会不会已经冻成僵尸？"

牧洲没吱声，余光瞥见她身后缓慢靠近的舒杭，那悲痛欲绝的小眼神，幽幽怨怨的。

妮娜情绪波动巨大，眼泪说掉就掉，仰着头"哇哇"大哭，哭丧似的。

"我可怜的胖虎啊，你怎么这么想不开？姑娘没了我给你介绍十个百个，为了这么个女的不值得啊……"

牧洲努力憋笑安抚道："你先别着急。"

"不行，我得下去，我得把胖虎捞上来，他不能就这么没了，他要不在我以后多无聊，我都没人可以欺负了。可怜我蓝发人送黑发人，意难平啊意难平。"

妮娜越说越难过，热血上头，刚准备为友情孤注一掷时，耳边飘来男人沉痛的声音："娜娜。"

妮娜僵住，慢慢转头，见到了垮着苦瓜脸的舒杭，吓得瞪着大眼破口尖叫："啊！

有鬼！"

她兔子似的火速蹦到牧洲身上，紧闭双眼，嘴里念着乱七八糟的驱魔咒语。

"……急急如律令……"

牧洲差点笑岔气，这姑娘可爱得让人爱不释手，像一颗又软又甜的开心果。

"哪里有鬼，大活人一个。"男人抬手摸的头，以示安抚。

妮娜狐疑地转头瞄了眼舒杭，虽说他印堂发黑，眼神飘忽，但看着的确不像殉情的鬼。

她慢慢从牧洲身上滑下来，走到舒杭跟前，两手叉腰，没好气地说："你没事玩什么失踪，吓死人了！"

舒杭委屈巴巴的，指了指渐大的雨势，解释道："我冷，去树下避避雨。"

妮娜深深叹了口气，看他那副惨兮兮的样子又于心不忍，声音放轻，问道："你肚子饿不饿？"

他精神恍惚地点头，身上单薄的衣料早被淋湿，宛如一条被人抛弃的落水狗。

"那你想吃什么？"

"酒。"

"好，我陪你喝，喝到你开心为止。"

舒杭低头，看着妮娜无比诚挚的眼神，不禁湿透眼眶。

她小小的身体里仿佛蕴藏着巨大能量，平时对他的万般嫌弃全化作一股暖风，吹散他心口那团解不开的结。

友情或许不比爱情热烈，让人那么刻骨铭心。

它更像你会随身携带的小物件，比如一个平平无奇的钥匙扣，或是一条用旧了的手帕，看似平凡，却又缺一不可。

这世间能为你遮风挡雨、陪你喜怒哀乐的人，岂止爱人一个。

质朴纯粹的友谊，理应占据一席之地。

舒杭的失恋买醉之旅，不间断地持续三天。

妮娜很讲义气地全程作陪，她酒量本就一般，太久没经历醉生梦死的生活，很多时候舒杭还没倒，她就已经缩在沙发上团成一只小猫咪。

忙完后的牧洲火速赶回家，刚好撞见他家小醉猫正在梦里打醉拳。他抱起她回房，帮她脱衣服，熟睡中的姑娘两手勾住他的脖子，柔软的湿吻印在他的侧脸上。

"我现在，好幸福好幸福。"

牧洲低头看她嘴角甜甜的笑，整天的疲倦化作灰烬，按着她就是一通缠绵的热吻，情浓时又很克制地放开，替她盖好被子。

他也很幸福。

拥有她的每分每秒，都像在做梦。

于是，陪酒的人中醉倒一个"差班生"，来了个"终极学霸"。

牧洲的酒量不好不坏，但对上舒杭还是绰绰有余的。酒过三巡，他连微醺都算不上，舒杭已经抱着酒瓶开始痛哭流涕。

爱情的酸苦，只有尝过的人才知道那种无法言喻的阵痛。

牧洲起身给舒杭倒了杯解酒的热茶，在舒杭哭得一把鼻涕一把泪时递上纸巾，他一声不吭地陪着，清楚现在说再多安慰的话皆是徒劳。

伤口只能自己慢慢缝合，时间会治愈一切。

屋里其他两人全都醉倒，牧洲寻了条薄被，盖在同地毯相拥而眠的舒杭身上。等忙完这些，他背靠沙发，轻轻闭上眼。

次日，窗外阴郁散尽，艳阳高照。

妮娜从宿醉中醒来，口渴难耐，迷迷糊糊地翻身坐起，发现床头柜上放着一杯凉水，仰头一饮而尽，解了喉间的干涸。

她洗漱完毕，打开卧室的门，意外发现开放式厨房的料理台前有一个结实壮硕的背影。

牧洲在沙发上用笔记本电脑办公，妮娜悄无声息地出现，悄悄从后面蹦出来，整个人扑他后背上。

"Surprise（惊喜）！"

男人不急不慢地回复完信息，合上电脑放一旁，侧身转后，不费吹灰之力地把她抱进怀里。

舒杭听见动静，回头瞥见嬉笑打闹的两人，似被那抹甜蜜的气息感染，眉宇间的灰暗舒展开，整个人豁然开朗，情不自禁地扬起嘴角。

"不要了，有人在看。"妮娜红着小脸藏进牧洲怀里，躲他密密麻麻的吻。

牧洲低声戏谑："你还会害羞？"

"会，但很少。"

"很少等于没有。"

被人赤裸裸地拆穿，她索性不装了，喜笑颜开地搂住他的脖子，娇声软语地撒娇，把在不远处看戏的舒杭当成空气。

三人的午餐，舒杭亲手做的加上外卖，满满当当一桌。

他的厨艺跟妮娜不相上下，但煎牛排很有天分，一同操作猛如虎，好在成品没有翻车。

妮娜吃着牧洲切好的牛排，时不时偷瞄两眼舒杭，他面色淡然，看不出什么情绪。

"别看了，"舒杭平静地说，"这件事已经翻篇。"

"你确定吗？"

"嗯。"他沉沉应声，"我已经跟牧洲哥说好，我出钱投资，以后就是他的王牌合伙人，下周我正式去公司上班。"

妮娜满眼诧异地问："你去能干什么？"

舒杭被问得一愣，这些年在二次元的虚拟世界晃荡，早忘了自己的拿手技能是什么，他也好奇牧洲怎么那么爽快答应，转头看向安静切肉的男人。

牧洲把切好的牛排分给妮娜，措辞简洁、条理清晰地说："第一，他口语好，可以帮我处理进出口贸易；第二，他体力好，没事还能帮忙搬东西；第三，他人品好，我有事不在时，公司可以放心交给他。"

舒杭恍然大悟。

还是牧洲哥有远见。

妮娜含着牛排细嚼慢咽，细声嘟囔："你都富得流油了，闲得没事找罪受。"

"可不就是闲嘛。"舒杭吃着鸡翅，含混不清地回道，"我也得干点什么有意义的事，总不能未来几十年混吃等死吧？"

"这样不好吗？"

"你也是有钱人，照样熬夜写小说，你都在努力，我凭什么不能冲一把？"

妮娜哑然失声，感觉眼前的舒杭与记忆中的那个铁憨憨似乎有些不一样。

经历过算不上劫难的情劫，单纯憨厚的舒杭仿佛脱了一层透明躯壳。

他变得目光坚定，力量充沛，不再沉迷于自己所幻想的虚拟世界。

他愿意像个爷们儿那样拿起放下，坦然面对过往的失败。

宛如南柯一梦，清醒过后，生活仍在继续。

满血复活后的舒杭识趣地不再打扰这对甜蜜小情侣。

牧洲和妮娜手牵手送他进电梯。

他看着笑容满面的妮娜，总觉得自己有什么重要的事忘记告诉她，可想了半天没想起，只能先同他们挥手道别。

等他回到自己车里，从口袋里掏出手机，猛然记起自己要说的事。

前两天他接到姑妈的电话，她说下周会和闺密一起回国。

而她的闺密，正是妮娜的妈妈。

那个浑身散发着低气压的贵妇，是个让人光想想都会后背发凉的狠角色。

她是妮娜难舍的柔软，也是永恒的噩梦。

第十章

爱真的很珍贵

c h a p t e r

01

深夜十一点，屋外飘着碎屑般的雪花，屋内万籁俱静。

妮娜敲完最后一个标点符号，瞥了眼时间，默默合上电脑。她正欲出门找牧洲，手机忽然响了，拿起一看，是牧橙发来的微信。

大橙子：【嫂子，我收到我家大大的签名书了，长签特别美好，爱你哟。】

妮娜嘴角上扬，哼着轻快小曲一蹦一跳出了书房。

客厅没人，厨房里开了一盏顶灯，照亮男人高挺的背影，整洁的白衬衣甚是惹眼。

牧洲正在料理台前煮夜宵，后腰倏然一热，一个软乎乎的身体贴上来。

他抿嘴轻笑，没急着转身。

"做了什么好吃的？"

"汤圆，黑芝麻馅的。"

妮娜探头看向锅里雪白浑圆的汤圆，想着软糯黏牙的口感，忍不住咽咽口水，乖乖退开，跑去餐桌边耐心等人投喂。

汤圆在齿间咬破，流沙状的甜腻内陷滑入口腔，搭配表皮的软糯，每一口都让人满足无比。

牧洲不饿，把碗里的汤圆都给了她，低声交代行程："明天我要去隔壁市出差，这次大概需要三四天。"

"不能带上我吗？"

"去谈合作，全是躲不掉的酒局。"男人微笑叮嘱，"外头那么冷，你在家乖乖待着，不要乱跑。"

"好。"妮娜点头，难得乖巧。

牧洲起身收拾东西，余光瞥过她红扑扑的小脸，俯身压下去吻她。

浅尝辄止的一个吻，显然满足不了。

她追到料理台前，不依不饶地踮脚索吻。

牧洲低头看她水盈盈的黑瞳，她脚尖踮到极致，在他怀里前后摇晃，衬衣前襟已被揪成麻花。

他恶劣至极，偏不如她意，稍有兴致地欣赏她因憋屈而涨红的脸。

"臭牧洲！"她气恼地骂他。

男人静静看她几秒，忽然两手掐腰把她抱上料理台，深夜里的目光如猎鹰般犀利，嗓音低哑："你刚说什么，再说一次。"

妮娜喊道："牧洲哥哥。"

他盯着她清纯的脸，笑得如沐春风，抱起她往房里走。

"去哪里呀？"她嗲得不成调，肚子明显没塞饱，"我还没吃完呢。"

"回房。"伴着沉闷的摔门声，男人声线哑了几个度，"两天没喂，兔宝饿了，顺便……补上出差的配额。"

完了，今晚注定是一个不眠夜。

男朋友不在家的日子度秒如年，妮娜懒得出门，全天候扑在电脑桌前忙碌。

时间在清脆的敲字声中静静流淌。

牧洲返程那日，午后落起绵绵大雪。

他提前给她打电话，说不出意外傍晚时分到家。

妮娜兴奋地从床上爬起来，迎着风雪出门，跑去附近超市瞎逛买零食，路过鲜果区，无意瞥见鲜红饱满的大草莓，眼前隐隐浮现静姝姐姐虚弱的笑脸。

草莓是静姝的最爱。

妮娜掏出手机给她发微信，问她在不在家。

那头回复得很快：【在家。】

妮娜：【我可以过来吗？】

对方回复：【随时欢迎。】

拿到邀请函的妮娜提着两盒草莓飞奔静姝的小公寓，门铃响了三声，开门的人是章骁。

她稍稍愣住，很快醒神，喊道："章学长好！"

男人轻车熟路地引她入内，顺便想纠正她的称呼："毕业多少年了，称呼也该改改。"

妮娜嬉笑着质问："那静姝姐姐这么叫你，你也不爱听吗？"

他噎住，转头看她嗫瑟的小眼神，说出言简意赅的两个字——

"分人。"

妮娜嘴角抽搐，自觉收声。

"你们在聊什么？"

房间门打开，套着温婉小白裙的静姝出现，柔顺的黑长发随手挽起，用画笔固定，露出细长白净的脖颈。

静姝很瘦，但不柴，特别是这段时间被章骁照顾得太好，消瘦的双颊慢慢开始长肉，气色好了不少，面颊红润，唇粉齿白。

"没什么。"妮娜从购物袋里拿出一盒草莓，兔子似的蹦到静姝跟前，"每颗都是我亲自挑选的，你必须全部吃光光。"

静姝诧异张嘴，下意识看向章骁，笑里皆是妮娜看不懂的深意。

"她这几天顿顿吃草莓，死活不肯吃饭。"章骁几步走来，边解释边接过妮娜手里的草莓盒，宠溺地瞥了眼静姝，"你来得正好，帮我劝劝她，再这么下去都要成仙了。"

静姝难得还句嘴："你是不是失忆了？我昨晚明明吃了半个馒头。"

男人挑眉反问："你确定是半个？"

她心虚得不敢吱声。

四舍五入，两口也算半个吧。

厨房里很快传来清晰顺滑的水流声。

妮娜探着头往那头看了几眼，八卦脸笑嘻嘻的，问："他对你好吗？"

静姝红了红脸，轻轻点头。

"你对他是什么感觉？"

她皱眉想了想，诚实地说："会有依赖，至于其他，我不确定。"

妮娜叹了声，拉起静姝的手，仿佛能一眼看透她内心深处的挣扎。

静姝是个执着且固执的人，不然也不会偷偷喜欢一个人那么长时间，可她有着自己的傲骨，所以一旦触碰底线，即便是住进心里的人，她也会决然地连根拔起，再痛也会忍着。

"你还会想起叶修远吗？"

"会。"静姝很坦白地回答，"但我会克制这种冲动，因为每次想起他，整个人都像在受刑。"

其实自她醉酒住院开始，病情时好时坏，病危通知书连下三次，她在鬼门关前走了一圈又一圈，心态也逐渐发生变化。

以前总想着多活一天是一天，可现在不同，她想好好活着，继续画画，继续创作，陪伴那些深爱她的亲人，试着接受围绕在她身边的、时刻照耀她的暖光。

妮娜好心替她出主意，说："不确定的事，试试就知道了。"

"怎么试？"

她摸摸静姝手腕上的心率检测仪，神秘兮兮地说："身体不会撒谎，如果身体不抗拒他，证明心也离得不远了。"

"可这么对他不公平。"

"感情哪有什么公平，总会有一方付出得更多。"妮娜试图打消她内心的顾虑，"静姝姐姐，爱情的根本就是盲目不讲道理，只要他愿意，任何的不公平最后都会变成公平。"

静姝始终过不了心里那关，说："学长他很好，我不能自私地把他当成忘记另一个人的跳板。"

"那你有没有想过，也许对他而言，这是一次机会呢？"

闻言，静姝缓缓垂眼，脑子全然空白。

一直以来，她以为的爱情应该是清澈见底的泉水，可这段时间经历过太多事，她后知后觉发现，原来浑浊不清的情愫才是生活的常态。

它似有千万种变化形态，没人能准确定义它的对错。

或许每一段看似完美无瑕的爱情，从一开始就是不公平的存在。

这么想着，她抬头，疑惑地问妮娜："如果爱情没有公平，那你和牧洲呢？"

"我更爱他。"妮娜斩钉截铁地回答，露出甜美的微笑，"也是我先对他心动。"

章骁洗完草莓，特意煮了一壶清甜的水果茶。谁知当他回到客厅，发现沙发上只有静姝一人，妮娜不见了。

"她人呢？"

"刚接个电话，急匆匆地走了。"

静姝也纳闷，妮娜接完电话后脸色突变，火急火燎地往外跑。事发突然，她没来得及问清楚，人就已经跑没影了。

"她还是老样子，风一样的少女。"她笑了笑。

男人坐下，把洗好的草莓递到她跟前，顺手倒了杯温烫的水果茶，做完这一切，抬眼便撞上她幽深的凝视。

"怎么？"他摸摸自己的脸，"我脸上有东西？"

静姝思索半晌，还是觉得把这段时间憋在心里的疑惑问清楚："你不是医生吗？照顾了我这么久，医院的事不用管？"

章骁眯了眯眼，身子后仰，黑衬衣被结实的胸肌撑开，衣扣勉强连接布料，随时有绷开的风险。

"你想听真话还是假话？"

她意料之外地吐出两个字："假话。"

"我恰好放长假，恰好住在你家隔壁，只是顺便照顾你。"

这话说出来假，听着更假，静姝自然不信，轻抿嘴角，又问："真话是什么？"

男人看着她，眸底的深情浓郁得化不开，轻声回道："学医是为了你，回国也是为了你，医院院长是我亲舅舅，听说我在追一个姑娘，直接放我长假，让我当你的私人医生。"

静姝没想到男人会如此坦荡，耳根不禁泛起红晕，细声问："万一追不到呢？"

"会有失落，但不勉强。"

女人静静地看着他，没说话。

"你不要有压力，我本来也不是什么正人君子。"既然话都说开了，章骁也不藏着掖着，把自己的想法一五一十地全倒了出来，"听到叶修远订婚的消息，我兴奋得整晚没睡，我想着自己也许有机会可以乘虚而入，可当我见到你之后，我的想法就完全变了。我只想你健康地活着，至于其他，不敢再有遐想。"

他出国学医，专攻心血管内科，他想深入了解她的所有，包括病情，也希望自己有朝一日成为对她有意义的人。

"锅里还炖着汤，我去看看。"

外表再粗糙的汉子，在面对心爱之人时，总会不经意地流露几分柔软。

那是除她之外，无人所知的另一面。

灶上的热烫持续沸腾翻滚，章骁两手撑着料理台，双眼无神地发呆。

不知过了多久，后背轻轻贴上一抹柔软，两条细白的胳膊在身前交错禁锢。

他背脊僵直，呼吸静止。

"静……"

"别说话。"

女人侧头贴着他的背，男人强健的体魄如她想象中那般结实魁梧。

静姝一阵恍惚，忽然回想起读书的时候。

潮汐

她喜欢在放学后坐在篮球场的石阶上画画，章骁的迷妹遍布四周，会在他进球时扯着嗓子尖叫。

偶尔她会抬头看一眼，看着风华正茂的少年在球场挥洒汗水，进球后爽朗的笑声仿佛打了一场胜仗。

盛夏天热，汗水很快浸湿球衣，他毫不避讳地在场边更换球衣。

女生们尖锐的叫声刺痛她的耳朵，她抬眼便瞧见少年半裸的身体，健康的小麦色，肌肉线条清晰可见。

她吓得移开视线，止不住地脸红心跳。

即使那时静姝已经喜欢上叶修远，后来还为了他认真拒绝过章骁，可那天的画面还是会时不时地晃过眼前。

黄昏的余热灼烧半边天，深橘色的暗光照拂少年黝黑的脸，汗水如雨倾注，滴滴滑过棱角分明的下颌，顺着喉间凸起的软骨滴进衣领。

厨房的燥热迅速升腾，时间一分一秒流淌。

不知过了多久，静姝默默退开，看了眼心率检测器，数值保持平稳状态。

她轻叹了声。

果然还是不行。

男人幽幽转身，恰好撞上这一幕，他喉间收紧，哑着嗓子问："你想确定什么？"

静姝抬头，认真回复："我会不会对你心跳加速。"

"结果呢？"

她无声地摇头，转身便往外走，可人刚走到门前，手臂就被人掐紧用力拽住。

她眼前一黑，男人高大的身躯笼罩下来。她后背撞上木门，被禁锢在他双臂之间。

"你……"她瞪圆了眼。

唇上一热，似有滚烫的软物浅浅滑过，停留在嘴角。

"想确定，就该再深入一点。"

章骁嗓音沙沙的，有一种磨人耳朵的酥麻。

静姝的呼吸明显乱了，耳边全是他克制压抑的喘息，身高体型的差距下，她几乎没有反抗的力气，两手拽住他的衬衣，鼓足勇气仰头看他。

"学……唔……"

男人以吻封唇，粗厚的大手颤抖着捧起她的脸，急切地探进舌头。

她脸颊通红，脑子"轰"地炸开。

检测器的数值随着唇舌交缠的热度迅速飙升。

两个人都是第一次接吻，笨拙地啃咬唇瓣，时不时牙齿磕碰几下，吻着吻着，两人都笑了。

章骁喘着粗气放开静姝，低头看向已过红线的心率值，心间松了口气。

"合格了吗？"

"唔……"她舌根发麻，口齿不清地说，"可是我……我……"

"不用说，我知道。"男人弯腰把她抱进怀里，凑到她耳边低声说，"你记住，发生任何事都是我心甘情愿的，就算有错，也是我的错。"

那天的最后，两人相安无事地吃完晚餐，静姝照例送章骁出门，欲关门时，他猛然想起什么，转声叫住她。

"下周六，我高中同学结婚，你能陪我去吗？"

她直接愣住。

高中同学，那就意味着……

"据我所知，叶修远也会去。"

他很直白地把话挑明。

可看见她的眼神黯下去，他又有些心灰意冷，说道："我随口问问的，你不必在意。"

静姝慢慢抬头，目光分外坚定，说："我陪你去。"

章骁愣了几秒，在房门即将合上前出手推开。

静姝吓得往后退了一步。

男人探身进来，大手按住她的后颈，迅速在唇上亲了下。

"晚安。"他吻完就跑，徒留她一人愣在原地。

"嘀嘀，嘀嘀……"

心率检测仪倏地炸响警示音。

静姝低头瞥去，整个人呆若木鸡。

——心跳破表了。

02

高速公路上发生连环撞车，恰是冰寒刺骨的风雪天，足足堵了四个小时。

夜里十点，牧洲抵达北城，路上给妮娜打电话发微信均无人回应，他隐约察觉一丝不寻常的怪异，马不停蹄地赶回家。

"妮娜？"

玄关的顶灯在地面投放一小圈光环，放眼望去，屋里黑漆漆、静悄悄的。

他换好鞋，外套才脱到一半，从黑暗里窜出个娇小的人影。她跑得很快，冲刺一般蹦到他身上。

牧洲接了满怀，隔着衣料都能感受到妮娜身上冰冷的气息。

他拧起眉，抬头刚要问话，小姑娘就用力咬住他的嘴唇，他放下疑惑，只当小姑娘思念成疾。

可她不肯乖乖下来，身子一转，非要坐在他腿上。

"妮娜。"牧洲抬头看她，瞳孔发烫。

小别胜新婚，战火燎原，一触即发。

后半夜，窗外的雪越下越大。

从浴室出来，妮娜一直在生闷气，牧洲说什么她都当没听见，睡觉也背过身，死活不肯搭理他。

牧洲思来想去，以为自己路上耽搁太久回来晚了，小姑娘生气了。

他掀开被子，悄无声息地靠近，趁其不备突然从后面抱住她的腰。

妮娜猝不及防，逃无可逃，使劲捏他手臂解气。

可那绵软的力道不像泄愤，而是更像撒娇，她闹了会儿闹不动了，磨蹭着在他怀里转身，紧贴炙烫的胸口。

牧洲低头碰碰她的额头，温声细语地解释："回来路上遇到车祸，堵了很长时间，等着急了是不是？"

她轻轻点头，又摇头。

"给你打那么多电话都不接，以后不能这样，再生气也不可以玩失踪，我会担心。"

"嗯。"

她抿了抿嘴角，焦躁的情绪瞬间跌至谷底，手臂伸到他后腰，越缠越紧，只想整个融进他身体里。

"牧洲，为什么我们不能生孩子？"

"再等等。"他笑着解释，"等结了婚，你想生一窝都成。"

妮娜破涕为笑，娇羞地推他。

牧洲眉开眼笑，俯身压上来亲她的眼睛，若有所思道："以后还是得走哪儿都带着你，充电宝不在，干活都没劲。"

"只想干活吗？"她不留情面地拆穿。

男人低头贴近，嗓音沙哑诱人，勾得她浑身发软。

"哥哥。"

他莞尔笑了，太懂小姑娘的潜台词，翻身想去柜子里拿东西。

"不用那个。"妮娜伸手拉住他。

"不行，吃药伤身。"牧洲紧盯她的眼睛，无比认真地说，"我发过誓，绝不让你吃第二次。"

天蒙蒙亮了。

灰黑色的天空宛如人间炼狱，沉沉压下来。

妮娜整晚没睡，耐心等身侧的男人进入梦境后，她小心翼翼抽身，套着他的衬衣走到客厅的落地窗前，手指在模糊的水雾中作画。

画中的世界怪诞且荒唐，她看久了会笑，笑完后心中涌起无尽的悲凉。

那是她不久前亲眼见过的真实场景。

在静姝姐姐家接到的电话是朱振国的秘书打来的，说朱母回来了，正在董事长的办公室大闹。

妮娜惊愕失色，条件反射地冲了出去，如同之前的每一次那样，她总是第一时间出现收拾烂摊子。

朱振国的公司她没来过几次，她对这个风流滥情的父亲没多少感情，不靠他吃饭，自然也不用卑躬屈膝地讨好。

妮娜赶到公司，在秘书指引下走进董事长办公室。

屋外看戏的员工遭保安驱赶，逐渐散去，她看着眼前熟悉的一幕，绝望地扯了扯嘴角。

办公桌前，男人气定神闲地翻看文件，毫不在乎两个女人撕扯得多难看。见妮娜进来，他也只是象征性地点点头，面上无波澜。

一袭华丽皮草的朱母气势汹汹地压在女人的身上，再多的珠光宝气都拯救不了那张狰狞的脸。

她满脸通红，揪着女人的衣服狂扇巴掌，嘴里不停地咒骂："我要你勾搭别人的男人！"

女人嘴角溢出鲜血，不敢还手，只能任朱母发泄情绪。

相同的场景，妮娜已经经历过无数次，平静得没有任何情绪。她知道这件事永无止境。

"别闹了，妈，我们走。"

妮娜想制止朱母继续伤人，可打红了眼的女人突然把矛头指向她，情绪激动地破口大骂："你这个小白眼狼,现在有人想拆散你的家,你不帮着我出气你还护着她,你是不是早就已经知道了?你也想换个年轻漂亮的妈妈是吗?"

"妈……"妮娜欲哭无泪。

"你就是朱振国的种,学着他朝三暮四,你们一个鼻孔出气,个个都想要我死,我死了你就开心了!"

妮娜听多了这种说辞,早已百毒不侵。

朱母有很严重的情绪病,准确来说是被花心老公硬生生逼出来的抑郁症、狂躁症,三天两头闹,非打即骂早已成了常态。

妮娜看向坦然自若的朱振国,一把年纪保养得宜,眼角连细纹都瞧不见,也不知这些年究竟吸了多少少女的精气。

"你是个死人吗?"妮娜怒气冲天,见他那副置身事外的样子就来气,"这辈子没有女人就活不了了?你要那么管不住下半身,麻烦你早点签字离婚。舍不得外公手上的权势,又想在外头花天酒地,怎么会有你这么恶心的人?"

闻言,朱振国微微抬眼,始终稳如泰山。

反倒是朱母先制止她,大声说道:"娜娜!你怎么能对爸爸这么说话?"

"他有什么资格当我爸?从小到大管过我什么?除了给我找一堆年轻的小妈,年纪比我小的一抓一大把,也不怕以后会遭天谴……"

"啪!"

沉重的巴掌狠狠扇过,妮娜的脸颊瞬间肿了起来,眼角含泪。

气得直哆嗦的朱母厉声道:"给爸爸道歉!"

"我不!"

见妮娜不肯,朱母反手又想一巴掌,妮娜死死接住她的手,猛地用力甩开。

"我真是受够了。"妮娜深呼吸,压抑在骨子里的血性完全迸发出来,个子小小,能量爆棚。

"你喜欢在垃圾堆里找男人我管不着,今天这一巴掌我受着,因为你是我妈,但以后我不会再管你。请你们有问题自己解决,别再给我打电话了,我忙,没有时间看你们演戏。"

说完,她头也不回地往外走,一路小跑至消防通道,冰凉的寒风扑面,眼泪止不住地往下掉。

肌肤之痛是小,更多的是被撕裂的心。

这些年来,不管她出面护过妈妈多少次,只要她跟这个男人对峙,朱母永远都坚定地站在丈夫身边,完全不在乎她会不会因此伤心。

所以，她想要做个恶人。

封闭仅存的善意，从此不再心软。

在回去的出租车上，妮娜捂着红肿的脸颊小声抽泣，不敢告诉牧洲，只能给舒杭打电话。

"我妈回来了。"

"我知道。"舒杭清楚迟早瞒不住，隐隐听见她细碎的哭腔，轻声询问，"怎么哭了？"

她再也憋不住，把刚才的事一五一十地全倒了出来。

"唉。"舒杭叹息摇头，无言以对。

他陪着妮娜长大，怎么会不知道妮娜这些年所遭过的那些罪。

朱母眼里只有不爱自己的丈夫，女儿对她而言，是揍"小三"的帮手、发泄情绪的垃圾桶、稳定她家族地位的工具。

所以她才会无止境地安排相亲，不管适不适合，只要门当户对，不管人品、长相，一股脑全塞给妮娜，妮娜若不依，她便以死相逼，吃准了女儿内心深处的柔软。

"娜娜，我听姑妈说，你妈这次是有备而来，铁了心要让你嫁个有钱人。"

舒杭停顿两秒，细声细气地说："如果她知道你跟牧洲哥的事，以她的性子，必然是一场腥风血雨。"

妮娜眼眶深红，咬牙切齿道："如果她敢动牧洲，我一定跟她拼命。"

舒杭轻飘飘地问："你真能对她狠得下心吗？"

"我不管！"妮娜痛苦地闭上眼睛，胸口的重石压得她呼吸困难，泪水喷涌而出，"我不会离开牧洲的，死也不会。"

午后的大雪如期而至，天空阴沉得仿佛要塌下来。

新公司近日接了几笔急单，需在最短时间内卸完货，逐一分装运送至全国各地。

公司上下忙得不可开交，牧洲连着两天没睡，困了累了在办公室眯会儿，醒来继续指挥全局。

舒杭虽初来乍到，但一点也不娇情，进公司第一天便挽起袖子帮忙搬货，他力气大且干活利索，一个能顶俩。

屋外的冷风猛烈灌进存货的仓库，气温骤降，宛如冰窖。

一台黑色越野车径直开进公司，车停稳，从副驾驶跳下个身形娇小的女人，正红色羊角大衣配黑色贝雷帽，围巾手套一应俱全，很适合她的清纯学院风。

驾驶位的男人跟着下车，好心替她打开后备厢，里面空间很大，热饮加小甜品堆得满满当当。

"谢谢未来姐夫！"妮娜嘴甜，笑起来又乖又软。

章骁被突如其来的"姐夫"两字哄得合不拢嘴，寒风吹过，周身都在发热。

"八字还没一撇，别瞎叫唤。"

"胡说，明明有一撇了。"她小道消息丰富，揶揄地坏笑，"你再加把劲，把剩下那笔赶紧画上，省得夜长梦多。"

男人听懂了她话里的意思，低头干笑两声，脸颊浅淡的红晕蔓延至耳朵。

今天也是凑巧，静姝给妮娜打电话，本想让她抽时间陪自己去逛街，没想到她正在咖啡店打包下午茶。

听到她说自己打车去牧洲的公司，章骁自告奋勇充当送货员，想顺便从妮娜嘴里套出一点私密的消息。

毕竟离开了这么多年，他对静姝的了解也需要依照时间变化重新洗牌。

妮娜自然了解章骁的心思，叽叽喳喳地说了很多关于静姝的故事。

"大学时有个学长追她，追得那叫一个疯狂，神经病一样天天守在女寝室楼下，我跑去骂了几次都没用，最后还是别人出马才搞定那人。"

章骁寻到关键词，低声问："别人是谁？"

妮娜慌乱地咬住下唇，知道自己说错了话。

"叶修远？"

她没吱声。

男人扯唇笑了下，不准备放过这个话题，说："我只想知道，他是怎么解决的？"

她小声回答："他把那人打进了医院。"

其实说起这事，妮娜也觉得奇怪，叶修远在读书时期完全是冷若冰霜，不苟言笑，那天是第一次见到他暴戾失控的另一面。

章骁咽下喉间的苦涩，他闭着眼睛都能想象到静姝当时小鹿乱撞的神情。

"他还会动手，也是稀奇。"

"平时也没见对静姝姐多好，献殷勤的时候倒是挺会抓时间。"妮娜见他面色凝重，语气轻松地安慰，"那些都是过去的事了，他现在已经订婚，静姝姐姐身边也有你，不管他以前干过什么，你是最后的赢家，这就足够了。"

"可是感情哪能说没就没的……"他目视前方，眼底流露出近乎悲伤的幽光，

"她还想着他，我知道。"

他们之间看似逐步走上正轨，像一对普通而甜蜜的小情侣，会一起做饭，一起看电影，拥抱，甚至亲吻，可当她说话间每一次停顿，每一个表情的细微变化，他都尽收眼底。

他亲眼见过她看叶修远的眼神，小心翼翼，满怀炙热。

章骁心里明白，也许这个眼神永远不会落在自己身上。

可他并不卑微，爱一个人，受苦也是理所当然。

他等得起，哪怕期限是一辈子。

03

"牧洲，胖虎，我带好吃的来了！"

她叫声荡气回肠，仓库里的舒杭和牧洲闻风赶到，还带了两个搬货的工人，以迅雷不及掩耳之势清空后备厢。

章骁走后，牧洲牵着妮娜来到办公室，屋里有暖气，两人在窗边静静拥抱，感受对方身上的气息。

牧洲连着两天没怎么睡，刚想温存会儿，口袋里的手机响了，是合作方打来的电话。

他低头看了眼妮娜，女人懂事地退开，捧着热咖啡跑去外头找舒杭。

屋外的雪下大了。

她裹得严严实实地站在屋檐下，舒杭几口喝完一杯热可可，侧头见她盯着雪地发呆，想了想，还是忍不住打听："你妈那边什么情况？"

"没什么情况，突然人间蒸发了。"

妮娜也觉得奇怪，她以为回国后的朱母会像之前那样咬着她不放，可几天过去，一点风声都没有，让她在短暂的松懈之余，越发惶恐这种反差。

"这是好事啊。"舒杭见她忧心忡忡，低声抚慰，"说不定她想通了。"

"不可能，"妮娜清楚女人骨子里的偏执，喃喃道，"她不会轻易放过我的。"

这条破茧成蝶之路注定遍布崎岖，从她选择牧洲开始，她便已经做好打这场硬仗的准备。

两人有一搭没一搭地闲聊，说起那天在办公室的闹剧，舒杭感叹道："你妈也挺有意思，闹得越狠，爱得越深。"

"不，她只是不甘心。"妮娜早已看透一切，"她的自尊心，不为任何人低头。"

223

工作全部结束，已是傍晚时分。

舒杭这几天累得腰酸背痛，刚到市中心便嚷嚷下车，说要找地方去按摩。

"这家伙看着壮如牛，没想到是个花架子。"妮娜忍不住笑话。

"体力活最磨人了，"牧洲好心帮他说话，"刚开始会不习惯，凡事都有个过程嘛。"

妮娜抿了抿唇，伸手戳牧洲的脸，问道："你累不累？"

"不累。"

男人顺势握住她的手，放在唇边亲吻掌心。

她痒得往回缩，他不肯放，自然地包住小拳头。

车子开向路的尽头，左转，停在电影院门口。

"最近出了几部不错的电影，早就想带你来了。"

"回家也能看，不用非来电影院的。"

"回家我就不想看电影了。"

他意味深长地看她，嗓音低了些："会想干点别的。"

"流氓。"

妮娜轻哼一声迅速挣脱他的手，下车前凑近在男人脸上亲了下，转身下车窜进凛冽的风雪里。

牧洲呼吸静止，抬手摸摸被吻过的地方。

柔软的触感尚存，热气顺着喉头直直滑进心底。

牧洲嘴上说不累，可电影开始十分钟便睡着了。

妮娜知道他这几天几乎没睡，贴心地不吵醒他。

他们看的是喜剧，四周都是连绵不绝的哄笑，笑声尖锐刺耳，熟睡中的男人眉间紧蹙，隐隐有转醒的迹象。可顷刻间，磨耳的噪声骤降，少了要命的干扰，他继续沉沉补觉。

电影快结束时，牧洲终于睡醒了。

耳边似有柔软的东西轻轻覆盖，他低眼看着身前两条细胳膊——妮娜全程保持替他捂耳朵的姿势，累得胳膊僵硬了仍在坚持。

电影院里光线很弱，屏幕里闪烁的光亮照亮她含笑的侧颜。

明明稚气得像个孩子，却有着一颗成熟温暖的心。

牧洲的心也在炽热的火焰中跳跃，眼眶热热的。

他身子微动，她察觉到了，转头对上一双满是柔情的眼睛。

"你……"

虽是下意识的举动，但被发现还是有些羞涩，她脸红得欲撒手。

男人死死钳住，顺势拉她入怀，低头吻住微张的小嘴。

这个吻没持续太长时间，可她依然被男人娴熟的技术亲得眸光涣散。

紧闭的空间内，周围所有人都在笑，可她依然清晰听见滑入她耳朵里的清润男声。

"我爱你，妮娜。"

似小鸟从耳边飞过，捎来最动情的告白。

暖风在田野上空被吹散，蒲公英自由飞舞，稻草人随风摇曳。

回去的路上，副驾驶的女人侧身看向车窗外，全程保持沉默。

牧洲稍有兴致地欣赏妮娜红透的耳朵，明知故问地调笑："害羞了？"

"才不是，"妮娜嘴硬依旧，可是出口的声音太过软绵，听着毫无信服力，"我……我……"

本想为抑制不住的脸红辩解，结果语无伦次成了结巴。

丢死人了。

男人伸手摸她的头，嘴角上扬，嘚瑟又欠扁地说："原来我家小兔子喜欢听这个，我知道了，以后照三餐表白，晚上多加一次。"

"牧洲。"

她羞恼地娇哼，平时脸皮厚比城墙的兔子少见地羞成鹌鹑。

牧洲喜欢她羞答答的小媳妇样，他的指尖滑过她滚烫的耳珠，捏捏她的小红脸，笑得越发放肆。

妮娜两手捂住脸，憋了半晌，忍不住跟着笑起来。

爱真的很珍贵。

在她心中，远高于千万个喜欢。

妮娜笑眯眯地打落他的手，强势握住，低头掰弄手指玩。

"晚上想吃意大利海鲜烩饭。"

牧洲看了眼时间，现在去超市肯定赶不及，于是耐着性子同她商量："换个简单点的？"

"双蛋火腿炒饭。"

"成交。"

风雪之夜，路上车少人稀。

车库已经停满，牧洲把商务车开至单元楼附近，先下车，绕过来给妮娜开门，下车时还不忘给她戴好帽子，手套围巾也不落下。

"马上就要进屋了。"

妮娜瞥了眼近在咫尺的单元门，游说他不用把自己捂成包子。

"小心驶得万年船。"牧洲看着年轻阳光，说话却偶尔残留着老男人的味道。

"听着像老爷爷说的话。"妮娜不留余地地嘲笑他。

他动作顿了下，不爽地挑眉，问道："我老？"

"六岁差很多的，你高中毕业，我才小学毕业。"她认真地点头，继续火上浇油。

牧洲微微一笑，猛地拉下她的帽子。

妮娜眼前瞬黑，耳边全是男人郁闷至极的叹息。她乐不可支，被人抱下车了还不依不饶地闹他。

"以后喊叔叔算了，哥哥不符合我们之间的年龄差距。"

闻言，他哑然失声，不服老似的勾住她的脖子带进怀里，咬牙切齿地威胁道："你有种晚上叫下试试？"

妮娜理直气壮地拒绝："不要，我怕死。"

牧洲微怔，随即爽朗大笑。

两人一路上嬉笑打闹，刚走过小花园，身后有个阴沉的女声冒出来，声音不大，但存在感十足。

"妮娜。"

妮娜停步，后背瞬间僵麻，被噩梦支配的窒息感瞬间冲上头顶。

她缓慢转身，牧洲也疑惑地看过去。

不远处的房车后座打开，司机撑着黑伞，一个中年贵妇从车里下来，她个子不高，妆面很浓，样貌同妮娜有七八分相似，套着厚重皮草，手上硕大的鸽子蛋甚是打眼。

她目光冷傲犀利，轻飘飘地晃过妮娜，稳稳地落在牧洲的身上，面色越发阴沉。

妮娜下意识地把牧洲护在身后，颇有一丝小鸡护着母鸡的视死如归感。

朱母朝他们走近，停在妮娜跟前，她嘴角上翘，眼神冰凉，问道："怎么不接妈妈的电话？"

"手机没电，关机了。"

妮娜稳住战栗的呼吸，如实回答。

"妈妈找不到你会担心的。"朱母紧盯妮娜惊慌的眼睛，笑容无比瘆人，"今晚订了你最爱的那家法式餐厅，爸爸也会来，我们一家很久没坐下来一起吃过饭了。"

妮娜想起男人那张伪善的嘴脸就反胃，想也不想就拒绝道："我不想吃法餐，我现在只想吃蛋炒饭。你要觉得幸福你可以陪他吃，我怕我到时候会吐出来，影响你们的胃口。"

朱母双唇紧闭，微微颤动，眼珠子快瞪出来了。

牧洲不傻，听两句就猜到两人之间的关系。他虽不知道其中发生什么，但对长辈说这种话实属不妥，他便扯了扯妮娜的手腕，示意她别说了。

妮娜反手抓紧他的手，深吸一口气，说道："牧洲，这是我亲妈，你们认识一下就好，反正以后见面的机会也不会太多。"

不等牧洲开口，她转身再看向朱母，目光笔直，坚定不移，继续说："他叫牧洲，是我的男朋友，也是未来的老公。"

朱母脸色极其难看，盯着妮娜一言不发。

第一次见女朋友家长，虽说气氛降至冰点，可该有的礼貌牧洲还是懂的。

"阿姨你好，我是牧洲，妮娜的男朋友。"

他下意识地想要伸手，妮娜死死拽紧。她知道妈妈肯定会无视，顺便姿态高傲地说些伤人自尊的话，她不愿意，也舍不得让他陷入那种尴尬的境地。

牧洲执着地挣脱，手还是伸了出去。

可朱母甚至连看一眼的动作都没有，正如妮娜所料，继续把他当成空气，趾高气扬地微抬下巴。

朱母："我在车里等你十分钟。"

"我不去！"

"妮娜，你不要总把简单的问题复杂化。"朱母眸底隐着火，牙齿都快咬碎了，"除非，你喜欢看到这种局面。"

女人说完就走，转身回到温暖的豪车里。

妮娜呆呆地站在冷风中，面若死灰。

她听懂了朱母最后说的话，对方不是偶然出现，而是有备而来。

片刻后，她侧身面向牧洲，故作轻松地笑着说："我去去就回，你等我回家吃晚饭。"

牧洲有很多的疑问和不解，但依然不多言，尊重她的所有想法。

"好，我等你。"他低声说，"蛋炒饭给你加三个鸡蛋。"

妮娜重重点头，倏然拉住他的手，踮脚在他脸上亲了下。

她决然转身，走向黑暗的反方向，踩在雪地的每一步都迈得无比艰难。

她的世界，已然倒塌一半。

04

窗外的雪花密密麻麻覆盖车窗，车内温暖如春，静得可怕。

朱母气恼妮娜刚才的表现，心头憋着气，霸道地握紧妮娜的手。妮娜竭力挣脱，宛如困顿之兽挣脱怪圈，她顺利抽离手，成功地把自己解脱出来。

她曾以为自己遗传妈妈，是个名副其实的"恋爱脑"，可直到遇到牧洲后她才发觉，她只不过是渴望爱，而妈妈，是用尽全力去践踏爱情。

朱母生于北城大户，自小锦衣玉食，接受最好的教育，也很有商业头脑，婚前已有自己的公司，在商界混得风生水起，直到遇见朱振国。

一个家境能力哪儿哪儿都不如她的男人，她偏跟中毒似的疯狂爱上，外公极力劝阻，她依旧执意下嫁。

婚后，她选择回归家庭，憧憬家庭和睦的幸福生活。

可好景不长，婚后第二年她抓到男人出轨，那时她怀孕五个月，歇斯底里地吵过闹过，依然留不住花心的老公。

亲友好话说尽，要不离婚，要不忍下去。她偏不听劝，咬死不肯离婚。

外公颜面尽失，自此不再管她。

妮娜在这种无爱的环境中长大，被迫承受妈妈对于爱情的怨念，爱情观潜移默化地被影响。

封锁自己或是倾其所有。

破碎不堪的童年，需要用一辈子的时间治愈。

她好不容易才找到两情相悦的那个人，再艰难也想保护好他。

牧洲值得她所有的偏爱。

距离上次全家同桌吃饭，已经过去两年。

妮娜记忆深刻，那天的最后闹得很不愉快。

朱振国接了个电话，对面明明是年轻女孩的声音，他却面不改色地说公司有事，欢喜整场的朱母当即变脸，泼妇似的拽着他不准走。两人拉拉扯扯，最后以男人用力推搡，女人痛哭倒地结束。

诸如此类的闹剧经历太多，妮娜早就习以为常。

所谓的家庭聚餐，朱母永远都是一人唱独角戏，抛出的话题无人应答，她淡然地自说自话。

妮娜心不在焉地猛喝水，朱振国埋头用餐，全程一言不发。

比起无聊至极的晚宴，当然是陪小姑娘嬉闹调情更有意思。

"我出国这么久，难得回来，你们准备一直用这种态度对我吗？"

闻言，朱振国抿了口红酒，轻描淡写道："病养好了再回来，没人催你。"

朱母脸色微沉，问："你这话是什么意思？"

"字面上的意思。我吃完了，公司还有事。"

他平静地起身，这顿饭吃到现在已经耗尽他全部的耐心，他清楚再待下去也是闹剧收场。

朱母双拳紧握，拼命掩饰失控的情绪，嗓音发颤："你准备用一个借口敷衍我一辈子吗？"

"你知道外面多少人在看我的笑话吗？"朱振国眼神冰冷，说话没有任何温度，"说我找了个神经病当老婆，公司上下闹得鸡犬不宁。"

"你才是神经病！"朱母似被刺到痛点，死死拽住他，声嘶力竭地冲他吼，"要疯也是你把我逼疯的，全都是你害的。我知道，你想离婚，你想扶那些小妖精上位，我告诉你朱振国，我死都会跟你耗下去，你永远不可能得逞！"

男人厌恶地皱眉，说："放手！"

朱母死活不肯放开，怨妇似的哭哭啼啼，各种破口大骂，什么难听的话都有。

妮娜面无表情看着这出经典推拉剧情。

不久，男人手机响了，他低头瞥了眼，凝重的脸色有轻微缓和。

妮娜知道，铁定又是哪个矫情的心肝宝贝。

男人发恨似的把朱母推到地上，迅速破门而出。

"啊啊——"

朱母尖锐的叫声刺人耳膜，回荡在整个包厢上空。

衣着光鲜的贵妇狼狈不堪地跌坐在地上，妆哭花了，宝石戒指掉落，顺着毛毯滚了两下。

妮娜本想置之不理，但终究还是于心不忍，走来捡起戒指帮她重新戴上，本想扶她起身，却被她抗拒地大力推开。

"不要碰我！"

潮汐

妮娜顿时气血翻涌，转身就要走。

她刚走到门前，朱母厉声叫住她，她选择漠视，直到女人嘴里喊出牧洲的名字，关于他的信息亦是倒背如流。

"牧洲，三十一岁，高中学历，当过兵，名下有两家物流公司……"

妮娜步子骤停，僵硬转身，一字一句地问："你想干什么？"

"不干什么，妈妈只想跟你好好谈谈。"

朱母抹干眼泪，重新坐回餐桌前，迅速调整好情绪，仿佛刚才那场闹剧没发生过，温声细语地跟妮娜打感情牌。

"妮娜，我只有你一个女儿，平时我们吵架怄气，但总归还是母女。你爸这德行你也看见了，什么都指望不上，你舅舅更不是个东西，趁我不在还想独吞外公的家产，我现在没什么可以依靠的人，只能靠你。"

妮娜冷声接话："靠我什么？靠我给你找个有钱的亲家当靠山吗？"

"你想恋爱玩玩，无所谓，可婚姻大事不能草率。你找个这种烂泥扶不上墙的男人，以后你还得往里倒贴，等他发达了，第一个抛弃的人就是你。"

"不是所有人都像朱振国那么无耻，我也不是你，守着一个不爱自己的人惶惶度日。"

"我凭什么要让他好过？"朱母那根敏感的神经被人刺穿，猛拍一记桌子，满脸通红，"当年为了跟他在一起，我付出了多少？他利用完我就嫌弃我人老珠黄，想抛弃我，我不甘心，我咽不下这口气。"

妮娜轻轻闭上眼，她真的疲惫了。

"我知道你不会放过我，你所谓的母女情也只是想要利用，想榨干我最后一点价值。今天我明明白白地告诉你，不管你要在背后耍什么阴招，我都不会和牧洲分手，我会坚定不移地陪他渡过任何难关。"

"你……"

"还有，他不是烂泥扶不上墙的人，他比任何人都要努力，也比任何人都疼惜我。"妮娜一动不动地盯着朱母的眼睛，微微勾唇，"我爱他，我会一直和他在一起。"

大雪封城，地面的积雪又松又软，车轮重重碾过，留下几道显眼的痕迹。

妮娜神清气爽地从出租车上下来，仿佛打了一场久违的胜仗，她不惧风雪一路小跑，欢快得像个小精灵。

路灯在雪面画出一圈暗黄，她飞奔过一个接一个温暖的光圈，刚走到单元楼前，一眼便瞧见靠着墙的男人。

"哥哥！"

她兴奋地扯着嗓子喊，百米冲刺朝他跑去。

牧洲动作娴熟地接住某只蹦跶的小树袋熊。

雪花冰凉，风声呜咽。

紧紧依偎的两颗心，每分每秒都在思念对方。

牧洲见屋外风大，抱着妮娜往里走，进了电梯她也不肯下来，保持熊抱的姿势，不吱声，但看得出心情很好。

"法餐好吃吗？"

"什么都没吃，饿死我了。"妮娜抬头看他，眼冒星光，"三黄蛋炒饭还有吗？"

"有，"他笑着说，"给你做一大盆。"

半个小时后，妮娜吃饱喝足，美滋滋地喝着男人递来的鲜榨橙汁。

牧洲收拾碗筷走向厨房，妮娜也跟了过去，尽管干活不利索，依然闹着要帮忙。

牧洲把洗过的湿碗递给她，她用干毛巾认真擦干净，悄悄瞄他一眼，故作自然地说："我妈那个人很固执，特别不好相处，你没事不要单独见她，除非我在场。"

他手上的动作停顿，侧头看她，问道："你准备护着我到什么时候？"

妮娜被他一秒看穿心思，心虚地咬唇，低头瞥向别处，掩饰道："我只是不想看她为难你，也不想你因为我在她面前委屈自己。"

男人叹了声，不急不慢地把手上的活干完，抱起她回到沙发上，严肃且认真地说："我清楚我们之间的差距，站在阿姨的角度，看不上我很正常，这不是刻意为难，这是现实。"

"牧洲……"

"再说呢，人家这么好的女儿跟了我，虽说不会吃什么苦，但富足的生活也需要时间沉淀，所以我从一开始就没想过会一帆风顺。我有耐心，也有决心去攻破这个难关。"

妮娜想到妈妈的手段，忍不住唉声叹气，说道："她没你想得那么简单，她是个不达目的誓不罢休的人，我真怕她会干出什么事，毁掉你这些年好不容易积累的心血。"

"我爷爷说，兵来将挡，水来土掩，该面对的终究躲不掉。"牧洲用唇蹭蹭她的下巴，"就算什么都没有了，我还有你。"

妮娜越想越难受，忧心忡忡地皱眉，问道："你会不会像小说里的男主那样，我没钱了，我不想耽误你，所以我们分手吧？"

"不会。"牧洲一本正经地回答，"反正大家都说我被富婆包养，实在不行，我可以牺牲色相。"

妮娜板着脸，恶声恶气地质问："你想对谁牺牲色相？"

"你。"他笑得如沐春风，调侃道，"小富婆的大腿，我得抱紧点。"

"呸。"妮娜嘴上骂得欢，心间的重石却稳稳落下一半。

"牧洲，南南能为了爱情留在小县城里度过余生，我也可以为了你放弃奢华的生活，所以你不要抛下我，任何理由都不行。"

闻言，牧洲用力抱紧她，眸光很亮。

"好。"

05

周六那天，天气明朗，阳光明媚，雪后的天空一片蔚蓝，远比海水的蓝还要晶莹透亮。

妮娜起了个大早，因为今天是个万众瞩目的大日子。

她吃完牧洲做的三明治，急匆匆地催他送自己去静姝的小公寓。

章骁送她去物流公司的那日，无意间提起周六的婚宴。

她一听叶修远也会去，脑中火光爆炸，赶忙找熟悉的设计师朋友给静姝姐姐选了两套小礼服。

静姝性子低调不张扬，平时多是舒适的休闲装，即使遇到非去不可的重要场合，也是清一色的黑白长礼服。

妮娜私下吐槽多次，她只是淡然地笑笑，说自己不是主角，无所谓。

说到这里，妮娜信心满满道："我才不管新娘是谁，静姝姐姐必须全场第一美！"

牧洲直言不讳地说："你这纯属砸场子。"

妮娜神神秘秘地说："你不懂，一般小说追妻戏都是从这里展开，平时看似不起眼的女主忽然大放异彩，男主后悔莫及，回头想追，怎料男二横空插上一脚，男主见状痛不欲生吐血送医。"

牧洲听着瘆得慌，幽幽道："这么惨烈吗？"

"一般不会死，只是我心里希望他也受些折磨。"

232

牧洲微怔，从喉间滑出一长串爽朗的笑声。

她很真实，真实得很可爱。

下车前，妮娜甜滋滋地凑上来亲牧洲的脸，说："我走了。"

他轻声叮嘱："忙完给我打电话，我来接你。"

妮娜满口答应，迅速跳下车，刚好撞上前来送礼服的朋友，欢天喜地地迎了上去。

约莫两小时后，换好装的静姝被妮娜强行推到镜子前。

她呆呆看着镜中的自己，鬈发披肩，轻妆淡抹，清丽可人，淡粉色的蕾丝小礼服，蕾丝轻薄漂浮，胸前的镂空设计微露性感，收腰款突显曼妙身姿，既有少女的清纯，又有熟女的妩媚。

"穿这个，不合适吧？"

静姝盯着自己的打扮，满脸不自然。

妮娜看了半晌，甚是满意，问道："哪里不合适？"

静姝也说不出个所以然，看着镜中那个陌生的自己干瞪眼。

恰逢此时，章骁推门进来。

妮娜见着他一边疯狂招手，一边弯腰替静姝整理裙边，说："你让姐夫看看，他的话比较有信服力。"

她随口一句"姐夫"，静姝神色慌乱，羞红了脸。

章骁别过头，嗓子都咳哑了。

他穿着笔挺的黑西装，人高马大地站在静姝身旁，合身的外套衬得肩宽腰细，颇有几分西装精英男的氛围感。

静姝昂头，对上他过于深邃的注视。

她垂眼咬唇，纠结要不要说点什么，男人倏然抬手伸向她，在女人急促的呼吸中撩起她耳边散落的发丝，轻轻拢到耳后。

"很美。"

静姝心跳如雷。

庆幸自己没戴那块表，若在这种时候爆表，她真的会想钻地洞藏起来。

妮娜余光瞥见深情对望的两人，知趣地找个借口离开。

出门前，她跑去静姝耳边说了什么，笑得有几分坏。女人眼珠瞪圆，脸颊连着脖子全红透了。

出了电梯，妮娜的心情好得不一般，掏出手机刚想给牧洲打电话，舒杭的电话先一步追来，她笑眯眯地接通。

"是不是有什么想吃的？我顺路帮你买来。"

"娜娜……"

舒杭深呼吸逼自己保持冷静，颤着话音说："牧洲哥出了很严重的车祸，人刚送来医院，还没脱离生命危险。"

妮娜整个人僵住，脑子空白，思绪混乱。

舒杭见电话那头没声了，忙语气急切地安抚道："你先不要着急，我一直守在这里。"

"砰——"

手机无力滑落，砸在地上。

妮娜的心也跟着炸开，碎得四分五裂。

医院一如既往的阴冷，四周弥散着死亡气息。

牧洲在见客户的路上被一辆无牌黑车恶意冲撞，造成腔内大血管损伤，送来医院时，人已经失血性休克。

好在抢救及时，捡回了一条命，除右腿骨折外，身体各项指标基本稳定，只是人还没醒，需要在看护病房内观察几日。

病房内，舒杭站在窗前唉声叹气，这场飞来横祸怎么看都是刻意为之。

屋里很安静，点滴砸落的"嘀嗒"声仿佛直直坠进心底，揪紧的心脏还未完全放松，惊魂未定。

他回身看向病床边的妮娜，她双眼空洞迷离，两手紧紧握着牧洲的手，下唇咬得发白，泪水在眼眶里来回打转。

舒杭走向她，伸手拍她的肩，小声说："别担心，他会没事的。"

妮娜鼻子酸酸的，一滴眼泪砸下，心脏仍然狂跳不止，愣愣地说："万一他永远醒不过来了怎么办？"

"不会的。"舒杭细声安抚，"吉人自有天相，他人这么好，又这么年轻，阎王爷舍不得收他。"

莫名其妙的话把妮娜逗乐，她又哭又笑，翻白眼瞪他，哽咽道："哪儿来的阎王爷，乌鸦嘴。"

舒杭嘴笨不会哄人，憨笑着摸摸头。

妮娜看着病床上一动不动的男人，抓过他的手放在唇边磨蹭，滴落的泪珠顺着指尖滑落，湿润他的手心。

"对了，刚有个电话打来，说是牧洲哥的妹妹。"

闻言，妮娜怔住，问道："牧橙？"

"好像是这个名字。"舒杭将牧洲满是划痕的手机递给妮娜，如实叙述，"我说牧洲哥出了车祸在医院，她哭哭啼啼的，说是要过来。"

牧橙是牧洲唯一的亲人，他出了事，妮娜也没想瞒着，自然也不会怪舒杭。

"她迟早都会知道。"

妮娜静坐两秒，等躁动的思绪逐渐平静，起身去外头打电话。

电话那头，牧橙哭诉今天的机票没了，只能明天才能赶来，她吓得不轻，哆哆嗦嗦的。

牧橙平时虽跟牧洲吵吵闹闹，可亲情血浓于水，牧洲很宠她，对她千依百顺，他稍有差池，她的心就似悬吊在半空，被折磨得死去活来。

"嫂子，我哥不会死吧？"

"不会的。"刚还被人安慰的妮娜反过头来安慰牧橙，"抢救很及时，医生说没大碍，可能就是得花点时间养养。"

牧橙泪流满面，压抑的情绪一股脑全倒出来，既心疼又自责地说："他这几年一直风里来雨里去，几乎没休息过，去了北城后更拼，白天忙新公司，晚上还要处理这边的事，他都这么辛苦了我还不听话，老是惹他生气……"

听到小姑娘泣不成声，妮娜低下头，偷偷抹去眼角的泪水，克制着不哭出声，冷静地说："我会一直守在他身边，你相信我。"

"嗯。"

"到时候把航班号发我，我让朋友去接你。"

牧橙点头应声，平时两个爱闹腾的姑娘此刻分外默契。

只要牧洲健健康康地活着，怎样都行。

妮娜站在楼梯间的窗户边向外俯瞰，明媚动人的阳光不知何时收敛了笑容，灰黑的乌云遮天蔽日，寒风渗透进窗户，捎着一股刺人心脾的阴冷。

她拨出一个电话，响了很久，直到快结束时才接通。

"是你对吧？"她五指收紧，恨不得将手机捏碎泄愤，"是你干的对不对？"

那头静默良久，然后传来贵妇轻蔑的笑音："他命挺大的。"

妮娜被激怒，双眼赤红地大吼："你这是犯罪！"

"你有证据吗？"朱母问话轻描淡写，既带挑衅也是威胁，"你不是说可以为他付出一切吗？我倒想看看，一个什么都没有的穷光蛋，他拿什么来爱你。

"妮娜，如果你想他平安无事，你知道该怎么做。我并不想把时间浪费在无意义的人身上，也不想把事情弄得复杂，这一切都取决于你的选择。"

妮娜绝望地闭上眼睛。

她知道朱母做事狠辣，却没想到早已病入膏肓。

朱母倏尔笑了，笑声透过电流刺痛妮娜的耳朵。

"游戏才刚刚开始。"

第十一章

1

兜兜转转还是你

01

依照北城风俗，新人的婚宴多数安排在晚上。

午后灿烂的光芒早被灰暗如数吸尽，傍晚时分，地面的枯叶被瑟瑟冷风吹起，在干冷的气流间翩翩飞舞。

赴婚宴的途中，静姝给妮娜打去电话，下午发的微信一直没回，这不符合妮娜的个性。

电话无人接听，打给牧洲亦是如此，她总觉得心不安，刚翻出舒杭的电话，车子已经稳稳停进富丽堂皇的大酒店。

"到了。"章骁下车，绕过来打开车门，他探进半个身子给她解安全带。

两人靠得很近，男人温烫的鼻息喷洒在她睫毛上，她不自在地扭过头，耳根微微发热。

他身上的味道很特别，总让人想起三月里的春风，捎来花草混合的清香。

莫名的，她想起妮娜今天离开前说的那句话。

"男女之间就是要趁热打铁，择日不如撞日，今晚就很适合。"

静姝羞涩咬唇，脸一下就红了。

小流氓说话口无遮拦，这才哪跟哪啊，用不着这么急吧？

何况她这人比较慢热，每次亲密后，她都需要很长的时间慢慢消化。

虽然那次，被章骁抱在腿上亲的那次，她明显感觉到自己的变化，那根紧绷的神经也逐渐瓦解，但再进一步她又惊得全身发颤。

男人便强迫自己停下，忍到眼眶发红也不愿吓坏她，说道："对不起，是我着急了。"

车内暧昧的粉红泡泡逐一爆炸，火光四溅，燥热撩人。

章骁瞧见静姝泛红的耳珠，沉声笑问："脸红什么？"

"没有，"静姝面色如常，淡定地用手覆盖数值暴增的检测仪，"你看错了。"

男人也不戳穿，轻飘飘地来了句："静姝，我是个医生，只相信科学数据。"

她默默摘下检测仪，顺手塞进小包。

眼不见，心不慌。

他们的高中是北城最贵的学校，学生非富即贵。

章骁牵着静姝华丽出场，一众认识他们的同学惊讶得合不拢嘴，刚入座，章骁以前篮球队里关系最好的朋友闻风而来。

见男人夸张地围着静姝看了两圈，章骁忍不住推开他，没好气地说："瞎晃什么？"

他笑着退后两步，顺势坐在章骁身边，笑成一朵花。

"咱篮球队长这是老树开花，时隔多年，终于抱得美人归。"

"你话怎么那么多？"章骁"啧"了声，脸颊发烫。

"嫂子，我跟你说，你是不知道咱队长当初对你有多痴情，只要你在球场，他那双眼睛就长在你身上，球飞去哪里也不管，好几次被球砸到脸，鼻血飞溅，场面要多惨有多惨。"男人不依不饶地补刀，恨不得把章骁那些年暗戳戳的小心思全都捅出来。

"你有完没完。"

章骁伸手就想掐他，可回头见静姝偷乐，也跟着笑了起来。

"没完！"男人敏捷地站起身，飞速移动到静姝身后，笑呵呵地继续说，"还有一次，他高烧不退在家休息，听说你在球场，硬是从床上爬起，拖着病恹恹的身体跑来球场，那天结束后还是我们强行抬他去的医院。"

"还有还有……"他越说越来劲，眉飞色舞的，桌上看戏的几个同学也很给面子地认真听。

"你不是喜欢画画吗？有段时间他非要学画画，但又差了点美术细胞，画出来的东西四不像，他就转移战略，开始写信，还跑去请教我们班语文最好的同学，专挑上课的时候写，然后自己把自己写脸红了，哈哈哈。"

闻言，章骁无言地揉揉额头，静姝抿嘴笑得更欢。

其实那些信她后来看过，总的来说不像表白，更像是记录生活的流水账，只不过每封信的最后，结束语永远是一句简单而真诚的期待——

【希望每天都能见到你。】

回忆的青春故事正火热，身后不知谁叫了声，说戏的男人笑着同他们道别，转身跑远。

热火朝天的氛围瞬间安静下来。

章骁有些不好意思，小心翼翼地瞥向静姝。

静姝藏不住笑意，脑子里还在回想他当初写的流水账，侧头同他的目光撞上，很轻地问了句："那个时候，你有那么喜欢我吗？"

他眼神灼热，说："不止那时，现在也是。"

静姝的心莫名颤动，暖得不可思议。

之前的那些年，她的眼睛里似乎只能见到叶修远，其实如果她不那么执着，固执地封锁住自己的心，或许她能见到更多不一样的风景。

爱与被爱。

这是一个不解的难题，没有道理可言。

婚宴开场前十分钟，作为重头戏的叶修远姗姗来迟。

宴会场一片哗然，议论纷纷。

他永远都像众星捧月，作为学生时代最耀眼的男人，他走到哪里，哪里就是光源的焦点。

他那张冷若寒霜的俊脸孤傲依旧，看人永远是一副居高临下的姿态。

静姝听见动静，好奇地转头，瞳孔内慢慢浮现某个熟悉的身影轮廓。她轻轻眨眼，心跳静止几秒。

章骁全都看在眼里，紧张地想去握她的手，却僵硬地停在半路。

只要叶修远出现，他本就不多的安全感直接降为负数，每分每秒都在害怕失去。

叶修远在昏暗的视野中准确锁定静姝的方位，旁若无人地走来，坐在她正对面的空位上。

桌上的其他人全惊呆了，诧异地面面相觑。

静姝转头看向章骁，自然地把手塞进他的掌心，扬唇微笑，小声问："我可以吃块巧克力吗？"

章骁轻轻皱眉，回道："饭前最好不要吃甜食。"

"就一块。"她嗓音轻软，很像在撒娇。

他无奈地叹了声，从桌上拿了块巧克力，剥开包装纸后递到她嘴边。

她张嘴咬住，咀嚼出稍苦的甜意，吃完觉得不够，再次看向他。

男人冷静地摇头，带着几分哄人的口吻说："饭后再吃。"

"好。"静姝咧唇笑了,安静坐好,想了想,忍不住又问,"那饭后可以吃冰激凌吗?"

"不可以。"只要有关她的身体,男人一向都很认真,"前段时间感冒刚好,你又想发烧?"

"哦。"她垂眼失落,乖乖没再说话。

叶修远面无表情地看完他们整场互动,僵硬的脸色越发凝重。

他今天本不想来,可听说章骁会带女朋友,他第一时间想到静姝,可很快又自我否认。

因为在他的认知中,静姝一直都属于自己,也是自己黯淡人生里唯一的光亮。

那时正年少,他跟着长辈拜访朱老爷子,曾经误入过她的画室。

他见到她笔下形态各异的自己,没人知道当时他的心跳有多快。

那个从小就住在他心里的姑娘,体弱多病,神色永远清淡,可她不害怕他天生的冷脸,会在两人独处时努力找话题,会脸红结巴,会低着头不敢看他的眼睛。

那年,叶修远十九岁,他满心欢喜地想等到她成年,可在他大二那年,叶父突发心脏病去世,家族的重担瞬间落在他的肩上。

这意味着从那一刻开始,他不再是独立的他,他背负的责任不允许他任性妄为。

他只能把心意藏起,藏在所有人看不见的地方,在无人的角落里偷偷关注着她,甚至几次三番买下她的画,挂在只有自己能进的书房。

作为长孙,他清楚大家族不会接受一个有心脏病史的女人当叶家媳妇,所以他毅然选择联姻。

他以为只要把所有的事都安排好,他就有机会可以做自己。

可静姝外表看似柔弱,性子却极其刚烈,她不会委屈自己当一个见不得光的情妇。

他高看了自己,也低估了她。

02

婚宴进行到一半,静姝突然想去洗手间,章骁下意识地跟着起身,没想到半路被以前的同学截住,非拉着他不准走。

静姝回头笑了笑,告诉他自己一个人也可以。

章骁没坚持,只说让她快去快回。

酒店很大,静姝出了宴厅,弯弯绕绕走了很久才找到洗手间。

长廊无人,她走过拐角,迎面撞上一人,头也没抬地往后退,连忙说道:"不好意思。"

安安静静，无人应答。

静姝的目光从澄亮的黑皮鞋径直往上，心脏一点点揪起，直到她看清男人的脸，那张曾经无数次在她梦里出现过的脸。

可梦中的他会笑，笑起来很好看，不似平时那般寡情冷淡。

"学长。"她稳住呼吸，不忘基本礼貌。

叶修远定定地看她，那双眼睛有吸魂的本领，尽管她低着头，炽热的目光依旧盯得她额前发烫。

"你跟章骁在一起了？"

她没说话，低低应了声。

"你喜欢他吗？"

说谎显然不是静姝擅长的事，她两手紧紧握拳，笃定开口："喜欢。"

"你在说谎。"

叶修远倏然往前一步，静姝慌乱地后退，细高跟踩不太稳，可她面上依然保持不乱。

"我没有。"

"那你为什么不敢看我的眼睛？你在骗自己，静姝，你喜欢的人是我，从始至终都只有我一个人。"

"你……你让开……"

静姝退无可退，后背撞到包厢的木门。

男人沉着眸用力推开厢门包。

"叶修远。"

包厢门被关上的巨响成功盖过女人胆怯的颤音。

男人粗沉压抑的喘息在静逸的空气里肆意流淌，危险持续逼近。

他快要控制不住自己了。

他很忌妒，忌妒得发狂。

包厢内很黑，唯有门上的透明窗户渗透进一丝走廊里的微光。

静姝被叶修远按在门上动弹不得，短暂的惊慌过后，她呼吸平缓，眼底毫无怯意。

"你冷静一点。"

叶修远稍愣，不可置信地看着她，双眼无比空洞，问道："静姝，你需要对我这么冷淡吗？"

"那我该怎么做？"

她的心很暖，仿佛有一双大手温柔地捧着那颗心，赐予她坦然面对的力量。

静姝心里清楚，让她重获新生的那个人并不是叶修远，叶修远始终站在高处，冷眼看着自己被推进暗无天日的深渊。

她不再茫然失措，也不再无尽地在徘徊与自虐中继续折磨自己。

"叶修远，你有未婚妻了。"她字字灼心，语气平静地叙述，"从你选择订婚的那一刻起，不管我对你是什么感情，全都已经结束。我会把过去埋葬起来，甚至连回忆都不想再拥有。"

静姝出口的每一个字都往他胸口扎，密密麻麻的痛感刺穿头皮，他低头凑近，痛苦地问："你就那么恨我？"

"恨你？"静姝淡然微笑，"不，我不恨你。我们没有在一起过，严格来说，只是我单方面迷恋你很多年，但时间并不能成为我讨伐你的理由。你有你的选择，而我尊重你的选择，仅此而已。"

"那章骁呢？"他声线骤冷，"你说你喜欢他？你认为我会相信吗？"

静姝盯着他的眼睛，疑惑地问："我为什么要在乎你相不相信？"

叶修远这些年憋屈的妒火喷涌而出，大声说："他从读书起就喜欢当骑士，喜欢自我感动的付出，时间长了也许你会感动，但那不是爱，因为你永远不会用看我的眼神看他，他甚至连我的替代品都算不上。公主最后都会选择王子，而不是骑士，这就是现实。"

静姝淡定听完，倏尔笑了。

叶修远真的一点都没变。

他傲慢且自大，总以为世间所有都在他掌控之中。撕开那层暧昧不清的虚幻滤镜，她见到了最真实的叶修远。

他的世界从来只有欲望跟索取。

爱情，甚至是多余的感情，都会成为束缚他成功的绊脚石。

静姝忽然有些难过，她难过的不是这个人，而是当初曾有过并支撑她坚定这么多年的美好回忆。

那个对所有人都冷漠，唯独对她温柔以待的少年，那个听闻她有麻烦，会情绪失控为她大打出手的少年。

她还记得两人初见时，她十四岁，跟着家中长辈去他家拜访，误打误撞地走进他的房间。

他并没有赶她走，反而心情很好地给她讲了一下午史记。她听得昏昏欲睡，醒来时，躺在他的小床上。

那日春光正好。

她看着坐在窗边看书的少年，暖阳透过树梢的缝隙在书桌上画出圈圈圆圆的光点，他整个人浸在白炽的清光中，宛如一幅完美无瑕的画作。

静姝把跳跃的情愫藏进心底，一个人偷偷欢喜。

可时间在流逝，人总是会变。

时隔多年，他早已不是自己记忆中的少年模样。

或许他们都是固执的人，固执地相信那种怦然心动叫作爱，而非不甘心。

静姝从回忆中觉醒，恍如隔世，整个人如释重负。

"我该走了，章学长在等我。"

她用力挣脱他，转身要走，男人黑着脸掐紧她的手臂，喊道："静姝，其实我有时候会想，我们之间算是错过吗？"

静姝忍不住笑了笑，侧头看他，柔声否定："不算，因为从一开始，我就不是你的第一选择。"

叶修远眸光深沉，死活不肯放手，胸口那股浊气堵得他想要爆炸。

"我有我的苦衷，静姝，你能不能相信我一次？我答应你，会解决好所有麻烦，给我一点时间。"

静姝摇头苦笑，问道："为什么到现在，你依然不明白我想要的是什么？"

"你说出来，我都满足你。"他已经没有底牌了，他能清楚地看见她在一点一点远离自己，当着他的面走进别人怀里，"只要你留下来，只要你还留在我身边。"

静姝紧盯叶修远的眼睛，很认真地问："叶修远，你喜欢我吗？"

男人轻轻皱眉，唇瓣相碰，几番挣扎过后，什么话都没说。

"你连承认都不敢，我凭什么相信你的承诺？"

叶修远用力合眼，脑子出奇地乱。

他的世界太过复杂，重压之下，唯有不停地要求自己变得完美，可到了最后，他却连一句最简单的表白都要深思熟虑。

"我需要的是尊重，一个不懂得尊重我的人，哪怕我再喜欢，哪怕我在鬼门关走再多遍，我都会选择放弃。"

说着，静姝露出一抹释然的笑。

"我叫孟静姝，我是个病人，但我的灵魂干净独立。"

感谢叶修远的犹豫，成功浇灭她心间最后一丝不该有的期待。

"童话的结局有无数种可能，我会把王子让给别人，选择骑士。"

她现在一刻都不想多作停留，满脑子都是找不到她的章骁焦急担心的样子。

那人看着高大威猛，却有成熟男人的温柔体贴，也有青涩少年的笨拙和害羞。

两人为数不多的几次亲热，他总在结束后第一时间去洗手间，不让她看见自己红透的脸，以及眼底呼之欲出的欲望。

静姝明白，一段长久的感情不可能一蹴而就，或许离真正爱上他还需要很长时间，可至少现在，只有待在他的身边，她才能感受到内心真正的平静。

他会尊重她的灵魂，保护她的身心。

包厢门打开，静姝朝前走了几步，迎面撞上不远处正在寻她的章骁。

章骁见着她忍不住嘴角上扬，可当他的目光锁定追她出来的叶修远时，呼吸僵硬，笑容瞬间凝固。

静姝直接把身后的人当成空气，若无其事地走向章骁，伸手挽住他的胳膊，抬头冲他微笑，说："我好饿。"

"想吃什么？"章骁回过神，浅浅一笑，收起心头难以言喻的苦涩，"这里快结束了，我们出去吃。"

"好。"

两人双双转身，刚走没两步，叶修远就在身后叫住章骁。

空寂无人的长廊，回声弯弯绕绕地飘过他们耳际。

章骁停步，没急着转身，听着男人熟悉的冷音，每个字都捎着一丝挑衅和不甘。

"就算现在她在你怀里，心里想的人也是我，如果她真喜欢你，又怎么会等到现在？章骁，你只不过是她短暂的疗愈工具罢了，一个喜欢乘虚而入的骑士，最终都会败得很惨。你很清楚这点，你只是在自欺欺人，你真的很可怜。"

这话夹枪带棒，刺痛人心。

静姝气绝，想回头说些什么，章骁平静地按住她的手，转过身目光笔直地看向叶修远。

"我跟你之间最大的区别在于，你从来只想索取，而我愿意付出全部。"章骁眼底燃起耀眼的曙光，俨然一副胜利者的姿态，"或许像你这样的人永远无法理解，爱一个人的最终目标是希望她快乐，而不是希望她怎么让你快乐。

"就算我只是疗愈工具，那又怎样，我并不介意我的身份是什么，只要她需要，我就会一直在她身边。"

话毕，他坚定地牵着静姝的手扬长而去。

两人离去的脚步声轻重不一，急促而热烈，在长廊的尽头完全重叠，最终融为一体。

其实爱情并不复杂。

我们在茫茫人海中努力追寻意中人，他没有七彩祥云，没有三头六臂，他的爱炙热且纯情，直白不加掩饰。

我爱你。

我想要告诉全世界。

婚宴还没结束，章骁带着静姝先行离开了。

他们找了一间就近的西餐厅，很正常地吃饭聊天，仿佛刚才发生的一切没有发生过。

静姝能隐约察觉到章骁压抑的情绪，回去的路上他的话也很少，沉默的时间不断拉长。

他礼貌地送到她家门前，看她进屋，扯唇笑了下，说："早点休息。"

静姝盯着男人神色落寞的脸，吞回原本想说的话，轻轻关上了门。

章骁静止片刻，转身欲回自己家，没想到刚刚闭合的门又突然打开。

他诧异半秒，静姝已经悄无声息地靠近，紧紧抱住他的腰。

男人身子僵住，脑子持续发麻。

"静姝。"

"我知道你在别扭什么，我也知道你很在意叶修远说的话，但我不喜欢你总是闷着自己一个人难受。"她不爱拐弯抹角，心里想什么都会坦白说出来，她听见他狂乱的心跳声，昂头看他，语气真诚地问，"如果我说，我跟他什么都没发生，你会相信我吗？"

"会。"章骁轻喘两声，明显感觉到心头那根缠紧的锁链瞬间断开，连呼吸都顺畅了。

"对不起，是我小心眼。"

静姝抿了抿唇，用哄人似的语气说："章骁，我之前没有恋爱经历，现在只能摸着石头过河，所以我做得不好的地方，你直接说出来，不用总是说服自己包容我。这段关系虽然不是常规的开始，但也并非只有你一个人在努力，我也……"

说这种话难免会羞涩，她停顿一秒，低头红了脸，小声继续说："我也想要好好经营下去。"

章骁别开视线，耳朵跟着红了，尽管只是寥寥数语，依然能撩得他春心荡漾。

"什么都可以说？"

"嗯。"

章骁自嘲地笑了下，也不再藏着掖着，索性把这段时间心头的不快全倒了出来。

"我之前想过，即使你不爱我，一辈子只能唱独角戏，我也能坚持下去。可是静姝，我发现我还是很在意，在意每次提起叶修远时你会发呆，在意你见到他之后不自然的神色，更在意你们两人独处。"

他闭上眼微微低头，不想面对这样不堪的自己，顿了顿继续说："与其说是在意，更多的是害怕，害怕你离开，害怕你不再需要我。

"我并不想用道德去束缚你，也不想你因为感动而选择我，或许我没有自己所说的那么伟大，我想要你的人，也想摸到你的心，哪怕只有一丁点，我也希望你对我是有喜欢的。"

静姝沉默不吱声，清澈的眸底泛起柔软耀目的春光，嘴角勾起，像是在笑。

章骁抵不住太过灼热的注视，脸颊发热，声音也哑了，说："今天你也累了，你还是早点……唔……"

章骁瞳孔放大，突然贴上来的柔软，让他有些不知所措。

以前每次都是他带加，可这人此刻突然变成木头，静姝没法，只能学着他的方式。

男人重喘两声，呼吸沉下，大手死死掐住她的后腰，侧过头加深这个吻。

他抱着她后退进了屋内，把沉重的木门甩上。

静姝腿软无力，踢了碍事的高跟鞋，踮脚搂住他的脖子。

章骁喘得很厉害，用尽全力才克制住自己不跃进，弓着身子吻她修长的天鹅颈。

"不能再继续了，我怕我会犯错。"

"犯什么错？"

章骁低笑两声，没回答。

静姝紧紧拽住他的衣服，眼底蒙上一层决然的亮光，细声道："妮娜说，让我今晚就把你搞定，生米煮成熟饭，之后的一切都会变得顺理成章。"

章骁声音沙哑，贴着她的耳朵问："那你想吗？"

女人咬住下唇，这个问题怎么回答都很羞耻。

章骁埋在她颈边沉沉地笑，等她真害羞了，伸手想推开之际，他用力按住她的手，低头吻了下她的眼睛。

"我也是第一次，尽量让你满意。"

静姝还在脸红发蒙，下一秒被男人单手抱起，转身回房。

她心都要蹦出来了，忐忑不安地说："要不……我再认真想想？"

"砰——"

房门应声关上。

男人低音抚耳，捎着一丝酒醉后的微醺。

"晚了。"

03

凌晨三点，牧洲从昏迷中逐渐苏醒。

病房内灯光被调到最暗，微弱的光晕下，床边女人的侧脸紧贴他的手心，呼吸均匀，睡得很香。

他轻微晃动，重击后的身体疼得仿佛要散架，身上还有多处皮外伤，骨折的腿用石膏固定，样子略显滑稽。

"唔……"

妮娜本就睡不安稳，细微动作都能刺激她的敏感神经。

她揉着眼睛转醒，抬头见牧洲目不转睛地盯着自己，立刻从凳子上跳起来，又克制着自己不扑上去。

"哥哥，你终于醒了！"

牧洲盯着她眸底雾蒙蒙的湿气，轻叹了声，知道她肯定吓坏了。

"是不是背着我偷偷哭了？"

"没有。"妮娜嘴硬，心虚地看向别处。

背着光的那面，强忍许久的泪水夺眶而出，不想被他瞧见，她抬手擦掉，可没想到越擦越多，止都止不住。

"别哭了……"牧洲身体太虚弱，说话极其费力，"我手疼得抬不起来，没办法给你擦眼泪。"

妮娜愣了两秒，也不知哪个笑点戳中她，破涕为笑，泪眼蒙眬地放狠话："你要是敢死，我就去阎王那里把你抢回来。"

"不敢。"男人干笑两声，感觉头皮都要裂开，"我死了，没人喂我家小兔子。"

妮娜娇嗔地瞪他，见他还有力气打趣，大概率清醒了七八分，飞奔出去找医生。

经过一番精细的检查，医生说牧洲的情况目前还算稳定，具体还得看后期恢复。

医护人员走后，妮娜睡意全无，围着病床各种打转，一会儿问牧洲渴不渴，一会儿问他饿不饿。

她两手托着下巴，清澈的猫咪眼一动不动地盯着他。

牧洲有种身处 VIP 病房的错觉，静静享受着娇俏小护士的贴身服务。

"上来，一起睡。"

潮汐

她担心他的身体，摇头拒绝："不了，你身上还疼呢。"

"没事。"

妮娜犹豫再三，最终还是抵不过男人炽热的拥抱，轻手轻脚爬上床，缩进单薄的棉被里慢慢靠近。

病房里很安静，两人紧密相贴，感受彼此的气息和体温，谁都没有开口说话。

良久，妮娜从被子里探出半个头，瞥过牧洲下巴处包扎的纱布，疑惑地问："你为什么都包得像个木乃伊了，还是这么好看？"

牧洲低沉地笑了，回道："没点姿色怎么拿得下你。"

"我可不是那种好男色的妖精。"

他挑眉，追问："那你是什么？"

妮娜神秘地凑近他耳边，娇声软语地吐字："我是专吸精气的小怪物。"

牧洲宠溺地笑了，见她情绪缓和，晃了晃僵硬的肩膀，忍着剧痛抱紧她，低头蹭蹭她的鼻尖，问道："吓坏了是不是？"

"嗯。"妮娜也不否认，明白有些劫难躲不过，坦然面对是最好的解决方式，"胖虎说，撞你的车是无牌车，目的性很强，我有理由怀疑这事跟我妈有关。"

"事情还没调查清楚，你别瞎想。"那辆车是闯着红灯迎面撞来的，的确不像偶然事故，可即使有怀疑，他也不愿让她为难。

妮娜颤着声音问："万一真是她呢？"

"我能怎么办？"牧洲调笑，"我总不能把未来丈母娘给告了吧？"

"她铁了心想要你的命，你还心慈手软。"

他低头看她怒其不争的郁闷样，笑声延绵不断，一笑身体就疼，心却很暖很暖。

人在九死一生后，心境会发生很大的变化。

生命中再多磨难都抵不过健健康康地活着，有亲人相伴，有爱人相守，人生足矣。

"对了，牧橙知道这事了，非要明天过来看你。"

她清楚牧洲肯定会想先瞒着，只是千算万算没算到胖虎这个铁憨憨会说漏嘴。

"让她来吧。"

牧洲之前已经想好，等这边安顿下来就接牧橙过来，放在身边总是安心一点，她狐朋狗友太多，天天在大染缸里泡着，就怕哪次信念不够坚定，误入歧途。

"她身上的钱够吗？"当哥哥的人习惯考虑周到。

"我转了一笔，足够了。"

"你也别太惯她，她花钱没数。"

妮娜嘟瑟地哼了一声，说："嫂子叫得好听，我乐意给她花钱，你管得着吗？"

男人哑然，无奈叹气。

她低头看向他绑好石膏的腿，心疼地撇撇嘴，问："会不会很疼？"

"不会。"

"撒谎。"

"真不疼。"他亲昵地咬她耳朵，"你去换个护士装，我证明给你看。"

"去你的。"妮娜嬉笑着骂他，白天焦躁不安的情绪被他三言两语击碎。

忐忑不安的心稳稳落地，困意席卷，她无意识地往他怀里蹭，闭眼很快睡着。

翌日，阳光被乌云埋葬，风雨飘零，天地之间灰蒙蒙的。

下午两点，牧橙乘坐的飞机到达北城，她拖着小行李箱走向出站口，刚想掏手机给妮娜打电话，余光一瞥，整个人惊呆了。她单手捂住脸疾步前进，只想把自己藏起来。

舒杭接到妮娜的接人任务，怕自己视力不好错过，特意把她发来的牧橙照片打印成超大幅。他个子又高，两手举着，全世界都看得一清二楚。

"那个穿香蕉黄棉袄的小姑娘，就你，你躲什么？"

他嗓门很大，随口喊两句，四面八方的目光全聚焦在牧橙身上。

牧橙羞得只想逃，结果没跑多远就被腿长的舒杭轻松钳住。

舒杭郁闷皱眉，不解地问："是照片太小还是你眼神不好？"

牧橙也是个暴脾气的主，见他不肯放手，一脚狠狠踹过去，恶狠狠地说："是你脑子有病。"

舒杭躲闪不及，疼得龇牙咧嘴，委屈巴巴地说："说话就说话，动什么手啊？虽然我长得扎实，但也是皮肉之躯，你那驴蹄踹两下，我也是会疼的。"

"驴蹄？"牧橙大喘气，火气值飙升。

"不是，我说错了。"舒杭清楚自己就该当个哑巴，长张嘴只会惹人生气，心急得想补救，"飞毛腿，黄金飞毛腿。"

牧橙嘴角抽搐，无语凝咽。

这人不止长得憨，人也憨，难怪嫂子在微信中千叮万嘱，不要跟他一般见识。

"车在哪里？"她深呼吸，强迫自己不跟他计较。

舒杭指了个方向，把伞留给她，很爷们儿地单手扛起行李箱往前走。

雨下大了，他的头发和衣服很快被雨水浸湿。

走去停车场还有小段路程，牧橙撑着硕大的黑伞，看他强壮如牛的背影，心地善良的她终究不忍，别扭地凑了上去。

"要不……还是一起撑吧……"

他挥挥拿着巨型照片的手，不以为然地说："没事，这点毛毛雨淋不死人。"

牧橙觉得这人多少有点缺心眼，可比起油嘴滑舌的男人，又多了一丝难得的单纯。

"我叫牧橙，你叫什么？"

"舒杭。"

"怎么写？"

舒杭刚好走到车前，把行李箱塞进后备厢，侧头看她，笑得眼睛都在发亮，回道："上有天堂，下有'舒杭'。"

牧橙愣了愣。

降温了吗？

这鬼地方可真冷。

04

去医院的路上，牧橙随口问起关于车祸的事。舒杭倒也诚实，一五一十全说了出来，末了不忘加上一句："要不是抢救及时，现在已经阴阳相隔。"

牧橙听得心惊胆战，最后那话精准击中她脆弱的小心脏。她越想越后怕，低头红了眼睛，很小声地抽泣。

舒杭瞥了眼后视镜，顿时手忙脚乱。

"喂，你别哭啊，这不没事吗？骨折而已，养养就好了。"

牧橙心疼哥哥，越想越难过，这人又不知死活地煽风点火，泪意瞬涌，扯着嗓子放声大哭。从昨天到现在，害怕不安的情绪终于找到一个释放的出口。

舒杭被哭声吵得头皮炸开，右转把车停在路边，一声不吭地跑下去。

没过多久，他打开后车门，把一大包东西放在牧橙腿上。

正在擦眼泪的牧橙感受到大腿的冰凉，低头一看，里面都是冻得硬邦邦的冰棍。

男人念念有词："也不知道你喜欢啥口味，你自己挑，北城就这习俗，谁家孩子哭就给买冰棍，保准有效。"

牧橙不可置信地看着他，一时间哭笑不得。

"怎么？没合口味的？"舒杭明显会错意，热心地从里面翻了支香蕉口味的雪糕，"就这个，跟你这身衣服颜色挺搭。"

她还是不吱声，目光呆滞。

舒杭想着送佛送到西，撕开包装袋，把冰棍硬塞进她手里，说道："尝尝，味道贼正。"

牧橙处在极度发蒙之中，神色木讷地咬了口，冷意瞬间窜进头皮，冻得脑瓜疼。

"怎么样？"他满怀期待。

牧橙扯出一抹笑，回道："好。"

经历过之前那段错误的恋爱，舒杭也不再那么害怕跟女人相处，他从口袋里抽出纸巾，帮她擦干眼角的泪水。

"这要让外人瞧见，还以为我欺负你了。"

牧橙被他接二连三的举动惊得一愣一愣的，忍不住笑出声来。

"你笑什么？"

她咬着冰棒，坦然地说："我觉得你是傻子。"

"傻子就傻子。"舒杭也不生气，无所谓地笑了笑，"只要你别哭，我能交差就行。"

病房外，隐约能听见男人压抑发火的声音。

刚到门口的舒杭以为他们吵架，心急如焚地想进去劝架，结果迎头撞上推门出来的妮娜。

"嘘，先别进去。"

妮娜面色沉重，转头瞧了眼正在打电话的牧洲。

从清醒到现在，他的电话几乎没停过，前几日发出的货品在运输途中发生事故，收到不同程度的损坏，损失惨重，合作方收到风声，电话都打爆了，嚷嚷着要牧洲的公司赔偿。

牧洲好不容易闯过鬼门关，几乎不给喘气的时间，焦头烂额地处理一波又一波的破事。

"嫂子好。"牧橙喜笑颜开地喊人。

"牧橙，欢迎你来到北城。"妮娜笑容浮上嘴角，亲密地握住牧橙的手，"这里不比江南，你得多穿一点。"

牧橙乖乖点头。

两人闲聊半晌，牧洲的电话终于打完了。

妮娜带牧橙进入病房，转身退出，把空间留给他们，然后拉着舒杭走向长廊尽头的人行通道。

以前的她活在绝望无助的阴影中，惶惶度日，直到她再次见到牧洲。

这个男人的温柔和成熟如潮水般汹涌，严丝合缝地包裹住她的心。

她整日浸泡在蜜罐里，连呼吸都捎着糖果的甜腻。

可是，该死的噩梦依然还在，宛如一颗定时炸弹，总在她以为自己即将脱离苦难之际死死拽住她不放，让她死一阵活一阵，把她折磨到精疲力竭。

妮娜冷笑道："我知道是我妈干的。"

舒杭也清楚，只是不好明说："你接下来准备怎么办？"

她轻轻摇头。

舒杭继续问："你会离开牧洲哥吗？"

"不会。"妮娜转头看他，眼神坚定，"大不了跟她鱼死网破呗。这些年我对她已经仁至义尽，也不想在他们身上浪费多余的情绪了，说真的，我上辈子是干了多少坏事，今生才能遇到这么一对极品父母。"

说到这里，她无比羡慕地看向舒杭，语气也柔和了很多："你爸妈会为你遮风挡雨，你喜欢的他们无条件支持。我家狂风暴雨加闪电，我全身淋湿了，也没见他们心疼过一次。"

舒杭低声安慰道："所以命运才会安排你遇见牧洲哥。"

提到牧洲，妮娜沉寂的情绪瞬间回暖，释然地笑了，说："感谢命运，赐予我活下去的勇气。"

她转身时，舒杭叫住她，表情严肃地承诺："娜娜，我会挺你们到底，钱不够我凑，人不够我上。"

"够义气。"妮娜用力捶他一拳，"你放心，输不了。"

"嗯？"舒杭不解。

她转身看向窗外，露出一副高深莫测的样子。

"我忽然想起我还有张王牌，藏在她看不见的地方。"

"什么？"

"秘密。"她浅浅勾唇。

半小时后，两人一前一后回到病房。

牧橙坐在床边，看着哥哥的惨样眼泪直流。

牧洲很想安慰，可奈何行动不便。

妮娜跑去床头柜拿纸巾的工夫，舒杭不急不慢上前，掏出纸巾替牧橙擦眼泪，说："冰棍全化成水，直往眼睛里流。"

空气骤然凝结，全世界一片沉静。

牧橙的哭腔硬生生卡在半路，妮娜和牧洲面面相觑，唯有舒杭一人面不改色。他把微湿的纸巾在手心捏成团，一个抛物线扔进垃圾桶。

"三分，进了。"他喜笑颜开地咧嘴笑，浑然不顾三个目瞪口呆的人。

此时，妮娜点的午餐刚好到了。

舒杭热心肠地帮妮娜摆桌，两人嘻嘻哈哈地打闹，刚才发生的事没人追问，只是牧洲看牧橙的眼神多了几分耐人寻味的笑。

牧橙低头避开，顺带瞪了眼游离于世界之外的罪魁祸首。

妮娜捏着勺子给牧洲喂流食，两人时不时四目相对，男人眼底柔光熠熠，她看得心痒，趁人不备偷亲他。

牧橙初来乍到，吃不惯北城的菜，勉强咽下一块浓油赤酱的肉块。

舒杭见她碗里只剩白米饭，想着来者即是客，热情地把肉全夹给她，她碗里很快堆成一座小山峰。

"我不吃这个。"

"小姑娘不要挑食。"他瞥了眼牧橙过分纤瘦的身形，略显疑惑地问，"江南都不兴吃肉吗？怎么个个瘦得皮包骨？"

牧橙气不过，怒怼了句："那也比你肥头大耳要强。"

"我这叫结实。"舒杭很认真地纠正，说着便放下碗筷，撩开外套，"不信你摸摸，都是扎扎实实的肌肉。"

牧橙自然不肯陪他发疯，可他不依不饶，手欲伸向她，半路被妮娜截住。

妮娜无语到直翻白眼，没好气地说："你有完没完，小姑娘也残害，北城男人的脸都被你丢光了。"

舒杭很是无辜，嘴里嘟囔着："我这不是学着怎么跟姑娘相处吗？没别的坏心思。"

妮娜懒得搭理他，转头看向身旁的牧橙，说："牧洲还得观察几天才能出院，我会在医院一直陪着，你先住我们家，这两天让胖虎带着你到处转转。"

牧橙不放心地看向牧洲，牧洲扯出一抹笑意，说："我这里没大事，你安心玩你的。"

她再偷瞄埋头吃饭的牧洲，回想他那些令人匪夷所思的举动，下意识想要拒绝，却被男人抢先一步。

舒杭很讲义气地拍胸脯，说："没问题，这事包我身上。"

牧洲想了想，忍不住低声嘱咐："别让她喝酒，她有酒就发疯。"

05

傍晚时分，静妹牵着章骁轻轻推开病房的门。

牧洲正躺在床上闭目养神，妮娜站在床尾，用黑笔在打着石膏的腿上画画。

她听见动静，转身瞧见亲密无间的两人，猫儿眼眯成细缝，坏笑着凑近，假模假样地深吸一口气，说："我闻见了。"

"什么？"静姝一愣。

她嫣然一笑，说："米香。"

"娜娜。"静姝足足愣了两秒，回过神后羞红了脸。

妮娜无辜耸肩，抬头看向眉眼之间满是春色的章骁，叮嘱道："姐夫，我家姐姐可是易破碎的陶瓷娃娃，你记得温柔一点。"

章骁眼底笑意加深，把话题抛给静姝，说："你问她，我够不够温柔。"

静姝柔柔地瞪他一眼。

他眉头轻蹙，小心翼翼地问："不温柔吗？"

"你们够了。"妮娜笑得前俯后仰，乐呵呵地牵着静姝来到病床前。

床上的牧洲睡得不踏实，些许风吹草动都能吵醒他。

他昨天死里逃生，今早又因公司的破事耗尽心力，平时总是精力充沛的男人，难得展露自己虚弱的那一面。

"命还在，放心。"牧洲哑声开口。

静姝侧头看妮娜，眼神里全是疑惑。妮娜点头，证实了她心中所想，她轻声叹息，想起大舅母为人处事的毒辣手段，不禁为这对小情侣捏一把冷汗。

"大难不死，必有后福。"静姝也不会说什么安慰人的话，但字字真切，"趁着这个机会多休息，还有贴身小护士守着你，很快就会痊愈的。"

牧洲看向乖巧可爱的妮娜，扬唇一笑，回道："借你吉言。"

病人需要静养，静姝也不多停留，没多久便拉着章骁离开。

妮娜礼貌地送他们出门，挥手道别之际，她突然拉住静姝，踮脚凑近她耳边说私密话。

静姝听完愣住，默声两秒，点头应允。

屋外的雨下个不停，地面湿漉漉的。

章骁负责撑伞，静姝紧贴男人身侧，试探着想要牵手，可这人一点反应都没有。她昂头偷瞄他轮廓硬朗的侧脸，满脑子都是两人之前的亲密片段。

他从头至尾温柔到骨子里，仿佛对待一件来之不易的珍宝。

在炫目的白光里，眼前这张俊脸同篮球场上的阳光少年完美重叠。

或许在年少的某个时刻，她曾有过刹那的心动，只是那时她还不知道，这个爱了她很多年的男人，早在不知不觉中已经占据她心底的小小角落。

我曾拒绝过你。

可最后兜兜转转还是你。

命运的安排，没人能逃得过。

雨滴噼里啪啦地砸向伞面，大伞朝静姝那侧倾斜得厉害，章骁的半边肩膀已经湿透了。

静姝回过神，默默收回手，半路被男人用力抓住，包在掌心，塞进外衣口袋里。

静姝抿唇轻笑，耳边全是粉红气泡炸裂的声音，清脆悦耳。

车门打开，她先上车。

章骁收了伞，探身进来给她系安全带，余光瞥了眼她空空如也的手腕。

"检测仪没戴？"

"哦，忘了。"

章骁沉思两秒，表情肃然，说："下次记得戴上。"

"嗯？"

他盯着她的眼睛，眸底晃过一丝灼热的笑意，说："不戴着它，我怎么知道该快点还是慢点。"

静姝轻轻眨眼，耳根红得发烫。

她听懂了。

住院一周后，牧洲顺利出院。

舒杭带着牧橙匆匆赶来，刚进医院门，迎面撞上拄着拐杖缓步前行的牧洲，以及两手叉腰濒临爆发的妮娜。

"出院这么大的事，你们两个居然敢迟到？"

牧橙昨晚喝大了，自知理亏，心虚地往舒杭身后缩了缩。

舒杭倒也义气，大步向前，烂事全往自己身上揽，尽管罪魁祸首并不是他。

"怪我，我睡过头了。"他说话含混不清，两片嘴唇肿得像香肠，越看越滑稽。

妮娜惊愕地盯着他的香肠嘴，八卦地凑上去，问道："你嘴怎么了？"

"被蜜蜂蜇了两下。"

"大冬天的有个鬼的蜜蜂。"

顿了顿，妮娜狐疑地看着说谎后神色不自然的胖虎，嘴跟机关枪似的扫射，一副要干架的狠劲，问道："你是不是被人欺负了？那人混哪里的？要不要我找人给

255

你报仇？"

　　舒杭见她当真，慌张摆手，说："真没事。"

　　"不行，你今天要不说清楚这事，我就不走了。"妮娜冷着脸，说什么也不肯罢休。

　　舒杭为难地瞧了眼身后的牧橙。

　　牧橙一脸无辜地看着他，余光扫过他颇具喜感的嘴唇，"扑哧"笑出声来。

　　就在舒杭纠结着不知如何解释时，安静看戏的牧洲好心出手相救。

　　他把暴怒的小兔子拉到身边，凑到她耳边低语："我饿了，先去吃饭。"

　　妮娜点头，不再纠结刚才的事，扶着牧洲慢慢地走出医院大门。

　　牧橙下意识地跟上去，舒杭倏然拽住她的手腕。

　　"你干吗？"她用力挣脱，满脸不耐烦。

　　舒杭低头看她，此刻的心情无比复杂，亢奋激动之余，夹杂着一丝难以言喻的委屈。

　　"我帮你想了个英文名，很适合你。"

　　"嗯？"

　　"Bee（蜜蜂）。"

第十二章

每天都想说给你听

01

清晨的阳光从错乱的树缝间投射下来，形成粗细相间的光柱，纵横交错，空气里弥散着轻纱似的薄雾，凉风习习。

他们就近选了家早餐店用餐，牧橙吃到一半突然想吃牛肉面，舒杭二话不说带她去周边找了。

餐桌上只剩牧洲和妮娜两人。

妮娜把金黄酥脆油条掰成小段放进豆浆里，习惯性地捏起勺子要喂牧洲。

牧洲愣了下，伸手接过，提唇笑着，说："骨折的是脚，又不是手。"

"我不管，你现在是我们的重点保护对象，能少动就少动，最好别动。"

"不动的是死人。"

"呸呸。"妮娜皱起眉，对这个词忌讳得不得了，还没好气地剜他一眼，"你下次再这么不忌口，我全记在小本子上，等你哪天好了一起找你算账。"

"别哪天了，今天就算。"牧洲捏她气鼓鼓的脸，眸色柔如春光，"我倒想看看你记了我多少条罪状。"

妮娜娇嗔地瞪他两眼。

男人低声笑，还想说些什么，手机倏然响起。他看了眼，是公司打来的电话。

短短一周时间，刚刚走上正轨的物流链发生不同程度的突发事故，几乎每天都有各种棘手问题等着他来解决。

牧洲压力大到根本睡不着，但当着妮娜的面依然强颜欢笑，不想让她担心，甚至怕她知道这些会胡思乱想，很多时候都会刻意支开她接电话。

他放下手机，面不改色地说："隔壁好像有家卖春饼的店，你帮我去买点来？"

妮娜沉默地看他半响，笑意很快浮上嘴角，回道："好。"

等她完全消失，牧洲才接通电话。

电话那头絮絮叨叨说了一大堆，他脸色越来越差，压着情绪稳住人心。

"我很快回公司，等我回来处理。"

妮娜买完东西并没有立刻折返，而是伫立在店外的空地上，仰着头拥抱温暖的阳光。

耳边隐约传来舒杭的声音，她侧头看去，牧橙正在路边喂流浪小狗吃东西，小黑狗叼着火腿肠转背就跑，舒杭和牧橙迅速追上，妮娜也好奇地跟了上去。

小狗来到黑巷子里的木板堆上，里面窝着一只毛色发白的老狗，垫着几件脏兮兮的破衣服，身体已经冰凉。

小狗并不知道妈妈已经离世，它把半截火腿肠送到妈妈嘴边，见妈妈没反应，小心翼翼地用鼻子朝前拱了拱，依然得不到任何回应。

牧橙半蹲下去，看着蜷缩在妈妈身边取暖的小黑狗，她忽然想起毅然决然抛弃他们的妈妈。

时隔多年，她早已记不清妈妈的样子，哥哥把家人的照片全都收起来了，就怕她触景伤情。

牧橙最后的记忆还停留在妈妈离开的那天。

那天下着大雨，她跟着车追了很久很久，不小心摔在地上，眼泪哭干了，最后被牧洲抱了回去。

隔年，爸爸去世，被迫成熟的牧洲已有大人模样，他一滴眼泪没流，安安静静地抱着她。

"不怕，有哥哥在。"

从那往后，他们再无依靠，唯有彼此。

牧橙伸手摸了摸小狗的头，小狗寻到温暖蹭蹭她的手指，她指尖猛颤。

几秒过后，她转头看向舒杭，眼泪在眼眶里打转，哭腔很细，问道："我们可以收留它吗？"

我们……

舒杭盯着牧橙泪光闪烁的眼睛，顿时心软如水，一股强烈的保护欲油然而生。

牧橙见他不说话，怕被拒绝，小声加了句："天这么冷，它也会冻死的。"

"可以。"舒杭重重应声，咧开香肠嘴憨笑两声，脱下外套，包起脏兮兮的小狗，转身见到站在身后的妮娜。

他怔住，问道："你什么时候来的？"

"一直都在。"妮娜轻松耸肩，"我是透明人，你们继续。"

舒杭愣了愣。

户外天寒地冻，舒杭把快冻僵的小狗放在车里，安顿好后下车，四处张望没见到牧橙，反倒是妮娜正靠着车美滋滋地吃春饼。

"牧橙人呢？"他心急地问。

妮娜一脸玩味的笑意，说："回店里找她哥去了。"

她忍不住盯着舒杭那两片出戏的香肠嘴，越想越奇怪，流氓痞似的伸腿拦住他往前的脚步。

"胖虎，你有事瞒我。"

"哪有……"舒杭心虚地看向别处。

"你发毒誓，骗我这辈子找不到老婆。"

闻言，舒杭额角抽搐，无奈地说："用不着这么毒吧。"

"那行。"妮娜吊儿郎当地两手背在身后，大步流星往前走，灵动飘逸的雾蓝色长鬒发随风荡漾，在阳光下闪闪发光，"我去问牧橙，她这段时间天天跟你混在一起，多少知道一点内幕。"

"别啊。"舒杭一听就慌了，拽住她的衣领往回拉，妥协似的长叹，"我说，我说总行了吧。"

02

一切罪恶的源头，还得从昨晚说起。

牧洲住院期间，舒杭化身司机兼导游带着牧橙绕着北城转了个圈，用心招待她，体验了各种好吃好玩的，两人也从最初尴尬陌生的关系逐渐破冰。

牧橙性子开朗，能说会道，简直就是翻版妮娜，当然，暴脾气的那一面也是完美复刻。

好比昨晚在泰国餐厅吃过晚饭后，牧橙非闹着要去酒吧喝两杯。舒杭开始不同意，后来经不住她软磨硬泡，带她去了朋友开的小清吧，想着小酌怡情，无伤大雅。

谁知几杯酒下肚，牧橙彻底醉死。舒杭认命似的把她扛出酒吧，开车送她回牧洲和妮娜的甜蜜小窝。

进屋后，他摁开沙发旁的落地灯，轻轻放下她，暗黄的光晕照亮那张红润的小脸。牧橙的相貌同牧洲有几分相似，美得不算惊艳，却又有江南女子的清新可人。

她酒后很爱笑，嘴里碎碎念叨。舒杭好奇地凑近去听，结果被醉鬼猛地勾住脖子，身子一转，他被重重压在下面。

盯着近在咫尺的脸，舒杭紧张地咽了下口水，结结巴巴地问道："干……干什么？"

软绵绵的身体贴上来，醇香酒气弥散在燥热不堪的气流间，舒杭脸红地别过头。醉酒的人儿不满，两手用力掰过他的头，强迫他与之对视。

"橡皮糖，棉花糖……"

他终于听清牧橙在念叨什么，来不及推开，两片嘴唇就被人用手捏紧。牧橙张大嘴咬住，吃东西似的用牙齿轻轻咀嚼。

舒杭呼吸暂停，一丝凉风凶猛地灌进头皮，全身都在发麻。

他一动不动，也不知持续了多久，等她在醉梦里吃饱喝足，一头扎进他颈窝，沉沉睡去。

舒杭失魂地盯着天花板发呆，微肿的红唇仿佛不属于他，随着针扎般的酥麻刺痛传来，一股说不清道不明的热流灌进心底。

他平静地叙述完事情经过，满怀期待地转头看妮娜，脸颊泛红，喃喃道："我的初吻没了。"

妮娜不可置信地问："你还有初吻？"

"嗯。"他腼腆地摸了摸头。

"之前那女的，你们没有过吗？"

舒杭点头，露出小姑娘的娇羞，回道："你知道我这人比较慢热，这种事也不好意思。"

妮娜深吸一口气，也不知该夸他老实还是傻，默默竖起大拇指，说："人才。"

"别瞎夸，会骄傲。"他低头憨笑。

妮娜翻了个大白眼，刚想揶揄两句，就见牧橙扶着牧洲走出早餐店。妮娜飞速迎上去，贴心地护着男人上车。

牧橙转身见到舒杭还在车头独自傻乐，摇了摇头，满眼遗憾。

人是好人。

可惜脑子不大好使。

舒杭先把他们三人送回公司，而后马不停蹄地带着刚救助的小黑狗去宠物医院。

妮娜本想扶着牧洲去办公室休息片刻，可他说有急事要处理，让她们去有暖气的房间热热身子。

妮娜担心牧洲的身体，死活要跟着，牧洲耐着性子哄了片刻，她才不情不愿地拉着牧橙回房。

在仓库负责人的指引下，牧洲第一时间来到昨晚出事的地方。本来有批货物计划今天出货，没想到昨晚有几人偷偷摸摸进入公司，身上带着可燃汽油，要不是管理员及时发现，叫来一群搬货的年轻工人强行阻止，后果不堪设想。

可即使如此，仓库里的原木还是被刺鼻的汽油浸染，无法正常出货。

"合作商那边联系了吗？"

"联系了。"负责人也很无奈，这段时间灾难接踵而来，压得人喘不过气，"他很生气，让我们依照合同进行赔偿。"

牧洲面无表情，说："按正常程序走。"

"牧总，这种事明显是人为，需要报警吗？"

他深思片刻，刚要拒绝这个提议，谁知后面突然窜出个斩钉截铁的女声："报警，为什么不报？"

牧洲诧异回头，转身见妮娜快步走来，停在他身边，表情严肃地问负责人："监控有拍到吗？"

"有，但夜间画面比较模糊。"

妮娜不慌不忙地吩咐："先报警，把监控视频发给我。"

负责人拿不准主意，看了眼牧洲。

牧洲知道妮娜肯定不会善罢甘休，无可奈何地点头，说道："照她说的去做。"

等仓库里的人陆续离开，牧洲平复好情绪，故作淡然地笑了，打趣道："越来越有老板娘的架势了。"

妮娜横眼瞪他，气不打一处来，说："要不是看你是个病人，我真想踢你两脚解气。"

他拖着不麻利的腿往前一步，伸手想抱她。

妮娜生闷气推开他，又不敢太用力，拉拉扯扯到最后，还是被他抱进怀里。

妮娜在他怀中昂起头，小声问："牧洲，你相信我吗？"

"相信。"

"如果我把你公司弄没了，你也不会怪我吗？"

"怪你什么？"他低眼看她，语气认真，"我来北城就是为了你，公司没了可以重新来，只要你还在身边，生活就还有希望。"

妮娜被哄得心花怒放，猫咪眼水亮润泽，说："那你答应我，以后不能支开我接电话，不能什么事都瞒着我，我又不是三岁小孩，不能总是被你无微不至地护着。我现在是个成熟的大人了，我也可以替你分担烦恼。"

牧洲轻轻合眼，摸摸妮娜的头。

他知道瞒不过她。

他的一举一动她都看在眼里，不说是因为在乎，说是因为心疼，她选择戳破一切障眼法，与他并肩而行。

"不管怎样，她终究是你妈，你也别太过火。"牧洲叹了口气，忍不住劝她。

妮娜苦笑着摇头，侧头看向窗外的阳光，在玻璃厚重的遮挡下，清透日光也糊上一层灰黑。

"有些妈妈是守护神，有些妈妈是地狱使者。"她眸光冷却，喉音发哑，"她非把我逼到角落，我退无可退，只能反击。"

昨晚的监控视频很快送到妮娜的手上。

她透过模糊不清的画面迅速锁定为首的人，他脖子上的文身分外惹眼。大飞，朱母身边的人，有黑社会背景，专替她干些上不了台面的龌龊事。

妮娜拿过手机起身，站在二楼的走廊尽头，拨出去的电话很快接通。

她单刀直入地说："我还以为你有多厉害，原来也不过是点偷鸡摸狗的小把戏。"

那头的人阴阳怪气地问："你那个吃软饭的男朋友还没死吗？"

妮娜笑呵呵的，故意激怒对方，说道："托你的福，在医院养养身体，现在好得不得了。"

朱母气得咬牙切齿，一时没控制好情绪，提高声音说："这次只是给他一点警告，下次就没这么幸运了。"

"怎么，下次准备喊大飞开坦克去撞他吗？"妮娜大笑不止，眼底寒光乍泄，"你什么时候变得这么天真了？"

提到大飞这人，朱母明显气息乱了，嘴硬地怒骂："你这个吃里爬外的东西，你是打定主意要跟我斗吗？"

"我只是想提醒你，下三滥的伎俩我见怪不怪了，没招了就赶紧撤，不丢人。老了就安安稳稳养老，非要当这讨人厌的老巫婆，你小心遭报应。"

"你……"

不等那头说完，妮娜利索地挂断电话，目的已经达到。

遇见朱振国以前，朱母是个有勇有谋的成功商人，可婚后的这些年，她已被不幸的婚姻折腾得要死不活，仅剩的那点力气全用在与"小三"争风吃醋上。

女人一旦把幸福完全寄托在男人身上，大多数会伤得体无完肤，严重者甚至精神错乱。

朱母就是代表人物。

03

往后的一切如同妮娜预料的那样，受到刺激的朱母不再躲在暗处指挥人玩阴招，而是利用自己的关系网全面打压牧洲的公司。

先前谈好签约的合作商纷纷改口，宁愿承担高额的违约金也要与他解约，个个对他避之不及。

牧洲早有心理准备，不慌不乱地处理后续。

妮娜要求他专心养身体，他也听话，这边公司的事索性放一放，心思全放在江南的总公司上，闲暇时间找胖虎打打游戏，逗逗牧橙刚养的小黑狗，晚上抱着小兔子睡觉，日子过得那叫一个惬意。

那天是小年，屋外下着鹅毛大雪。

往年的今天，朱母都会在一间私人会所订最豪华的包厢，只是这次一家三口少了妮娜。

临近开餐，朱振国姗姗来迟，无视朱母的各种示好，全程黑着脸，吃到一半，甚至当着她的面接起"小三"的电话。

朱母气到差点晕厥，换作以前她肯定撒泼发泄，可顾忌今天是个大日子，火气压了又压，转身往外走。

刚出包厢门，她隐约听见妮娜的声音，循着声音找去。来到不远处的一个包厢前，门没关严，她看见妮娜一行人正喝着小酒，欢天喜地地畅聊。

双重刺激下，朱母彻底疯魔，猛地推开包厢门。

屋内的几人转头看过来。

在场的人只有牧橙没见过朱母，虽不清楚发生什么事，但光从那张来者不善的脸上便能察觉到一丝不寻常的气息。

她疑惑地看向舒杭，舒杭冲她摇头，示意她不要轻举妄动。

妮娜面色不改，不阴不阳地笑着问："怎么，朱振国把你赶出来了？"

朱母阴着脸，正愁没处发火，忽略她的话，目光恶狠狠地扫向她身旁的牧洲，冷声道："这个地方可不便宜，你负担得起吗？"

她见男人没说话，继续攻击："你们这些小地方出来的人，是不是都以花女人的钱为荣？"

牧洲很艰难地站起身，自小的教养促使他再生气也不会顶撞长辈："阿姨……"

"别用你那张嘴叫我！"朱母瞪眼打断，是掩饰不住的厌恶，"你以为拖住妮娜就赢定了？我还就告诉你，就你那个小破公司，我随便动动手指都能捏坏。北城不是你这种人能待的地方，早点滚回去，别污染了这里的空气。"

这话刺耳到好脾气的舒杭都忍不住皱起眉，本想仗义地帮牧洲说两句好话，没想到火大的牧橙先一步跳起，勒起袖子就要干架，大喊道："哪里来的老巫婆，嘴这么臭。你算什么东西，敢骂我哥，我打不死你！"

舒杭眼疾手快地把她拢进怀里。

牧橙脸颊涨红，叫嚣着："你放开我！"

"你冷静点。"

"放手，我今天不掰烂她两颗牙，她别想给我出去！"

朱母见牧橙被舒杭控制住，冷哼一声，不屑道："果然是小县城来的人，哪有什么教养可言，也不看看自己什么身份，以为攀个有钱人就发达了？我自己找了个爱吃软饭的男人，我绝不会让我女儿跟我一样，你趁早死了这条心吧。"

话音刚落，她身后传来一声铿锵有力的男声。

"你口中吃软饭的男人，莫非是我朱家的种？"

朱母背脊发麻，那声音太过耳熟，她听得出来是谁。

她呼吸声暂停，心慌意乱地转身。

静姝扶着精神抖擞的朱老爷子赫然出现，两人身后站着章骁，手里拎着特意带来的好酒。

朱母刚那点嚣张劲瞬间荡然无存，问道："老爷子，您怎么来了？"

朱老爷子目光犀利地扫过她的脸，沉声道："我要不来，哪能看得着这么一出好戏？"

"大爷爷。"妮娜笑着迎了上去，抬头看了眼静姝。静姝点头，嘴角笑意加深。

牧洲拄着拐杖上前打招呼，行动不便的样子被老人尽收眼底。

朱老爷子想着来的路上静姝给他讲的那些事，沉沉叹了声，既心疼牧洲为爱隐忍，又气他一声不吭偏要硬扛。

明明打个电话就能解决的事，非把自己折腾得鸡飞狗跳。

老人气场太足，往那里一坐，在场谁都不敢说话。

"朱振国人呢？让他给我滚过来。"

妮娜得令，一蹦三跳地跑去包厢找人。

没多久，西装革履的中年男人跟在妮娜身后出现。

朱振国看着怒气未消的老人，再瞄了一眼脸色煞白的朱母，弯腰靠近，喊道："大伯。"

拐棍"咚"的一声重重砸地，朱振国扎扎实实挨了一记狠的。他不敢躲闪，规规矩矩站着。

老人冷冷地瞥他，摸了把白须，说道："你家的私事我管不着，可你老婆现在用不正当手段打压我看重的晚辈，还差点闹出人命，这不是明晃晃地打我老头子的脸吗？"

朱母想为自己辩解，被老人一个眼色治住。

他侧头看向朱振国，语重心长地说："我们朱家在北城也是有声望的家族，你现在被人说吃软饭，整个家族都要跟着你蒙羞。你说你大小也是个集团老总，连个老婆都管不住，任她胡作非为，在晚辈跟前倚老卖老，这事说出来也不怕遭人笑话。"

朱振国一头雾水，可还是恭敬地附和："您说得对。"

朱母不甘心地凑上来，低声说："老爷子，妮娜年纪小，脑子糊涂容易看走眼，我作为妈妈帮她把关有什么错？"

朱老爷子回头，不温不火地反问："照你这意思，我也是脑子糊涂看走了眼？"

朱母噎住，还想继续说什么，朱振国用力拉她，眼神凶恶地让她闭嘴。

"牧洲是我老战友的孙子，他爷爷当年把我从死人堆里扛出来，那是过命的交情。他有志气，想靠自己的本事创业，我尊重他，可他现在受了委屈，我作为长辈护着他，想帮他抱不平，有错吗？"

朱振国赶忙说："没错。"

老人不理会他，紧盯着神色复杂的朱母，又问了一遍："有错吗？"

女人脸色紧绷，始终不松口。

朱老爷子也不急，慢条斯理地直击要害："你们这段婚姻吵吵闹闹到现在，两家人的脸都被丢尽了，依我看，不如早些散伙，还大家一个清静也好。"

言之意，便是离婚。

朱振国自小最听大伯的话，父亲去世后更是把他当成亲生父亲对待，他的话就是圣旨。

"您没错。"朱母咬牙憋出几个字。

她清楚自家老公的德行，老爷子说这话显然是让她在老公和女儿之间做选择，选择一方的同时，也就意味着失去对另一方的掌控权。

而她，依旧坚定不移地选择爱情。

"如此便好。"朱老爷子扬唇一笑，"你们出去吧，别影响我陪小辈们过小年的好心情。"

朱振国如释重负，拉着愤愤不平的朱母往外走。

包厢门关上，完美隔绝屋外两人震耳欲聋的吵闹声。

那天，全桌人都吃得很开心。

朱老爷子在妮娜不间断地敬酒中很快醉倒，最后是被章骁和舒杭一人一边架上车的。

临别时，朱老爷子把醉眼惺忪的妮娜叫到跟前，上来就是一记糖炒栗子。

"疼。"她委屈巴巴地捂住额头。

"你个小家伙，现在都敢算计到我头上来了。"

妮娜嘚瑟地吐舌头，老爷子这么聪明的人，肯定看得清清楚楚。

她笑眯眯地学他说话："我护着自己的男人，有错吗？"

朱老爷子哈哈大笑，转眼看向牧洲，问道："这个爱闹腾的小家伙，你真就那么喜欢？"

牧洲扯过站不稳的妮娜困进怀里，郑重其事地点头，回答："喜欢。"

"罢了罢了，年轻人有自己的想法，我老了，安安心心当个护身符，不讨人嫌。"

他摆手告别，车子很快消失在茫茫夜色中。

牧橙今晚也喝醉了，围着舒杭各种闹。

舒杭被闹得来了脾气，二话不说扛起她带走。

一时间，所有人都消失了，只剩在雪中紧密相拥的两人。

牧洲低头蹭妮娜冰凉的鼻尖，小声问："冷不冷？"

妮娜缓缓摇头，嘴角的笑容迟迟不散，踮脚亲他的下巴，说："哥哥，我想告诉你一个秘密。"

"你说。"

她神秘地冲他勾手指，他配合着弯腰凑近。

扑鼻的酒气袭来，小奶音甜滋滋的，萌化人心。

"我买了新的睡裙，回去穿给你看。"

牧洲听得心血翻涌，喉头滚了两下，压抑的低嗓灌满醉人的春潮。

"好。"

04

冬去春来，春过夏至。

清凉的春风吹过树梢冒尖的嫩芽，鲜活的翠绿由浅至深，迅速向外舒展，风过留声，随风飞舞。

阳光从密密麻麻的树枝间投射下来，地面闪烁着硬币大小的光斑。

温热的空气中捎来一丝独属于初夏的气息。

六月下旬，妮娜的新书签售会定在北城最大的书店。

严格来说，这是她第一次愿意在公众面前露脸，经历过很长时间的网暴，她现在俨然进化成拥有一颗无坚不摧的钢铁心，"黑粉"们怎么骂她都不生气，甚至还会调皮地点个赞。

牧洲的新公司运作顺利，仅半年时间已在北城站稳脚跟。

有了朱老爷子当护身符，朱母纵使心有千万个不满也不敢再从中作梗。

牧橙选择留在北城，陪在哥哥嫂子身边，为了今后能帮哥哥分忧解难，她接受妮娜的提议专心备考成人大学。

年少的心思从没放在学习上，导致现在学起来十分吃力，好在她身边有个看似智商不高，实则是国外名牌大学毕业的舒杭全程守护。

他脾气好，耐心十足，愿意手把手从零教起。

新书签售会前期，牧橙如愿拿到妮娜送来的 VIP 票，那时的她还蒙在鼓里，并不知道自己仰慕已久的作者就近在眼前，兴奋地抱着妮娜猛亲。

妮娜有心想给她一个惊喜，警告牧洲和胖虎务必守口如瓶。

其实一开始妮娜也以为牧洲不知道，可有段时间，一个昵称叫"今晚吃兔肉"的读者突然冲上打赏榜第一。

她私下还跟牧洲吐槽："有个读者的 ID 好诡异。"

牧洲笑而不语，轻声附和："说得很有道理。"

再后来，她敏锐地发现那个 ID 会在自己的每条微博下留言，简简单单几个字，却看得她毛骨悚然。

【今天过得开心吗？】

【我很想你。】

【好累，想抱你一下。】

妮娜越看越惊悚，甚至犹豫过要不要报警查人，结果几天后她用牧洲的平板电脑玩小游戏时，微博倏地弹出一条提示信息。

她顺手点开，随意瞥过他的微博昵称，整个人从床上蹦起来，震惊得语无伦次。

那晚，牧洲下班回来，沙发上坐着黑脸小兔，茶几边静静躺着平板电脑。

他从容不迫地走来，伸手捏她的脸，问道："怎么了？"

"骗子。"妮娜没好气地怒瞪他。

牧洲笑得如沐春风，知道自己已然暴露。

他笑呵呵地坐在她身侧，兔子不让他抱，他好声好气地哄了半天。

妮娜突然一个猛扑过来，强行把他压在身下。

"你什么时候知道的？"她噘着嘴质问。

他单手枕着头，语气轻松地回答："那次你说码字不易的时候，我就猜到了。"

妮娜小声揶揄："书没读多少，脑子倒不笨。"

牧洲点头表示认同，伸手撩起她耳边的碎发拢到耳后，说："牧橙的零花钱，我已经砍半了。"

"为什么？"

"因为……"他拉长尾音，揽过她的后腰身子一转，死死将她控在身下，亲吻她的鼻尖，"我的老婆，我自己来养。"

新书签售会当日，白天阳光普照，傍晚时分，天空突降大雨。

一辆粉色的甲壳虫稳稳停在医院门口，没多久，一个身形高大魁梧的男人从院内出来，径直走向甲壳虫。

驾驶位的女人穿着米白色的长裙，笑容恬静淡雅，柔声问他："今天累吗？"

"还行，做了两台手术，都很成功。"

章骁如实回答，侧头看到她嘴角藏不住的笑意，忍不住勾勾嘴角，手摸到她的小腹，问道："有感觉了吗？"

静姝脸一红，轻轻拍掉他的手，小声说："才两个月，哪有那么快。"

章骁乐合不拢嘴，低手从置物格里拿出早备好的话梅，掏出一颗喂进静姝的嘴里，说："我说要休假陪你，你死活不肯，我每天在医院胆战心惊，生怕你有什么闪失。"

"你们饶了我吧。"静姝憋了一肚子气，大倒苦水，"外公知道我怀孕后开心得不得了，恨不得二十四小时守着我，要是再加个你……我这不叫养胎，叫坐牢。"

"知道了。"章骁也就随口说说，凡事还是以她的想法为主，"老婆说什么我都听。"

静姝抿唇笑了笑，眉眼柔得滴水。

章骁接住她吐出的梅子核，贴心地拧开水瓶，趁等红灯时递到她嘴边，问道："要不我来开？"

"不用，我们赶时间。"

"什么事这么急？"他愣了下。

她微微一笑，说："妮娜的新书发布会，我也想去凑个热闹。"

章骁恍然大悟，前段时间似乎听静姝提起过，当姐夫的自然大方，说："先买个一百本。"

"你买那么多做什么？"

男人想了半天，试探着问："胎教？"

"扑哧！"静姝忍不住笑出声来。

窗外天雷勾雨神，车内一片温暖祥和。

静姝和章骁是俗称的闪婚，开春三月便已经完婚了。

两人新婚燕尔，如胶似漆，蜜月旅行去了国外，玩了一个多月，刚回来就有了好消息。

静姝没有任何心理准备，章骁则担心她的身体，两人犹豫很久，最后还是静姝拍板决定留下。

有做措施的前提下还能这么快中奖，她坚信孩子是上天赐给他们的礼物，值得用最真诚的爱好好珍惜。

屋外下着倾盆大雨，舒杭早早来到培训机构门口等待，时不时看两眼手机，担心公司里有什么急事要处理。

自他入股牧洲的公司后，做事勤勤恳恳，认真细致，很多时候牧洲会放权让他去处理大小事宜。他上手很快，已经可以独当一面了。

他拎着牧橙爱喝的奶茶和小甜品等她下课，等了半天，来来往往的学生中并未见到她人，打电话也没接。

舒杭有些担心，直接跑去教室找她。

刚走到教室后门，他就听见牧橙的声音，笑容刚浮上嘴角，紧随其后的男声令他停下脚步。

"那个每天来接你的男人是你男朋友吗？"

"啊，不是。"

近距离听见牧橙的否认，舒杭失落地低下头，下意识地往后退了一步，想着自己现在出现会让她尴尬，拧着东西默默转过身。

然后，他听见她认真地说："现在不是，以后会是。"

他骤然停步，身体宛如被电击般伫立在原地，看着灰暗的走廊静静发呆。

牧橙走出教室，见牧橙站着玩木头人游戏，好奇地凑了过去，戳戳他的手臂，问道："你干吗？被人点穴了？"

舒杭晃过神，憨憨地递上给她准备的东西。

饿狠了的牧橙看见吃的两眼发光，飞速夺过他手里的奶茶。

269

"慢点吃，别呛着。"说这话时，舒杭颇为嘚瑟地瞥了眼她身后的小男生，微微抬头，摆出一副胜利者的姿态。

哥哥我稳进决赛圈。

你没戏了。

半小时后，舒杭的车开进书店的地下停车场，下车时恰好撞上静姝和章骁夫妇。

经过这段时间的相处，牧橙同他们已经很熟络，笑盈盈地凑上去打招呼："静姝姐姐也来这里买书？"

静姝点头，如实道："今天不是有签售会吗？是……"

"是尼尼的新书。"

舒杭难得反应迅速一次，疯狂朝静姝使眼色。

静姝没看明白，还想说些什么，就见舒杭的头摇成大波浪，恨不得直接上手捂住她的嘴。

"什么尼尼，是纳尼大大。"

牧橙对于他说错名字这事完全不能忍，上脚就要踹他。

他趁机往后跑，两人你追我赶，很快消失。

静姝茫然地看向章骁。章骁也莫名其妙，牵着她跟上前方的大部队。

05

如果说在地下车库遇到静姝夫妇称得上惊喜，那么牧橙进店的第一眼所看见的那抹熟悉的男人身影，着实算得上是惊吓。

牧洲若无其事地朝她走来，笑容无懈可击，说："来了。"

牧橙脑子里一片空白。

什么情况？

怎么今天全世界都到齐了？

她踮脚朝牧洲身后看了两眼，没见到妮娜，她还纳闷平时形影不离的两人今天怎么分开行动。她刚想询问嫂子去哪儿了，身后拥进一大群闹哄哄的读者，瞬间将她吞没。

十分钟后，新书签售会正式开始。

牧橙拿着 VIP 票成功挤到第一个，她捧着书各种沾沾自喜，可回头见身后全是熟人，越想越奇怪。

这时，万众瞩目的作者纳尼在主办方的指引下闪亮登场。

见到她本人，全场读者无一不发出惊呼声，还纷纷拿出手机拍照发微博。

"好可爱，原来大大这么好看。"

"人家有才有颜还有钱，气死那些黑粉，看她们以后还怎么造谣。"

牧橙顺着呼声随意一瞥，眼睛都看直了，脑子里嗡嗡作响。等妮娜坐上签名座，她都还未从极度震惊中清醒。

负责人在旁小声提醒："可以开始签名了。"

牧橙呆呆看着妮娜，眼睛一眨不眨，直到身后的读者出言催促，她才僵硬地递上新书，脑子一片空白。

"想要我写什么？"妮娜眉眼弯起，毫无掉"马甲"后的尴尬。

"祝……祝……"

牧橙结结巴巴，一个有用的字都说不出口。

妮娜大笔一挥，留下一句简单且真诚的话——

【祝你天天开心，永远爱我。】

牧橙拿着签好的书转身往后走，忽略追在身后的舒杭，仿佛脚下的每一步都生出长串的泡泡，在耳边噼里啪啦炸响。

天啊，简直爽炸了！

她最爱的作者居然是她未来嫂子？

牧洲，你上辈子肯定拯救了银河系。

我以后绝对听话，下辈子还要当你妹妹。

夏天的脚步悄然远离，初秋的落叶铺满街道，放眼望去，一片耀眼的金黄色。

牧洲在公司的空地上修了个篮球场，妮娜喜欢在他打球时跑来捣乱，尽管个子矮力气小，可天生要强的她总爱拉着他比拼进球数。

大多时间牧洲都不会当真，除非那天的赌注有关于两人美好的夜晚生活。

这天，他一鼓作气投进五个，完事后也不瞎嘚瑟，直接把篮球塞进小兔子手里，说："进一个算你赢。"

妮娜抱着球朝前走几步，抬头看着高不可攀的球筐，踮脚找了好几个角度都没把握。

然后，妮娜转身冲牧洲招招手。

他疑惑地走到她跟前，她示意他蹲下他也照做。她大摇大摆地骑在他脖子上，拍拍他的肩，催促他干活。

牧洲笑着直起身，两步走到球筐下，说："投吧。"

"进了有什么奖励？"

他直言不讳："作弊还想要奖励？"

"哥哥……长颈鹿哥哥。"

牧洲无可奈何地笑了笑。

撒娇怪一旦发力，他真的毫无招架之力。

"你自己挑，我全都满足。"

"一言为定。"妮娜小心翼翼地把篮球贴近球筐边缘，闭上眼，诚挚地许愿，"我想要嫁给牧洲，想成为全世界最美的新娘。"

男人的心很用力地颤了下。

"哐——"

球进了。

她的愿望，他必须满足。

牧洲放下她，低头看着她亮晶晶的眼睛，在夜晚的光下宛如萤火虫般闪耀。

"你说话要算话。"

男人勾勾嘴角，没吱声。

妮娜紧张得呼吸收紧，问道："你不会是想赖账吧？"

牧洲还是不说话，只是嘴角的笑意加深。

"不乐意拉倒，我还不稀罕。"

小兔子来了脾气，很用力地推开他，转身朝反方向小跑离开。

"那个穿卫衣的小孩，你跑什么？"

妮娜猛地停步，似曾相识的场景，宛如两人在江南雪夜的初见。

她颤着呼吸缓缓转身，不远处的男人笑着朝她张开双臂。他背着光，周身都在发亮，仿佛还是那个吊儿郎当的黑衣少年。

"我最爱的兔子新娘，到我怀里来。"

闻言，她的眼眶一秒湿润，泪水直直地砸落，嘴角不自觉地上翘，又哭又笑的，像个小疯子。

飘忽不定的凉风吹起她脑后的长发，摇曳的发丝如水草般荡漾，茫茫夜色中，她眼中只有那个让她一眼钟情的男人。

她擦干眼泪，无比坚定地朝他狂奔而去。

梦幻般的光影照亮软萌可爱的小白兔，她欣喜地蹦到长颈鹿的身上，两手捧着他的脸，深深吻了上去。

人生的路很长，我们走走停停，重复遗忘。

纵然有过千万次的回眸，唯独你的出现，我甘愿停下脚步。

悦耳的风声滑过耳际，捎着撩人心扉的情话。

你好，兔子宝宝。

你好，长颈鹿哥哥。

我爱你。

每天都想说给你听。

番外一

1

至死不渝的黑色婚纱

夜很深了。

入秋后，北城气温骤降，淅淅沥沥的细雨似银灰色蛛丝，织成一张巨大的网，笼罩整个天幕。

婚礼前夕，素来没心没肺的妮娜紧张到彻夜难眠，数羊数星星数到凌晨 3 点，越数越清醒。

身侧的男人睡得正香，她不舍吵醒连续加班几日的牧洲，蹑手蹑脚爬起来。

屋外的雨还在下，噼里啪啦地砸向窗户。

她从冰箱里拿出一罐啤酒，喝得太急，最后一口呛得撕心裂肺。

客厅里静悄悄的，沙发旁的落地灯散发着暗黄亮光，隐隐照亮悬挂在落地窗前的黑色婚纱。这是独家定制，出自妮娜的一位设计师朋友。

这件婚纱完美融合她甜美的外在及暗黑的内里，曲线分明的抹胸收腰款，印花是金丝线国风刺绣，下摆是拖地折叠裙摆，搭配飘逸的黑色纱裙，既优雅复古，又不失少女的灵动。

妮娜痴迷地盯着婚纱，不知不觉喝完了一罐啤酒。她转身走向冰箱，牧洲突然出现在身后。

"你怎么醒了？"她难掩讶异，下意识藏起喝空的易拉罐。

男人连着几天没睡好，断断续续做梦，翻身时发现身侧是空的，猜到某只不听话的小兔子又偷跑去喝酒了。

果不其然，被他抓个正着。

"交出来。"牧洲黑发凌乱，浑身上下透着一股慵懒的颓废美，说话也是懒洋洋的。

她低头，死不承认："什么都没有。"

"妮娜。"男人微微一笑，腹黑加倍。

妮娜气急败坏地踢他一脚，用力把易拉罐塞进他手里，扬声表达不满："还有没有人权了？我喝个酒怎么了？一没偷二没抢，小酌两口也不行吗？"

牧洲轻轻挑眉，问道："你确定是小酌？"

妮娜刚想辩驳，冷不丁想起之前那些耍酒疯的尴尬片段。最惊险的那次，她拉着牧橙出去喝酒，酒量不佳的她们没几杯就喝醉了，半夜三更跑去马路玩狂奔，若不是牧洲及时赶到，酒醉迷糊的两人差点被警察叔叔以扰民的原因给带走。

这么想来，她底气少了一半，说话也是吞吞吐吐的："当……当然。"

男人稍有兴致地打量脸红红的兔子，恶劣地弯腰凑近，炽热的鼻息烫得她耳尖发软。

"你抖什么？"

"没有。"

"别心虚啊，兔宝宝。"

耳边的笑音放肆又欠扁，妮娜在同他打嘴仗上总是占不到便宜，只能恶狠狠地瞪他，又被那张不怀好意的笑脸盯得耳根爆红，索性破罐子破摔，两手勾着他的脖子一个上跳挂在他身上。这个姿势终于不用仰着脖子，可以居高临下地看他了。

"臭牧洲，我饿了。"

牧洲好脾气地点头，就着这个姿势抱她去厨房，用冰箱里现有的食材做了一碗色香味俱全的黄金炒饭。

妮娜狼吞虎咽地几口吃光。

牧洲清理完空盘子，安静地陪着失眠的人儿在沙发上看无聊的鬼片。她缩成一团，贴着他胸口蹭了蹭，隐约有了一丝睡意。

牧洲抱她回房时看了眼时间，清早五点，天都快亮了。

两人重新回到床上，妮娜半睡半醒地抱住他的腰。

经这一折腾，牧洲睡意全无，拍着她的背哄她睡觉。

迷迷糊糊之际，小兔子突然蹦出一句："其实，我有点害怕。"

"怕什么？"

"怕我当不了一个好妻子。"她无声叹息，情绪越发低迷，"你要不要再好好想想，再考虑考虑？我这个人脾气大，性子冲动，每天不是在闯祸就是在闯祸的路上，也许……我并不能成为好的贤内助，因为我除了制造麻烦，什么事都做不好。"

牧洲抿唇笑了笑。

这几天时常见她一个人躲着发呆，说话也是各种心不在焉，他就猜到她在胡思乱想些什么。

“妮娜，你相信我吗？”他问话声很轻，宛如晨曦的柔光被风吹进耳朵里，热热的，很温暖。

“嗯。”她抬头对上他诚挚的目光，很用力地点头。

“我喜欢的小兔子，她有一双很漂亮的眼睛，笑起来像猫咪一样可爱，她善良、讲义气、会撒娇，是我见过最真实也最可爱的人。”

妮娜被夸得不好意思，羞涩地噘嘴，小声说：“我哪有那么好。”

牧洲低笑，更用力地抱紧她，柔声细语地安抚：“我们每个人都是独立的个体，婚姻是两个个体的结合，过程或许会有艰难之处，也需要有人无止境地包容、退让、妥协，但我并不介意付出得更多一点。我愿意当你背后的大树，为你源源不断地输送养分，你只管尽情发光发亮。”

妮娜轻轻眨眼，深吸了一口气，胸口那颗重石落下，心像泡在温水中，呼吸都散着灼热。

“我们会幸福的，对吧？”

他笃定地答道：“会。”

“黑色婚纱代表忠诚，象征至死不渝的爱情，你娶了我，就要一辈子对我负责。”

闻言，男人若有所思地沉默片刻。

没等到想要的回答，妮娜心急地扯他的衣服，问：“你是不是后悔了？”

“有点。”

“什么意思？”她呼吸猛颤。

牧洲低头看她，很认真地皱眉，说：“我后悔不该把婚礼定在下周，应该越早越好，省得我家小兔子茶不思饭不想，天天脑补我是个不负责任的男人。”

妮娜小声揶揄：“那你以前不就是嘛。”

“早改过自新了。”他捏捏她的脸，满眼宠溺，“那年冬天，我转角撞上一只可口的兔子，芳香四溢，越吃越上瘾。”

单纯的兔子被几句话哄得眉开眼笑，翻身猛扑到他身上。

他按住她的手，一副正人君子的嘴脸，问道：“干什么？”

纯白薄毯滑过半空，完美遮盖两人的视野，静逸的气流间，唇瓣厮磨微喘，夹杂着窸窸窣窣的布料摩擦声。

男人笑着问：“不困了？”

女人闹道：“少废话，早餐时间。”

吃完这顿香喷喷的"早餐"，屋外天光大亮。

妮娜困得眼睛都睁不开，几乎沾床就睡。

这一觉睡得极其香甜，醒来时床上没人，牧洲不知去向。

她精神恍惚地瞄了眼手机，傍晚六点，她居然睡了这么长时间。

妮娜打着哈欠下床，刚翻出牧洲的电话准备拨过去，屋外传来玻璃碎裂的声音，婴儿撕心裂肺的啼哭紧随其后。

她心头一颤，顾不上刷牙洗漱，随便套了件卫衣，蓬头垢面地冲了出去。

房门打开，屋外几双眼睛都齐刷刷地看过来。

妮娜呼吸定格，全身僵硬。

原本应该在江南的魏东贺枝南夫妇居然坐在她家沙发上，贺枝南穿着象牙白的修身旗袍，见她出来后缓慢起身，一颦一笑皆是风情。

章骁和静妹正在餐厅那头聊天，初为人母的女人抱着几个月大的小宝宝，满眼都是慈爱。

不小心碰碎花瓶的舒杭正在牧橙的指挥下清扫战场，见妮娜出来尴尬地笑了笑，万年不穿正装的他居然破天荒换上了深灰色西服。

牧橙是他们内定的伴娘，一袭粉色蕾丝长裙，气质清新可人。

妮娜呆看着所有人，脑子里嗡嗡作响，结结巴巴地问："你们……怎么会在这里？"

贺枝南朝她疾步走来，看了眼时间，嘴里碎碎念叨："动作快点，时间要来不及了。"

她更蒙了，问道："什么来不及了？"

贺枝南没吱声，意味深长地笑了笑。

牧橙和静妹两人紧随其后，三个女人强行把已然傻眼的妮娜拉进房间。

沉重的木门缓缓合上，魔法时间到了。

公主即将穿上全世界独一无二的黑婚纱，脚踩水晶鞋，牵着深爱着她的王子，在南瓜车的指引下走向那个专属于她的童话世界。

约莫一小时后，一袭黑色婚纱的妮娜在众人簇拥下走进圣洁的白色礼堂。

屋外小雨淅沥，白色建筑被笼罩在雨幕中，充满梦幻的童话感，礼堂内部也是纯白色调，摆满了厚重的木质长条椅。

外籍神父身穿黑色长袍冲妮娜微笑时，妮娜仍在发蒙，表情木然地前进。原本坐着的朱老爷子拄着拐杖起身，欣然充当她父母的角色。

兔子新娘挽着老人苍老的手臂，一步一步走向她的长颈鹿新郎。

西装笔挺的男人转身面向她，身形高瘦修长，整洁的白衬衣搭配黑色条纹西装，恰如其分的剪裁勾勒出肌肉线条感，气质沉稳，如绅士般优雅。

朱老爷子颤颤巍巍地把妮娜的手放在牧洲掌心，沉声叮嘱男人："好好待她，她可是我的心肝宝贝。"

牧洲点头应允，低眼看着面露娇红的新娘，眸光柔情似水。

"老婆，你好美。"

刺目的聚光灯下，妮娜看着他温润俊朗的脸，终于回了神，想到他背着她偷偷准备这一切，只为消除她内心深处的忐忑不安。

她眼眶泛红，泪水在眼眶里打转，娇声轻骂："浑蛋。"

牧洲笑着给她擦眼泪，很想吻她，忍住了，克制地摸了摸她的脸，说："浑蛋只爱兔宝。"

前来观礼的亲友井然有序入座，肃静的礼堂逐渐安静下来。

神父用蹩脚的中文朗读完婚礼誓词，目光随即落在哭得梨花带雨的新娘身上。

"你是否愿意这个男子成为你的丈夫与他缔结婚约？无论贫穷还是健康，或任何其他理由，都爱他，照顾他，尊重他，永远对他忠贞不渝，直至生命的尽头？"

"我愿意。"妮娜的眼泪止不住，拼命点头。

神父看向牧洲，重复刚才的问辞。

男人眉宇间灌满深情，微笑看向强忍泪意的妮娜，弯腰亲吻她那双潮湿的眼睛，移开半寸，唇再次压下，这次落在她的唇上。

"我愿意。"他的嗓音温柔得像在哄人，"从今往后，你就是我生命的全部。"

妮娜泪眼蒙眬地看他，嘴角微微上扬。

耳边是众亲友的欢呼声，他们在所有人的见证下交换戒指，深情拥吻。

她轻轻闭上眼睛，两人相遇、相知、相爱、相守的那些零碎的片段一帧一帧晃过眼前，仿佛看了一部让人刻骨铭心的爱情电影。

茫茫人海中，我们努力寻觅那片能撩拨心扉的羽毛，它看似轻盈似雪，实则重如泰山，总在不经意间在你胸口印上深深烙印。

紧密缠绕的藤蔓似一把无形的枷锁，牢牢锁住彼此。

我离不开你。

我想要永远陪在你身边。

番外二

小兔子下厨记

自从牧橙跟着哥哥嫂子定居北城，隔三岔五便带着憨憨舒杭跑来哥嫂这里蹭吃蹭喝。

四人之中，唯独牧洲的厨艺拿得出手，舒杭离开牛排就是个小白，妮娜和牧橙一个德行，又菜又爱逞能，一时心血来潮嚷嚷要下厨，最后端出的成品不忍直视。

某日，牧洲加班没回，不信邪的妮娜拉着牧橙去超市疯狂扫购，舒杭负责当搬运工，三人浩浩荡荡地回到家。

妮娜信誓旦旦地说："我有信心，今天一定能做出米其林级别的美食，绝对亮瞎牧洲的眼。"

舒杭阴阳怪气地泼冷水："我建议你还是先赶上路边摊的水准吧，上次那碗面咸得我连妈都不认识了。"

妮娜脸一垮，两手叉腰，刚想找他比画比画，讲义气的牧橙先行上手，一巴掌拍得他后脑发麻。

舒杭惧内，害怕地改口："我错了，你们都是人见人爱的美厨娘。"

"算你识相。"

说完，妮娜傲娇地昂起下巴，笑眯眯地搂着牧橙往厨房走，严令禁止舒杭过来帮倒忙。

于是，十分钟后，厨房里的两人各种手忙脚乱，舒杭安静坐在沙发上，耳边时不时传来女人们的讨论声。

"这个菜你放盐了吗？"

"忘了。"

"没事，多放一次。"

"要是咸了怎么办？"

妮娜拍拍胸脯，说："不好吃就塞给胖虎，反正他是专用小白鼠。"

牧橙笑着附和，浑然不顾那听完全场后直冒冷汗的舒杭。

男人嘴角抽搐，一副幽幽怨怨的可怜样。

可以允许你嚣张，但欺负人就不对了。

"舒杭，你过来。"

牧橙突然高声喊他。

刚还暗自发誓绝不向恶势力妥协的舒杭迅速跳起，微笑走近，脚下的每步都捎着一丝爱情的甜蜜。

半分钟后，他冲到厕所吐得稀里哗啦。

妮娜穿着兔子印花的围裙，疑惑地看着刚出炉的红烧肉，不禁纳闷地说："有那么难吃吗？"

正百思不得其解之际，牧洲回来了。

他脱下外套，瞥过吐到眼眶发红的舒杭，慢悠悠地走到厨房，场面只能用一片狼藉来形容。

妮娜委屈巴巴地撇嘴，郁闷得只想哭。

"牧洲……"

男人见她脸上有几处不知名的黑印，活像一只花脸小猫，他努力憋笑，温柔地抱她入怀，问道："做了什么好吃的？"

她瞳孔明亮如星光，说："红烧肉。"

他抿嘴笑了，说道："我尝尝。"

妮娜垂眼，诚实地说："还是别了吧，舒杭吃完都吐了。"

"没事，兴许合我胃口。"

牧洲很给面子地尝了一口黑乎乎的肉块，反胃感瞬涌，在她猛烈的眼神攻势下强行咽了下去。

"怎么样？"她揪着紧张。

"还行，咸是咸了点，配米饭刚好。"

妮娜长吁一口气，笑眯眯地仰头看他，说："我煮了米饭，这个我拿手，绝对不翻车。"

说完，她便欢天喜地地拉着牧洲走向煮饭的锅，掀开一看，半点热气都没有，只有冰冰凉凉的生米和水。

她满眼呆滞，欲哭无泪，失落地悠悠转身，哭腔都出来了。

"对不起，我好像忘了按煮饭键。"

牧洲险些笑出声，伸手替她擦干净脸上的黑印，说："去客厅玩，剩下的我来。"

她郁郁寡欢，点头道："好吧，我又搞砸了。"

男人微微皱眉，安慰道："厨房这鬼地方不旺你，以后少来。"

妮娜被这话逗笑，抬头看他深情柔软的眉眼，忍不住踮脚向他索吻。

男人笑着接下，把她按在冰箱上亲吻。

结束时，她双眼迷离，呼吸声都轻飘飘的。

"哥哥。"

"嗯。"

"红烧肉失败了，你想不想吃兔子肉？"

"好。"

那一晚，兔子宝宝被长颈鹿哥哥翻来覆去收拾得手脚发软。

牧洲靠着床头顺手把浑身瘫软的女人捞起抱在怀里。

"以后你就负责吃，做饭这种事交给我就好。"

她昂头，沮丧地问："那我想当贤妻良母的计划岂不是泡汤了？"

"谁说的？"

他翻身把她压在身下，看到她清澈的猫咪眼在灯光下格外明亮，唇瓣娇红，下巴处还留着他印上的咬痕。

"食欲我能自己解决，至于其他，还得靠老婆。"

妮娜听懂了，羞涩地抿了抿唇，软声呛他："吃不饱的大灰狼。"

男人吊儿郎当地笑道："不知羞的小白兔。"

（全文完）

潮汐